全国高职高专教学改革规划教材
编写委员会

主　任　俸培宗

副主任　（按姓名笔画排列）

于增信	么居标	付宏生	朱凤芝	刘　强
刘玉宾	刘京华	孙喜平	张　耀	张春芝
张雪莉	罗晓晔	周伟斌	周国庆	赵长明
胡兴胜	徐红升	黄　斌	崔选盟	彭林中
曾　鑫	解海滨			

委　员　（按姓名笔画排列）

于增信	么居标	王　会	卞化梅	布　仁
付宏生	冯志新	兰俊平	吕江毅	朱　迅
朱凤芝	朱光衡	任春晖	刘　强	刘玉宾
刘京华	刘建伟	安永东	孙喜平	孙琴梅
杜　潜	李占锋	李全利	李慧敏	李德俊
何佳兵	何晓敏	张　彤	张　钧	张　耀
张小亮	张文兵	张红英	张春芝	张雪莉
张景黎	陈金霞	武孝平	罗晓晔	金英姬
周伟斌	周国庆	孟冬菊	赵长明	赵旭升
胡　健	胡兴胜	侯　勇	贺　红	俸培宗
徐红升	徐志军	凌桂琴	高　强	高吕和
高英敏	郭　凯	郭宏彦	陶英杰	黄　伟
黄　斌	常慧玲	崔选盟	彭林中	葛惠民
韩翠英	曾　鑫	路金星	鲍晓东	解金柱
解海滨	薄志霞			

全国高职高专 教学改革 规划教材

汽车底盘电控系统维修

任春晖　蔺宏良　主编

化学工业出版社

·北京·

图书在版编目（CIP）数据

汽车底盘电控系统维修/任春晖，蔺宏良主编. —北京：
化学工业出版社，2010.7
全国高职高专教学改革规划教材
ISBN 978-7-122-08560-3

Ⅰ. 汽…　Ⅱ. ①任…②蔺…　Ⅲ. 汽车-底盘-电气控制
系统-车辆修理-高等学校：技术学院-教材　Ⅳ. U472.41

中国版本图书馆 CIP 数据核字（2010）第 088216 号

责任编辑：卢小林　　　　　　　　　　　　　　装帧设计：尹琳琳
责任校对：战河红

出版发行：化学工业出版社（北京市东城区青年湖南街 13 号　邮政编码 100011）
印　　刷：北京永鑫印刷有限责任公司
装　　订：三河市万龙印装有限公司
787mm×1092mm　1/16　印张 17　字数 440 千字　　2010 年 7 月北京第 1 版第 1 次印刷

购书咨询：010-64518888（传真：010-64519686）　　售后服务：010-64518899
网　　址：http://www.cip.com.cn
凡购买本书，如有缺损质量问题，本社销售中心负责调换。

定　　价：35.00 元

序

随着市场经济体制的完善、科学技术的进步、产业结构的调整及劳动力市场的变化，职业教育面临着"以服务社会主义现代化建设为宗旨、培养数以亿计的高素质劳动者和数以千万计的高技能专门人才"的新任务。高等职业教育是全面推进素质教育，提高国民素质，增强综合国力的重要力量。2005 年颁布的《国务院关于大力发展职业教育的决定》中国家进一步推行"以就业为导向、继续实行多形式的人才培养"工程和推进职业教育的体制改革与创新，提出"职业院校要根据市场和社会需要，不断更新教学内容，合理调整专业结构"。在《关于全面提高高等职业教育教学质量的若干意见》（教高［2006］第 16 号）文件中，教育部明确指出"课程建设与改革是提高教学质量的核心，也是教学改革的重点和难点。高等职业院校要积极与行业企业合作开发课程，根据技术领域和职业岗位（群）的任职要求，参照相关的职业资格标准，改革课程体系和教学内容。"

新时期下我国经济体制转轨变型也带来对人才需求和人才观的新变化。大量新技术、新工艺、新材料和新方法的不断涌现使得社会对新型技能人才的需求更加迫切，而以传统学科式职业教学体系培养出来的人才无论从数量、结构和质量都不能很好地满足经济建设和社会发展的需要，而满足社会的需要才是职业教育的最终目的。在新形势下，进行职业教育课程体系的教学改革是职业教育生存和发展的唯一出路。改革现行的培养体系、课程模式、教学内容、教材教法，培养造就技术素质优秀的劳动者，已成为高等职业学校教育改革的当务之急。

针对上述情况，高职院校应大力进行课程改革和建设，培养学生的综合职业能力和职业素养。课程设计以职业能力培养为重点，与企业合作进行基于工作过程的课程开发与设计，充分体现职业性、实践性和开放性的要求，重视学生在校学习与实际工作的一致性，有针对性地采取工学交替、任务驱动、项目导向、课堂与实习地点一体化等行动导向的教学模式。课程的教学内容来自于企业生产、经营、管理、服务的实际工作过程，并以实际应用的经验和策略等过程性知识为主。以具体化的工作项目（任务）或服务为载体，每个项目或任务都包括实践知识、理论知识、职业态度和情感等内容，是相对完整的一个系统。在课程的"项目"或"任务"设置上，充分考虑学生的个性发展，保留学生的自主选择空间，兼顾学生的职业发展。

为此，化学工业出版社在全国范围内组织了二十所职业院校机械、电气、汽车三个专业的百余位老师编写了这套"全国高职高专教学改革规划教材"，为推动我国高等职业院校教学改革做了有益的尝试。

在教材的编写思路上，我们积极配合新的课程教学模式、教学内容、教学方法的改革，结合学校和企业工业现场的设备，打破学科体系界限和传统教材以知识体系编写教材的思路，以知识的应用为目的，以工作过程为主线，融合了最新的技术和工艺知识，强调知识、能力、素质结构整体优化，强化设备安装调试、程序设计指导、现场设备维修、工程应用能力训练和技术综合一体化能力培养。

在内容的选择上，突出了课程内容的职业指向性，淡化课程内容的宽泛性；突出了课程内容的实践性，淡化课程内容的纯理论性；突出了课程内容的实用性，淡化课程内容的形式性；突出了课程内容的时代性和前瞻性，淡化课程内容的陈旧性。

在编写力量上，我们组织了一批高等职业院校一线的教学名师，他们大都在自己的教学岗位上积极探索和应用着新的教学理念和教学方法，其中一部分教师曾被派到德国进行双元制教学的学习，再把国外的教学模式与我国职业教育的现实进行有机结合，并把取得的经验和成果毫无保留地体现在教材编写中。

同时，我们还邀请企业人员参与教材编写，并与相关职业资格标准、行业规范相结合，充分体现了校企合作和工学结合，突出了创新性、先进性和实用性。

本套教材从编写内容和编写模式方面，都充分体现了全国高职院校教学改革的成果，符合学生的认知规律，适应科技发展的需要，必将为职业院校培养高素质人才提供强有力的保证。

编委会

前言

课程建设与改革是提高教学质量的核心，也是教学改革的重点和难点。为贯彻教育部教学改革的重要精神，同时为配合职业院校教学改革和教材建设，更好地为职业院校深化改革服务，化学工业出版社组织二十所职业院校的老师共同编写了这套"全国高职高专教学改革规划教材"，该套教材涉及汽车、机械、电气专业领域，其中汽车专业包括：《汽车发动机构造与维修》、《汽车发动机电控系统维修》、《汽车底盘电控系统维修》、《汽车底盘维修》、《汽车自动变速器维修》、《汽车电器系统检修》、《汽车检测与故障诊断》、《汽车性能与使用》、《汽车保险与理赔》、《汽车涂装》、《汽车车身修复》、《汽车专业英语》、《汽车市场营销》、《汽车4S店运行管理》、《汽车机械基础》、《汽车电工电子技术》、《汽车液压、气压与液力传动》、《汽车消费心理学》、《汽车机械识图》共19种教材。

随着计算机技术和电子控制技术的不断发展，汽车底盘电控技术也越来越复杂，新的技术不断被应用到汽车底盘控制系统中，这就要求汽车相关专业和行业的技术人员、工程人员对日益更新的汽车底盘控制系统有深刻的了解。正是为了满足这一要求，编者根据多年的教学、科研实践经验，按照教学大纲的要求编著了《汽车底盘电控系统维修》。本教材适合于高职高专汽车检测与维修、汽车电子技术等相关专业教学使用，也可以作为成人高等教育相关课程使用，还可供汽车维修人员及汽车行业技术人员阅读参考。

基于工学结合的人才培养模式及行动导向的教学模式的要求，我们对教材内容进行了选择和重组。本教材共分为七个学习情境，分别为汽车电控防抱死制动系统维修、电控驱动防滑转系统维修、车辆稳定性控制系统维修、汽车电控动力转向系统维修、电控悬架系统维修、汽车巡航控制系统维修和汽车安全气囊系统维修。在各学习情境中设置了相应的工作任务，先在整体认识的基础上进行基本技能的训练，再分组进行故障诊断的综合工作任务。学生通过任务实施的体验有目的地主动建构知识框架、形成能力、调整工作态度。在任务实施后还给出了评估习题及评价标准，从而用于学生自评、同组互评和教师评价，有利于学生工作能力、团队协作能力的提升。

本书由陕西交通职业技术学院任春晖老师（编写学习情境1）和蔺宏良老师（编写学习情境2、4）担任主编，参加本书编写的还有陕西航天九州汽车销售服务有限公司刘聪军高级工程师（编写学习情境3）和陕西交通职业技术学院代新雷老师（编写学习情境6、7），学习情境5由任春晖、刘聪军共同编写。本书由陕西交通职业技术学院崔选盟教授担任主审。在本书编写过程中，得到了西安之星汽车有限公司赵安儒、西安海纳小汽车修理厂李俊峰等企业技术人员的大力帮助，还得到了许多专家和同行的支持，在这里一并表示感谢。

由于编者水平有限，书中难免存在不足之处，恳请广大读者批评指正。

编者

目录

学习情境 ① 汽车电控防抱死制动系统维修

学习情境 ② 电控驱动防滑转系统维修

学习情境 ③ 车辆稳定性控制系统维修

学习情境 ④ 汽车电控动力转向系统维修

学习情境 ❺ 电控悬架系统维修

学习情境 ❻ 汽车巡航控制系统维修

学习情境 ⑦ 汽车安全气囊系统维修

参考文献

气车电控防抱死制动系统维修

学习目标

1. 熟知汽车电控防抱死制动系统的基本组成和工作过程。
2. 能分析不同类型汽车电控防抱死制动系统的性能特点。
3. 能检修汽车电控防抱死制动系统各主要组成部件。
4. 能进行汽车电控防抱死制动系统常见故障的诊断与排除。

任务 1.1 汽车电控防抱死制动系统的整体认识

【任务描述】

学习汽车电控防抱死制动系统的基础理论，了解防抱死制动系统的性能要求，分析汽车电控防抱死制动系统主要组成部件的结构与工作过程。

【任务分析】

通过对防抱死制动系统各种类型的分析，熟知不同类型防抱死制动系统主要组成部件的结构及性能，总结出各类型汽车电控防抱死制动系统的结构与性能特点。

【知识准备】

1. 电控防抱死制动系统（ABS）概述

（1）ABS 作用

汽车电控防抱死制动系统简称 ABS（Anti-lock Braking System），是汽车主动安全控制装置。它能有效地防止汽车紧急制动时的车辆侧滑和甩尾，提高了汽车制动过程中的方向稳定性和转向控制能力，缩短制动距离，使汽车制动更为安全有效。

（2）ABS 的发展历程

早在 1920 年防抱死制动理论就被提出，在 20 世纪 30 年代 ABS 就已经在铁路机车的制动系统中应用，目的是防止车轮在制动过程中抱死，导致车轮与钢轨局部因急剧摩擦而过早损坏。

1936 年德国博世公司取得了 ABS 专利权。20 世纪 40 年代末期，为了缩短飞机着陆时的滑行距离、防止车轮在制动时跑偏、甩尾和轮胎剧烈磨耗，飞机制动系统开始采用 ABS，并很快成为飞机的标准装备。20 世纪 50 年代防抱死制动系统开始应用于汽车工业。1951 年 Goodyear 航空公司将其安装于载重车上；1954 年福特汽车公司在林肯车上装用法国航空公司的 ABS 装置。1978 年 ABS 系统研究有了突破性进展。博世公司与奔驰公司合作研制出三通道四轮带有数字式控制器的 ABS 系统，并批量装于奔驰轿车上。由于微处理器的引入，使 ABS 系统开始具有了智能，从而奠定了 ABS 系统的基础和基本模式。

20 世纪 80 年代以后，ABS 在技术上得到了很大发展，表现为体积逐步减小，重量逐步减轻，控制和诊断功能不断增强。ABS 液压控制系统和控制器与控制阀体集成为一体，可以作为一个附加系统添加到常规的制动系统中去。20 世纪 80 年代中期以后，借助于电控技术的进步，ABS 变得更为灵敏、成本更低、安装更方便、价格也更易被中小型家用轿车购买者所接受。这期间较为典型的 ABS 装置有博世（BOSCH）公司于 1979 年推出的 BOSCH2 型、戴威斯（TEVES）公司于 1984 年推出的具有防抱死制动和驱动防滑功能的 ABS/ASR 2U 型。

机械与电子元件持续不断的发展和改进使 ABS 的优越性越来越明显，随着竞争的激烈，技术的日趋成熟，ABS 变得更精密，更可靠，价格也在下降。1987 年欧共体颁布一项法规，要求从 1991 年起，欧共体所有成员国生产的所有新车型均需装备防抱死制动装置，同时规定凡载重 16t 以上的货车必须装备 ABS，并且禁止无此装置的汽车进口。日本规定，从

1991年起，总质量超过13t的牵引车，总质量超过10t的运送危险品的拖车、在高速公路上行驶的大客车都必须安装ABS。

目前，国际上ABS在汽车上的应用越来越广泛，已成为绝大多数类型汽车的标准装备。北美和西欧的各类客车和轻型货车ABS的装备率已达90%以上，轿车ABS的装备率在60%左右，运送危险品的货车ABS的装备率为100%。

我国对ABS的研究开始于20世纪80年代初。目前，我国政府已制定车辆安全性方面的强制性法规，GB 12676—1999《汽车制动系统结构、性能和试验方法》规定首先在重型车和大客车上安装电控式ABS。GB 7258—2004《机动车运行安全技术条件》又具体规定了必须安装的车型和时间。规定质量大于12000kg的长途客车和旅游客车、总质量大于16000kg允许挂接的货车及总质量大于10000kg的挂车必须安装ABS。

（3）汽车制动性能的评定

制动性能是汽车的重要性能之一，是汽车行驶安全的保证。汽车制动性能的好坏，可用三个方面的指标来评定：制动效能、制动效能恒定性和制动时方向稳定性，其中制动效能和制动时方向稳定性尤其重要。

1）制动效能

制动效能是指汽车迅速减速至停车的能力，具体可用制动距离、制动时间或制动减速度来评价。实际中制动效能多指制动距离。制动距离越短，越有利于避免交通事故的发生，它是制动性能最基本的评价指标。

2）制动时方向稳定性

制动时方向稳定性是指汽车在制动时按预定方向行驶的能力，即不发生跑偏、侧滑和不失去转向控制能力的现象。

① 制动跑偏　制动跑偏是指汽车在制动时，发生汽车自动偏向左或向右行驶的现象。影响汽车制动跑偏的主要因素有：

a. 汽车左右车轮（特别是前左右车轮）的制动力不相等，形成一个使汽车转动的力矩。

b. 汽车的转向系统在制动时因受到悬架导向杆件运动的干扰，而向某一侧偏转。这种情况属于汽车结构设计的缺陷，应由汽车厂家予以改进。

② 制动侧滑　制动侧滑是指汽车在制动时（特别是紧急制动时）发生向侧面滑动或甩动的现象。制动侧滑的根本原因是汽车在制动时一个或几个车轮被抱死。

从理论分析和实验证明得知：只有在车轮尚未抱死时，才有承受侧向力的能力。车轮被抱死后，车轮只能在路面上滑动，从而失去了承受侧向力的能力。因此，此时只要有一个很小的侧向力（如路面倾斜、侧面来风、转弯的离心力等），汽车就会发生向侧面滑动或甩动的现象。

③ 失去转向控制能力　如果汽车在弯道行驶中制动时，不再按原来弯道行驶，反而冲入其他车道或冲出路面，或者即使是在直线行驶时，也无法避开障碍物，操纵转向盘也不起作用，则是因为汽车失去了转向控制能力（转向操纵性）。

（4）地面制动力 F_X、制动器制动力 F_μ 和附着力 F_φ 的关系

1）地面制动力（F_X）

只有在车轮受到与行驶方向相反的外力作用时，才能使汽车制动而减速，直至停车。这个外力只能由地面和空气提供。因为空气阻力相对较小，所以实际外力由地面提供，这个外力称为地面制动力。如图1-1所示是汽车在良好的路面上制动时，车轮的受力情况。图中滚动阻力、惯性力和空气阻力均忽略不计。

由图1-1可知，车轮在 M_μ 的作用下给地面一个向前的作用力，与此同时地面给车轮一

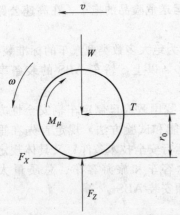

图 1-1　汽车制动时车轮受力分析
M_μ—制动器摩擦力矩；F_X—地面制动力；
F_Z—地面对车轮的法向反作用力；
W—车轮垂直载荷；r_0—车轮的
滚动半径；ω—车轮的角速度

个与行驶方向相反的切向反作用力 F_X，这个力就是地面制动力，它是迫使汽车减速或停车的外力。从力矩平衡关系可知地面制动力 F_X 为

$$F_X = \frac{M_\mu}{r_0}$$

式中，M_μ 为制动器摩擦力矩，$N \cdot m$；r_0 为车轮半径，m。

地面制动力的大小取决于制动器制动力的大小和轮胎与地面之间的附着力。

2）制动器制动力

由于地面制动力是由地面提供的外力，若将汽车架离地面，地面制动力就不存在了。这时阻止车轮转动的是制动器摩擦力矩 M_μ。将制动器的摩擦力矩 M_μ 转化为车轮周缘的一个切向力，并将其称为制动器制动力 F_μ，则

$$F_\mu = \frac{M_\mu}{r_0}$$

式中，M_μ 为制动器摩擦力矩，$N \cdot m$；r_0 为车轮半径，m。

制动器制动力是由制动器的结构参数决定的，并与制动踏板力成正比。

3）附着力

附着力是轮胎与地面之间的摩擦力，称为轮胎-道路附着力，简称附着力，用 F_φ 表示。在一般的硬实路面上，附着力取决于地面对轮胎的法向反作用力与附着系数，其关系为

$$F_\varphi = F_Z \varphi$$

式中，F_Z 为地面对车轮的法向反作用力，N；φ 为轮胎-道路附着系数。

注意：影响附着系数的因素有很多，如路面的状况、轮胎的花纹、车辆的行驶速度、轮胎与路面的运动状态等。在诸因素中，车轮相对于路面的运动状态对附着力有着重要的影响，特别是在湿路面上其影响更为明显。

由于地面制动力受附着力的限制，它不可能超过附着力，因此最大地面制动力 $F_{X\max}$ 只能等于附着力而不可能超过附着力。即

$$F_{X\max} = F_Z \varphi$$

4）地面制动力 F_X、制动器制动力 F_μ 和附着力 F_φ 的关系

汽车在制动过程中，地面制动力、制动器制动力以及附着力的关系如图 1-2 所示。

由图 1-2 可知，当制动踏板力或制动系压力较小时，地面制动力或制动器制动力一起增大，地面制动力等于制动器制动力。当制动踏板力或制动系压力增大到某一值时，地面制动力达到附着

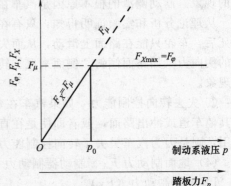

图 1-2　制动过程中地面制动力、制动器制动力和轮胎与道路附着力的关系

力值，即地面制动力达到最大值。此时，车轮即开始抱死不转而出现滑移现象。当再加大制动踏板力或制动系压力时，制动器制动力随着制动器摩擦力矩的增长仍按直线关系继续上

升，但地面制动力却不再增加。

由此可见，在制动过程中，地面制动力的大小不仅取决于制动器制动力，而且还取决于地面附着条件。只有在具有足够的制动器制动力的同时，路面又提供较大的附着力，才能保证获得足够的地面制动力，从而获得良好的制动效果。例如：汽车在冰雪路面上制动时，由于附着力较小使可能得到的最大地面制动力减小，因此在制动踏板力或制动系压力很小时，地面制动力就会达到或超过附着力，导致车轮出现抱死滑移现象。

（5）滑移率

1）滑移率的定义

汽车制动时，在车轮轮速降低的同时，车轮滚动的圆周速度（轮胎胎面在路面上移动的速度）也随之降低了，但由于汽车自身的惯性，汽车的实际车速与车轮的速度不再相等，使车速与轮速之间产生一个速度差。此时，轮胎与路面之间产生相对滑移现象，其滑移程度用滑移率表示。滑移率是指车轮在制动过程中滑移成分在车轮纵向运动中所占的比例，用"S"表示。其定义表达式为：

$$S = \frac{v - v_{\mathrm{w}}}{v} \times 100\% = \frac{v - \omega r_0}{v} \times 100\%$$

式中，S 为车轮的滑移率；v 为车速（车轮中心的纵向速度），m/s；v_{w} 为车轮速度（车轮瞬时速度），m/s；ω 为车轮的转动角速度，rad/s；r_0 为车轮的自由滚动半径，m。

由图 1-3 所示制动过程中车轮与地面接触痕迹的变化情况可知：制动车轮的运动状态一般经历三个阶段，即纯滚动、边滚边滑和纯滑动，对应运动特征见表 1-1。

(a)纯滚动　　　　　　　　　　(b)边滚边滑　　　　　　　　　　(c)纯滑动

图 1-3　制动时车轮运动状态的变化

表 1-1　车轮三种不同运动特征

运动状态	纯滚动	边滚边滑	纯滑动
图示			
运动特征描述	$v = r_0\omega$	$v > r_0\omega$	$r_0\omega = 0$

当 $v = r_0\omega$ 时，车轮自由滚动，滑移率 $S = 0$；当 $v > r_0\omega$ 时，车轮边滚边滑，滑移率 $S = 0 \sim 100\%$；当 $r_0\omega = 0$ 时，车轮完全抱死作纯滑动，滑移率 $S = 100\%$。

2）滑移率与附着系数的关系

实验证明，在汽车的制动过程中，弹性轮胎与地面间的附着系数与滑移率大小有密切的关系，由图 1-4 可知：

① 附着系数取决于路面性质。一般来说，干燥路面附着系数大，潮湿路面附着系数小，冰雪路面附着系数更小。

② 在各种路面上，附着系数随滑移率的变化而变化。

③ 在各种路面上，滑移率为20％左右时，纵向附着系数最大，制动效果最好。纵向附着系数最大时的滑移率称为理想滑移率或最佳滑移率。当滑移率超过理想滑移率时，纵向附着系数减小，产生的地面制动力随之下降，制动距离将增加。滑移率超过理想滑移率后的区域称为非稳定制动区域或非稳定区，如图1-5所示。

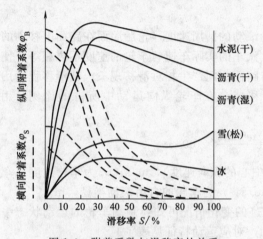

图1-4　附着系数与滑移率的关系
（虚线与实线标注的上下顺序一一对应）

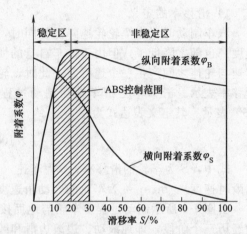

图1-5　干燥硬实路面上附着系数与滑移率的关系

④ 横向附着系数是研究汽车行驶稳定性的重要指标之一。横向附着系数越大，汽车制动时的方向稳定性和保持转向控制的能力越强。当滑移率为零时，横向附着系数最大；随着滑移率的增加，横向附着系数逐渐减小。当车轮抱死时，横向附着系数接近于零，横向附着力接近于零。此时，由于前轮维持转弯运动能力的横向附着力丧失，汽车仍按原行驶方向滑行，因此可能会冲入其他车道与其他车辆相撞或冲出路面与障碍物相撞而发生恶性交通事故。同时后轮稍有外力作用就会出现侧滑（横向滑移），严重时将出现调头等危险现象。

综合上述可知：为了获得最佳制动性能，应将车轮滑移率控制在10％～20％范围内。制动防抱死系统就是利用制动压力调节系统，对制动分泵内的制动液压进行"增压—保压—减压"的循环调节（15～20次/秒），控制制动车轮上的制动器压力，使制动车轮尽可能保持在最佳的滑移率范围内运动，从而使实际制动过程尽可能接近最佳制动状态。

2. ABS 组成与分类

（1）ABS 基本组成与功用

如图1-6所示，ABS通常由传感器、电控单元（ECU）、执行器和ABS故障指示灯等组成。

1）传感器

ABS采用的传感器一般有轮速传感器和减速度传感器两种。轮速传感器是ABS中最主要的传感器，其功用是将各轮的转速信号及时地输入电控单元（ECU）。减速度传感器分为纵向减速度传感器与横向减速度传感器。减速度传感器仅在控制精度较高的ABS中采用，其功用是检测汽车车身的加减速度，以便ABS电控单元判别路面状况。

2）电控单元（ECU）

ABS的电控单元又称为ABS电脑或ABS ECU，其主要功用是接受传感器输入信号，

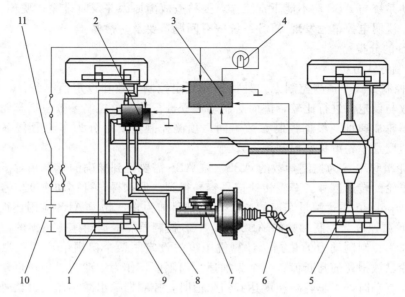

图 1-6　典型的 ABS 系统组成示意图

1—前轮速传感器；2—制动压力调节器；3—电控单元（ECU）；4—ABS 故障指示灯；

5—后轮速传感器；6—停车灯开关；7—制动总泵；8—比例阀；

9—制动分泵；10—蓄电池；11—点火开关

计算汽车的轮速、车速、加减速度和滑移率，并输出控制指令控制制动压力调节器等执行元件工作。此外，ABS ECU 还具有失效保护和故障自诊断功能，一旦发现 ABS 故障，将终止 ABS 工作，恢复常规制动，与此同时存储故障信息，并控制 ABS 故障指示灯（或 Anti-lock 指示灯）发亮指示，提醒驾驶员及时进行修理。

3）执行器

制动压力调节器（执行器）是 ABS 中的主要执行元件，其功用是根据 ABS 电控单元（ECU）的控制指令，自动调节制动分泵的制动压力的大小，使车轮不被抱死，并处于理想滑移率的状态。

由于 ABS 是在原来传统制动系统基础上增加的一套控制装置形成的，因此 ABS 也是建立在传统的常规制动过程的基础上进行工作的。在制动过程中，在车轮还没有趋于抱死时，其制动过程与常规制动过程完全相同。通常 ABS 只有在汽车速度达到一定的程度（如 5km/h 或 8km/h）时，才会对制动过程中趋于抱死的车轮的制动压力进行调节。当汽车速度降到一定程度时，因为速度很低，车轮制动抱死对汽车制动性能的不利影响很小。为了使汽车尽快制动停车，ABS 就会自动终止防抱死制动压力调节，其车轮仍可能被制动抱死。

4）ABS 故障指示灯

ABS 系统带有两个故障指示灯，一个是红色制动故障指示灯，另一个是琥珀色 ABS 故障指示灯。

两个故障指示灯正常闪亮的情况如下：当点火开关打开时，红色制动灯与琥珀色 ABS 灯几乎同时亮，制动灯亮的时间较短，ABS 灯会亮的长一些（约 3s）；启动汽车发动机后，蓄压器要建立系统压力，此时两灯泡会再亮一次，时间可达十几秒甚至几十秒钟。红色制动灯在停车驻车制动时也应亮。如果在上述情况下灯不亮，就说明故障指示灯本身及线路有故障。

红色制动故障指示灯常亮，说明制动液不足或蓄压器中的压力下降（低于 14000kPa），此时普通制动系统与 ABS 均不能正常工作，要检查故障原因并及时排除；琥珀色 ABS 故障指示灯常亮，说明电控单元发现 ABS 系统中有问题，要及时检修。

（2）ABS 的分类

1）按控制方式分类

① 预测控制方式　预测控制方式是指预先规定控制参数和设定值等条件，然后根据检测的实际参数与设定值进行比较，进而对制动过程进行控制。控制参数包括车轮滑移率、车轮减速度及车轮加速度。根据控制参数不同，预测控制主要可分为车轮滑移率、车轮减速度、车轮减速度及车轮滑移率控制等方式。

a. 以车轮滑移率 S 为控制参数的 ABS　该 ABS 需要得到准确的车身相对于地面的移动速度信号和车轮的转速信号。车轮转速信号容易得到，但取得车身移动速度信号则较难。有用多普勒（Doppler）雷达测量车速的 ABS，但到目前为止，此类 ABS 应用还很少见。

b. 以车轮减速度为控制参数的 ABS　该 ABS 控制器需根据轮速传感器的信号计算车轮的加速度，作为控制制动力的依据。计算机中事先设定了两个门限值：一个为减速度门限值，作为车轮已被抱死的判断值；一个为加速度门限值，作为制动力过小而可使车轮转速过高的判断值。制动时，当车轮减速度达到门限值时，控制器输出减小制动力信号；当车轮转速升高至加速度门限值时，控制器则输出增加制动力信号。如此不断地调整制动压力，可使车轮不被抱死，处于边滚边滑的状态。

这种控制方式传感器信号容易取得，结构较为简单，但仅以车轮减速度作为控制参数，其控制精度较低。

c. 以车轮减速度及滑移率为控制参数的 ABS　此类 ABS 控制精度较高，制动时车轮在最佳转速值上下波动的范围小。为使结构简单，目前汽车上广泛使用的 ABS，通常是利用轮速传感器信号计算得到一个参考滑移率。

② 模仿控制方式　模仿控制方式是指在控制过程中，记录前一控制周期（从制动液减压到增压中）的各种参数，再按照这些参数值规定出下一个控制周期的控制条件。此类控制方式在控制时需要准确和实时测定汽车瞬时速度，其成本较高，技术复杂，已较少使用。

2）按 ABS 的结构及原理分类

① 液压式 ABS　液压式 ABS 被广泛用于轿车和轻型载货汽车上，按其液压控制部分的结构原理不同主要可分为整体式和分离式。其主要区别是：整体式 ABS 中，制动压力调节器与液压制动总缸安装成一个整体，并安装有蓄压器，结构更为紧凑，在美国车上常装用此类型 ABS，如福特和通用的别克、凯迪拉克等车型中都有安装；分离式 ABS 中，制动压力调节器与液压制动总缸分别独立安装，没有蓄压器，目前该类 ABS 较为多见。

液压式 ABS 按调压的方式不同，其制动压力调节器分为流通式和变容积式两种。流通式制动压力调节器又称为循环式或环流式，它主要是利用制动液在制动总泵与制动分泵之间不断循环来实现分泵压力的减小、保持和增大。目前，博世、戴维斯系列大多数 ABS 都采用这种调压方式；变容积式制动压力调节器是利用容积变化来控制减压、保压和增压工作，德尔科 ABS、本田 4WALB 等 ABS 都采用了此种调压方式。

② 气压式 ABS　气压式 ABS 主要用于中、重型载货汽车，所装用的 ABS 按其结构原理主要分为两种类型：用于四轮后驱动气压制动汽车上的 ABS 和用于汽车列车上的 ABS。

③ 气顶液 ABS　气顶液 ABS 兼具有气压式和液压式两种制动系统的特点，应用于部分中、重型载货汽车。气顶液 ABS 按其结构原理又可分为两种类型：一种是通过气顶液动力缸输入空气压力来控制制动压力的 ABS；另一种是直接控制由气顶液动力缸输出到各车轮制动器的制动液压力的 ABS。

3）按 ABS 的布置形式分类

ABS 的布置形式是指轮速传感器的数量、制动压力调节器控制的通道数和对各车轮制动器制动压力的控制方式。以下分类仅对四轮汽车而言，不包括汽车列车。

根据控制通道数可分为四通道、三通道、二通道和一通道四种；根据传感器数主要可分为四传感器和三传感器两种。控制通道是指能够独立进行制动压力调节的制动管路。如果一个车轮的制动压力占用一个控制通道，可以进行单独调节，称为独立控制；如果两个车轮的制动压力是一同调节的，称为一同控制。两个车轮一同控制时有两种方式：如果以保证附着系数较小、车轮不发生抱死为原则进行制动压力调节，则称这两个车轮按低选原则一同控制；如果以保证附着系数较大、车轮不发生抱死为原则进行制动压力调节，则称这两个车轮按高选原则一同控制。按低选原则一同控制较常见。

目前汽车上应用较多的为三通道（前轮独立控制、后轮低选控制）四传感器式、三通道三传感器式和四通道四传感器式。

① 三通道四传感器式　三通道四传感器 ABS 如图 1-7 所示，一般采用两个前轮独立控制，两个后轮按低选原则进行一同控制。对两个前轮进行独立控制，主要是考虑轿车，特别是由前轮驱动的汽车，前轮制动力在汽车总制动力中所占的比例较大（可达 70% 左右），可以充分利用两前轮的附着力。这种形式的 ABS 制动方向稳定性较好，但制动效能稍差。

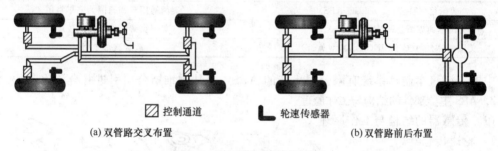

| ▨ 控制通道 | ⌐ 轮速传感器 |

(a) 双管路交叉布置　　　　　　　　　(b) 双管路前后布置

图 1-7　三通道四传感器 ABS

② 三通道三传感器式　三通道三传感器 ABS 如图 1-8 所示，也是采用两个前轮独立控制，两个后轮按低选原则进行一同控制。与三通道四传感器 ABS 不同的是其后桥只有一个轮速传感器，装在差速器附近。这种形式的 ABS 制动方向稳定性较好，但制动效能稍差。

③ 四通道四传感器式　四通道四传感器 ABS 如图 1-9 所示，每个车轮都有一个轮速传感器，且每个车轮的制动压力都是独立控制。这种形式的

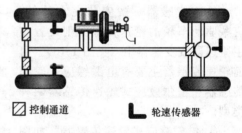

| ▨ 控制通道 | ⌐ 轮速传感器 |

图 1-8　三通道三传感器 ABS

ABS 制动效能和制动时的操纵性最好，但在不对称路面上制动时的方向稳定性差，易造成汽车制动跑偏。

4）按 ABS 生产厂家分类

目前世界上生产 ABS 的厂家主要有德国博世公司和戴维斯公司、美国德尔科公司和本迪克斯公司。由于每种 ABS 都在不断发展、更新和换代，因此即使同一厂家，由于生产年代不同，装用车型不同，ABS 的型式也可能不一样。还有一些国家和生产厂家也生产其他型式的 ABS，其中有的则是从上述厂家通过技术引进，并在此基础上进行单独开发或合作开发生产，有相当一部分 ABS 属于上述四种的某一变型。另外，还有德国瓦布科公司、英

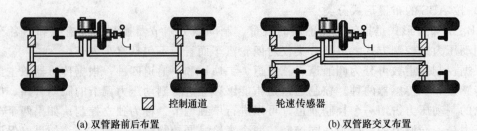

控制通道　　　　轮速传感器

(a) 双管路前后布置　　　　　　　　　　　　　(b) 双管路交叉布置

图 1-9　四通道四传感器 ABS

国卢卡斯·格林公司、日本本田-住友和美国凯尔西海斯公司生产的 ABS 数量也较大。ABS 生产厂家及应用情况见表 1-2。

表 1-2　ABS 的生产厂家及应用情况

生产厂家产品名称	应 用 情 况
德国博世公司（BOSCH ABS）	欧、美、日、韩进口车应用最多
德国戴维斯公司（TEVES ABS）	
德国瓦布科公司（WABCO ABS）	
美国凯尔西海斯公司（KELSY HAYES ABS）	部分日本进口的轻型载货汽车使用
美国德尔科公司（DELCO ABS）	美国通用车和韩国大宇车常用
美国本迪克斯公司（BENDLX ABS）	美国克莱斯勒车应用较多
美国格林公司（GIRLING DGX 型 ABS）	载货汽车专用

中国上海汽车制动系统有限公司生产的 ABS，是从戴维斯公司引进并合资生产的。

3. ABS 主要部件的结构与工作原理

（1）传感器的结构与工作原理

1）轮速传感器

轮速传感器的作用是检测车轮转速，并转换为电信号输入 ABS 电脑。

轮速传感器一般安装在车轮处，有些驱动车轮的轮速传感器则设置在主减速器或变速器中（见图 1-10）。目前轮速传感器主要有电磁感应式轮速传感器和霍尔效应式轮速传感器两种类型。

① 电磁感应式轮速传感器　如图 1-11 所示，电磁感应式轮速传感器主要由传感头和齿圈组成，它不需要电源供应，为被动式传感器。传感头由永久磁铁铁芯和感应线圈组成，齿圈由铁磁性材料制成。当齿圈旋转时，齿顶与齿隙轮流交替对向磁芯，当齿圈转到齿顶与传感头铁芯相对时，传感头磁芯与齿圈之间的间隙最小，由永久磁芯产生的磁力线就容易通过齿

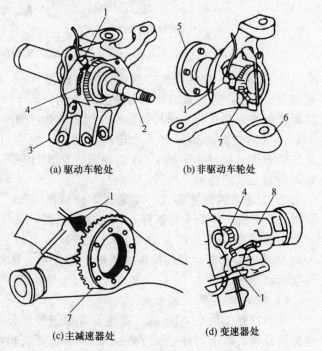

(a) 驱动车轮处　　　　(b) 非驱动车轮处

(c) 主减速器处　　　　(d) 变速器处

图 1-10　轮速传感器安装位置

1—传感器头；2—半轴；3—悬架支座；4—齿圈；5—轮毂；
6—转向节；7—齿圈（主减速器从动齿轮）；8—变速器

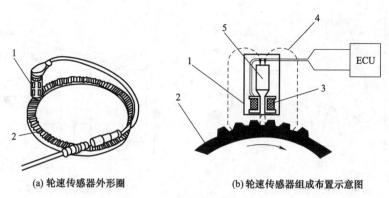

(a) 轮速传感器外形圈　　　　　(b) 轮速传感器组成布置示意图

图 1-11　电磁感应式轮速传感器

1—传感头；2—齿圈；3—感应线圈；4—磁力线；5—永久磁铁

圈，感应线圈周围的磁场就强，如图 1-12（a）所示；而当齿圈转动到齿隙与传感头铁芯相对时，传感头铁芯与齿圈之间的间隙最大，由永久磁铁铁芯产生的磁力线就不容易通过齿圈，感应线圈周围的磁场就弱，如图 1-12（b）所示。此时，磁通迅速交替变化，在感应线圈中就会产生交变信号电压，如图 1-12（c）所示信号电压的频率将随车轮转速成正比例变化。

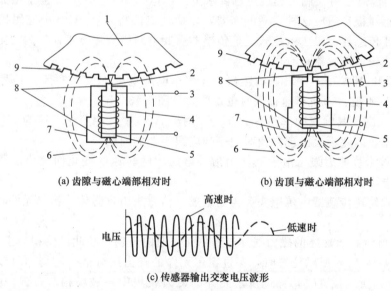

(a) 齿隙与磁心端部相对时　　　　(b) 齿顶与磁心端部相对时

(c) 传感器输出交变电压波形

图 1-12　电磁感应式轮速传感器的工作原理

1—齿圈；2—磁芯端部；3—感应线圈引线；4—感应线圈；5—永久磁铁；
6—磁力线；7—电磁感应式传感器；8—磁极；9—齿圈齿顶

　　为防止外部电磁波对速度信号的干扰，传感器的引出线采用屏蔽线，以保证反映轮速变化时的交变电压信号能准确地送至 ABS 的电控单元（ECU）。

　　轮速传感器安装时，应保证传感头与齿圈之间的端面空气间隙值，该间隙值一般为 1mm，通常可通过移动传感头的位置来调整间隙；同时为保证汽车在制动过程中产生的振动不会干扰或影响传感信号，轮速传感器安装必须牢固。

　　电磁感应式轮速传感器结构简单，成本低。但存在下述缺点：

　　a. 输出信号电压随转速的变化而变化　如图 1-13（a）所示，电磁感应式轮速传感器向

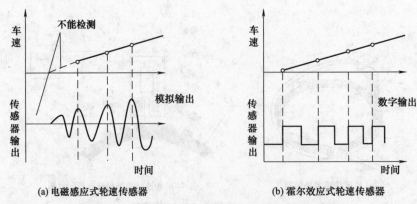

(a) 电磁感应式轮速传感器　　　　　　　(b) 霍尔效应式轮速传感器

图 1-13　轮速传感器输出信号与车速关系示意图

ABS 的 ECU 输送的电压信号的强弱是随转速的变化而变化的。若车速过慢，其输出电压信号低于 1V，ECU 无法检测到如此弱的信号，ABS 也就不能正常工作。

b. 频率响应较低　当车轮转速过高时，传感器的频率响应跟不上，容易产生错误信号。

c. 抗电磁波干扰能力较差，尤其是在输出信号幅值较小时。

② 霍尔效应式轮速传感器　目前国内外 ABS 防抱死制动系统的控制速度范围一般为 15～160km/h，今后会对控制的速度范围要求更大，达到 8～260km/h 甚至更大，显然电磁感应式轮速传感器很难适应这种发展的需要，取而代之的将是在 ABS 中应用越来越广泛的霍尔效应式轮速传感器。霍尔效应式轮速传感器需要电源供应才能工作，为"主动式"传感器。霍尔效应式轮速传感器具有以下优点：

a. 输出信号电压幅值不受转速的影响　在汽车电源电压 12V 条件下，信号电压幅值保持在 11.5～12V 不变，即使车速很低时也不变，见图 1-13 (b)。

b. 频率响应高　其响应频率高达 20kHz，用于 ABS 中，相当于车速为 1000km/h 时所检测的信号频率，因此不会出现高速时频率响应跟不上的问题。

c. 抗电磁波干扰能力强　由于其输出信号电压不随转速的变化而变化，且幅值高，故具有很强的抗电磁波干扰的能力。

霍尔效应式轮速传感器由传感头和齿圈组成。传感头由永磁体、霍尔元件和电子电路等组成。

如图 1-14 所示，永磁体的磁力线穿过霍尔元件通向齿轮，在此齿轮相当于一个集磁器。当齿轮位于图 1-14 (a) 所示位置时，穿过霍尔元件的磁力线分散，磁场相对较弱。当齿轮位于图 1-14 (b) 所示位置时，穿过霍尔元件的磁力线集中，磁场相对较强。齿轮转动时，使得穿过霍尔元件的磁力线密度发生变化，因而引起霍尔电压的变化，霍尔元件将输出一个

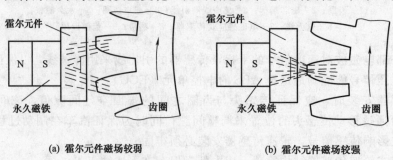

(a) 霍尔元件磁场较弱　　　　　　　　(b) 霍尔元件磁场较强

图 1-14　霍尔效应式轮速传感器磁路

毫伏级的准正弦波电压。此信号还需先经放大器放大为伏级电压信号，然后送往施密特触发器转换成标准的脉冲信号（见图1-15），再送到输出级经放大后输出给ECU。

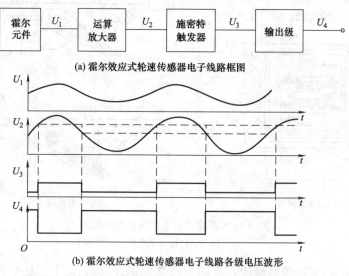

(a) 霍尔效应式轮速传感器电子线路框图

(b) 霍尔效应式轮速传感器电子线路各级电压波形

图1-15　霍尔效应式轮速传感器电子线路及各级电压波形

2）减速度传感器

ABS系统中另一种传感器是汽车减速度传感器，又称为G传感器（见图1-16），其作用是监测汽车制动时的减速度，ABS ECU可根据G传感器提供的汽车减速度信号，识别是否是雪路、冰路等易滑路面，以便采取相应的控制措施。现在只用于四轮驱动汽车。

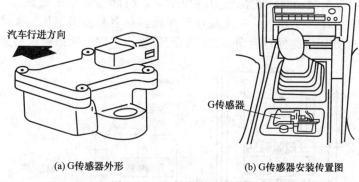

(a) G传感器外形　　　　　　　　(b) G传感器安装位置图

图1-16　汽车减速度传感器

当汽车在高附着系数的路面上制动时，减速度很大；在低附着系数的路面上制动时，减速度很小。当ABS ECU根据减速度传感器的信号，判定汽车是在附着系数很小的冰雪路面行驶时，就会按照低附着系数路面的控制方式进行控制，以提高制动性能。

目前减速度传感器主要有水银式、差动变压器式两种类型，各类型传感器安装位置因车而异，有的安装在行李舱内，有的则安装在发动机机舱内。

① 水银式减速度传感器　图1-17所示是采用水银开关的G传感器剖面图。这种水银开关如A-A剖面所示，与水平面有一定的夹角，汽车处于水平位置时开关处在"ON"状态。汽车在低摩擦系数路面上制动时，由于减速度较小，开关内的水银不移动，开关仍保持在"ON"状态。在高摩擦系数路面上制动时，因为减速度较大，开关内的水银离开触点，开关变为"OFF"状态。这样可识别出路面的摩擦系数信息并传送到电控单元。

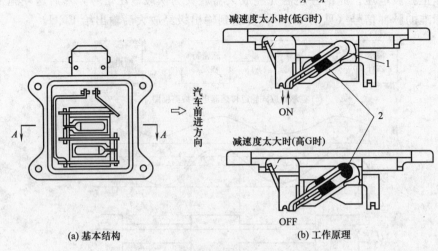

(a) 基本结构   (b) 工作原理

图 1-17 　水银式减速度传感器剖面图

1—玻璃管；2—水银

在采用水银开关的 G 传感器中，有的不仅在前进方向起作用，在后退方向也能送出减速度信号；还有的在前进方向上并列了两个水银开关，即使一个有故障，另一个也能正常工作。

② 差动变压器式减速度传感器　如图 1-18 所示，差动变压器式减速度传感器主要由变压器铁芯、线圈绕组（初级绕组和次级绕组）和弹簧等组成。汽车在正常行驶时，差动变压器铁芯处于中间位置，变压器次级绕组产生相位相反、大小相同的电压 u_1、u_2，变压器输出电压 u_0 为 0；当汽车制动时，在惯性力的作用下，引起差动变压器铁芯移动，使变压器次级绕组产生的 u_1、u_2 一个增大，一个减小，变压器就会有输出电压 u_0，与汽车的减速度成正比的 u_0 经信号处理电路处理后向 ABS 的 ECU 输出，即可用来判断路面情况。

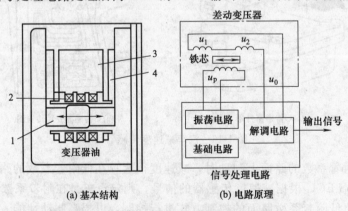

(a) 基本结构   (b) 电路原理

图 1-18 　差动变压器式减速度传感器

1—铁芯；2—线圈；3—印刷电路板；4—弹簧

（2）制动压力调节器的结构与工作原理

制动压力调节器是 ABS 系统中主要的执行器。在紧急制动过程中，当四个车轮中的任意一个趋于抱死时，制动压力调节器就会根据 ABS ECU 的控制指令，通过调节该车轮制动分泵的制动液压力"减压"、"保压"或"增压"来达到防抱死制动的目的。

制动压力调节器的种类较多，根据制动系统制动压力传递介质的不同，制动压力调节器有液压式和气压式两种。不同种类的制动压力调节器其结构与工作原理有所不同，下面主要介绍液压式制动压力调节器的结构与工作原理。

1）液压式制动压力调节器

液压式制动压力调节器又叫 ABS 液压控制单元（HCU），主要由电磁阀体、液压泵和储液器等组成（见图 1-19）。

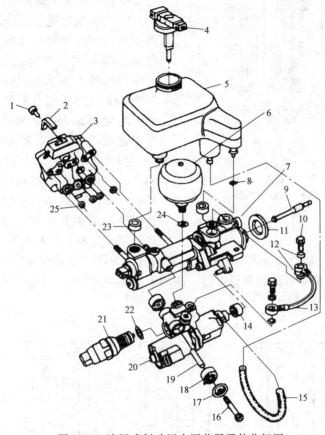

图 1-19 液压式制动压力调节器零件分解图

1—固定螺栓；2—储液罐固定架；3—电磁阀体；4—组合液位开关；5—储液罐；6—蓄能器；
7—制动总泵与液压助力器；8、12、22、24、25—O 形密封圈；9—制动踏板推杆；
10—高压管接头；11—密封圈；13—高压管；14—隔离套；15—回液管；
16—电动泵固定螺栓；17—垫圈；18—隔离套；19—螺栓套筒；
20—电动泵；21—组合压力开关；23—密封垫

① 电磁阀 电磁阀是制动压力调节器的重要部件，其电磁线圈受 ECU 的控制。通过电磁阀的切换，直接或间接地控制制动压力的增大、保持和减小。ABS 常用的电磁阀为三位三通电磁阀（3/3 电磁阀）和两位两通电磁阀（2/2 电磁阀）。

a. 3/3 电磁阀 博世 ABS 2S 用三位三通电磁阀的内部结构如图 1-20 所示，它主要由阀体、供油阀、卸荷阀、单向阀、弹簧、无磁支撑环、电磁线圈等组成。

该 3/3 电磁阀的工作原理如图 1-21 所示，ECU 通过控制电磁线圈流过的电流大小，使阀处于"增压"、"保压"、"减压"三种位置，即"三位"。当电磁线圈中无电流通过时，由于主弹簧力大于副弹簧弹力，进油阀被打开，卸荷阀关闭，制动总泵与分泵油路相通；当向电磁线圈输入 1/2 最大电流时（保持电流），电磁力使柱塞向上移动一定距离将进油阀关闭。此时，电磁力不足以克服两个弹簧的弹力，柱塞便保持在中间位置，卸荷阀仍处于关闭状

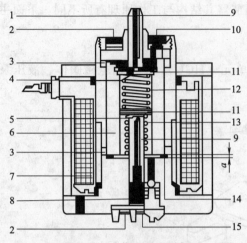

图 1-20　三位三通电磁阀

1—回液口（至储液器）；2—滤芯；3—无磁支撑环；
4—卸荷环；5—进油阀；6—柱塞；7—电磁线圈；
8—限压阀；9—阀座；10—出液口（至制动分泵）；
11—承接盘；12—副弹簧；13—主弹簧；
14—凹槽；15—进液口（来自制动总泵）

态。此状态时，三孔间相互密封，分泵压力保持一定值；当电控单元向电磁线圈输入最大工作电流时，电磁力足以克服主、副弹簧的弹力使柱塞继续上移将卸荷阀打开，此时分泵通过卸荷阀与储液器相通，分泵中制动液流入储液器，压力降低。

b. 2/2 电磁阀　2/2 电磁阀与 3/3 电磁阀不同，它只有两个工作位置，两个液压通道，ECU 通过对电磁阀断电和通电使其工作在两种工作状态。如图 1-22 所示，为两个 2/2 电磁阀组合后用于控制一个 ABS 通道的制动压力的示意图，其中一个为常开电磁阀，一个则为常闭电磁阀。

如图 1-22（a）所示，在两个电磁阀都不通电时，常开电磁阀将制动总泵与分泵接通，常闭电磁阀则将制动分泵与回油管路或储液器断开，ABS 系统处于增压（常规）制动过程；当只是常开电磁阀通电时，

如图 1-22（b）所示，制动总泵与分泵断开，制动分泵与制动总泵和储液器均不通，ABS 系统处于保压阶段；当两个电磁阀都通电时，如图 1-22（c）所示，制动分泵只与储液器接通，ABS 系统处于减压制动过程。

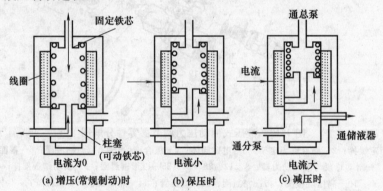

图 1-21　3/3 电磁阀的工作原理

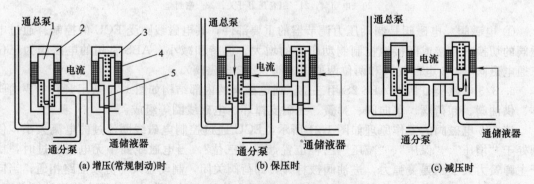

图 1-22　两个 2/2 电磁阀组合后工作原理

1、5—铁芯；2—常开 2/2 电磁阀；3—常闭 2/2 电磁阀；4—线圈

② 蓄能器与电动泵　蓄能器根据压力范围的不同，可分为低压蓄能器和高压蓄能器，它们分别配置在不同类型的制动压力调节器中。

a. 低压蓄能器与电动泵　低压蓄能器一般称为储液器，主要用来接纳 ABS 减压过程中从制动分泵流回的制动液，同时还对回流制动液的压力波动具有一定的衰减作用。储液器内有一活塞和弹簧（见图 1-23），当制动液从制动分泵流入储液器时，具有一定压力的制动液就会压缩弹簧并推动活塞下移，使储液器容积变大，可以暂时储存制动液，然后由液压泵电动机（电动泵）将制动液泵入制动总泵。

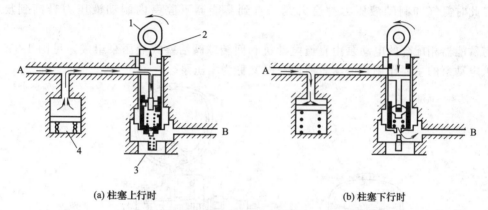

(a) 柱塞上行时　　　　　　　　　　　　　　　(b) 柱塞下行时

图 1-23　储液器与回油泵

1—凸轮；2—油泵柱塞；3—油泵；4—储液器；A：来自制动分泵；B：至制动总泵

电动泵一般多为柱塞泵，由电动机带动凸轮驱动，泵内设有两个单向阀，上阀为进液阀，下阀为出液阀。柱塞上行时，制动分泵与储液器内的具有一定压力的制动液，通过进液孔推开进液阀进入泵腔内；柱塞下行时，首先封闭进液阀，继而使泵腔内制动压力升高，然后推开出液阀，将制动液压回制动总泵。由于该电动泵的主要作用是将制动液泵回制动总泵，所以又叫回液泵。

图 1-24 所示为博世（BOSCH）等 ABS 电动回液泵的控制电路。在 ABS 工作时，ECU输出控制信号，使泵电机继电器电磁线圈电路通电，继电器触点闭合，接通泵电机电路。泵电机通电运转时，通过凸轮带动柱塞泵工作。图中泵电机通向 ECU 端子 7 处的电路为 ECU的泵电机继电器的监测电路。当继电器触点未闭合时，端子 7 处输出电压信号为零；当继电

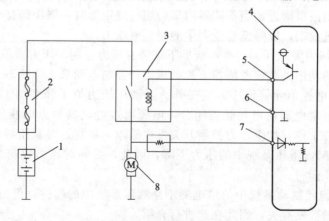

图 1-24　电动泵控制电路

1—蓄电池；2—熔断器；3—泵电机继电器；4—ECU；5—泵电机继电器控制端；

6—继电器搭铁端；7—泵电机继电器监测端子；8—泵电机

器触点闭合时，该端子处电压值应为蓄电池电压（或发电机电压），若此时电压信号低于10.5V，ECU则判定继电器或电动机电路不正常。

b. 高压蓄能器与电动泵 高压蓄能器一般又称为蓄能器，有的叫蓄压器，用于储存制动中或ABS工作时所需的高压制动液。它是制动系统的能源。高压蓄能器多采用黑色气囊状，其结构如图1-25（a）所示。蓄能器内部有一膜片，将蓄能器分成上、下两个腔室。上腔为气室，充满氮气并具有一定压力。下腔为油室，与电动泵油道相通，用来充填来自电动泵泵入的制动液。在电动泵工作时，向蓄能器下腔泵入制动液，使膜片向上移，进一步压缩氮气，此时氮气和制动液压力都会升高，直到蓄能器下腔室内制动液压力升高到规定值为止。

与蓄能器相配合的电动泵由直流电动机和回转球阀活塞式液压泵组成，见图1-25（b）。由于该电动泵的主要作用是增压，所以有时又称为增压泵。

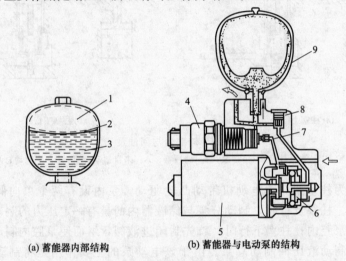

(a) 蓄能器内部结构   (b) 蓄能器与电动泵的结构

图1-25 蓄能器与电动泵

1—氮气；2—膜片；3—高压制动液；4—压力控制/压力警示开关；5—直流电动机；6—回转球阀式活塞泵；7—限压阀；8—单向阀；9—蓄能器

③ 其他组成部件

a. 单向阀和限压阀 图1-25中单向阀在靠近蓄能器的进液口处，使制动液只能进不能出；限压阀设置在出液口附近，当蓄能器内压力超过规定值时，限压阀打开，使蓄能器中制动液流回液压泵的进液端，以降低蓄能器中的制动液压力。

b. 压力控制和压力警示开关 在蓄能器下端装有压力控制和压力警示开关。

压力控制开关的功用是监视蓄能器下腔的压力，控制电动泵工作状态。它由一组触点组成，且独立于ABS电控单元（ECU）而工作。当液压压力值下降到约14000kPa时，开关闭合，使电动液压泵继电器通电，触点闭合，电源通过继电器触点向液压泵直流电动机供电，电动液压泵运转工作。如果压力控制开关发生故障，尽管这时蓄压器仍能提供较大的压力，但最终会导致ABS液压系统中的压力下降，因此，必须对压力控制开关进行检查，待故障排除后再让汽车运行。

c. 继电器 防抱死制动系统中的继电器不是液压系统中的部件，但由于它们较为重要，同时又与液压系统的控制有关，因此在此进行介绍。

在ABS系统中，一般有两个继电器，一个是主电源继电器，另一个是电动泵继电器。主电源继电器通过点火开关供给ABS电控单元电能。只要发动机启动ABS电控单元就会感知并启动系统自检程序，检查ABS系统是否良好。如果主电源继电器损坏，电控单元就会收到信号并让ABS系统停止工作（普通制动系统继续工作）直到主电源继电器修复为止。电动泵继电器主要给电动泵接通电源。当点火开关接通后，电流通过压力控制开关（接通状态）使电动泵继电器导通，控制电动泵的触点闭合，蓄电池直接给电动泵供电使其工作。如果电动泵继电器损坏或发生故障，电动泵就不能运行，必然导致整个系统压力下降而无法工作，此时车辆要停止运行，直到将电动泵继电器修复为止。

2）气压式制动压力调节器

用于气压制动系统的压力调节器主要有两种类型：直接控制式和间接控制式。

① 直接控制式制动压力调节器 直接控制式制动压力调节器一般装于继动阀或快放阀与车轮制动器气室之间，直接控制进入制动气室内的压力。图1-26为直接控制式制动压力调节器的结构图。

调节器由进气膜片阀、排气膜片阀和控制电磁阀等组成。进气膜片阀用以控制由继动阀进入的气流，排气膜片阀用来控制排掉制动气室的空气，控制电磁阀用来控制各膜片阀的背压。各膜片阀与电磁阀的工作状态如表1-3所示。

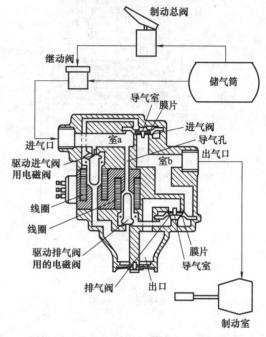

图1-26 直接控制式制动压力调节器结构

表1-3 膜片阀与电磁阀的工作状态

工作状态	进气膜片阀	控制电磁阀	排气膜片阀	控制电磁阀
增压	开	无电流（关）	关	无电流（关）
保压	关	有电流（开）	关	无电流（关）
减压	关	有电流（开）	开	有电流（开）

工作过程如下：

a. 增压（常规制动） 增压时，ECU将控制进气阀的电磁阀和控制排气阀的电磁阀的电路都切断，所有电磁线圈均无电流，各电磁阀都处于关闭状态。此时，进气阀因无控制气压而处于开启状态，而排气阀因有控制气压而处于关闭状态。因而由继动阀流入的压缩空气由气室a经进气阀流入气室b，再由出气口流入制动气室，制动气室气压升高。

b. 保压 在保压过程中，ECU只对控制进气阀的电磁阀线圈通电，电磁力将阀体下吸而将其上端阀门打开，同时将其下端排气口关闭，气室a的压缩气体，经电磁阀流入进气阀的导气室而将进气阀关闭，切断了气室a与气室b的通道。而此时控制排气阀的电磁阀仍无电流流过，排气阀仍处于关闭状态。制动气室与进气口、排气口均隔离，气室保持一定气压。

c. 减压 减压时，ECU同时对控制进气阀和控制排气阀的电磁阀供电。此时进气阀仍保持关闭状态，而排气控制电磁阀在电磁线圈电磁力的吸引下向上移动，将其上端阀门关闭而下端阀门打开，排气阀导气室与气室a隔离而与出气口相通，导气室压力下降而使排气阀打开。从而使气室b与出气口连通，制动气室的压缩气体经b室、排气阀、出气口排入大气，制动气室的压力下降。

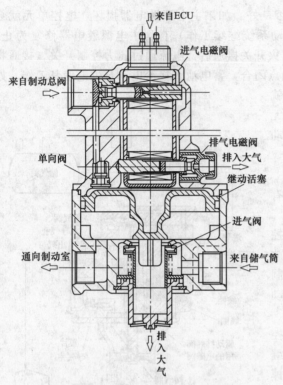

来自ECU

进气电磁阀

来自制动总阀

排气电磁阀

排入大气

单向阀

继动活塞

进气阀

通向制动室

来自储气筒

排入大气

图 1-27　间接控制式制动压力调节器

② 间接控制式（引导控制式）制动压力调节器　间接控制式制动压力调节器是在继动阀的继动活塞上部设两个控制电磁阀，用来控制辅助管路的气压，间接控制输向制动气室的空气压力。其结构如图 1-27 所示。

进气电磁阀和排气电磁阀受 ECU 控制，分别控制由制动总阀进入继动活塞上方的进气通道和继动活塞上方的排气通道、控制继动活塞上方的控制气压，从而控制继动活塞，使之处于不同位置而实现增压、保压和减压等过程。其工作过程与前面所述大致相似，读者可自行分析。

由于调节器是通过控制继动活塞上部气压的变化及继动活塞的上下运动来间接控制制动气室管路的压力，故调节器的反应速度要比直接控制方式慢。为提高调节器的反应速度，继动活塞上部的控制容积应尽可能小。由于继动阀通路容积比直接控制式大得多，所以用一个电磁阀可控制多个制动气室。因此，该调节器成本较低，功能较好，更适用于挂车 ABS 系统。

（3）ABS ECU 的结构与工作原理

ABS ECU 的功用是接受轮速传感器及其他传感器输入的信号，进行测量、比较、分析和判别处理，通过精确计算，得出制动时车轮的滑移率、车轮的加速度和减速度，以判断车轮是否有抱死趋势。再由其输出控制电路发出控制指令，控制制动压力调节器去执行压力调节的任务。

1）ECU 组成

ECU 一般由微处理器和其他数字电路组成，其体积小、重量轻、成本低，控制精度和工作可靠性高，元件由最初的 1000 个减为现在的 40 个以下，因而得到广泛应用。现以博世（BOSCH）ABS 2S 型用的 ECU 为例说明其内部结构与基本工作原理。

如图 1-28 所示是博世 ABS 2S 型用的 ECU 内部结构简图，它由输入放大电路 A、微处理器（运算电路）B、输出控制电路 C 和稳压电源、电源监控电路、故障反馈电路与继电器驱动电路 D 四部分组成。

① 输入放大电路　输入放大电路主要由一个低通滤波器和用以抑制干扰并放大轮速信号的输入放大器组成，输入级共有四个通道：VL—左前；VR—右前；HL—左后；HR—右后。其功用是将轮速传感器输入的正弦交流信号转换成矩形波整形放大后送往运算电路。

不同的 ABS 系统中轮速传感器的数量是不一样的。当系统装的轮速传感器为四个时，对应的输入放大电路也就要求有四个。当只在左右前轮和后轴差速器安装轮速传感器时，只需要三个，输入放大电路也就成了三个。但是，要把后轮的一个信号当作左、右轮的两个信号送往运算电路。

② 微处理器　微处理器即运算电路，其主要进行车轮线速度、初始速度、滑移率、加

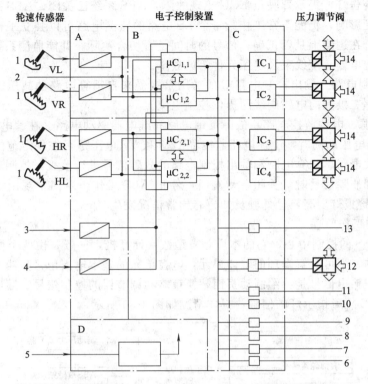

図 1-28 博世 (BOSCH) ABS 2S 型用的 ECU 内部结构图

1—轮速传感器；2—横摆力矩限制；3—发动机电控装置接口；4—自检初级电路；5—电源电压；
6—阀继电器；7—自检输出；8—车轴负荷传动装置；9—减速制动继电器；10—ASR 指
示灯；11—警告灯；12—电磁阀；13—发动机电控装置输出接口；14—压力调节阀

减速度的运算，以及电磁阀的开启控制运算和监控运算。

它由两个大规模集成电路 LS₁ 和 LS₂ 组成。两个电路平行且各自独立地处理来自两轮（通道 VL＋HR 和通道 VR＋HL）的信号，并执行逻辑加处理过程。LS₁ 的内部结构框图如图 1-29 所示。主要由输入级（频率控制）2、数学逻辑电路 3、控制器逻辑电路 4、数字传送器 6、监测电路等部分组成。输入级 2 将由输入级 A 输入的方波信号转换成一个十位数字，并将由于轿车振动或路面颠簸所引起的杂波过滤掉，然后输入数学逻辑电路 3 中。数学逻辑电路 3 根据输入级 2 传递的车轮频率信号，计算出被控车轮的滑移率和车轮角减（加）速度的变化。控制器逻辑电路 4 接受数学逻辑电路的计算结果并转换成输出电路的电磁阀控制指令向输出级 C 输入。数字传送器将输入级 2、数学逻辑电路 3、控制器逻辑电路 4 相互串联起来，同时还负责两个大规模集成电路 LS₁ 和 LS₂ 之间的通信联系。

监测电路 8 用以探测 ECU 有无故障和故障信号指示。如果数字控制电路发生故障，监测电路就触发一个故障信号，切断经安全继电器的稳定电压，关闭整个系

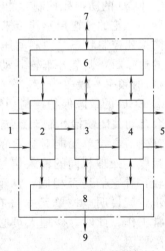

图 1-29　LS₁ 内部结构框图

1—来自输入电路的轮速信号；2—输入级
（频率控制）；3—数学逻辑电路；4—控制
器逻辑电路；5—输出电路的电磁阀控制
指令；6—数字传送器；7—接口；
8—监测电路；9—故障信号

统。同时点亮警告灯，提示驾驶员 ECU 出现故障，ABS 系统已关闭。ABS 系统关闭后，基本制动系统不受影响，仍能正常工作。每个 LS 电路的监测电路可以独立工作，用以检查信号的产生和组合在逻辑上是否正确，信号的时间是否切合实际，并能监测系统的外围设备和轮速传感器、继电器、配线束及稳压元件等的故障。

③ 输出控制电路　输出控制电路 C 的功用是接受来自运算电路的减压、保压或增压信号，控制大功率三极管向电磁阀线圈提供控制电流。

④ 稳压电源、电源监控电路、故障反馈电路和继电器驱动电路　在蓄电池供给 ECU 内部所用 5V 稳压电压的同时，上述电路监控着 12V 和 5V 电压是否在规定范围内，并对轮速传感器输入放大电路、运算电路和输出控制电路的故障信号进行监视，控制着继动电动机和继动阀门。出现故障信号时，关闭继动阀门，停止 ABS 工作，返回常规制动状态，同时仪表盘上的 ABS 警报灯变亮，让驾驶员知道有异常情况发生。

2）ECU 的工作原理

ECU 是 ABS 的控制中心，它的本质是微型数字计算机，一般是由两个微处理器和其他必要电路组成的、不可分解修理的整体单元，电控单元的基本输入信号是四个轮速传感器送来的轮速信号，输出信号是：给制动页面替换策略和调节器的控制信号、输出的自诊断信号和输出发给 ABS 故障指示灯的信号，具体情况如图 1-30 所示。

图 1-30　ABS 电控单元和基本输入、输出信号

以下介绍 ECU 的两种控制功能。

① ECU 的防抱死控制功能　电控单元有连续监测四轮传感器速度信号的功能。电控单元以四个车轮的轮速传感器传来的数据作为控制基础，一旦判断出车轮将要抱死，它立刻就进入防抱死控制状态，向制动压力调节器输出幅值为 12V 的脉冲控制电压，以控制分泵上油路的通、断，调节各车轮制动力，使车轮不会因一直有较大的制动力而让车轮完全抱死（通与断的频率一般在 3～12 次/秒）。

② ECU 的故障保护控制功能　如果防抱死制动系统出现故障或受到暂时的干扰，电控单元会自动关闭防抱死制动系统，让普通制动系统继续工作。

首先，电控单元能对自身的工作进行监控。由于电控单元中有两个微处理器，它们同时接收、处理相同的输入信号。此时电控单元产生的内部信号会和产生的外部信号进行比较，看它们是否相同，从而对电控单元本身进行校准。这种校准是连续的，如果不能同步，就说明电控单元本身有问题，它会自动停止防抱死制动过程，而让普通制动系统照常工作。此时，修理人员必须对 ABS 系统（包括电控单元）进行检查，以便及时找出故障原因。

图 1-31 是 ABS 系统电控单元内部监控工作的简要图解。来自车轮速度传感器的输入信号①同时被送到电控单元中的两个微处理器②和③，在经它们的逻辑模块④中处理后，输出内部信号⑤（车轮速度信号）和外部信号⑥（给液压调节器的信号），然后根据这两种信号进行比较、校对。逻辑模块④产生的内部信号⑤被送到两个不同的比较器⑦和⑧中（每个处理器中有一个比较器），在那里进行比较，如果它们不相同，电控单元将停止工作。微处理

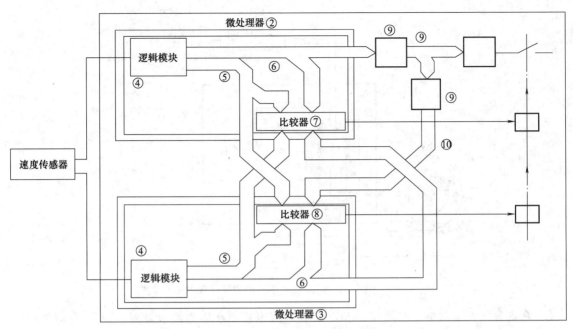

图 1-31　ABS系统电控单元控制工作框图

器②产生的外部信号⑥一路直接送到比较器⑦，另一路由输出控制电路⑨经过反馈电路⑩送到比较器⑧。微处理器③产生的外部信号直接送到比较器⑦和⑧。之后通过比较器进行比较，如果内、外部信号不能同步，ABS系统电控单元将要关闭防抱死制动系统。

ABS系统电控单元不仅能监视自己内部的工作过程，而且还能监视ABS系统中其他部件的工作情况。它可按程序向制动压力调节器的电路系统及电磁阀输送脉冲检查信号，在没有任何机械动作的情况下完成其他系统功能是否正常的检查。在ABS系统工作的过程中，电控单元还能监视、判断车轮传感器送来的轮速信号是否正常。

若ABS系统出现故障，例如制动液损失、液压压力降低或轮速信号消失，电控单元都会自动发出指令，让普通制动系统进入工作，而ABS系统停止工作。对因某个轮速传感器损坏产生的信号输出，只要它在可接受的极限范围内，或由于较强的无线电高频干扰而使传感器发出超出极限的信号，电控单元便会根据情况可能停止ABS系统的工作或让ABS系统继续工作。

4. ABS工作原理

（1）循环式液压调节器ABS工作原理

1）普通制动模式

汽车在行驶过程中，当驾驶员踩下制动踏板进行制动时，制动开关闭合，ECU会由此判定汽车已进入制动状态，并开始对各轮速传感器输入的轮速信号进行处理。通过运算，可获得制动车轮的滑移率、车轮的加减速度，以判断车轮是否有抱死趋势。

在判定车轮还没有趋于抱死时，ECU仍不接通各电磁阀搭铁回路，各电磁阀线圈仍处于不通电状态，各电磁阀中的柱塞处于如图1-32所示位置，为普通制动模式。在普通制动模式中，制动主缸与制动轮缸的管路经电磁阀相连通，由主缸来的制动液直接流入轮缸，轮缸的压力随主缸的压力变化而变化。

2）ABS进入工作状态

在制动过程中，随着各车轮制动轮缸压力的增大，当ECU根据各轮速传感器的输入信

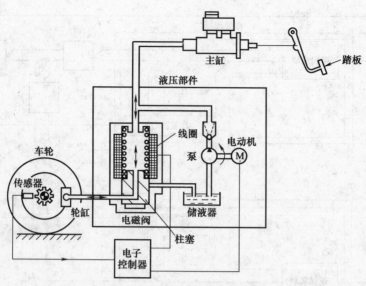

图 1-32　普通制动模式的调压过程

号，判定有任何车轮趋于抱死时，ABS 就进入防抱死制动压力调节过程，ECU 会对相应通道的电磁阀适时地进行控制。

① 减压　当 ABS ECU 向电磁线圈通入一个最大的电流值时，电磁阀处于"减压"位置，此时电磁阀将轮缸和回油通道接通或与储液器接通，使轮缸中的制动液流经电磁阀，流入储液器，使轮缸制动压力迅速下降，如图 1-33 所示。

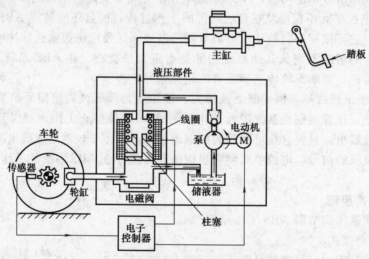

图 1-33　减压制动模式的调压过程

同时启动液压泵，将流回储液器的制动液加压后输送到蓄能器或制动主缸，为下一个制动周期作好准备工作，这种泵叫再循环泵，在 ABS 工作过程中液压泵必须常开，它的作用是把减压过程中从轮缸流回的制动液送回高压端，这样可以防止在 ABS 工作时踏板行程发生变化，并因制动液循环而发生踏板振动的现象。

② 保压　当轮缸的压力减压到最佳制动液压，ABS ECU 向电磁线圈通入一个较小的保持电流（约为最大电流的一半）时，电磁阀处于"保压"位置，如图 1-34 所示。此时，所有的通道都被关闭，同时切断电动泵电动机的电源使电动泵停止工作，使轮缸内的制动压力

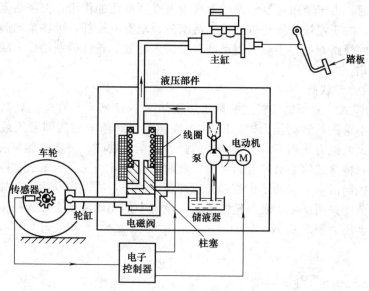

图 1-34　保压制动模式的调压过程

保持原有状态。

③ 增压　当轮缸需要增加制动压力时，ECU 发出指令，使电磁线圈断电，电磁阀中的柱塞又回到普通制动模式时的初始位置。主缸和轮缸的管路再次相通，主缸和电动泵输出的制动液再次进入轮缸，便增加了制动压力，如图 1-35 所示。

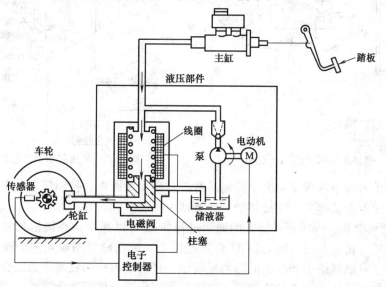

图 1-35　增压制动模式的调压过程

这种直接控制式的调压装置结构简单、灵敏性较好。但当电动泵工作时，高压制动液返回制动主缸或在增压过程中制动液从制动主缸流回制动轮缸的瞬间，制动踏板行程均会发生变化（称为踏板反应），这种反应能让驾驶员知道 ABS 已经开始工作了。

（2）可变容积式液压调节器 ABS 工作原理

1）普通制动模式

普通制动模式的调压过程如图 1-36 所示。在制动压力调节装置未进行防抱死制动压力调节时，电磁线圈中没有电流通过，电磁阀中的柱塞位于最左端，将液压控制活塞大端的工作腔与储液器接通。由于液压控制活塞的大端没有受到液压的作用，控制活塞在其回位弹簧的预紧力作用下，处于左端极限位置。控制活塞的顶端有一推杆，可将单向阀顶开，使制动主缸与制动轮缸的管路相通，主缸的制动液直接进入轮缸，轮缸的制动压力随制动总泵的输出压力变化而变化。

2）ABS进入工作状态

① 减压制动模式　减压制动模式的调压过程如图1-37所示。在防抱死制动压力调节过程中，当需要减小轮缸的制动压力时，ECU会发出指令，给电磁线圈通入最大电流。电磁阀中的柱塞在最大电磁力作用下，克服弹簧的弹力移至最右端，将蓄能器与液压控制活塞的工作腔接通，同时将接通储液器的管路关闭。此时电动泵开始工作，来自蓄能器或电动泵的高压制动液流入控制活塞大端的工作腔，克服弹簧的弹力，推动控制活塞右移。单向阀在回位弹簧的作用下落座关闭，将主缸与轮缸隔离，轮缸中的制动液就会流入控制活塞小端的工作腔，轮缸的制动压力随之减小。

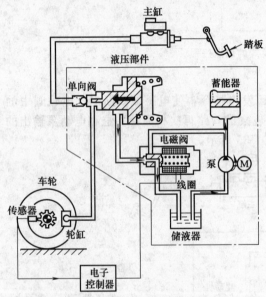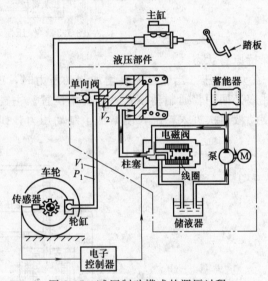

图1-36　普通制动模式的调压过程　　　　　图1-37　减压制动模式的调压过程

轮缸制动压力减小的程度取决于控制活塞向右移动的距离，控制活塞向右移动的距离越大，在轮缸侧的容积就越大，轮缸制动压力就减小得越多。

② 保压制动模式　保压制动模式的调压过程如图1-38所示。在防抱死制动压力调节过程中，当需要保持轮缸的压力时，ECU会发出指令，给电磁线圈通入一个较小的电流。由于电流较小，在电磁线圈中产生的电磁力也较小，使电磁阀中的柱塞不能完全克服弹簧的弹力而处于中间位置，从而将通向蓄能器、控制活塞工作腔和储液器的管路全部关闭。

来自蓄能器或电动泵的制动液不能再进入液压控制活塞大端的工作腔，控制活塞大端工作腔的压力不再发生变化。液压控制活塞在大端工作腔的油压和弹簧力作用下，保持在一定的位置，此时由于单向阀仍处于落座状态，所以轮缸的制动压力保持不变。

③ 增压制动模式　增压制动模式的调压过程如图1-39所示。在防抱死制动压力调节过程中，当需要增加轮缸的压力时，ECU会发出指令，切断通向电磁线圈的电流。电磁阀中的柱塞在弹簧力的作用下回到左端的初始位置，将液压控制活塞大端的工作腔与储液器管路接通。

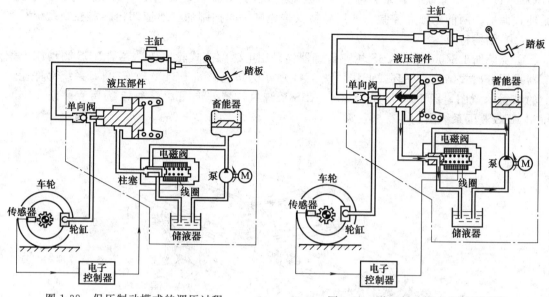

图 1-38 保压制动模式的调压过程 　　　　　　图 1-39 增压制动模式的调压过程

　　液压控制活塞大端工作腔内的制动液流回储液器，作用在活塞大端工作腔的高压被解除，液压控制活塞在弹簧力的作用下，也回到左端的初始位置，顶开单向阀，使来自主缸的制动液直接进入轮缸，以增大轮缸的制动压力。

　　可变容积式压力调节装置的特点是通过改变电磁阀中柱塞的位置，对液压控制活塞的移动进行控制，从而改变轮缸侧的管路容积，利用这种变化间接地控制轮缸制动压力的增减，其制动压力的增减速度取决于液压控制活塞的移动速度。

【任务实施】

1. 丰田雷克萨斯 LS400 轿车 ABS 系统整体认识

　　图 1-40 所示为丰田雷克萨斯 LS400 轿车 ABS 系统的组成，该 ABS 系统采用博世

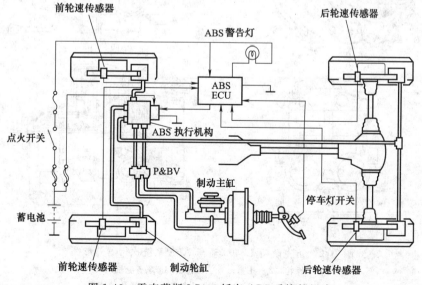

图 1-40　雷克萨斯 LS400 轿车 ABS 系统的组成

（BOSCH）ABS2 系统，这是一种装备车型最广泛的 ABS 系统。它属于典型的分离式布局、循环式调压、两前轮独立控制、两后轮按低选原则一同控制的三通道四传感器控制系统。

（1）结构特点

雷克萨斯 LS400 轿车 ABS 轮速传感器均采用电磁感应式轮速传感器，ABS 制动压力调节器采用分离式结构、循环式调压，图 1-41 所示为雷克萨斯 LS400 轿车 ABS 系统部件在车上的布置示意图，图 1-42 所示为该车 ABS 系统执行器外形图，图 1-43 为雷克萨斯 LS400 轿车 ABS 液压系统图。

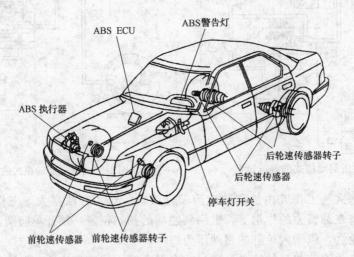

图 1-41　雷克萨斯 LS400 轿车 ABS 系统部件在车上的位置

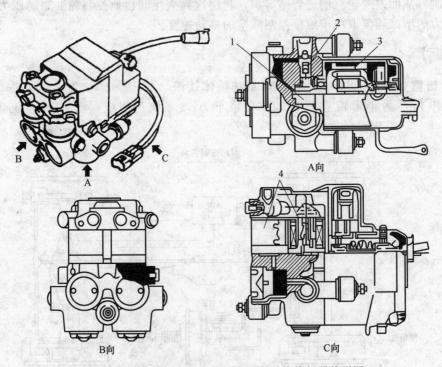

图 1-42　雷克萨斯 LS400 轿车 ABS 系统执行器外形图
1—齿轮；2—柱塞；3—电动机；4—3/3 电磁阀
A：来自制动主缸；B：通往制动轮缸；C：通往储能器

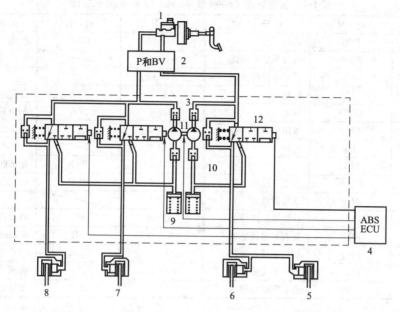

图 1-43 雷克萨斯 LS400 轿车 ABS 液压系统图

1—主缸；2—比例分配阀；3—ABS 压力调节器；4—ABS ECU；5—右后制动轮缸；6—左右制动轮缸；
7—右前制动轮缸；8—左前制动轮缸；9—储能器；10—单向阀；11—油泵；12—3/3 电磁阀

（2）ABS 系统控制过程

图 1-44 为雷克萨斯 LS400 轿车 ABS 系统电路图，雷克萨斯 LS400 轿车 ABS ECU 插头端子连接如表 1-4 所示。

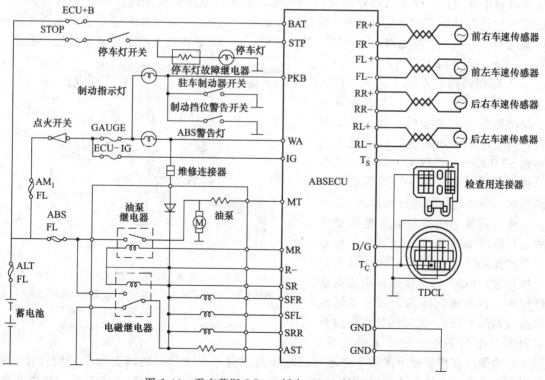

图 1-44 雷克萨斯 LS400 轿车 ABS 系统电路图

表 1-4　雷克萨斯 LS400 轿车 ABS ECU 各端子功能

端子编号	符　号	端子名称	端子编号	符　号	端子名称
A16-1	D/G	诊断	A16-16	GND	接地
A16-2	RR−	后右车速传感器	A16-17		
A16-3	RL−	后左车速传感器	A16-18		
A16-4	T_C	诊断	A17-1	SFR	右前电磁线圈
A16-5	GND	接地	A17-2	WA	ABS 警告灯
A16-6	BAT	备用电源	A17-3	STP	停车灯开关
A16-7	IG	电源	A17-4		
A16-8	SFL		A17-5	PKB	驻车制动开关
A16-9	RR+	后右车速传感器	A17-6	SRR	后电磁线圈
A16-10	R−	继电器地线	A17-7		
A16-11	RL+	后左车速传感器	A17-8	MT	电动机继电器监控器
A16-12	FR−	前右车速传感器	A17-9	SR	电磁继电器
A16-13	FR+	前右车速传感器	A17-10	MR	电动机继电器
A16-14	FL−	前左车速传感器	A17-11	T_S	传感器检查用
A16-15	FL+	前左车速传感器	A17-12	AST	电磁继电器监控器

① 进入自检和等待工作状态　点火开关接通时，蓄电池的电压通过点火开关加到 ECU 的 IG 端子上，ECU 开始进行自检，ABS 警告灯中因有电流通过而点亮。

经过短暂的自检，如果发现系统中存在影响正常工作的故障，ECU 将故障信息以代码形式存入存储器内，且 ABS 处于关闭状态。此时，ABS 灯仍将持续点亮。

经自检如果未发现系统存在故障，ECU 将从其端子 BAT 接受蓄电池的电压，作为其工作电压。此时，ECU 使其端子 SR 有蓄电池电压输出，并使端子 R− 内部搭铁，电磁阀继电器线圈有电流通过，使常闭触点断开，ABS 警告灯不再显示电流通过，ABS 警告灯熄灭标志着自检过程基本完成。此时，蓄电池电压开始通过电磁继电器中的闭合触点，加在电磁阀线圈绕组的一端和"电磁继电器监控"端子 AST 上，ECU 由此判断电磁继电器处于激励状态，ABS 进入等待工作状态。

② 踩制动踏板 ABS 未进入工作状态　在汽车行驶过程中，当驾驶员踩下制动踏板进行制动时，制动开关闭合，蓄电池的电压就会通过制动开关加到 STP 端子上，ECU 由此判定汽车已进入制动状态，并开始对各轮速传感器输入的轮速信号进行处理。

通过运算，获得制动车轮的滑移率、车轮的加减速度，以判断车轮是否有抱死趋势。在判定车轮还没有趋于抱死时，ECU 仍不接通各电磁阀搭铁回路，各电磁阀线圈仍处于不通电状态（见图 1-45）。此时阀体在回位弹簧的弹力作用下停留在最下端位置，

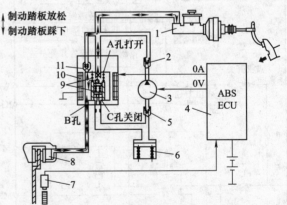

图 1-45　普通制动模式的调压过程
1—制动主缸；2、5、11—单向阀；3—液压泵电动机总成；
4—ABS ECU；6—储液器；7—前轮速传感器；
8—制动轮缸；9—回位弹簧；10—磁化线圈

其下端的阀门在弹簧弹力作用下将通往储液器的通道 C 孔关闭，同时上端阀门被打开，来自制动主缸的压力油从 A 孔通道直接进入 B 孔通道而流入轮缸，轮缸压力升高。这时止回

阀 2、5 和 11 关闭，液压泵和电动机总成不工作。当松开制动踏板时，制动分泵中的制动液一部分经 B 孔和 A 孔流回制动总泵，另一部分经 B 孔和止回阀 11 流回制动总泵。

③ 踩制动踏板 ABS 进入工作状态　当 ECU 根据各轮速传感器的输入信号，判定有任何车轮趋于抱死时，ABS 就进入防抱死制动压力调节过程，ECU 对相应通道的电磁阀适时地进行控制。同时 ABS ECU 还设有随时对系统进行监测的自诊断系统和稳压保护装置。稳压保护装置用于向 ABS ECU 提供一个稳定的工作电压，同时还具有电压监测与保护功能。当电源电压过低时，该装置即点亮 ABS ECU 指示灯，同时自动切断 ABS 系统的电源电路。

a. 减压　如图 1-46 所示，当电磁线圈由 ECU 提供 5A 的大电流时，电磁力将使阀体进一步克服上弹簧弹力而上升到最高位置。此时上端阀门在下弹簧作用下仍处于关闭状态，而下端阀门则被打开，使轮缸中的制动液经 B 孔和 C 孔通道流入储液器，轮缸压力降低。

b. 保压　如图 1-47 所示，当电磁线圈由 ECU 提供 2A 小电流时，在电磁线圈电磁力的作用下，阀体克服上弹簧的弹力上升到中间位置，将上端阀门关闭，而下端阀门在下弹簧的作用下仍保持关闭状态。此时 A 孔、B 孔、C 孔三条通道互不相通，轮缸保持了一定压力。

c. 增压　当轮缸需要增加制动压力时，ECU 发出指令，使电磁线圈断电，电磁阀中的柱塞又回到普通制动模式时的初始位置。此时，A 孔打开，C 孔关闭。制动主缸和轮缸的管路再次相通，主缸和电动泵输出的制动液再次进入轮缸，增加了制动压力，如图 1-48 所示。

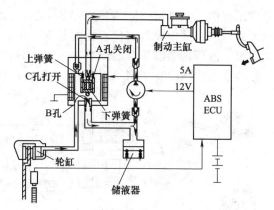

图 1-46　减压制动模式的调压过程

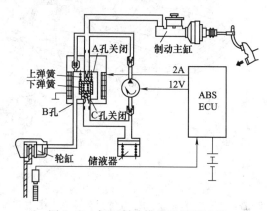

图 1-47　保压制动模式的调压过程

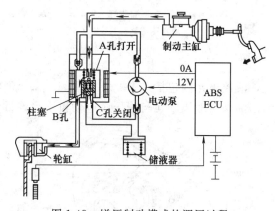

图 1-48　增压制动模式的调压过程

当制动力增大到一定程度时，车轮又会进入即将抱死的状态，这时又需对制动分泵降压，从而开始下一个"降压—保压—增压"循环过程，始终将车轮的滑移率控制在 10%～20% 的范围内，最大限度地保证了制动时汽车的稳定性，缩短了制动距离。

这种直接控制式的调压装置结构简单、灵敏性较好。但当电动泵工作时，高压制动液返回主缸或增压过程中制动液从制动主缸流回轮缸的瞬间，制动踏板行程均会发生变化（称为踏板反应），这种反应能让驾驶员知道 ABS 已经开始工作了。

2. 桑塔纳 2000Gsi 型轿车 ABS 系统整体认识

如图 1-49 所示为戴维斯（TEVES）MK20-Ⅰ型 ABS 系统在桑塔纳 2000Gsi 型轿车上的

布置示意图。戴维斯（TEVES）ABS 系统在欧洲及美国生产的轿车上被广泛采用，该种系统型式较多，其中较具有代表性的是 MK20-Ⅰ型 ABS 系统。它是典型的整体式结构，其制动总泵、液压调节器等全部组合在一起，具有结构紧凑、质量轻、体积小、管路简单、安装方便等优点。MK20-Ⅰ型 ABS 系统软件中已包含电子制动力分配功能，所以不需要再安装制动比例控制阀。

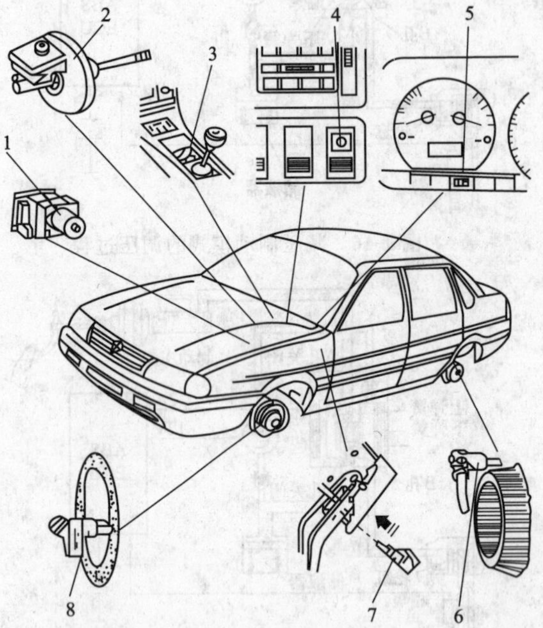

（1）结构特点

如图 1-49 所示，桑塔纳 2000Gsi 型轿车 ABS 系统主要由 ABS 控制器（包括电控单元、制动压力调节器等）、四个轮速传感器、ABS 指示灯等组成，为四传感器三通道的 ABS 调节回路，前轮单独调节，后轮按低选原则一同调节。

该车 ABS 系统共有 4 个电磁感应式轮速传感器，前轮的齿圈（43 齿）安装在传动轴上，转速传感器安装在转向节上，如图 1-50 所示。后轮的齿圈（43 齿）安装在后轮毂上，转速传感器则安装在固定支架上，如图 1-51 所示。

桑塔纳 2000Gsi 型轿车 ABS 制动压力调节器采用整体式结构、循环式调压。它与 ABS 的电控单元（ECU）组合为一体后安装于制动总泵与制动分泵之间，其外形如图 1-52 所示。制动压力调节器的基本组成包括电磁阀、液压泵电动及低压蓄能器（储液器）。低压蓄能器与液压泵电动机合为一体装于制动压力调节器（液控单元）

图 1-49　MK20-Ⅰ型 ABS 系统组件在车上的安装位置

1—ABS 制动压力调节器；2—制动总泵和真空助力器；3—自诊断插口；4—ABS 警告灯（K47）；5—制动警告灯（K118）；6—后轮速传感器（G44/G46）；7—制动灯开关（F）；8—前轮速传感器（G45/G47）

上，液控单元内包括 8 个 2/2 电磁阀，每个回路为一对，其中一个是常开进油阀，一个是常闭出油阀。液压单元与液压泵电动机不允许拆卸。

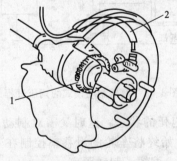

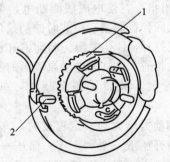

图 1-50　前轮速传感器（G45/G47）安装位置

1—齿圈；2—前轮转速传感器

图 1-51　后轮速传感器（G44/G46）安装位置

1—齿圈；2—后轮转速传感器图

（2）ABS 系统控制过程

桑塔纳 2000Gsi 轿车上采用的 MK20-Ⅰ型 ABS 液压控制系统为对角线双回路控制系统，其液压控制系统如图 1-53 所示，控制电路图如图 1-54 所示。

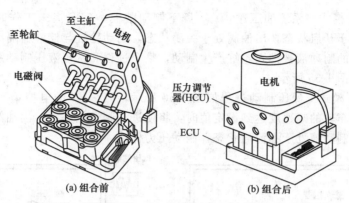

图 1-52 桑塔纳 2000Gsi 型轿车 ABS 制动压力调节器

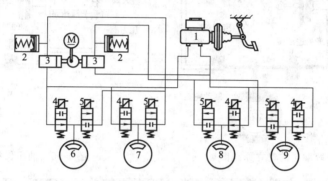

图 1-53 MK20-Ⅰ型 ABS 系统液压控制系统

1—制动总泵；2—低压储液器；3—液压泵；4—进油阀；5—出油阀；6—FL 制动轮缸；
7—RR 制动轮缸；8—RL 制动轮缸；9—FR 制动轮缸

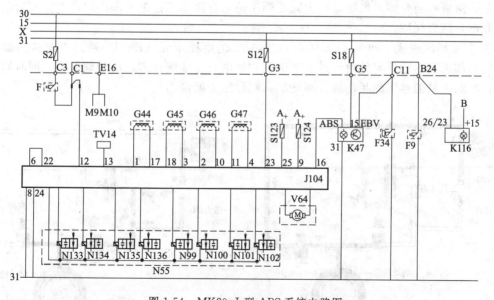

图 1-54 MK20-Ⅰ型 ABS 系统电路图

30—常火线（来自蓄电池）；15—火线；X—火线（启动时接通）；31—搭铁线；
A—蓄电池；B—在仪表内＋15；F—制动灯开关；F9—驻车制动指示灯开关；F34—制动液位报警信号开关；G44—右后轮速度传感器；G45—右前轮速度传感器；G46—左后轮速度传感器；G47—左前轮速度传感器；J104—ABS 及 EBV 的电控单元；K47—ABS 警告灯；K116—驻车制动、制动液位警告灯；M9—左制动灯；M10—右制动灯；N55—ABS 及 EBV 的液压单元；N99—ABS 右前进油阀；N100—ABS 右前出油阀；N101—ABS 左前进油阀；N102—ABS 左前出油阀；N133—ABS 右后进油阀；N134—ABS 右后出油阀；N135—ABS 左后进油阀；N136—ABS 左后出油阀；S2—熔丝（10A）；S12—熔丝（15A）；S18—熔丝（10A）；S123—液压泵熔丝（30A）；S124—电磁阀熔丝（30A）；TV14—诊断插口；V64—ABS 液压泵

① 普通制动模式（系统油压建立）　踩下制动踏板，ABS 尚未工作时，两电磁阀均不通电，进油阀处于开启状态，出油阀处于关闭状态，制动轮缸与储液器隔离，与制动主缸相通。制动主缸里的制动液被推入轮缸产生制动，整个过程和常规液压制动系统相同，制动压力不断上升，如图 1-55 所示。

② 制动保压模式　保压制动过程如图 1-56 所示，当 ABS 的电控单元（ECU）通过轮速传感器检测到车轮的减速度达到设定值时，将使进油阀通电关闭，出油阀仍处于断电关闭状态，轮缸里的制动液处于不流通状态，制动压力保持。

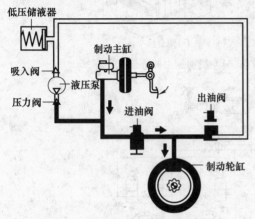

图 1-55　系统油压的建立原理图　　　　　　　图 1-56　油压保持原理图

③ 制动减压模式　如图 1-57 所示，当 ABS 的电控单元（ECU）通过轮速传感器检测到车轮趋于抱死时，进、出油阀均通电，轮缸与储能器相通，轮缸里的制动液在制动蹄复位弹簧作用下流到低压储能器，制动压力减小。同时电动回油泵通电运转，及时地将制动液泵回总泵，踏板有回弹感。当制动压力减小到车轮的滑移率至设定范围内时，进油阀通电，出油阀断电，压力保持。

④ 制动增压模式　如图 1-58 所示，当 ABS 的电控单元（ECU）通过轮速传感器检测到车轮的加速度达到设定值时，进、出油阀均断电，进油阀开启，出油阀关闭，同时回油泵通电，将低压储能器里的制动液泵到轮缸，制动压力增高。

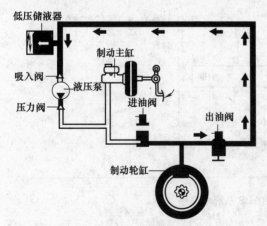
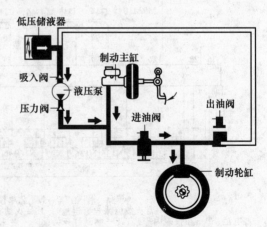

图 1-57　油压降低原理图　　　　　　　　　　图 1-58　油压增加原理图

ABS 制动压力调节器以 5～6 次/秒的频率按上述"增压制动—保压制动—减压制动—保压制动—增压制动"的循环过程对制动压力进行调节，直到停车为止。

如果 ABS 系统出现故障，可将进油阀始终常开，出油阀始终常闭，使常规液压制动系统继续工作而 ABS 系统不工作，直到 ABS 系统故障排除为止。

3. 别克轿车 ABS 系统整体认识

如图 1-59 所示为德尔科（DELCO）公司 Delco-Moraine ABS-Ⅲ（DMABS-Ⅲ）型 ABS 系统在别克世纪轿车上的布置示意图。德尔科（DELCO）公司 ABS 系统在美国通用（GM）车系上采用最普遍，我国从 1992 年以来进口的 GM 轿车大多采用德尔科 ABS 系统。该系统为四传感器三通道式的液压控制系统，采用可变容积式压力调节器，具有结构简单、可靠性高、成本低的特点。

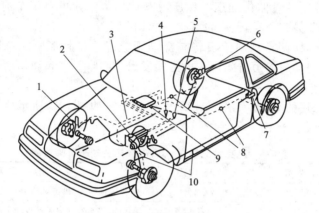

图 1-59　防抱死制动系统元件位置图

1—前轮速传感器；2—Powermaster-Ⅲ液压装置；3—配线；4—防抱死警示灯（琥珀色）；
5—制动警示灯（红色）；6—后轮速传感器；7—比例阀；8—后跨线线束接头；
9—ECU；10—液压制动管路

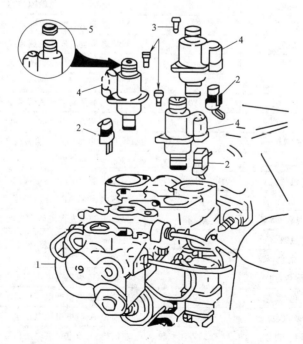

图 1-60　Powermaster-Ⅲ液压装置与电磁阀

1—Powermaster-Ⅲ液压调节装置；2—3 脚电气接头；3—螺钉（每个电磁阀配 2 个）；
4—电磁阀总成；5—电磁阀密封件

(1) 结构特点

如图 1-60 所示，DMABS-Ⅲ防抱死制动系统主要由 Powermaster-Ⅲ液压调节装置、轮速传感器、ABS 指示灯等组成。除 Powermaster-Ⅲ液压调节装置外，其他组成构件与博世型和戴维斯型 ABS 相似，故在此不再赘述。

Powermaster-Ⅲ液压调节装置位于发动机舱左后角，其内部的电动泵和蓄压器使制动液产生和保持一定的压力。蓄压器压力预载至 8.3MPa，电动泵使系统压力保持在 18.6MPa。在防抱死制动期间，液体压力由 Powermaster-Ⅲ液压装置内的 3 个电磁阀总成来调节（见图 1-60）。每个前轮使用 1 个电磁阀总成，后轮使用 3 个电磁阀（共用 1 个）总成。每个电磁阀总成都能在其控制的管路内加压、保压或释放压力，并可对每个前轮单独地进行调节（先调节一个，再调节另一个），但后轮必须一起调节。

在 ABS 循环工作期间，制动踏板将有颤动现象发生，且能听到电磁阀作用时发出的"咔嗒"声。在汽车启动后的短时间内，电磁阀发出"咔嗒"声和制动踏板颤动是正常的。

(2) ABS 系统控制过程

别克世纪轿车采用的 ECU 具有 24＋6＋2 个端子（如图 1-61 所示），各端子引脚的功能如表 1-5 所示，控制电路如图 1-62 和图 1-63 所示。

表 1-5 别克世纪轿车 ABS 电脑插头端子引脚功能

接头(引脚号)	线 路 颜 色	电路代号	电 路 名 称
C3(2)	橙黄色	461	串行数据输入/输出电路
C3(4)	浅蓝色/黑色	1289	ABS 电脑至右前电磁阀控制电路
C3(5)	浅蓝色	830	ABS 电脑至左前轮轮速传感器的回路
C3(6)	黄色	873	ABS 电脑至左前轮轮速传感器的输入电路
C3(7)	棕色	882	ABS 电脑至右后轮轮速传感器的输入电路
C3(8)	白色	883	ABS 电脑至右后轮轮速传感器回路
C3(9)	深绿色	872	ABS 电脑至右前轮轮速传感器的输入电路
C3(10)	褐色	833	ABS 电脑至右前轮轮速传感器的回路
C3(11)	红色	885	ABS 电脑至左后轮轮速传感器的回路
C3(12)	黑色	884	ABS 电脑至左后轮轮速传感器的输入电路
C3(13)	浅蓝色	20	ABS 电脑至制动开关信号输入
C3(14)	粉红色/白色	350	至 ABS 电脑的带熔丝的供电电路(点火开关电路)
C3(15)	橙黄色	140	至 ABS 电脑的带熔丝的供电电路(电瓶电压,一直通电)
C3(21)	褐色/白色	33	ABS 电脑制动警示灯控制
C3(22)	紫色/白色	879	ABS 电脑至 ABS 继电器控制电路
C3(23)	白色	852	ABS 电脑至 ABS 指示灯驱动模块与指示灯电路
C3(24)	深绿色/黄色	1288	ABS 电脑至左前电磁阀控制电路
C1(A)	红色/白色	850	电瓶输入开关电路
C1(B)	黑色	150	搭铁
C2(C)	深绿色/白色	1284	后轮 ABS 电机高电压信号电路
C2(D)	橙色/黑色	1285	后轮 ABS 电机低电压信号电路
C2(E)	粉红色	1281	左前轮 ABS 电机低电压信号电路
C2(F)	黑色/白色	1280	左前轮 ABS 电机高电压信号电路
C2(G)	黑色/粉红色	1283	右前轮 ABS 电机低电压信号电路
C2(H)	紫色	1282	右前轮 ABS 电机高电压信号电路

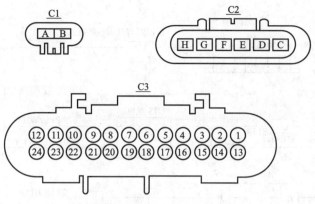

图 1-61   ABS ECU 插头端子视图

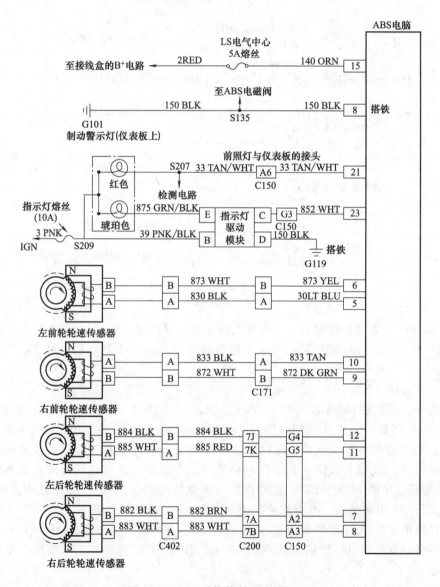

图 1-62   ABS 系统控制电路图（一）

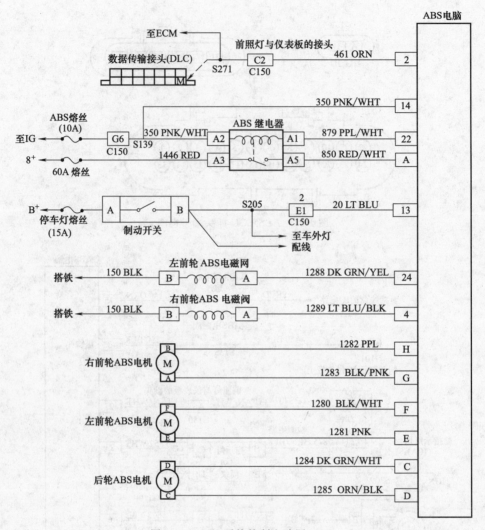

图 1-63　ABS 系统控制电路图（二）

　　① 进入自检和等待工作状态　点火开关接通时，蓄电池的电压加到 ECU 的 14 端子上，ECU 开始进行自检，如果此时制动总泵的制动液液位过低，或手制动未释放，则制动警示灯一直点亮。

　　在点火开关接通时，ECU 使其端子 23 内部搭铁，ABS 警示灯将被点亮。如果 ABS 警示灯没被点亮，则说明 ABS 警示灯及其线路有故障。经过短暂的自检，如果系统正常，ECU 的端子 23 内部停止搭铁，ABS 警示灯亮几秒就会熄灭。如果发现有影响系统正常工作的故障时，ABS 警示灯继续点亮，此后制动时 ABS 系统将不参加工作，并按常规制动过程进行自检。同时，ECU 将故障信息以代码形式存入存储器内，在进行故障自诊断时，可通过 DLC 诊断插座中的 M 端（ECU 的端子 2），读取故障码。当 ABS 故障妨碍常规制动时，ECU 将其端子 21 内部搭铁，并将红色制动（BRAKE）警示灯点亮。

　　如果自检正常，ECU 就使端子 22 内部搭铁。此时，ABS 继电器电磁线圈因有电流通过而使触点闭合，蓄电池电压加到 ECU 端子 A 上，作为 ECU 的电源工作电压，ABS 进入等待工作状态。

　　② 踩制动踏板 ABS 未进入工作状态　在汽车行驶过程中，当驾驶员踩下制动踏板进行

制动时，制动开关闭合，蓄电池的电压就会通过制动开关加到端子 13 上，ECU 由此判定汽车已进入制动状态，仪表板上制动警示灯电路接通，制动警示灯被点亮。

进入制动状态后，ECU 将根据端子 6 和 5、10 和 9、12 和 11、7 和 8，检测四个车轮的运动状态。在判定车轮未趋于抱死前，ECU 仍不接通各电磁阀搭铁回路，各电磁阀线圈仍处于不通电状态，为普通制动模式。制动主缸的制动液就会通过压力调节器，进入各个车轮制动轮缸，和传统制动时一样，制动轮缸的制动压力将随制动主缸输出的压力变化而变化。

③ 踩制动踏板 ABS 进入工作状态　在制动过程中，当 ECU 根据各轮速传感器的输入信号，判定有任何车轮趋于抱死时，ABS 就会进入防抱死制动压力调节过程，ECU 对相应通道的电磁阀适时地进行控制。控制方式有 3 种：

a. 减压　假如右前轮趋于制动抱死，电控器就向其右前轮电磁阀的控制端供给蓄电池电压，使其电磁线圈中有电流通过，右前电磁阀便处于关闭状态，并阻止主缸的制动液从此阀口继续流向制动轮缸，然后电控器向其右前轮电机控制端子 G 提供蓄电池电压，并使端子 H 通过内部接地，右前轮 ABS 电机便会通电运转，并驱动调压室中的活塞向下移动。活塞下移时单向球阀被弹簧压回到阀座上，此时制动总泵的制动液也不会再经压力调节器流到右前轮制动分泵，如图 1-64 所示。

在电动机驱动活塞下移时，调压室的容积（空间）变大，使右前轮轮缸中的高压制动液流回调压室，继而使轮缸制动液压力降低，即此时进入减压状态，便可防止车轮被抱死。

b. 保压　当 ECU 判定需要保持右前轮制动分泵的压力时，ECU 就使其端子 G 通过内部也接地，使右前轮 ABS 电动机中不再有电流通过，这时电机停止转动，使活塞在调压室中的位置保持一定，右前轮制动分泵的制动压力也就保持一定值，即进入保压状态。

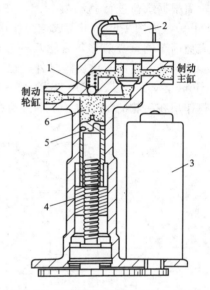

图 1-64　制动压力调节器（ABS 工作时）
1—单向球阀；2—电磁阀；3—电动机；
4—螺杆；5—活塞；6—调压室

c. 增压　当 ECU 判定需要增大右前轮制动分泵的压力时，ECU 就向其端子 H 提供蓄电池电压，右前轮 ABS 电动机中有相反电流通过，此时电动机反向转动，通过齿轮、螺杆带动活塞向上移动到一个合适的位置，使调压室中的容积变小，将调压室中制动液压入制动分泵，制动分泵的压力随之增大，即进入增压状态。

当 ECU 判定需要快速增大右前轮制动轮缸压力时，例如 ABS 进入工作状态后，汽车从低附着力的冰雪路面进入高附着力的干燥路面上行驶时，需要重新产生或提高制动压力，此时 ECU 会控制电机继续转动，将活塞一直推到上方，使单向球阀打开，或者停止右前轮电磁阀继续通电，使右前轮电磁阀处于开启状态，系统恢复到类似普通制动模式，直到具有足够的制动压力使车轮再趋于抱死时，ABS 系统又重复上述工作过程。

ABS 系统工作过程中，后轮压力调节器靠一个电动机带动两个活塞上、下移动，使两个调压室容积同时变化，对两后轮同时进行"增压—减压—保压"的工作循环控制。其工作原理与前轮基本相同，在此不再重复。

由上可知，德尔科 ABS 系统工作时，其制动压力主要靠活塞上下移动进行调整，活塞上移，容积变小，车轮制动分泵压力增大；活塞不动，制动分泵压力保持不变，活塞下移，制动分泵压力减小。ABS系统工作时，制动压力调节器将进行"减压—保压—增压"的循环工作过程，防止制动抱死，使车轮制动保持在最佳状态。

【知识拓展】

电控制动力分配系统

（1）EBD系统功用

EBD即Electronic Control Brake-force Distribution的英文简称，其含义是电控制动力分配系统。

由于汽车制动时产生汽车重心的移动，易造成后轮先抱死。为了发挥最佳制动效果，各车轮需根据载荷进行制动力分配。在一些车型中采用机械式比例阀（Proportioning valve，P-valve）（见图1-65）来完成这个作用。在踩制动时，P-valve能使后轮制动压力比前轮低，以避免因车辆重心前移，后轮负荷减轻，而造成后轮发生先抱死所导致的侧滑、甩尾等现象。除了常采用的双比例阀之外，也有的商用车采用负荷传感式比例阀（Load sensing proportioning valve，LSPV），其除了一般比例阀的功能外，还能根据汽车载重量的变化，自动调整作用在后轮的制动力。车辆无负荷时后轮分配制动力小，以免后轮打滑；有负荷时后轮

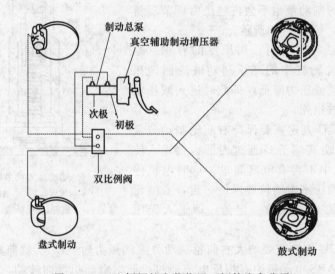

图1-65 双比例阀的安装位置（福特汽车公司）

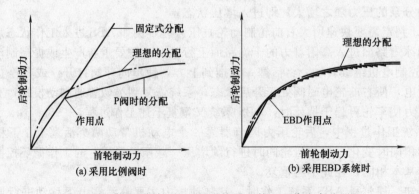

图1-66 采用比例阀及EBD系统的比较（现代汽车公司）

分配制动力大，以缩短制动距离。但不论双比例阀或负荷传感式比例阀，其前后轮的制动力分配，均不如电控制动力分配（EBD）系统之迅速精确，如图1-66与图1-67所示。因此现代汽车公司已开始普遍采用EBD系统，以取代机械式的双比例阀及负荷传感式比例阀等。

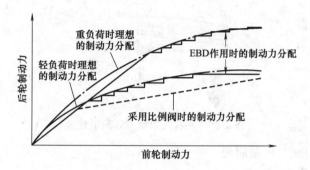

图 1-67　采用比例阀及 EBD 系统的比较（本田汽车公司）

电子制动力分配系统（EBD）主要功用有：

① 紧急制动时，能防止因后轮先被抱死而造成汽车滑移及甩尾；

② 取代机械式比例阀的功能，比机械式比例阀更能提高后轮制动力，缩短制动距离；

③ 可分别控制四轮的制动；

④ 确保 ABS 工作时的制动安全性；

⑤ 实现后轮制动压力左右独立控制，以确保转向制动时的安全性；

⑥ 减少轮胎及制动摩擦片的磨损量及温度的上升，以获得最佳的制动效率。

（2）制动力分配基础知识

1）前后轮制动力分配

当前后轮承载负荷不同时，汽车所需的制动力也不同。在车辆后部无负荷时，可适当增大前轮的制动力，见图1-68（a），随着车辆后部的负荷重量加大，就要加大后轮的制动力，见图1-68（b）。

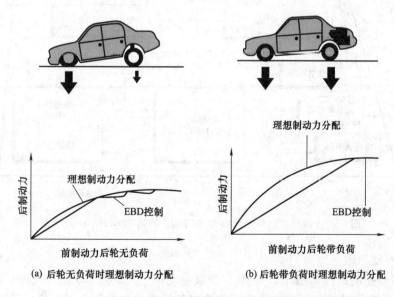

（a）后轮无负荷时理想制动力分配　　　（b）后轮带负荷时理想制动力分配

图 1-68　前后轮制动力分配示意图

2) 左右轮制动力分配

在转弯时车辆重心外移，为减少外侧车轮的侧滑（如图 1-69 所示），制动时外侧车轮要施加较大的制动力。

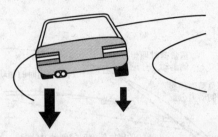

图 1-69　左右轮制动力分配示意图

（3）EBD 系统组成与控制原理

1) EBD 系统组成

EBD 系统必须构建在 ABS 系统的基础上进行工作，其组成与 ABS 系统组成基本相同。电子制动力分配（EBD）系统并没有增加新的元件，而是通过软件升级或将电脑控制程序做适当的变更，即可进行 EBD 控制。

如图 1-70 所示为现代汽车公司国产本田第七代喜美（CIVIC FERIO）HECU（Hydraulic and electronic control unit）的组成示意图，其 ABS/EBD ECU 是与制动压力调节器合装在一起的。EBD 系统本身无压力调节器，它主要利用 ABS 的压力调节器及其内部的电磁阀进行工作，在 HECU 中，10 个电磁阀有 8 个属于 ABS 附加 EBD 共同控制使用。

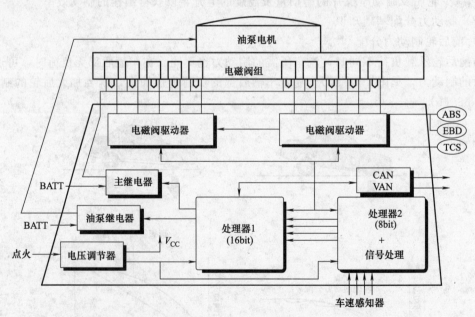

图 1-70　国产本田第七代喜美（CIVIC FERIO）HECU 的组成

2) EBD 控制原理

EBD 的基本控制原理如图 1-71 所示，当踩制动时，ABS/EBD ECU 根据车辆前后负载的变化，即前后轮的转速差运算滑移率，将控制信号送给制动压力调节器，以调节前后轮适当的制动力分配，或减速时依据前后载荷重量的变化，调节后轮的制动力，以防止后轮抱死致使打滑失控。另外在转弯制动时，依据左右轮的转速差，调节各车轮不同的制动压力，可避免转向过度现象发生。

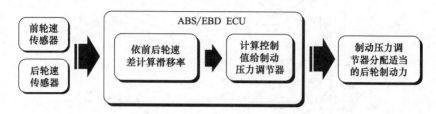

图 1-71　EBD 系统的基本控制原理

图 1-72 所示为本田汽车公司典型 ABS 系统的组成示意图，其 ABS 调压器总成由进油（IN）电磁阀、回油（OUT）电磁阀、蓄压器、油泵、油泵电机等组成，为 4 通道循环式液压控制回路。当 ABS 系统进行制动压力调节时，在不同液压控制模式下各电磁阀工作状况如表 1-6 所示，对应的制动力与车速变化示意图如图 1-73 所示，其具体工作原理与前述相同。

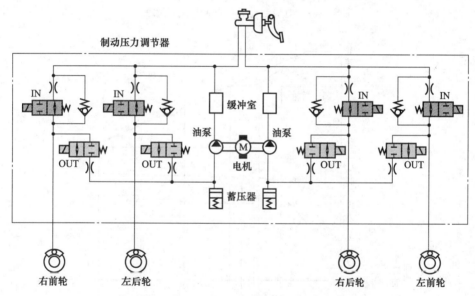

图 1-72　本田汽车公司典型 ABS 的组成示意图

表 1-6　三种液压控制模式下各电磁阀工作状态

液压控制模式	进油（IN）电磁阀	回油（OUT）电磁阀
制动压力升高	ON（开）	OFF（关）
制动压力不变	OFF（关）	OFF（关）
制动压力减小	OFF（关）	ON（开）

踩制动减速时，若后轮转速低于前轮转速，EBD 将根据车辆前后轴荷的变化，进行制动力的分配。如图 1-74 所示，HECU 使进油电磁阀"OFF"（关），制动压力不变；若此时后轮转速更进一步降低，则使回油电磁阀短暂"ON"（开），以减小后轮制动压力；当后轮转速恢复时，进油电磁阀短暂"ON"（开），以增加后轮制动压力，就这样不断循环往复进行适当的制动力分配。注意：EBD 作用期间油泵不工作。

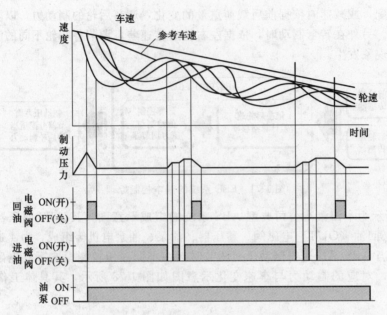

图 1-73　对应制动力与车速变化示意图

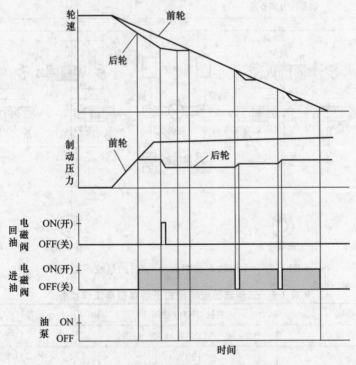

图 1-74　EBD 系统各组成工作对应示意图

【学习小结】

　　1. ABS 是汽车主动安全控制装置。它能有效地防止汽车紧急制动时发生的车辆侧滑和甩尾现象，提高了汽车制动过程中的方向稳定性和转向控制能力，缩短了制动距离，使汽车制动更为安全有效。

2. 汽车制动性能的好坏可用制动效能、制动效能恒定性和制动时方向稳定性三个方面的指标来评定。

3. 为了获得最佳制动性能，应将车轮滑移率控制在 10%～20% 范围内。

4. ABS 通常由传感器、制动压力调节器、电控单元（ECU）和 ABS 警示装置等组成。

5. ABS 可按控制方式、ABS 的结构及原理、ABS 的布置形式和 ABS 的生产厂家分为不同的类型。

6. 轮速传感器的作用是检测车轮转速，并转换为电信号输入 ABS 电脑。有电磁感应式轮速传感器和霍尔效应式轮速传感器两种类型。

7. 减速度传感器也称之为 G 传感器，用于监测汽车制动时的减速度，ABS ECU 可根据 G 传感器提供的汽车减速度信号，判断路面情况，以便采取相应控制措施。

8. 制动压力调节器是 ABS 系统中主要的执行器。在紧急制动过程中，当四个车轮中的任意一个趋于抱死时，制动压力调节器就会根据 ABS ECU 的控制指令，通过调节该车轮制动分泵的制动液压力包括"减压"、"保压"或"增压"三种方式来达到防抱死制动的目的。

9. ECU 由输入放大电路、微处理器（运算电路）、输出控制电路、稳压电源、电源监控电路、故障反馈电路和继电器驱动电路四部分组成。

10. EBD 系统必须构建在 ABS 系统基础上进行工作，其组成与 ABS 系统组成基本相同。电子制动力分配（EBD）系统并没有增加新的元件，而是通过软件升级或将电脑控制程序做适当的变更，即可进行 EBD 控制。

【自我评估】

1. 判断题

(1) 汽车制动性能评价指标有制动距离、制动效能的恒定性和制动时的方向稳定性。

（　　）

(2) ABS 是指驱动防滑系统。（　　）

(3) 滑移率是指滑移成分在纵向运动中所占的比例。（　　）

(4) 只要制动系统红色制动警告灯指示灯点亮，就说明 ABS 系统出现故障。（　　）

(5) ABS 的电控单元有故障时不可修复。（　　）

(6) 安装 ABS 的汽车在制动时，车轮不可能发生抱死。（　　）

(7) 现代汽车上装备的 EBD 系统可以取代机械式的双比例阀及负荷传感式比例阀所起到的作用。

（　　）

2. 选择题

(1) 制动防抱死系统失效时，制动系统（　　）。

A. 工作　　　　　　　B. 不工作　　　　　　C. 不确定

(2) 当 ABS 控制继电器线圈断路，IGSW "ON" 时（　　）。

A. ABS 灯不亮　　　　B. 电磁阀无法工作　　C. 油泵无法工作

(3) 当滑移率为（　　）时，汽车制动性能最佳。

A. 5%～15%　　　　　B. 10%～20%　　　　　C. 15%～30%

3. 问答题

(1) 画简图叙述安装 ABS 的汽车制动系统的制动过程。

(2) 轮速传感器的作用是什么？一般有哪几种形式？各有何优缺点？

(3) 制动压力调节器的作用是什么？一般有哪几种形式？各有何优缺点？

(4) 简述别克世纪轿车制动时 ABS 的工作过程。

（5）举例说明 EBD 的工作过程。

【评价标准】

1. 自我评价

（1）通过本学习任务的学习你是否已经掌握以下问题：

① 防抱死制动系统的主要组成及功能？

_____

_____。

② 常见防抱死制动系统的主要类型及结构特点？

_____

_____。

③ 防抱死制动系统的工作过程？

_____

_____。

（2）在进行防抱死制动系统整体结构认识中你发现了哪些不同类型的系统？你是否已经掌握了正确辨认 ABS 系统的技能？

_____

_____。

（3）实训过程完成情况。

评价：_____。

（4）工作着装是否规范？

评价：_____。

（5）能否积极主动参与工作现场的清洁和整理工作？

评价：_____。

（6）在完成本学习任务的过程中，你是否主动帮助过其他同学？并和其他同学探讨防抱死制动系统的有关问题？具体问题是什么？结果是什么？_____

_____

_____。

（7）通过本学习任务的学习，你认为哪些方面还有待进一步改善？_____

_____。

签名：_____   ___年___月___日

2. 小组评价

序 号	评 价 项 目	评 价 情 况
1	学习态度是否积极主动	
2	是否服从教学安排	
3	是否达到全勤	
4	着装是否符合要求	
5	是否合理规范地使用仪器和设备	
6	是否按照安全和规范的规程操作	
7	是否遵守学习、实训场地的规章制度	

序　号	评价项目	评价情况
8	是否积极主动地和他人合作、探讨问题	
9	是否能保持学习、实训场地整洁	
10	团结协作情况	

参与评价的同学签名：_____

_____年_____月_____日

3. 教师评价：_____

_____

_____。

任务 1.2　汽车电控防抱死制动系统的故障诊断

【任务描述】

学习汽车电控防抱死制动系统主要组成构件的故障检测方法，并能够诊断与排除汽车电控防抱死制动系统常见的故障。

【任务分析】

通过对典型汽车电子防抱死制动系统故障的诊断，能灵活运用故障检测方法，并能够对常见故障进行诊断与排除。

【知识准备】

1. ABS 系统故障诊断基础

（1）ABS 系统使用与检修注意事项

大多数 ABS 系统都具有较高的工作可靠性，但在使用过程中仍免不了出现工作不良的现象，对此应及时进行检修，以确保制动系统的正常工作。ABS 系统与常规制动系统相比，有其自身的特点，在使用与检修过程中应注意以下事项：

① 在紧急制动时，制动踏板应踩住不放；ABS 系统工作时踏板有震颤感、听到工作噪声属正常现象。

② 制动压力调节器与动力转向共用一个油泵的 ABS 系统（如丰田皇冠等），发动机发动时，制动踏板会上升；发动机熄火时，制动踏板会下降。制动时转方向，转向盘会有轻微震动。

③ 制动液应及时检查、补充，最好是每年更换一次。更换制动液时应注意正确选用制动液的型号，并注意保持器皿清洁。

④ ABS 系统与普通制动系统是不可分的，如普通制动系统出现问题，ABS 系统就不能正常工作。因此，要将二者视为整体进行维修，不能只把注意力集中于传感器、电脑和液压调节器上。

当汽车出现制动不良故障时，应先区分是普通制动系统（制动器、制动总泵或分泵、制动管路等）不良还是 ABS 电控系统的故障。辨别的方法是：拆下 ABS 继电器线束插接器或 ABS 制动压力调节器电磁阀线束插接器，使 ABS 制动压力调节器电磁阀不能通电工作，让汽车以普通制动器工作方式制动，如果制动不良故障消失，则说明是 ABS 电控系统出现了故障。否则，为普通制动系统有故障。

⑤ 避免制动液溅到车身上，因为制动液会腐蚀油漆；如制动液已接触到油漆，应立即用清水冲洗。

⑥ 维修车轮速度传感器时一定要十分小心。拆卸时注意不要碰伤传感器头，不要用传感器齿圈作撬面，以免损坏。安装时应先涂覆防锈油，安装过程中不可敲击或用蛮力。一般情况下，传感器的气隙是可调的（也有不可调的），调整时应使用非磁性塞卡，如塑料或铜塞卡，当然也可使用硬纸片进行调整。

⑦ 装有蓄压器的 ABS 系统在需要拆检 ABS 液压控制器件时，应先进行卸压，以避免高压油喷出伤人。一般 ABS 系统的卸压方法是：先关掉点火开关，然后反复踩制动踏板 20 次以上，直到感觉踩制动踏板用力明显增加（无液压助力）时为止。通常在拆检制动压力调节器部件、制动分泵、蓄压器及电动液压泵、制动液管路、压力警告和控制开关等构件时，都需要先进行卸压。

⑧ 在更换 ABS 制动管路或橡胶件时，应按规定使用标准件（高压耐腐蚀件），以免因管路破损而引起制动突然失灵。

⑨ 在点火开关接通的情况下，不能随意断开 12V 用电设备，以免产生瞬时过电压而损坏电控单元。

⑩ 电控单元对高温环境和静电都很敏感，为防止其损坏，在对汽车进行烤漆作业时，应将电控单元从车上拆下；在对车体进行电焊之前，应拔下电控单元的插接器，并戴好防静电器。

⑪ 为保证维修质量，应保持维修场地和拆卸器件的清洁干净，防止尘埃进入压力调节器或制动管路中。

（2）制动液的更换与补充

1）制动液的选用

通常，当 ABS 工作时，要以 10～20 次/秒的工作频率在"减压"、"保压"和"增压"状态之间进行切换，因此，ABS 系统对制动液的要求比普通制动系统的要求更高。表 1-7 所列是美国运输安全部制定的 FMVSS No.116 标准。目前世界大多数国家的轿车推荐使用 DOT3，或性能与之相当的 DOT4，不推荐在 ABS 中使用硅酮型制动液 DOT5。

表 1-7　制动液标准

制动液型号	沸点/℃	吸湿沸点/℃	运动黏度（-40℃）/(mm²/s)
DOT3	205 以上	140 以上	1500 以下
DOT4	230 以上	155 以上	1800 以下
DOT5	260 以上	180 以上	900 以下

由于以采用乙二醇为基液的 DOT3 和 DOT4 制动液是一种吸湿性较强的液体，DOT3 或 DOT4 制动液经过一年的使用后，一年的吸湿率可达 3%。由于使用条件和环境不同，其吸湿率也会有所不同。一旦制动液中含有水分，其沸点便会下降，从而容易引起气阻，致使制动的可靠性下降。同时，制动液含水分后，其腐蚀性大为增加。因此，建议对具有 ABS 系统的制动系统每隔一年更换一次制动液。

2）制动液的更换与补充

在对具有液压助力的制动系统进行制动液的更换或补充时，由于蓄压器可能蓄积有制动液，因此在更换或补充制动液时应按一定的程序进行。更换或补充制动液的程序如下：

①先将新制动液加至储液罐的最高液位标记处，如图1-75所示中的"MAX"标记处；

②如果需要对制动系统中的空气进行排除，应按规定的程序进行空气的排除；

③将点火开关置于"ON"位置，反复踩下和放松制动踏板，直到电动泵开始运转为止；

④待电动泵停止运转后，再对储液罐中的液位进行检查；

⑤如果储液罐中的制动液液位在最高液位标记以上，先不要泄放过多的制动液，而应重复以上的③和④过程；

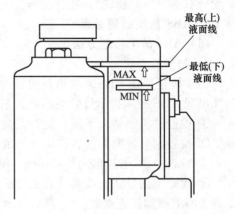

图1-75 储液罐最高液位标记

⑥如果储液罐中的制动液液位在最高液位标记以下，应向储液罐内再次补充新的制动液，使储液罐中的制动液液位达到最高标记处，但切不可将制动液加注到超过储液罐的最高标记处，否则，当蓄能器中的制动液排出时，制动液可能会溢出储液罐。

3）制动系统的排气

当制动液压系统中有空气渗入时，会感到制动踏板无力，制动踏板行程过长，致使制动力不足，甚至制动失灵。因此，在空气渗入制动液压系统后，必须对制动液压系统进行空气的排除。

在进行空气排除之前，应先检查液压制动系统中的管路及其接头是否破裂或松动；之后检查储液罐的液位是否符合要求。

ABS系统的排气方法有仪器排气和手动排气两种，应根据不同的车型和条件进行选择。

①仪器排气 a. 将车辆停放在水平地面上，抵住车轮前后，将自动变速器的选挡杆置于P位；b. 松开驻车制动器；c. 安装ABS检测仪（具有排气的控制功能）或专用排气试验器的接线端子，此时，ABS检测仪或专用排气试验器用于代替ABS电控单元对电动液压泵等进行控制；d. 加注制动液至储液罐最大液面高度；e. 启动发动机并以怠速运转几分钟；f. 稳稳地踩下制动踏板，使检测仪器进入排气程序，并且感到制动踏板有反冲力；g. 按规定顺序打开放气螺钉。

注意：有的车型要求排气必须对ABS和常规制动系统分别进行，排气分为三个步骤进行，即先给常规制动系统排气，然后再利用仪器对液压控制系统排气，最后再对常规制动系统排气。

②手动排气

a. 排气前的准备 ⓐ准备必要的工具、制动液容器、擦布和软管等，仔细阅读对应车型的维修手册中的相关内容；ⓑ清洗储液罐盖及其周围区域；ⓒ拆下储液罐盖，检查储液罐中的液面高度，必要时，加注到正确液面高度；ⓓ安装储液器罐。

b. 制动压力调节器与制动总泵及制动分泵的排气 ⓐ将排气软管装到后排气阀上，将软管的另一端放在装有一些制动液的清洁容器中。踩下制动踏板并保持一定的踏板力，缓慢拧开后旋转排气阀1/2～3/4圈，直到制动液开始流出为止。关闭该阀后松开制动踏板。重复进行以上步骤，直到流出的制动液内没有气泡为止。ⓑ拆下储液罐盖，检查储液罐中的液面高度，必要时，加注到正确液面高度。ⓒ按规定的排气顺序（排气顺序一般为右后轮→左后轮→右前轮→左前轮），在其他车轮上进行排气操作。

2. ABS 系统故障诊断

（1）ABS 故障诊断方法

1）初步检查法

初步检查是在 ABS 系统出现明显故障而导致不能正常工作时首先采取的检查方法，例如在出现 ABS 故障指示灯常亮不熄，系统不能工作等故障时。检查方法如下：

① 检验驻车制动（手刹）是否完全释放。

② 检查制动液液面是否在规定的范围之内。

③ 检查 ABS 电控单元导线插头、插座的连接是否良好，连接器及导线是否损坏。

④ 检查下列导线连接器（插头与插座）和导线的连接或接触是否良好：a. 制动压力调节器上的电磁阀体连接器；b. 制动压力调节器上的主控制阀连接器；c. 连接压力警告开关和压力控制开关的连接器；d. 制动液液面指示开关连接器；e. 轮速传感器的连接器；f. 电动泵连接器。

⑤ 检查所有的继电器、熔丝是否完好，插接是否牢固。

⑥ 检查蓄电池容量（测量电解液比重）和电压是否在规定的范围内；检查蓄电池正、负极导线的连接是否牢靠，连接处是否清洁。

⑦ 检查 ABS 电控单元、液压控制装置等的搭铁端接触是否良好。

⑧ 检查车轮胎面纹槽的深度是否符合规定。

如果用上述方法不能确定故障位置，就可转入使用故障自诊断方法。

2）故障自诊断法

ABS 系统一般具有故障自诊断的能力，它实质是一种以 ABS 电脑中标准的正常运行状况为准，将非正常的运行（故障）用故障码的形式记录在存储器中，供人们方便读出以确定故障点的方法。故障自诊断法是汽车装用电脑后给修理人员提供的自动故障诊断的方法，在整个故障诊断与检查中占有极为重要的地位。

① ABS 系统的自检　当点火开关接通后，ABS ECU 就立即对其外部电路进行自检。这时，ABS 警告灯亮起，一般 3s 后熄灭。如果灯不亮或一直亮均说明 ABS 电路中有故障存在，应对其进行检查。ABS ECU 对制动压力调节器电磁阀的检查通过控制阀的开闭循环实现。如发动机发动后，车辆速度第一次可到达 60km/h，则 ABS 系统自检完成。

如果在上述自检过程中 ABS ECU 发现异常，或在制动过程中 ABS 工作失常，ECU 就会停止使用 ABS，这时，ABS 警告灯亮起，并储存故障码。

② 故障警告灯　ABS 系统带有两个故障指示灯，一个是红色制动故障指示灯（标 BRAKE），另一个是 ABS 故障指示灯（标 ABS 或 ANTI-LOCK）。

两个故障指示灯正常闪亮的情况如下：当点火开关打开时，红色制动灯与琥珀色 ABS 灯几乎同时亮，制动灯亮的时间较短，ABS 灯会亮的时间长一些（约 3s）；启动汽车发动机后，蓄压器要建立系统压力，此时两灯泡会再亮一次，时间可达十几秒甚至几十秒钟。红色制动灯在停车驻车制动时也应亮。如果在上述情况下灯不亮，就说明故障指示灯本身及线路有故障。

红色制动警告灯由制动液压力开关、制动液液面开关及手制动灯开关控制。当红色制动警告灯常亮时，可能是由于制动液不足、蓄压器的制动液压过低或是手制动器开关有问题等。如此时普通制动系统与 ABS 均不能正常工作，要检查故障原因并及时排除。如果只是黄色的 ABS 灯常亮，则说明电控单元发现 ABS 系统中有问题，要及时检修。

③ ABS 系统故障码的显示方式　在检修 ABS 系统故障时，应先调出 ABS 电脑储存的

故障码，以便得到故障部位提示，准确、迅速地排除故障。不同的车型，都有其自己的故障码的显示方式，大致有如下几种形式：

a. 在 ABS 有故障时，仪表板上的 ABS 警告灯就会闪烁，或是 ABS 电脑盒上的发光二极管（LED）闪烁，直接显示故障码；

b. 将诊断插座或 ABS 电脑盒上的有关插孔跨接，使仪表板上的 ABS 灯闪烁来显示故障码；

c. 采用专用的故障检测仪器读取故障码，具体的故障码读取方法详见任务实施。

3) 快速检查法

快速检查法一般是在自诊断的基础上进行的，它是利用数字万用表和一些相应设备在系统电路规定的地方进行连续的检测，以查找故障的方法。在自诊断过程中，如果发现有故障代码读出，就可进一步进行快速检查法，迅速明确故障的性质，为故障的排除打下基础。

采用快速检查法时可选用接线盒与 ABS ECU 线束相连，例如戴维斯 AB S32 脚电脑插头，在其导线的一端连接 T87P-50-ALA 型专用接线盒，接线盒上 32 个端子（测试点）标号，与 ABS 系统线束端子一一对应。这时对接线盒上端子的测试就相当于对 ABS 系统线束插头相应端子进行测试，此时用万用表对各测试点进行测试非常方便，也可快速查出故障所在。如果对系统很熟悉，也可在电脑插头拔下后连接导线的一端直接测量。

为了能快速判断故障位置，一般在维修手册中都有测量图表，如表 1-8 所示。它的实质是快速检查表。此表使用比较简单，例如检查右后轮（表中是 RR）传感器电阻时，表中就告诉你用数字表（放到 kΩ 挡上）测量接线盒上的 6 和 23 两脚，如果测量的数据在 800～1400kΩ 范围内，说明传感器正常，否则说明传感器有问题，可对传感器做进一步检查，看是接触不良还是传感头内部线圈已损坏。其他情况按表 1-8 类推。

表 1-8　戴维斯 ABS 32 脚 ECU 插头测量图表

检 查 内 容		点火开关状态	测量脚	测量单位	说明与数据
蓄电池		ON	40 和 18	V	正常电压(12V)10min 不变
主电源继电器		OFF	40 和 9	Ω	40～105Ω
		ON	40 和 16	V	正常电压(12V)10min 不变
从主电源继电器到电源		ON	40 和 15	V	正常电压(12V)10min 不变
主电源电路		OFF	40 和 16	是否导通	导通
主电源电路		OFF	15 和 40	是否导通	导通
轮速传感器电阻	RR	OFF	6 和 23	kΩ	800～1400kΩ
	LF	OFF	5 和 22	kΩ	800～1400kΩ
	LR	OFF	4 和 21	kΩ	800～1400kΩ
	RF	OFF	3 和 20	kΩ	800～1400kΩ
主控制阀电阻		OFF	11 和 29	Ω	2～5.5Ω
输入或输出电磁阀		OFF	11 和 40	是否导通	导通
		OFF	11 和 32	Ω	5～8Ω
		OFF	11 和 30	Ω	5～8Ω
		OFF	11 和 31	Ω	5～8Ω
		OFF	11 和 12	Ω	3～6Ω
		OFF	11 和 14	Ω	3～6Ω
		OFF	11 和 13	Ω	3～6Ω

汽车底盘电控系统维修

检查内容		点火开关状态	测量脚	测量单位	说明与数据
制动液缺少警告(浮子在油箱底部)		ON	25 和 27	Ω	<5Ω
		OFF	25 和 27	Ω	∞
轮速传感器信号线与外部的屏蔽线	RR	OFF	40 和 6	是否导通	不通
	LF	OFF	40 和 5	是否导通	不通
	LR	OFF	40 和 4	是否导通	不通
	RF	OFF	40 和 3	是否导通	不通
轮速传感器电压	RR	OFF①	6 和 23	交流挡 mV	50~70mV
	LF	OFF①	5 和 22	交流挡 mV	50~70mV
	LR	OFF①	4 和 21	交流挡 mV	50~70mV
	RF	OFF①	3 和 20	交流挡 mV	50~70mV

注:更准确的测量应满足车轮以 7.2~8km/h 的速度旋转。

注意:用快速检查法不能测量出系统间歇出现的故障。

4) 故障指示灯诊断法

在实际应用中,自诊断方法和快速检查法一般都能迅速准确地判断出故障。而故障指示灯诊断法则是通过观察红色制动故障指示灯和 ABS 指示灯闪亮的规律,进行判断的一种简易方法,驾驶员也可通过这种方法对 ABS 系统发生的故障进行粗略的判断。警告灯诊断法见表 1-9。

表 1-9　警告灯诊断表

警告灯	故障现象	可能原因
ABS 故障警告灯亮	ABS 不起作用	①轮速传感器不起作用; ②液控单元不良; ③ABS 电控单元不良
ABS 故障警告灯不亮	踩制动踏板时,踏板振动强烈	①制动开关失效或调整不当; ②制动开关线路或插接件脱落; ③制动鼓(盘)变形; ④车轮转速传感器信号不良; ⑤液控单元不良
ABS 警告偶尔或间歇点亮	ABS 作用正常,只要点火开关关闭后再打开,ABS 故障警告即会熄灭	①ABS 电控单元插接器松动; ②轮速传感器导线受干扰; ③轮速传感器内部工作不良; ④车轮轮毂轴承松旷; ⑤制动管路中有空气; ⑥制动轮缸工作不良; ⑦制动蹄衬片不良
制动警告灯亮	制动液缺乏或驻车制动拖滞	①驻车制动器调整不当; ②制动油管或制动轮缸漏油; ③制动警告灯搭铁
ABS 故障警告灯和制动警告灯亮	ABS 不起作用	①两个以上轮速传感器故障; ②ABS 电控单元故障; ③液控单元工作不良

通常情况下，只要按照上述方法进行诊断与检查，就会迅速找到 ABS 系统的故障点。但在进行故障诊断过程中，在电器回路和输入输出信号的地方可能发生暂态性问题，引起偶发性故障或是在 ECU 进行自诊断时留下故障码。如果故障的原因持续存在，只要依照故障码分类检查表进行检查就可以发现不正常部位，不过有时候故障发生的原因会自行消失，所以不容易找出问题的原因。在这种情况下则需要进行模拟以及动态测试。

（2）ABS 系统故障码读取方法

ABS 故障码的读取方法有人工读码和仪器读码两种，具体应用根据车载电控单元的功能及维修设备条件选择。

1）人工读取故障码

人工读取故障码的方式通常有：通过 ABS 警告灯闪烁读取、通过电控单元盒上的二极管灯读取、通过自制的发光管灯读取、通过自动空调面板读取等几种。但读取故障码的一般程序如下：

① 将点火开关置于"OFF"位置；

② 用跨接线跨接诊断插座中的相应端子；

③ 将点火开关置于"ON"位置，以正确的方法计数警告灯或发光二极管的闪烁次数，确定故障码；

④ 从维修手册中查找故障码所代表的故障情况；

⑤ 排除故障后，按规定程序清除故障码。

丰田车系 ABS 故障码的读取方法：首先将维修连接器接头分开或将 WA 与 WB 之间的短接插销拔出，如图 1-76 所示。之后接通点火开关，将发动机室内的故障诊断座或驾驶室

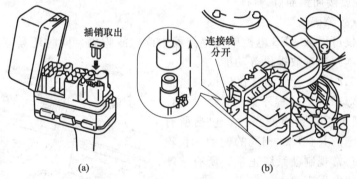

图 1-76　维修连接器接头和 WA、WB 接头

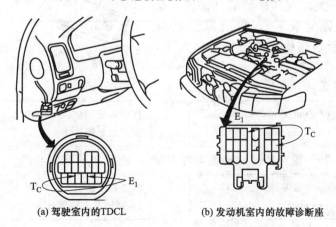

(a) 驾驶室内的TDCL　　**(b) 发动机室内的故障诊断座**

图 1-77　跨接 T_C 与 E_1 端子

内的 TDCL 连接器的 T_C 与 E_1 端子用跨接线连接，如图 1-77 所示。仪表盘上的 ABS 警告灯即可闪烁出故障码。

如果电控单元存储有故障码，ABS 警告灯会先以 0.5s 的间隔闪烁显示故障码的十位数，在十位数闪烁显示结束后，再隔 1.5s 开始以 0.5s 的间隔闪烁显示个位数。两个故障代码之间的闪烁间隔为 2.5s。如果电控单元中没有故障代码，则 ABS 警告灯会以 0.25s 的间隔连续闪烁。如图 1-78 所示为正常码和故障码 "11" 和 "12" 的闪烁方式。

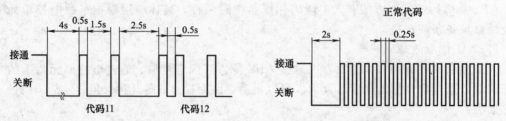

图 1-78　正常码及故障码 "11" 和 "12" 的闪烁方式

ABS 故障排除后，应将电控单元所存储的故障码清除。清除故障码的方法是在满足下列条件的情况下，在 3s 内连续踩制动踏板 8 次后，即可清除故障码。

① 汽车停稳；

② 跨接诊断座 T_C 与 E_1 端子；维修连接器接头分开或将 WA 与 WB 之间的短接插销拔出；

③ 点火开关接通。清除故障码后，再将 T_C 与 E_1 跨接线拆去，将维修连接器接头插好或将 WA 与 WB 短接插销插好。

2）仪器读取故障码

故障码扫描仪可以从 ABS 电控单元存储器中读取故障码，同时还具有故障码翻译、检测步骤指导和基本判断参数提供等功能。

用 V.A.G1552 车辆系统测试仪读取桑塔纳 2000Gsi 轿车 ABS 故障码的程序如下。

① 检查车辆是否符合检测条件，包括所有车轮必须安装规定的并且尺寸相同的轮胎，且轮胎气压符合要求；常规制动系统正常；所有熔断丝完好；蓄电池的电压正常。

② 关闭点火开关，打开诊断接口盖板（位于换挡杆前端的防尘罩下），将故障诊断仪 V.A.G1552 用诊断连接线连接在诊断接口上，如图 1-79 所示。

图 1-79　V.A.G1552 与诊断接口的连接

③ 打开点火开关，显示屏显示：

| Test of vehicle systems HELP |
| Insert address word×× |

| 汽车系统测试　　　帮助 |
| 输入地址码×× |

④ 按 "0" 或 "3" 键选择 "制动系电控系统"，此时显示屏显示：

| Test of vehicle systems Q |
| 03-Brake electronics |

| 汽车系统测试　　　确认 |
| 03-制动系电控系统 |

⑤ 按 "Q" 键确认输入，此时显示屏显示 ABS 电控单元识别码：

```
3A0 907 379 ABS ITT AE20GI VOD
Coding 04505    WCS××××
```

⑥ 按"→"键，此时显示屏显示：

Test of vehicle systems HELP Select function××	汽车系统测试　　　帮助 选择功能××

⑦ 按"0"和"2"键选择"查询故障存储器"，此时显示屏显示：

Test of vehicle systems Q 02-Interrogate fault memory	汽车系统测试　　　确认 02-查询故障存储器

⑧ 按"Q"键确认输入，显示屏上显示所存储故障的数量或"未发现故障"：

X faults recognized　　　→	发现×个故障　　　　→

No fault recognized　　　→	未发现故障　　　　　→

⑨ 按"→"键，故障依次显示出来。

⑩ 故障显示完毕后，按"→"键返回到初始位置，此时显示屏显示与步骤⑥相同。

故障排除后，按以下步骤清除故障码。

⑪ 按"0"和"5"键选择"清除故障存储器"，此时显示屏显示：

Test of vehicle systems Q 05-Erase fault memory	汽车测试系统　　　确认 05-清除故障存储器

⑫ 按"Q"键确认输入，此时显示屏显示：

Test of vehicle systems　→ Fault memory is erased!	汽车测试系统　　　→ 故障存储器已被清除

⑬ 按"→"键，此时显示屏上的显示与步骤⑥相同。

⑭ 按"0"和"6"键选择"结束输出"，此时显示屏显示：

Test of vehicle systems Q 06-end output	汽车测试系统　　　确认 06-结束输出

⑮ 按"Q"键确认，此时显示屏上显示与步骤③相同。

⑯ 关闭点火开关，ABS故障警告灯和制动警告灯亮约2s后必须熄灭。

故障码表示了故障的性质和范围，这些内容一般由汽车制造厂提供并列入维修手册中，表1-10为桑塔纳2000Gsi轿车ABS故障码的内容。

表1-10　ABS故障码

V.A.G1552显示屏显示	可能的故障原因	故障排除方法
未发现故障	如果在维修完毕后，用V.A.G1552查询故障后未发现故障，自诊断结束。如果显示屏显示出"未发现故障"，但ABS不能正常工作，则应按以下步骤操作： ①以大于20km/h的车速，进行紧急制动试车； ②重新用V.A.G1552查询故障，仍无故障显示； ③在无自诊断的情况下着手寻找故障，全面进行电气检查	
00668 汽车30号线终端电压信号超差	电压供应线路、连接插头、熔丝故障	检查电控单元供电线路、熔丝和连接插头

V.A.G1552 显示屏显示	可能的故障原因	故障排除方法
01276 ABS 液压泵(V64)信号超差	电动机与电控单元连接线路对正极或对地短路、断路;液压泵电动机故障	检查线路、进行执行元件诊断
65535 电控单元	电控单元故障	更换电控单元
01044 电控单元编码不正确	电控单元 25 针插头端子 6 和 22 之间断路或短路	检查线路、线束的插头
01130 ABS 工作信号超差	与外界干涉信号源发生电气干涉(高频发射),例如:非绝缘的点火电缆线	①检查所有线路连接对正极或对地是否短路; ②清除故障码; ③在车速大于 20km/h 的车速时,进行紧急制动试车; ④再次查询故障码
00283 左前轮速传感器(G47)	轮速传感器导线、传感器线圈、传感器的线路短路或断路;连接插头松动;传感器和齿圈的间隙超差	①检查轮速传感器与电控单元的线路和连接插头; ②检查传感器和齿圈的安装间隙; ③读取数据流
00285 右前轮速传感器(G45)	轮速传感器导线、传感器线圈、传感器的线路短路或断路;连接插头松动;传感器和齿圈的间隙超差	①检查轮速传感器与电控单元的线路和连接插头; ②检查传感器和齿圈的安装间隙; ③读取数据流
00287 右后轮速传感器(G44)	轮速传感器导线、传感器线圈、传感器的线路短路或断路;连接插头松动;传感器和齿圈的间隙超差	①检查轮速传感器与电控单元的线路和连接插头; ②检查传感器和齿圈的安装间隙; ③读取数据流
00290 左后轮速传感器(G46)	轮速传感器导线、传感器线圈、传感器的线路短路或断路;连接插头松动;传感器和齿圈的间隙超差	①检查轮速传感器与电控单元的线路和连接插头; ②检查传感器和齿圈的安装间隙; ③读取数据流

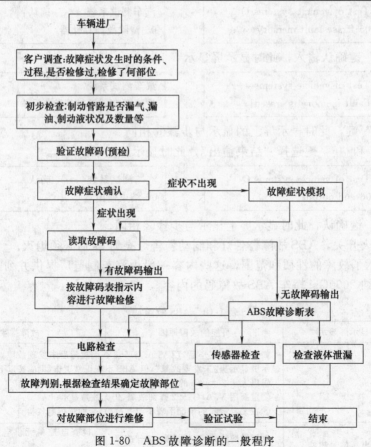

图 1-80　ABS 故障诊断的一般程序

汽车底盘电控系统维修

（3）ABS故障诊断程序

ABS故障诊断的一般程序如图1-80所示。

【任务实施】

1. 桑塔纳2000Gsi轿车ABS系统故障诊断

当防抱死制动系统（ABS）出现故障时，ABS故障灯点亮，这时应按照初步检查、故障指示灯诊断、故障自诊断、快速检查的顺序进行故障的找寻。找寻过程中，必须遵循ABS系统故障诊断基础中的注意事项，进行制动液的添加和制动管路的排气等操作内容。

桑塔纳2000Gsi型轿车ABS具有故障自诊断能力，它以ABS电子控制装置中标准的正常运行状况为准，利用ABS ECU不断地对输入信号及部件的工作情况进行监控，将故障码记录在存储器中，以便维修时方便查找故障部位。其存储器中故障码的读取是利用故障诊断仪V.A.G1551或V.A.G1552来完成的，在此不再赘述。

（1）有故障码时的ABS系统故障诊断

故障码能够显示故障的性质和范围，维修人员可根据故障码的提示迅速、准确地确定故障的性质和部位，有针对性地检查有关部位、元件和线路，将故障排除。

根据故障码进行故障的诊断与排除时，在调出故障码后应对照维修手册查看故障码的含义，结合该车电路和有关元件的检测方法，按相应步骤进行诊断和排除故障。以下为桑塔纳2000Gsi轿车依据故障码诊断和排除故障的流程。

1）故障码01276

当车速超过20km/h时，ABS电控单元监控到电动机不能正常工作，就会记录此故障码。其可能原因是：①电源供应短路或搭铁；②电动机线束松脱；③电动机损坏。

进行故障诊断时，如果蓄电池过度放电，电动机将无法驱动，所以在进行电动机驱动测试时，应先确认蓄电池电压是否正常。进行电动机驱动时车辆须在静止状态下。

故障码01276的诊断步骤如图1-81所示。

2）故障码00283、00285、00290、00287

当检查不到线路开路，但车速到达20km/h以上仍没有信号输出时，此故障码出现。其可能原因是：①轮速传感器漏装；②轮速传感器线圈或线束短路；③轮速传感器与齿圈之间间隙过大或是齿圈损坏；④ABS电控单元故障。

故障码00283、00285、00290、00287的诊断步骤如图1-82所示。

当车速＞20km/h时，若传感器信号超出公差范围，也会出现此故障码。其原因可能是：①传感器线圈或线束间歇性接触不良或短路；②传感器与齿圈间的间隙过大或过小；③齿圈损坏。

当传感器存在可识别的断路、短路等故障时，也会出现此故障码。其可能的原因是传感器接触不良、线圈或线束短路或ABS电控单元中的传感器信号处理电路有故障。

3）故障码00668

当供电端子30未提供电压或电压太高时，出现此故障码。其可能原因是：①熔丝烧断；②蓄电池电压太低或太高；③ABS电线线束插接件损坏；④ABS电控单元损坏。

故障码00668的诊断步骤如图1-83所示。

以上只是列出几个故障的诊断，仅供在诊断时参考。不可能把所有的故障一一列出。而且，各车系故障码不同，故障表现形式也不一样，只能结合各车系的维修资料和所学的基础

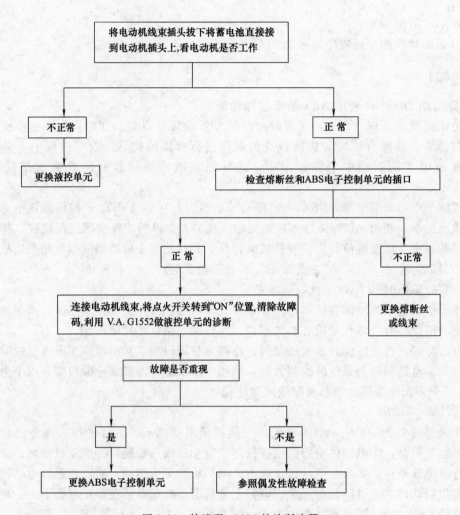

图 1-81　故障码 01276 的诊断步骤

知识,加上长期的经验积累,才能够做出正确的判断和进行及时的修理。

(2) 无故障码时的 ABS 系统故障诊断

电控单元的故障诊断系统是检测它的输入、输出信号是否在规定的范围内变化,若信号超出了规定的范围,则判定为故障。但有时输入、输出信号虽然在规定范围内,却不能正确的反应系统的工况,造成 ABS 工作不良。此时应借助测试仪读取系统各传感器的数据并与标准数据比较,进一步检查各传感器或开关信号是否正常,以确认故障原因和部位。而且,系统中的机械故障也不能通过电子回路反映出来。因此,应根据其表现出来的现象进行分析,以便确认故障原因和部位。

1) ABS 工作异常

ABS 工作异常的可能原因:①传感器安装不当;②传感器线束有问题;③传感器损坏;④传感器沾附异物;⑤车轮轴承损坏;⑥液控单元损坏;⑦ABS 电控单元损坏。

ABS 工作异常的故障诊断如图 1-84 所示。

2) 制动踏板行程过长

制动踏板行程过长的可能原因:①制动液渗漏;②出油阀泄漏;③系统中有空气;④制动盘严重磨损;⑤驻车制动器调整不当。

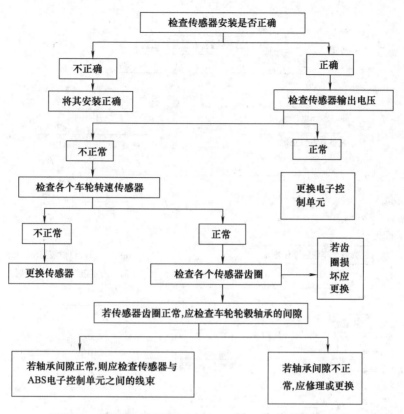

图 1-82　故障码 00283、00285、00290、00287 的诊断步骤

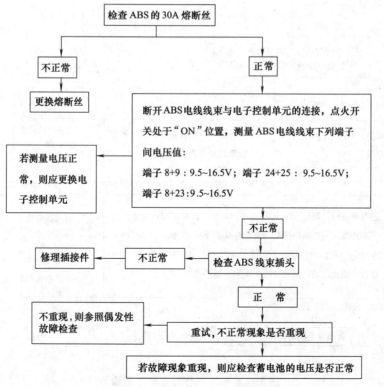

图 1-83　故障码 00668 的诊断步骤

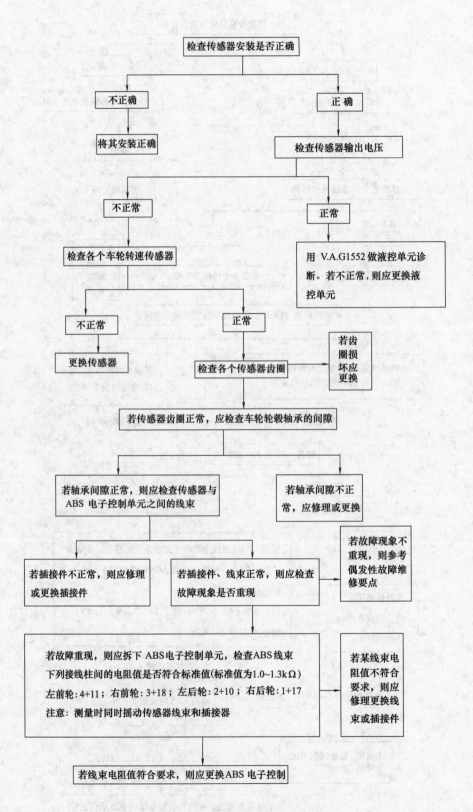

图 1-84　ABS工作异常的故障诊断

制动踏板行程过长故障诊断如图 1-85 所示。

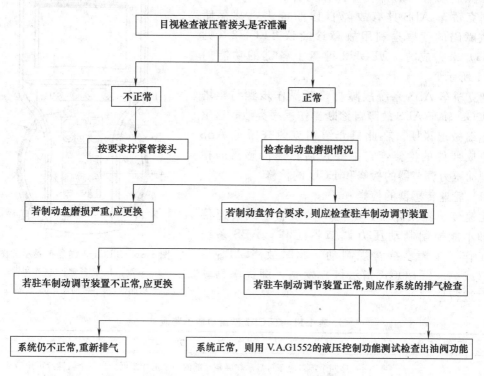

图 1-85　制动踏板行程过长的故障诊断

（3）ABS 系统偶发性故障诊断

电控系统中，在电气线路和输入、输出信号的地方，可能出现瞬时接触不良问题，从而导致偶发性故障的发生或在 ABS 电控单元自检时留下故障码。如果故障原因持续存在，那么只要按照故障码诊断步骤就可以发现不正常的部位，不过有时候故障发生的原因会自行消失，所以不容易找出问题的原因。在这种情况下，可按下列方式模拟故障，检查故障是否再现。

1）当振动可能是故障的主要原因时

①将接头轻轻地上下左右摇动；②将线束轻轻地上下左右摇动；③将传感器轻轻地上下左右摇动。

提示：传感器在车辆上运动时因悬架系统的上下移动，可能造成短暂的开/短路。因此检查传感器信号时必须进行实车行驶试验。

2）当过热或过冷可能是主要原因时

①用吹风机加热被怀疑有故障的部件；②用冷喷雾剂检查是否有冷焊现象。

3）当电源回路接触造成电阻过大可能是主要原因时

打开所有电器开关，包括前照灯和后窗除霜开关。

如果此时故障没有出现，则应等到下次故障再次出现时才能诊断故障。

2. 别克轿车 ABS 系统故障诊断

当别克轿车防抱死制动系统（ABS）出现故障时，ABS 故障灯点亮，其故障诊断与桑塔纳 2000Gsi 型轿车 ABS 系统故障诊断方法类似。检修时，同样首先必须遵循 ABS

系统故障诊断基础中的注意事项，然后进行制动液的添加和制动管路的排气等操作内容。

别克轿车 ABS 具有故障自诊断能力，其存储器中故障码的读取是利用故障诊断仪 TECH2（见图 1-86）来完成的。TECH2 键盘上各键的功能如表 1-11 所示。

别克轿车 ABS 系统故障自诊断操作步骤与桑塔纳 2000Gsi 轿车 ABS 故障自诊断操作程序类似，这里不再详细做出说明。在此只介绍别克荣誉轿车 ABS 系统组成部件的检修，它主要包括轮速传感器的检修、制动压力调节器的检修和 ECU 的检修。

（1）轮速传感器的检修

轮速传感器损坏后，电控单元接收不到转速信号，即不能控制制动压力调节器工作，ABS 系统停止工作，车辆维持常规制动。此时故障 ABS 指示灯（或 ANTI-LOCK 指示灯）发亮，即提醒驾驶员及时进行修理。

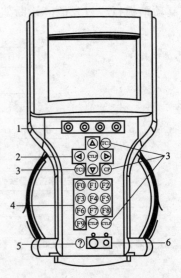

图 1-86　TECH2 键盘布置示意图
1—软键；2—选择键；3—作用键；
4—功能键；5—帮助键；6—控制键

表 1-11　TECH2 键盘功能一览表

按 键 名 称	功 能
软键	这四个键对应于可显示在屏幕底部的四个选择图框。当一个软键盘可用于某一功能时，会显示命名该功能的图框。若无显示图框则表示该键没有可用功能
选择键（箭头键）	上下箭头键控制突出显示带的滚动，从而可从屏幕上进行选择；左右箭头键将屏幕显示向前后"翻页"；屏幕右侧和底部的小箭头显示是否有后续屏幕可看
作用键（YES、NO、ENTER 和 EXIT）	用于启用一动作、应答特定问题或通过各种菜单向前后运行
功能键（F0～F9）	用于启用特定的菜单功能，所有菜单项都有说明并引用一个"F"数字键；通过突出显示选项并按 ENTER 键选用菜单项；用"F"键可激活选项
帮助键（?）	无论当时正在使用 TECH2 系统的哪一部分，都可使用帮助键来激活帮助功能
控制键（PWR 和 SHEFT）	按电源键（PWR）可打开和关闭 TECH2；"SHEFT"键与上下箭头键配合使用可改变屏幕显示对比度；当"SHEFT"功能被启用时，键盘的其他部分被锁止

1）轮速传感器检测

轮速传感器的导线、插接器或传感头松动，电磁线圈等出现接触不良、断路、短路或脏污、间隙不正常等情况，都会影响车轮转速传感器的工作，从而造成 ABS 系统工作异常。传感器的检修方法如下：

① 直观检查　直观检查传感器时应注意：传感器安装有无松动；传感头和齿圈是否吸有磁性物质和积有污垢；传感器导线是否破损、老化；插接器是否连接牢固和接触良好，如有锈蚀、脏污，应清除，并涂少量防护剂，然后重新将导线插入连接器，再进行检测。

② 传感头与齿圈齿顶端面之间间隙的检查　传感头与齿圈齿顶端面之间间隙可用无磁性厚薄规或合适的硬纸片检查。其检查方法如图 1-87 所示。

将齿圈上的一个齿正对着传感器的头部，选择规定厚度的厚薄规片或合适的硬纸片，将其放入齿轮与传感器的头部之间，来回拉动厚薄规片或硬纸片，其阻力应合适。若阻力较小，说明间隙过大；若阻力较大，则说明间隙过小。

③ 传感器电磁线圈及其电路检测 使点火开关处于"OFF"位置，将 ABS 电控单元插接器的插头拆下，查出各传感器与电控单元连接的相应端子，在相应端子上用万用表电阻挡检测传感器线圈与其连接电路的电阻值是否正常。

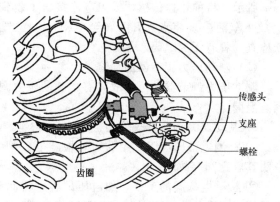

图 1-87 传感头与齿顶端面间隙的检查

若电阻值无穷大，表明传感器线圈或连接电路有断路故障；若电阻值很小，表明传感器线圈或连接电路有短路故障。为了区分故障是在电磁线圈还是在连接电路，应拆下传感器插接器插头，用万用表电阻挡直接测试电磁线圈的阻值。若所测阻值正常，表明传感器连接电路或插接器有故障，应进行修复或更换。

④ 输出信号检查 为进一步证实传感器是否能产生正常的转速信号，可用示波器检测传感器的信号电压及其波形。其方法是：使被测车轮离开地面，将示波器测试线接于 ABS 电控单元（ECU）插接器插头的被测传感器对应端子上，用手转动被测车轮（传感器装在差速器上则应挂上前进挡启动发动机低速运转），观察信号电压及其波形，以判定传感头或齿圈是否脏污或损坏。

若测试信号电压值或波形不正常，则应更换或修理传感头或齿圈。

2）轮速传感器的更换

图 1-88 所示为别克荣御轿车前轮速传感器，前轮速传感器、信号齿圈、轮毂与轴承总成是一体的，若一个轮速传感器或信号齿圈需要更换，则须更换整个轮毂与轴承总成。

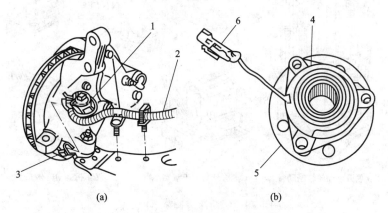

图 1-88 前轮速传感器的更换

1—前轮速传感器线束电连接器；2—前轮速传感器线束；3—前轮速传感器；
4—信号齿圈；5—轮毂与轴承总成；6—工具

① 拆卸程序 a. 举升并稳固地支撑住车辆；b. 拆下前轮胎和车轮总成；c. 如图 1-88（a）所示，从前轮速传感器上拆下前轮速传感器线束电连接器；d. 如图 1-88（b）所示，拆下轮毂与轴承总成。

② 安装程序 a. 如图 1-88（b）所示，将轮毂与轴承总成 5 装到车辆上；b. 如图 1-88

（a）所示，将前轮速传感器线束电连接器 1 装到前轮速传感器 3 上。安装车轮和轮胎总成；c. 放下车辆；d. 将点火开关转至"RUN"位置，不启动发动机；e. 对 ABS 系统进行自诊断检查，看有无故障码。

（2）制动压力调节器的检修

制动压力调节器的可能故障有：制动压力调节器电磁阀线圈不良；制动压力调节器中的阀有泄漏。

1）制动压力调节器故障的检查

① 检测电磁阀电阻　用欧姆表检测电磁阀线圈的电阻，如果电阻为无穷大或过小，均说明其电磁阀有故障。

② 检测电磁阀的工作　加电压试验，将制动压力调节器电磁阀加上其工作电压，看电磁阀能否正常动作。如果不能正常动作，则应更换制动压力调节器。

2）制动压力调节器的更换

图 1-89 所示为别克荣誉轿车制动压力调节器更换示意图。

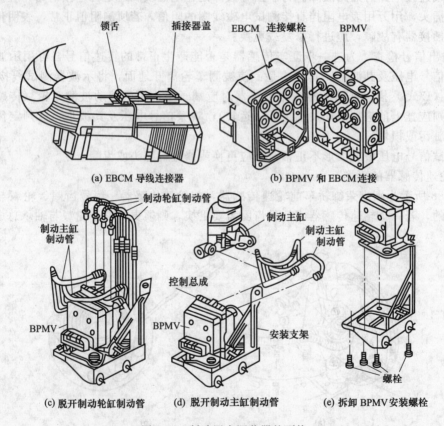

图 1-89　制动压力调节器的更换

① 拆卸程序

a. 将点火开关转至"OFF"位置，从连接器锁舌上拆下红色锁舌，见图 1-89（a）。

b. 推下锁舌，然后将连接器盖滑到打开位置。脱开电控制动模块（EBCM）导线连接器。

c. 如图 1-89（c）所示，从制动器压力调节器（BPMV）上脱开制动轮缸制动管。拧下4 个制动轮缸制动管，然后将管开口堵住，以免掉进脏物。

d. 如图 1-89 （d） 所示，从 BPMV 上脱开制动主缸制动管，拧下两个制动主缸制动管，然后用东西将管的开口堵住，以免掉进脏物。

e. 如图 1-89 （e） 所示，拆卸后将 BPMV 连接在安装支座上的 4 个螺栓上。

f. 将 BPMV 与 EBCM 分离开，注意：分开两者要特别小心，不要损伤 BPMV 表面及电磁阀。

② 安装程序

a. 将更换了的 BPMV 和 EBCM 作为一个总成装在安装支座上。

b. 将 BPMV 总成连在安装支座上的 4 个螺栓，如图 1-89 （b） 所示，并将螺栓拧紧至 10N·m。

c. 将制动主缸制动管装到 BPMV 上，并将制动主缸管接头拧紧至 24N·m。将制动轮缸制动管装到 BPMV 上，并将 4 个制动管接头拧紧至 24N·m。

d. 连上 EBCM 导线连接器。推下锁舌，并将连接盖滑回锁止位置，将红色锁舌插回原位。

e. 对 ABS 系统进行排气。

（3） ABS ECU 的检修

1） ABS ECU 故障的检查

① 检查线路连接　检查 ABS ECU 线束插接器有无松动，连接导线有无松脱。

② 检测电压、电阻或波形　检查 ABS ECU 线束插接器各端子的电压值、波形、或电阻，如果与标准值不符，而与之相连的部件和线路正常，则应更换控制器再试。

③ 替换法检查　直接采用替换法检验，即在检查传感器、继电器、电磁阀及其线路均无故障而怀疑 ABS ECU 有故障时，可以用个新的 ABS ECU 替代，如果故障现象消失，则原 ABS ECU 有故障，需更换。

2） ABS ECU 的更换

ABS ECU 的更换参考制动压力调节器的更换步骤。

【学习小结】

1. 制动液应及时检查、补充，最好是每年更换一次。更换制动液时注意应正确选用制动液的型号，并注意保持器皿清洁。

2. ABS 系统与普通制动系统是不可分的，若普通制动系统出现问题，ABS 系统就不能正常工作。因此，要将二者视为整体进行维修，不能只把注意力集中于传感器、电脑和液压调节器上。

3. 维修车轮速度传感器时一定要十分小心。拆卸时注意不要碰伤传感器头，不要用传感器齿圈作撬面，以免将其损坏。安装时应先涂覆防锈油，安装过程中不可敲击或用蛮力。一般情况下，传感器气隙是可调的（也有不可调的），调整时应使用非磁性塞卡，如塑料或铜塞卡，当然也可使用硬纸片。

4. 对装有蓄压器的 ABS 系统在需要拆检 ABS 液压控制器件时，应先进行卸压，以避免高压油喷出伤人。

5. ABS 系统的排气方法有仪器排气和手动排气两种，应根据不同的车型和条件进行选择。

6. 轮速传感器检测方法主要有四种：①直观检查；②传感头与齿圈齿顶端面之间间隙的检查；③传感器电磁线圈及其电路检测；④输出信号检查。

7. 制动压力调节器故障的检查可从检测电磁阀电阻和检测电磁阀的工作两方面来检查。

8. ABS 故障诊断方法主要有初步检查法、故障自诊断法、快速检查法和故障指示灯诊断法四种。

9. 故障码的读取方法有人工读码和仪器读码两种，具体应用根据车载电控单元的功能及维修设备条件选择。

10. 故障码能够显示故障的性质和范围，维修人员可根据故障码的提示迅速、准确地确定故障的性质和部位，有针对性地检查有关部位、元件和线路，进而将故障排除。

11. 电控单元的故障诊断系统是检测它的输入、输出信号是否在规定的范围内变化，若信号超出了规定的范围，则判定为故障。但有时输入、输出信号虽然在规定范围内，但 ABS 工作不良，此时应借助测试仪找寻故障原因和部位。而且，系统中的机械故障也不能通过电子回路反映出来。因此，应根据其表现出来的现象进行分析，以确认故障原因和部位。

【自我评估】

1. 判断题

(1) 紧急制动时，制动踏板应踩住不放；ABS 系统工作时踏板有振颤感、听到工作噪声属正常现象。　　　　　　　　　　　　　　　　　　　　　　　　　　（　　）

(2) 制动液是一种吸湿性较强的液体，建议对具有 ABS 系统的制动系统每隔一年更换一次制动液。　　　　　　　　　　　　　　　　　　　　　　　　　　　　（　　）

(3) 当制动液压系统中有空气渗入时，会感到制动踏板无力，制动踏板行程过长，致使制动力不足，甚至制动失灵。　　　　　　　　　　　　　　　　　　　　　（　　）

(4) 快速检查法一般是在自诊断法的基础上进行的，它是利用数字万用表和一些相应设备在系统电路规定的地方进行连续的检测，以查找故障的方法。　　　　　　（　　）

(5) ABS 系统带有两个故障指示灯，一个是红色制动故障指示灯（标 BRAKE），另一个是 ABS 故障指示灯（标 ABS 或 ANTI-LOCK）。　　　　　　　　　　　（　　）

(6) 制动压力调节器的可能故障有制动压力调节器电磁阀线圈不良和制动压力调节器中的阀有泄漏。　　　　　　　　　　　　　　　　　　　　　　　　　　　　（　　）

2. 选择题

(1) ABS 警告灯偶尔或间歇点亮的故障原因可能是（　　　　）。

A. ABS 电控单元插接器松动　　　　B. 制动管路中有空气

C. 轮速传感器失效

(2) 下列说法正确的是（　　　　）。

A. 故障码能够显示故障的具体部位，可帮助维修人员迅速、准确地排除故障。

B. 故障码能够显示故障的性质和范围，维修人员可根据故障码的提示迅速、准确地确定故障的性质和部位，将故障排除。

C. 调出故障码后应对照维修手册查看故障码的含义，结合该车电路和有关元件的检测方法，按相应步骤诊断和排除故障。

(3) ABS 系统工作异常的可能原因有（　　　　）。

A. 传感器安装不当　　　　　　　　B. 传感器线束有问题

C. ABS 电控单元损坏

3. 问答题

(1) 简述 ABS 系统维修时的注意事项。

（2）轮速传感器的检修方法有哪几种？并结合具体车型举例说明轮速传感器的检修过程。

（3）结合具体车型举例说明制动压力调节器的检修过程。

（4）简述 ABS 系统故障的诊断方法。

【评价标准】

1. 自我评价

（1）通过本学习任务的学习你是否已经掌握以下问题：

① 防抱死制动系统的故障诊断方法有哪些？

_____

_____。

② 防抱死制动系统主要的构件的检修方法与步骤？

_____

_____。

③ 防抱死制动系统故障诊断与排除的注意事项？

_____

_____。

（2）在进行防抱死制动系统故障诊断与排除中用到了哪些设备？你是否已经掌握了这些设备的正确操作技能？

_____

_____。

（3）实训过程完成情况。

评价：_____。

（4）工作着装是否规范？

评价：_____。

（5）能否积极主动参与工作现场的清洁和整理工作？

评价：_____。

（6）在完成本学习任务的过程中，你是否主动帮助过其他同学并和其他同学探讨制动防抱死系统故障诊断与排除的有关问题？具体问题是什么？结果是什么？_____

_____。

（7）通过对本学习任务的学习，你认为哪些方面还有待进一步改善？_____

_____。

签名：_____   ____年___月___日

2. 小组评价

序　号	评 价 项 目	评 价 情 况
1	学习态度是否积极主动	
2	是否服从教学安排	
3	是否达到全勤	
4	着装是否符合要求	

序 号	评 价 项 目	评 价 情 况
5	是否合理规范地使用仪器和设备	
6	是否按照安全和规范的规程操作	
7	是否遵守学习、实训场地的规章制度	
8	是否积极主动地和他人合作、探讨问题	
9	是否能保持学习、实训场地整洁	
10	团结协作情况	

参与评价的同学签名：_____

_____年____月____日

3. 教师评价：_____

_____

_____。

汽车底盘电控系统维修

学习情境 2
电控驱动防滑转系统维修

学习目标

1. 了解汽车电控驱动防滑转系统的作用与控制方式。
2. 掌握汽车电控驱动防滑转系统的基本原理、结构及性能特点。
3. 能够检修汽车电控驱动防滑转系统的主要部件。
4. 能够进行汽车电控驱动防滑转系统常见故障的诊断与排除。

任务 2.1　电控驱动防滑转系统的整体认识

【任务描述】

学习汽车电控驱动防滑转系统的基础理论，了解电控驱动防滑转系统的性能要求，分析电控驱动防滑转系统主要部件的结构与工作过程。

【任务分析】

通过对典型轿车电控驱动防滑转系统类型的分析，熟知不同类型驱动防滑转控制系统主要部件的结构及原理，归纳出各类型汽车电控驱动防滑转系统的工作及性能特点。

【知识准备】

1. 电控驱动防滑转系统（ASR）概述

有过驾驶经验的人都知道，如果车辆在积雪、结冰或潮湿泥泞的道路上起步或在行进中突然加速时，驱动车轮就有可能出现快速空转的现象。

汽车发动机传递给车轮的最大驱动力是由轮胎与路面之间的附着系数和地面作用在驱动轮上的法向反力的乘积（即附着力）决定的。但是，驱动力的增大受到附着力的限制，驱动力的最大值只能等于轮胎与路面之间的附着力。当驱动力超过附着力时，驱动轮将会在路面上打滑。

当汽车在低附着系数的路面（如泥泞或冰雪路面）上行驶时，由于地面与车轮之间的附着系数很小，因此在起步、加速时驱动轮就有可能打滑，导致汽车起步、加速性能下降。此外，当汽车在非对称路面上行驶时，如果某个（或某些）驱动轮处在附着系数较低的路面（如冰雪或泥泞路面）上，那么地面对车轮施加的反作用转矩将很小。虽然另一个（或一些）车轮处在附着系数较高的路面上，但是根据差速器转矩等量分配特性，地面能够提供的驱动转矩只能与处在低附着系数路面上车轮产生的驱动转矩相等。那么此时，车轮也有可能出现打滑现象，从而导致汽车通过性能变差。

当驱动轮打滑时，意味着轮胎与地面接地点出现了相对滑动，为了区别于汽车制动时因车轮抱死而产生的"滑移"，我们把这种滑动称为驱动轮的"滑转"。驱动车轮的滑转，同样会使车轮与地面的纵向附着力下降，使驱动轮上可获得的极限驱动力减小，最终导致汽车的起步、加速性能和在湿滑路面上通过性能的下降。同时，驱动轮的"滑转"还会导致横向附着系数大幅下降，从而使驱动轮出现横向滑动，随之产生汽车在行驶过程中的方向失控现象。

因此，为了避免和减少上述情况的发生，就出现了汽车驱动防滑控制系统（Acceleration Slip Regulation，简称 ASR）。由于 ASR 多数是通过控制发动机输出功率来实现的，故有些车系上将其称为牵引力控制系统（Traction Control System，简称 TCS 或 TRC）。

（1）驱动防滑控制系统（ASR）的功用

汽车驱动防滑控制系统（ASR）是继防抱死制动系统（ABS）之后，应用在汽车上专门用来防止驱动轮在起步、加速和在湿滑路面行驶时滑转的驱动力控制系统。为了清楚 ASR 的作用，让我们先来分析一下汽车驱动轮的运动状态。

驱动轮的滑转程度可以用滑转率表示，其表达式为

$$S_d = \frac{v_w - v}{v_w} \times 100\%$$

式中，S_d 为驱动轮的滑转率；v_w 为车轮瞬时圆周速度，$v_w = r\omega$，m/s；r 为车轮半径，m；ω 为车轮转动角速度，rad/s；v 为车速（即车轮中心纵向速度），m/s。

当 $v_w = v$ 时，滑转率 $S_d = 0$，车轮自由滚动；

当 $v = 0$ 时，滑转率 $S_d = 100\%$，车轮完全处于滑转状态；

当 $v_w > v$ 时，滑转率 $0 < S_d < 100\%$，车轮既滚动又滑动。

滑转率 S_d 越大，车轮滑转程度也就越严重。

车轮滑移率和滑转率与纵向附着系数的关系如图 2-1 所示。可以看出，①附着系数随路面性质的不同而发生大幅度的变化；②在各种路面上，附着系数均随滑转率或滑移率的变化而变化，且在各种路面上当滑转率或滑移率为 20% 左右时，纵向附着系数达到最大值。若滑转率或滑移率继续增大，则纵向附着系数逐渐减小。

ASR 系统的基本控制思路是：在车轮滑转时，将滑转率控制在最佳滑转率（大约 20%）范围内，从而获得较大的附着系数，使路面能够提供较大的附着力，从而使车轮的驱动力能够得到充分利用。

ASR 系统的主要功能是：在车轮开始滑转时，通过降低发动机的输出转矩或控制制动系统的制动力等来减小传递给驱动车轮的驱动力，防止因驱动力超过轮胎与路面之间的附着力而导致驱动轮滑转，从而提高车辆的通过性，改善汽车的方向操纵性和行驶稳定性。

因此，总结起来 ASR 系统的作用是控制车轮与路面的滑转率，防止汽车在起步、加速过程中打滑，特别是防止汽车在非对称路面或转弯时驱动轮的滑转，

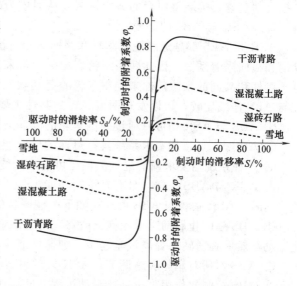

图 2-1　滑转率（滑移率）与纵向附着系数之间的关系

以保持汽车行驶方向的稳定性，操纵性，维持汽车的最佳驱动力，提高汽车的通过性和行驶平顺性。

ASR 是 ABS 的延伸，在技术上与 ABS 比较接近，部分软、硬件可以共用。很多车型采用了集成 ABS 与 ASR 功能于一体的结构，控制系统共用一个 ECU，这种结构也简称为 ABS/ASR 防滑控制系统，或者说汽车防滑控制系统是对 ABS 和 ASR 的统称。

（2）ASR 的发展

汽车 ASR 是伴随着 ABS 的产品化而发展起来的，它实质上是 ABS 基本思想在驱动领域的发展和推广。别克公司（BUICK）在 1971 年研制了电控装置它是通过自动中断发动机点火，以减少发动机的输出转矩，从而防止驱动轮发生滑转的驱动防滑系统。世界上最早比较成功的汽车电子驱动防滑装置是在 1985 年由瑞典沃尔沃汽车公司（VOLVO）试制生产的，并安装在 VOLVO 760Turbo 汽车上。该系统称为电子牵引力控制（Electric Traction Control，ETC），是通过调节燃油供给量来调节发动机的输出扭矩，从而控制驱动轮滑转率，产生最佳驱动力。1986 年在底特律汽车巡回展中，美国通用汽车公司（GM）雪佛兰

（Chevrolet）分部在其生产的克尔维特·英迪牌轿车上安装了 ASR 系统，为 ASR 的发展作了良好的宣传。同年 12 月，BOSCH 公司的 ABS/ASR 2U 第一次将制动防抱死技术与驱动防滑技术结合起来应用到奔驰 S 级轿车上，并开始了小批量生产。与此同时，奔驰公司（BENAZ）与瓦布科公司（WABCO）也开发出了 ASR，并将其应用在了货车上。1987 年，BOSCH 公司在原 ABS 与 ASR 的基础上开始大批量生产两种不同形式的 ASR：一种是可保证方向稳定性的完全通过发动机输出扭矩控制的 ABS 与 ASR 系统；另一种是既可保证方向稳定性，又可改善牵引性的驱动轮制动力调节与发动机输出扭矩调节综合控制的 ABS 与 ASR 系统。同年 9 月，日本丰田汽车公司（TOYTA）也在其生产的皇冠牌（CROWN）轿车上安装了 TCS。1989 年，德国奥迪公司（AUDI）首次将驱动防滑调节装置安装在前置前驱动的 AUDI 轿车上。截至 1990 年底，世界上已有 23 个厂家的 50 余种车型安装了驱动防滑装置。1993 年，BOSCH 公司又开发出了第五代 ASR，其结构更紧凑，成本也大大降低，可靠性得到了增强。

ABS 与 ASR 大多都组合为一体，并且正朝着与主动（半主动）悬架、电控动力转向、电控自动变速器等装置组合的方向发展，从而成为改善汽车性能不可缺少的一环。

（3）ASR 与 ABS 的比较

ASR 和 ABS 都是通过控制车轮和路面的相对滑动，以保证轮胎与地面之间存在较大的纵向和横向附着系数，因此两系统密切相关，常采用相同的技术，常结合在一起，共享许多电子组件和共同的系统部件来控制车轮的运动状态，构成车辆行驶安全系统。若将 ASR 系统与 ABS 仔细比较，可以发现两者具有的共性主要有：

① ABS 与 ASR 均可以通过控制车轮的制动力矩来达到控制车轮滑动的目的；

② ABS 与 ASR 均要求系统具有迅速的反应能力和足够的控制精度；

③ 两种系统均要求调节过程消耗尽可能小的能量；

④ ASR 与 ABS 一样，具有自诊断功能。

同时，ASR 系统与 ABS 也存在如下一些明显的区别：

① ABS 是防止制动时车轮抱死滑移，改善制动效能，确保制动安全；ASR 系统则是防止驱动车轮原地滑转，提高汽车起步、加速性能及在滑溜路面行驶的通过性和方向稳定性；

② ABS 对所有车轮实施调节，ASR 只对驱动轮加以调节控制；

③ ABS 控制起作用阶段是在制动过程期间；而 ASR 控制阶段是在汽车驱动期间（尤其是在起步、加速、转弯等过程中）；

④ ABS 是在制动时，在车轮出现抱死的情况下起控制作用，在车速很低（小于 8km/h）时不起作用；而 ASR 系统则是在整个行驶过程中都工作，在车轮出现滑转时起作用，而当车速很高（80～120km/h）时不起作用；

⑤ ABS 工作时，传动系振动较小，各车轮之间的相互影响不大，而 ASR 工作时，由于差速器的作用会使驱动车轮之间产生较大的相互影响，传动系易产生较大振动。

2. ASR 的控制方式

为达到对汽车驱动车轮运动状态的精确控制，ASR 可以通过以下方式实现对驱动车轮滑转的控制。

1）发动机输出功率控制

当汽车起步、加速时，若加速踏板踩得过猛，常常会因驱动力超出轮胎和地面的附着极限，而出现驱动轮短时间的滑转。这时，ASR 电控器将根据加速踏板行程大小发出控制指令，可通过发动机的副节气门驱动装置，适当调节副节气门的开度，也可以直接由发动机 ECU 改变点火时刻或燃油喷射量，通过限制发动机功率输出，减少驱动轮产生的驱动力，从而达到抑制驱动轮滑转的目的。

2）驱动轮制动控制

在单侧驱动轮打滑时，ASR电控器将发出控制指令，通过制动系统的压力调节器，对产生滑转的车轮施加制动力。随着滑转车轮被制动减速，其滑转率会逐渐下降。当滑转率降到预定范围之内以后，电控单元立即发出指令，减少或停止这种制动。之后，若车轮又开始滑转，则继续下一轮的控制，直至将驱动轮的滑动率控制在理想范围内。与此同时，另一侧滑转车轮仍然保持着正常的驱动力。这种作用类似于驱动桥差速器中的差速锁，即当一侧驱动轮陷入泥坑中，部分或完全丧失了驱动能力时，若制动该车轮，另一侧的驱动轮仍能够产生足够的驱动力，以便维持汽车正常的行驶。如果当两侧驱动轮均出现滑转，但滑动率不同时，可以通过对两边驱动轮施加不同的制动力，分别抑制它们的滑转，从而可提高汽车在湿滑及不对称路面上的起步、加速能力和行驶的方向稳定性。这种方式是防止驱动轮滑转最迅速有效的一种控制方法。但是，出于对舒适性的考虑，一般这种控制方式制动力不可施加太大。因此，常常作为第一种方法的补充，以保证控制效果和控制速度的统一。这种控制方式采用的是ASR与ABS组合的液压控制系统，在ABS中增加了电磁阀和调节器，从而增加了驱动控制功能。

3）防滑差速锁（Limited Slip Differential，LSD）控制

LSD能对差速器锁止装置进行电控，使锁止范围在0～100％之间变化。当驱动轮出现单边滑转时，电控器发出控制指令，使差速锁和制动压力调节器工作，从而控制车轮的滑转率。这时非滑转车轮还有正常的驱动力，从而提高汽车在滑溜路面的起步、加速能力及行驶时的方向稳定性。各驱动轮的锁紧系数可用差速器中的液压预紧盘来调节。它可从零连续增加到完全锁紧，所需液压由蓄压器提供，调节作用由电磁阀控制。电控防滑差速锁系统组成如图2-2所示。

在差速器向驱动轮输出驱动力的输出端，设置有一个离合器，它通过调节作用在离合器片上的液压压力，便可调节差速器的锁止程度。

4）综合控制

为了达到更理想的控制效果，可采用上述各种控制方式相结合的控制系统。汽车在行驶过程中，由于路面湿滑程度各不相同，驱动力的状态也随时变化，综合控制系统将根据发动机的工况和车轮滑转的实际情况采取相应的控制措施。例如：在

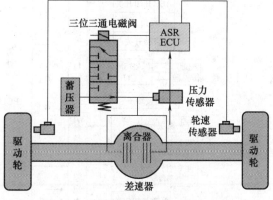

图2-2　电控防滑差速锁系统组成图

发动机处于输出大转矩的状态下，车轮发生滑转的主要原因往往是路面湿滑，采用对滑转车轮施加制动力的方法比较有效，而当发动机输出大功率时发生车轮滑转则以减小发动机输出功率的方法更有效。在更为复杂的工况下，借助综合控制的方式能够更好地达到控制驱动轮滑转的目的。

3. ASR基本组成与功用

ASR的基本组成如图2-3所示，主要包括传感器、ECU、执行器等部件。

（1）传感器

传感器主要包括轮速传感器、节气门位置传感器、ASR选择开关等。一般轮速传感器与ABS共用，主要完成对车轮速度的检测，并将轮速信号传送给ABS和ASR电控单元。

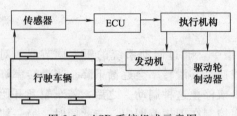

图 2-3　ASR 系统组成示意图

而主、副节气门位置传感器用于分别检测主、副节气门的开启角度，并将这些信号传送给发动机和自动变速器电控单元，与发动机电控系统共用。

ASR 选择开关是系统特有的一个开关装置，它可以通过人为操作选择是否启用 ASR 系统。如将 ASR 的关断开关切断（处于"OFF"位置），ECU 可使系统退出 ASR 工作状态，并点亮 ASR 关断指示灯。在某些特殊的场合，例如，为了检查汽车传动系统或其他系统的故障时，可以借助该开关使 ASR 系统停止工作，以避免因驱动轮悬空，致使 ASR 对驱动轮施加制动而影响故障检查。

（2）ECU

ASR ECU 以微处理器为核心，配以输入、输出电路及电源电路等。为了减少电子元器件的数目，简化和紧凑结构，ASR 控制器通常均与 ABS 控制器组合为一体（见图 2-4）。ASR ECU 的输入信号来自传感器、ABS ECU、发动机 ECU 和选择控制开关等。根据上述输入信号，ASR ECU 通过计算后向制动压力调节器与副节气门驱动装置发出工作指令，并通过指示灯显示当前的工作状态。一旦 ASR ECU 检测到任何故障，则立即停止 ASR 调节。此时，车辆仍可以保持常规行驶方式，同时系统会将检测出的故障信息存入计算机的 RAM，并让报警指示灯闪烁，以提醒驾驶员。

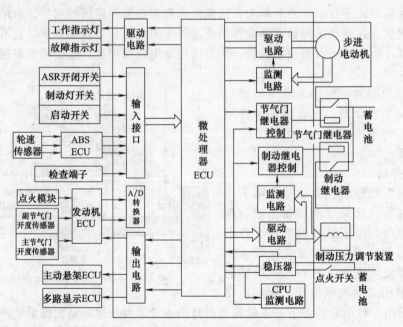

图 2-4　ASR 系统的 ECU 及其输入和输出

（3）执行器

ASR 系统的执行器主要包括制动压力调节器、副节气门驱动装置等。前者根据 ABS 和 ASR 电控单元的信号，调节制动器中的液压。后者则根据 ASR 电控单元传送来的信号，控制副节气门的开启角度。

1）ASR 制动压力调节器

ASR 制动压力调节器通过接受 ASR 控制器的指令，对滑转车轮施加制动力，并控制制动力的大小，以使驱动轮的滑转率处于目标范围内。高压储能器是 ASR 的制动压力源，而经过制动压力调节电磁阀可以调节驱动轮制动压力的大小。ASR 制动压力调节器有独立式和组合式两种结构。独立式是指 ASR 与 ABS 制动压力调节器彼此分立的结构形式，它比较适合将 ASR 作为选装系统的车辆，布置较灵活，但结构不紧凑，连接点较多，易泄漏。组合式是指将 ASR 与 ABS 两套压力调节装置合二为一的结构型式，特点与独立式结构相反。

① 独立调节式：制动压力独立调节的结构形式如图 2-5 所示。

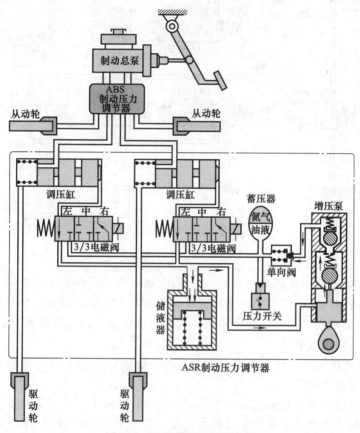

图 2-5　ASR 的独立调节方式

当 ASR 制动压力调节器中的三位三通电磁阀（3/3 电磁阀）处于断电状态而取左位时，调压缸右腔与储液室相通，压力较低，故缸内活塞在回位弹簧推力的作用下被推至右极限位置。此时，一方面可借助调压缸中部的通液孔将 ABS 制动压力调节器与车轮上的制动轮缸导通，保证 ABS 实现正常调压，另一方面也可实现 ASR 对制动轮缸的减压。

若电磁阀通电而处于右位时，调压缸右腔与储液室隔断，但与高压储能器导通，具有一定压力的液体将调压缸活塞推向左端，截断 ABS 制动压力调节器与制动轮缸的联系，调压缸左腔的压力会随活塞的左移而增大，进而带动制动轮缸压力的上升，便可实现 ASR 对驱动轮制动压力的增压调节。

当电控器使电磁阀半通电而处于中间位置时，而调压缸与储液室和高压储能器均相通，而调压缸活塞保持不动，驱动轮制动轮缸压力也维持不变。

② 组合调节式：组合方式的 ASR 压力调节器如图 2-6 所示。

当 ASR 调节电磁阀（3/3 电磁阀Ⅰ）断电而取左位时，ASR 不起作用。通过两个 ABS 调压电磁阀（3/3 电磁阀Ⅱ、Ⅲ）的作用，可实现对两驱动轮制动压力的调节。

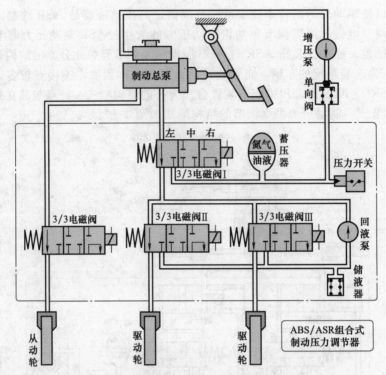

图 2-6　ASR 的组合调节方式

当 ASR 调节电磁阀通电而取右位时，若 ABS 调压电磁阀仍处于断电状态而取左位，这时，高压储能器的压力油可流入驱动车轮的制动轮缸，以达到制动增压的目的。

若 ASR 调节电磁阀半通电，处于中间位置时，则切断了高压储能器与制动主缸的联系，驱动轮制动轮缸压力维持不变。

当两个 ABS 调压调节电磁阀通电而取右位时，驱动轮制动轮缸与储液室导通，制动压力下降，从而实现制动减压。

由此可见，组合调节方式通过调节电磁阀（3/3 电磁阀 I、II、III）的不同组合，分别实现对驱动轮的制动防抱死控制和驱动防滑控制。另一个调节电磁阀（3/3 电磁阀）实现对从动轮的制动防抱死控制。

2）副节气门驱动装置

ASR 以副节气门控制发动机输出功率是应用最广泛的方法。当 ASR 不起作用时，副节气门处于全开状态，发动机输出功率由主节气门直接控制。当 ASR 起作用时，ECU 控制副节气门的开度变化，便可实现对发动机输出功率的调节。节气门驱动装置一般由步进电机和传动机构组成，步进电机根据 ASR 电控器输出的控制脉冲可使副节气门转过规定的角度。

副节气门驱动装置控制原理如图 2-7 所示。

尽管现代汽车上所采用的 ASR 系统各不相同，但是，概括说来它们在工作过程中均具有以下一些特点：

① ASR 系统可由开关选择其是否工作，并由相应的指示灯指示其状态。

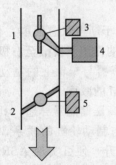

图 2-7　副节气门驱动装置
控制原理图
1—副节气门；2—主节气门；
3—副节气门位置传感器；
4—步进电机；5—主节
气门位置传感器

② 当 ASR 系统关闭时，副节气门处于全开位置，此时，其制动压力调节装置不影响制动系统的正常工作。

③ ASR 系统在工作时，ABS 具有调节优先权。

④ ASR 系统只在一定车速范围内（如 8～120km/h）起作用。

⑤ ASR 系统在不同的车速范围内通常具有不同的特性。如当车速较低时，以提高牵引力为目的，可对两驱动轮可施加不同的制动力矩（即两驱动轮制动压力独立调节）；当车速较高时，则以保持行驶方向稳定性为目的，使施加在两驱动轮上的制动力矩保持相同（两轮一同控制）。

【任务实施】

1. 丰田雷克萨斯 LS400 轿车 TRC 系统整体认识

日本丰田汽车公司的 TRC 最早应用在雷克萨斯 LS400 和 SC400 汽车上，该系统工作原理如图 2-8 所示。当车轮出现空转时，TRC 系统一方面制动驱动轮；另一方面关小副节气门，以降低发动机的输出功率，使传递到驱动轮的扭矩减小至适当值，从而使车辆获得稳定而迅速的起步或加速。

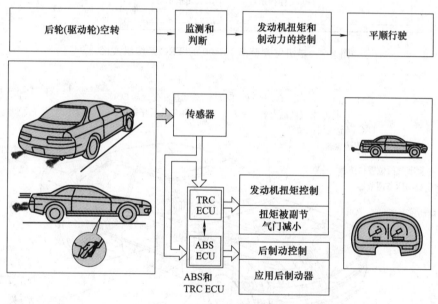

图 2-8　TRC 的工作原理

（1）系统的组成

丰田雷克萨斯 LS400 的 TRC 系统组成如图 2-9 所示。它由 TRC 选择开关、轮速传感器、ABS 和 TRC　ECU、制动主继电器、制动执行装置、制动灯开关、节气门继电器、主节气门位置传感器、副节气门位置传感器、副节气门执行器、液压调节装置、故障指示灯、压力调节和液面高度调节传感器和执行器等部件组成。各部件在车上的布置如图 2-10 所示。

1）传感器

TRC 系统传感器包括轮速传感器和节气门位置传感器。

轮速传感器与 ABS 系统共用，装在四个车轮上，为电磁感应式的，作用是检测车轮转速，并将信号输给 ABS/TRC ECU。节气门位置传感器有主、副之分，主节气门位置传感

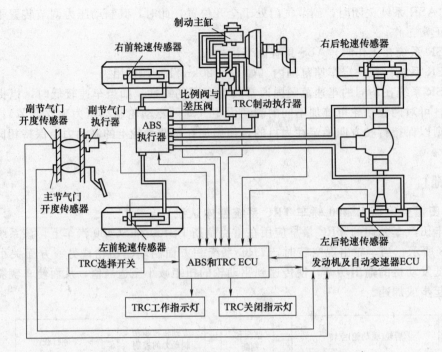

图 2-9　丰田雷克萨斯 LS400 的 TRC 系统组成图

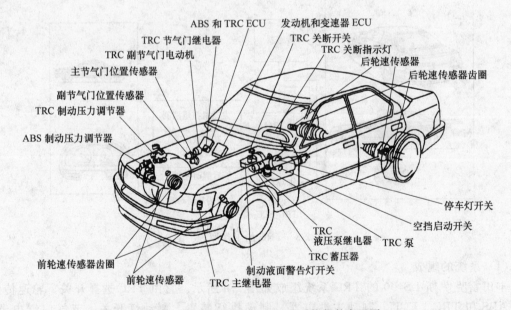

图 2-10　雷克萨斯 LS400 TRC 系统部件布置图

器位于节气门体上，与发动机燃油喷射系统共用。副节气门位置传感器位于主节气门前方，它们的作用是检测副节气门开度的大小，并将信号输给发动机和变速器 ECU 后送到 ABS/TRC ECU。副节气门位置传感器的安装位置和内部结构如图 2-11 所示。

　　2）电控装置

　　发动机和自动变速箱（ECT）ECU，通过接收主、副节气门位置传感器信号，将其发送至 ABS/TRC ECU。ABS/TRC ECU 将 ABS 和 TRC 的控制功能结合为一体。ABS/TRC

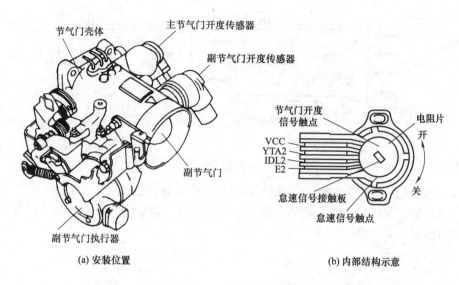

(a) 安装位置　　　　　　　　　　　　(b) 内部结构示意

图 2-11　副节气门位置传感器的安装位置和内部结构

ECU 用所输入的各个轮速传感器的转速信号计算车轮空转情况和路面情况，用以减小发动机扭矩和控制车轮制动力，从而控制车轮转速。此外，ABS/TRC ECU 还有初始检查功能、故障诊断功能和失效保护功能。

　　3) 执行器

　　TRC 执行器有制动压力调节装置、TRC 制动供能总成以及控制副节气门的步进电机等。

　　① 副节气门执行器　如图 2-12 所示，副节气门执行器安装在节气门体上，根据来自 ABS/TRC ECU 的信号控制副节气门的开度，从而控制发动机输出功率。需要说明的是：在采用电子节气门的发动机控制系统中，可以取消副节气门，由发动机 ECU 直接控制主节气门的开度，从而实现驱动轮防滑转控制的目的。

　　副节气门执行器是由永久磁铁、线圈和转子轴组成的一个步进电机，由来自 ABS/TRC ECU 的信号使之转动，其结构如图 2-13 所示。在转子轴末端安装有一个小齿轮，通过安装在副节气门轴末端的凸轮轴齿轮转动，从而控制副节气门的开度。当 TRC 不工作时，副节气门完全打开，对发动机的工作没有影响；当 TRC 部分工作时，副节气门打开一定角度；当 TRC 完全工作时，副节气门完全关闭，其工作过程如图 2-14 所示。

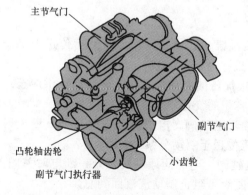

图 2-12　节气门外观图

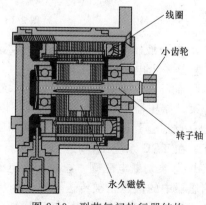

图 2-13　副节气门执行器结构

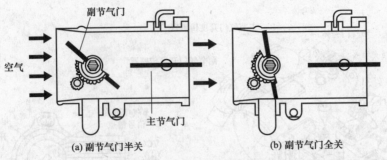

图 2-14　副节气门的工作过程

② TRC 制动压力调节装置　ABS 制动压力调节装置前已叙述。TRC 制动压力调节装置由泵、储压器、储压器切断电磁阀、总泵切断电磁阀、储液罐切断电磁阀、压力传感开关组成，其结构如图 2-15 所示。

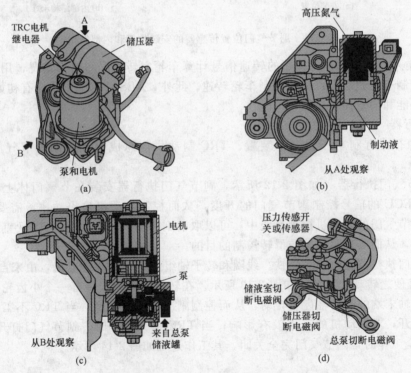

图 2-15　TRC 制动压力调节装置

a. 电动液压泵　其作用是将制动液从总泵储液罐泵出，提高其压力，然后传送至储压器。它是一个电机驱动柱塞泵。

b. 储压器　其作用是在 TRC 系统工作时，聚集加压的制动液，并将该制动液供应至制动分泵。储压器中还充有高压氮气，以缓和制动液容积的变化。

c. 储压器切断电磁阀　储压器切断电磁阀为常开电磁阀，电磁阀通电时关闭，断电时打开。在 TRC 系统工作时，它将来自储压器的液压传送至制动分泵。

d. 总泵切断电磁阀　总泵切断电磁阀为常闭电磁阀，电磁阀通电时打开，断电时关闭。当储压器中的液压正被传送至制动分泵时，这个电磁阀可阻止制动液流回到总泵。

e. 储液罐切断电磁阀　储液罐切断电磁阀为常闭电磁阀，电磁阀通电时打开，断电时关闭。在 TRC 系统工作时，这个电磁阀使制动液从制动分泵流回到总泵储液室。

f. 压力传感开关　其作用是监测储压器中的压力，并将这一信息发送至 ABS/TRC ECU，ECU 根据这一数据控制泵的工作。

（2）TRC 制动压力调节装置的工作过程

汽车上的 TRC 系统通常和 ABS 系统结合为一体，平时处于待命状态，不干预常规行驶，只有当驱动车轮出现滑转后才开始工作。当 TRC 系统出现故障时，会以警示灯告知驾驶员，发动机和制动系统则正常工作不受影响。该系统液压控制回路如图 2-16 所示。

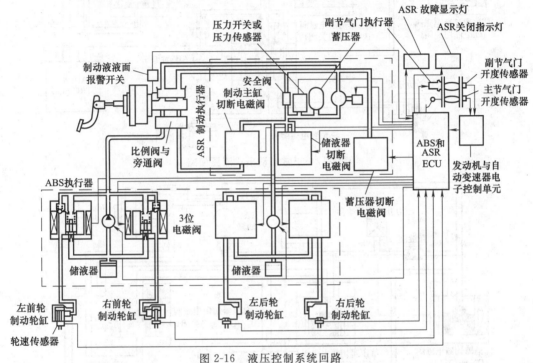

图 2-16　液压控制系统回路

1）在正常制动时（TRC 未启动）

当踩下制动踏板时，TRC 制动压力调节器中的总泵切断电磁阀、储压器切断电磁阀、储液罐切断电磁阀都断电（OFF），如图 2-17 所示。TRC 装置在此状态下，总泵切断电磁阀处于接通状态，当踩下制动踏板时，总泵内产生的液压经总泵切断电磁阀和 ABS 执行器的三位置电磁阀作用在制动分泵上。当松开制动踏板时，制动液将从制动分泵流回到总泵。

2）在车辆加速时（TRC 启动）

在湿滑路面起步或加速，出现驱动轮打滑现象时，ABS/TRC ECU 控制发动机扭矩和驱动轮的制动，以避免发生滑转。左、右驱动轮制动器中的液压，分别有三种控制模式：压力提高模式、压力保持模式、压力降低模式。总泵切断电磁阀、储压器切断电磁阀、储液罐切断电磁阀都通电（ON），依靠 ABS 制动液压系统中的三位置电磁阀位置的切换实现三种控制模式的转换。当压力传感开关检测到储压器中的压力下降时，无论 TRC 处于哪种工作模式，ECU 都会接通 TRC 泵以提高液压。这时，ABS 油泵不工作。

① 压力提高模式　当踩下油门踏板，一个后轮开始空转时，TRC ECU 控制三个切断电磁阀都通电，总泵切断电磁阀处于截止状态、储压器切断电磁阀和储液罐切断电磁阀均处于接通状态。同时，ABS 执行器的三位置电磁阀不通电，如图 2-18 所示。这时，储压器中的加压制动液经储压器切断电磁阀和 ABS 中的三位置电磁阀，作用在后轮盘式制动分泵上。

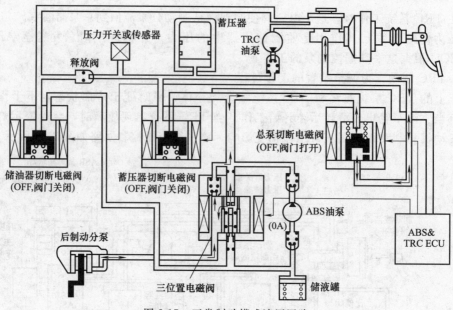

图 2-17　正常制动模式液压回路

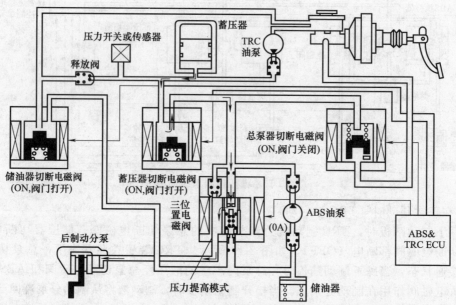

图 2-18　压力提高模式液压回路

　　② 压力保持模式　如图 2-19 所示，当 ABS/TRC ECU 判断到后轮盘式制动分泵中的液压提高或降低到所需要的压力时，系统就自动切换至压力保持模式。ABS 油泵、总泵切断电磁阀、储压器切断电磁阀、储液室切断电磁阀均通电。ABS 执行器的三位置电磁阀通入最大电流的 1/2，切换至压力保持位置。其结果是阻止储压器中的压力降低，并保持盘式制动分泵中的制动压力。

　　③ 压力降低模式　当需要降低后轮盘式制动分泵中的液压时，ABS/TRC ECU 将 ABS 执行器的三位置电磁阀通入最大电流，转换至压力降低位置。这就使盘式制动分泵中的液压，经 ABS 三位置电磁阀和储液室切断电磁阀流回至总泵储液罐，导致液压降低，如图 2-20所示。

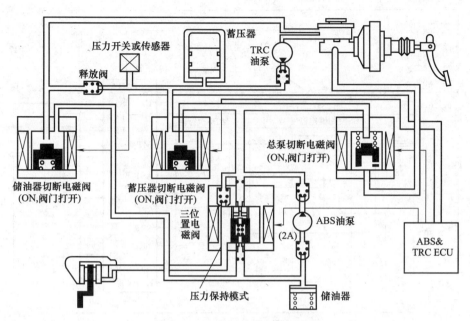

图 2-19 压力保持模式液压回路

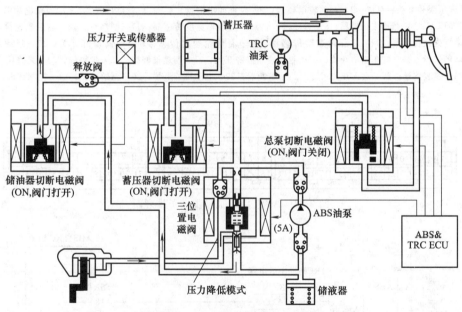

图 2-20 压力降低模式液压回路

（3）控制电路

驱动防滑控制系统控制电路如图 2-21 所示，雷克萨斯 LS400 型轿车 ABS/TRC 插接器端子排列如图 2-22 所示，插接器端子的代号及名称如表 2-1 所示。

1）制动压力调节装置主继电器电路

如图 2-23 所示，只要 TRC/ABS ECU 和发动机电控系统没有故障，当点火开关接通时，ECU 就接通 TRC 制动压力调节装置主继电器和副节气门继电器。当点火开关断开时，主继电器就断开。如果 ECU 检测到故障，ECU 也断开主继电器。主继电器接通时，为 TRC 泵继电器和 TRC 制动执行器中的电磁阀提供电源。

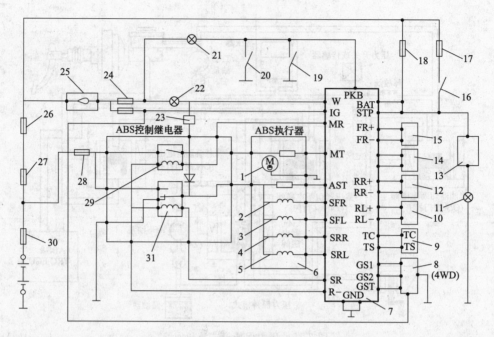

图 2-21　驱动防滑控制系统控制电路图

1—液压泵和电动机总成；2—右前轮电磁阀；3—左前轮电磁阀；4—右后轮电磁阀；5—左后轮电磁阀；6—执行器；7—ECU；8—减速度传感器；9—诊断接口；10—左后轮速度传感器；11—制动灯；12—右后轮速度传感器；13—制动灯失效传感器；14—左前轮速度传感器；15—右前轮速度传感器；16—制动灯开关；17—制动灯熔丝；18—半球形熔丝；19—驻车制动开关；20—制动液面报警开关；21—制动报警灯；22—报警灯；23—维修接口；24—仪表熔丝；25—点火开关；26～28—熔断器；29—电动机继电器；30—总熔断器；31—控制继电器

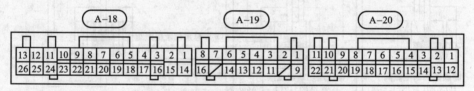

图 2-22　ABS/TRC 插接器端子排列图

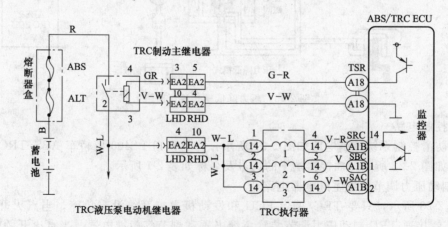

图 2-23　制动压力调节装置主继电器电路

1—储液罐切断电磁阀电磁线圈；2—储压器切断电磁阀电磁线圈；3—储液罐切断电磁阀

表 2-1　各端子的代号及名称

端子号	代号	连接的部件	端子号	代号	连接的部件
A18-1	SMC	M/C 隔离线圈	A19-7	TR2	发动机通信
A18-2	SRC	储油罐隔离线圈	A19-8	WT	TRC 关断指示灯
A18-3	R−	继电器搭铁线	A19-9	TR5	发动机检查报警灯
A18-4	TSR	TRC 制动主继电器	A19-10	—	空脚
A18-5	MR	电动机继电器	A19-11	LBL$_1$	制动液位报警灯
A18-6	SR	电磁阀继电器	A19-12	GSW	TRC 关断开关
A18-7	TMR	TRC 电动机继电器	A19-13	VSH	副节气门位置传感器
A18-8	TTR	TRC 副节气门继电器	A19-14	D/G	TDCL
A18-9	A−	步进电动机	A19-15	—	空脚
A18-10	A	步进电动机	A19-16	IND	TRC 报警灯
A18-11	BM	步进电动机	A20-1	SFR	前右电磁线圈
A18-12	ACM	步进电动机	A20-2	GND	搭铁
A18-13	SFL	前左电磁线圈	A20-3	RL$_1$	后左轮速传感器
A18-14	SAC	ACC 隔离线圈	A20-4	FR−	前右轮速传感器
A18-15	VC	ACC 压力传感器(开关)	A20-5	RR+	后右轮速传感器
A18-16	AST	ABS 电磁阀继电器监控器	A20-6	FL−	前左轮速传感器
A18-17	NL	空挡启动开关	A20-7	E$_1$	搭铁
A18-18	IDL$_1$	主节气门怠速开关	A20-8	MT	ABS 电动机继电器
A18-19	PL	空挡启动开关	A20-9	ML−	TRC 供油泵电动机
A18-20	IDL$_2$	副节气门怠速开关	A20-10	PR	ACC 压力传感器(开关)
A18-21	MTT	TRC 供液泵电动机继电器监控器	A20-11	IG	点火开关
A18-22	B	步进电动机	A20-12	SRL	后左电磁线圈
A18-23	B−	步进电动机	A20-13	GND	搭铁
A18-24	BCM	步进电动机	A20-14	RL−	后左轮速传感器
A18-25	GND	搭铁	A20-15	FR+	前右轮速传感器
A18-26	SRR	后右电磁线圈	A20-16	RR−	后右轮速传感器
A19-1	BAT	蓄电池	A20-17	FL+	前左轮速传感器
A19-2	PKB	停车制动开关	A20-18	E$_2$	搭铁
A19-3	T$_e$	TDCL 与检查连接器	A20-19	E$_1$	搭铁
A19-4	N$_{eo}$	发动机转速信号(N_e)	A20-20	T$_a$	故障诊断插座
A19-5	VTH	主节气门位置传感器	A20-21	ML+	TRC 油泵电动机
A19-6	WA	ABS 报警灯	A20-22	STP	制动灯开关

2）副节气门继电器电路

副节气门继电器电路如图 2-24 所示。当点火开关接通时，副节气门继电器为副节气门步进电动机提供电源。当点火开关断开或 TRC 系统有故障时，副节气门继电器电路断开。

3）TRC 油泵电动机继电器电路

油泵电动机继电器电路如图 2-25 所示，当同时满足以下条件时，ABS/TRC ECU 接通油泵电动机继电器。

① TRC 主继电器接通；

② 发动机转速超过 500r/min；

③ 汽车在行进之中；

④ 怠速信号断开；

⑤ 压力传感器开关信号接通。

4）副节气门步进电动机电路

如图 2-26 所示，副节气门执行器按节气门驱动器发出的信号进行工作，控制副节气门的打开或关闭，从而控制发动机的输出扭矩。

5）副节气门位置传感器电路

如图 2-27 所示，副节气门位置传感器检测辅助节气门的开启度，并将相应的信号传至 ECU。如有故障信号输入，ECU 就会阻止 TRC 控制。

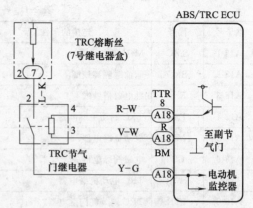

图 2-24　副节气门继电器电路

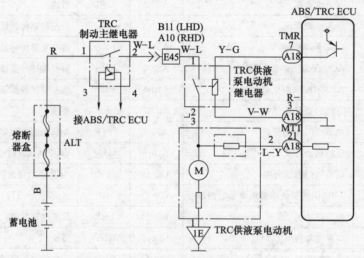

图 2-25　TRC 油泵电动机继电器电路

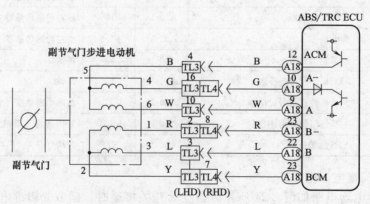

图 2-26　副节气门步进电动机电路

2. 奥迪 A6 轿车 ASR 系统整体认识

一汽奥迪 A6 轿车配备具有电子差速锁的防抱死制动系统（ABS＋EDS），以及与 ABS＋

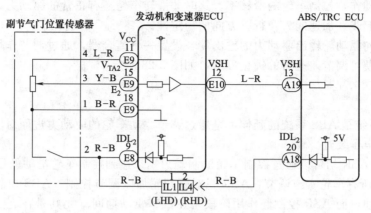

图 2-27 副节气门位置传感器电路

EDS 配套使用的驱动防滑调节系统（ASR）。ABS 的作用是在汽车进行制动时防止车轮抱死；EDS 是借助电子控制对空转的驱动轮进行抑制，使发动机功率能够传到"未滑转"的车轮上的一种辅助装置。在车速低于 40km/h 时，EDS 调节开始起作用。ASR 则是在汽车加速时，通过降低发动机功率防止驱动轮打滑，并在各种车速范围内起作用。通过中央控制台上的 ASR 键可以关闭和开启 ASR 功能。如果 ASR 被关闭，则仪表板上的 ASR 指示灯 K86 亮起；在 ASR 调节过程中，指示灯 K86 将每秒闪烁 3 次。

奥迪 A6 制动系统两个制动回路呈对角布置，在（ABS ＋EDS）/ASR 控制单元 J104 中装有一个相匹配的软件，具有一般制动力调节器功能，因而取消了制动力调节器。为了避免汽车制动器过热，在控制单元 J104 中设定了限制温度，该制动器达到该温度时，EDS 调节不起作用。EDS 工作不影响汽车制动装置和 ABS 及 ASR 的功能。

【知识拓展】

防滑差速锁

防滑差速锁（LSD，Limited-Slip-Differential）控制——利用传感器掌握各种道路情况和车辆运动状态，通过操纵加速踏板和制动器，采集和读取驾驶员所要求的信息，并按驾驶员的意愿和要求最优分配左右驱动轮的驱动力。LSD 能对差速器锁止装置进行控制，使锁止范围保持在 0~100% 之间。当驱动轮单边滑转时，控制器输出控制信号，使差速锁和制

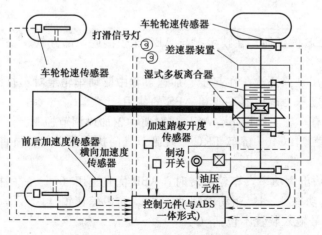

图 2-28 LSD 控制系统结构框图

动压力调节器动作，控制车轮的滑移率。这时非滑转车轮还有正常的驱动力，从而提高汽车在滑溜路面的起步、加速能力及行驶方向的稳定性。

在差速器向驱动轮输出驱动力的输出端，设置一个离合器，通过调节作用在离合器片上的液压压力，便可调节差速器的锁止程度，如图 2-28 所示。

【学习小结】

1. ASR 系统是 ABS 系统的延伸，是通过调节驱动车轮的驱动力进而对驱动轮的滑转进行控制的一套电子装置。

2. ABS 与 ASR 均可以通过控制车轮的制动力矩来达到控制车轮滑动的目的。

3. ABS 对所有车轮实施调节，ASR 只对驱动轮加以调节控制。ABS 控制起作用阶段是在制动过程期间；而 ASR 控制起作用阶段是在汽车驱动期间（尤其是在起步、加速、转弯等过程中）。

4. ASR 对驱动轮的控制方式有发动机功率控制、制动力控制、差速器锁止控制和综合控制等。

5. ASR 传感器中的轮速传感器一般与 ABS 系统共用，主要完成对车轮速度的检测，并将轮速信号传送给 ABS 和 ASR 电控单元。而主、副节气门位置传感器分别用于检测主、副节气门的开启角度，并将这些信号传送给发动机和自动变速器电控单元，与发动机电控系统共用。

6. ASR 选择开关是 ASR 系统特有的一个开关装置，它可以通过人为操作选择是否启用 ASR 系统。

7. ASR 制动压力调节器的结构形式有单独方式和组合方式两种。

8. 雷克萨斯 LS400 轿车装备了博世公司设计的 ABS/ASR 装置，主要由信号输入装置（轮速传感器、主节气门位置传感器、副节气门位置传感器、TRC 关断开关、压力传感器等）、电控单元、执行机构（副节气门驱动器、继电器、TRC 制动压力调节器）三部分组成。

9. 一汽奥迪 A6 轿车配备具有电子差速锁的防抱死制动系统（ABS＋EDS），以及与 ABS＋EDS 配套使用的驱动防滑调节系统（ASR）。

【自我评估】

1. 判断题

（1）ASR 是 ABS 的延伸，在技术上与 ABS 比较接近，部分软、硬件可以共用。

（　　）

（2）ASR 的作用是保证汽车在起步、加速过程中驱动车轮绝对不打滑。　（　　）

（3）ASR 的制动压力调节器只能和 ABS 的共用。　（　　）

（4）ABS 对所有车轮实施调节，ASR 只对驱动轮加以调节控制。　（　　）

（5）丰田雷克萨斯 LS400 轿车 TRC 系统副节气门执行器由驾驶员直接操纵。　（　　）

2. 选择题

（1）当发动机输出大功率，车轮滑转时，ASR 优先选用（　　）的控制方式。

A. 发动机输出功率　　B. 驱动轮制动　　C. 防滑差速锁　　D. 综合控制

（2）ASR 的信号输入装置不包括（　　）。

A. 轮速传感器　　　　B. ASR 指示灯　　C. ASR 切断开关　　D. 节气门位置传感器

（3）丰田雷克萨斯 LS400 轿车 TRC 与 ABS 制动压力调节器采取（　　）方式。

A. 组合调节　　　　　B. 独立调节　　　　　C. 模糊调节　　　　　D. 优先调节

（4）ASR 制动压力调节器的工作过程不包括（　　）。

A. 压力保持　　　　　B. 压力增长　　　　　C. 压力减小　　　　　D. 压力释放

（5）丰田雷克萨斯 LS400 轿车 TRC 系统控制副节气门开、闭的是（　　）。

A. 制动压力调节器　　B. 轮速传感器　　　　C. 副节气门执行器　　D. TRC 切断开关

3. 问答题

（1）ASR 系统的作用是什么？

（2）ASR 系统的控制方式有哪些？

（3）ASR 系统是如何工作的？

（4）有哪些部件是 TRC 系统所独有的？其作用是什么？

【评价标准】

1. 自我评价

（1）通过本学习任务的学习你是否已经掌握以下问题：

① 驱动防滑转控制系统的作用？

_____

_____。

② 驱动防滑转系统的控制方式？

_____

_____。

③ 驱动防滑转控制系统的组成与工作？

_____

_____。

（2）在进行汽车驱动防滑转系统整体结构认识中你采用了哪些仪器与设备？你是否已经掌握了这些仪器与设备的正确操作技能？

_____

_____。

（3）实训过程完成情况。

评价：_____

（4）工作着装是否规范？

评价：_____

（5）能否积极主动参与工作现场的清洁和整理工作？

评价：_____

（6）在完成本学习任务的过程中，你是否主动帮助过其他同学？并和其他同学探讨驱动防滑转系统的有关问题？具体问题是什么？结果是什么？_____

_____。

（7）通过本学习任务的学习，你认为哪些方面还有待进一步改善？_____

_____。

签名：_____　　　__年___月___日

2. 小组评价

序号	评价项目	评价情况
1	学习态度是否积极主动	
2	是否服从教学安排	
3	是否达到全勤	
4	着装是否符合要求	
5	是否合理规范地使用仪器和设备	
6	是否按照安全和规范的规程操作	
7	是否遵守学习、实训场地的规章制度	
8	是否积极主动地和他人合作、探讨问题	
9	是否能保持学习、实训场地整洁	
10	团结协作情况	

参与评价的同学签名：_____

_____年_____月_____日

3. 教师评价：_____

_____

_____。

任务 2.2　　电控驱动防滑转系统检修与故障诊断

【任务描述】

　　学习汽车电控驱动防滑转系统的主要组成部件的检测方法，并能够借助资料和仪器，诊断与排除汽车电控驱动防滑转系统常见的故障。

【任务分析】

　　通过对典型驱动防滑转控制系统的故障诊断分析，能够正确、灵活地运用故障检修资料、仪器和方法，对系统常见故障进行诊断与排除。

【知识准备】

1. ASR 系统的正确使用

　　ASR（TRC）系统是由电子元件控制的，在工作中有一些现象是正常的，例如：

　　① 系统检查时的声音：在发动机启动后，有时候会从发动机舱中传出类似碰击的声音，这是系统在进行自我检查对发出的声音，属于正常现象。

　　② 工作时的声音：液压单元内部电动机的声音；与制动踏板振动一起产生的声音；工作时，因制动而引起悬架碰击声或轮胎与地面接触发出"吱嘎"声。

　　③ 在积雪或是沙石路面上，安装有 ABS 车辆的制动距离有时候会比没有安装 ABS 车辆的距离长。

　　④ 在 TRC 工作时，发动机的油门反应会比不工作时慢。

2. ASR 系统故障诊断基础

现代汽车电控系统都具有故障自诊断功能。当 ABS/ASR 系统的 ECU 检测到系统的故障信息时，立即使仪表盘上的相应警告灯点亮，提示驾驶人员 ABS/ASR 系统出现故障，同时将故障信息以故障码的形式储存到存储器中。诊断 ABS/ASR 系统故障时，按照设定的程序和方法可读取故障码和清除故障码。

（1）警告灯的工作

ABS、ASR、ESP 系统共有 3 种警告灯：①制动装置警告灯 K118；②ABS 故障警告灯 K47；③ASR/ESP 警告灯 K155。其工作情况如图 2-29 所示。

图中从上到下依次显示的情况是：

① 发动机刚启动，系统处于自检过程，三个警告灯都亮起；

② 系统自检完成，没有发现故障，或系统正常，三个警告灯都熄灭；

③ 在汽车行驶中，当 ASR/ESP 起作用时，ASR/ESP 警告灯 K155 闪烁；

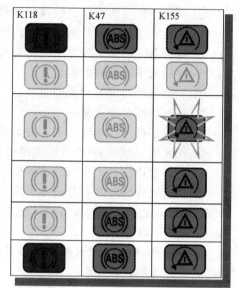

图 2-29　故障警告灯工作情况

④ 当按下 ASR/ESP 按钮（系统不工作），且 ABS 有效时，ASR/ESP 警告灯 K155 亮起；

⑤ 若 ASR/ESP 系统发生故障时，ASR/ESP 警告灯 K155 和 ABS 故障警告灯 K47 点亮；

⑥ 若 ABS 系统发生故障时，三个警告灯都亮起。

（2）ASR 故障诊断注意事项

① ABS、ASR 是一种汽车主动安全系统，从事该项检修诊断工作要求具备该系统的相关知识；

② 在车辆使用中，若怀疑或确定防滑转控制系统元件有故障，一般都需将可疑元件拆下进行检查或更换；

③ 由于蓄压器使管路中的制动液保持着一定的压力，在拆卸油管时要小心高压制动液的喷出；

④ 安装时要按规定的力矩拧紧管路的螺纹连接件，拧得过松容易造成松动和泄漏，拧得过紧又容易造成变形和滑丝；

⑤ 与 ABS 和普通制动系统一样，若在维修中拆动了液压系统元件，安装后必须对液压系统进行排气；

⑥ 在对 ABS、ASR 进行检修之前原则上要查询故障代码；

⑦ 在拔下 ABS、ASR 控制单元插头的情况下不要驾车；

⑧ ABS、ASR 的元器件插头只有在关闭点火开关时才可拔下或插上；

⑨ 不允许松开液压单元的螺栓（在更换回油泵继电器和电磁阀时，继电器罩盖螺栓除外）；

⑩ 在涉及与制动液有关的作业时，要注意采取有效的安全防范措施；

⑪ 指示灯亮说明在 ABS、ASR 等系统中有故障，因为某些故障有可能在行驶时才被识

别出来，因此必须在修理工作结束后进行试车。在试车时车速不低于 60km/h 的行驶时间应超过 30s。

（3）ABS/ASR 故障检测的前提条件

① 所有车轮应使用规定的及相同规格的轮胎，轮胎充气压力应正确；

② 包括制动灯开关及制动灯在内的常规制动装置应正常；

③ 液压系统的接头和管路应密封良好（目视检查液压单元及制动主缸）；

④ 轮毂轴承及其间隙应正常；

⑤ 轮速传感器安装位置应正确；

⑥ 所有熔断丝应正常；

⑦ 电控器插头连接应正确，并且锁紧器应可靠锁定；

⑧ 油泵继电器和 ABS 电磁阀继电器的插接应正确；

⑨ 蓄电池电压应正常（最小不低于 10.5V）；

⑩ 只有在停车时及打开点火开关（或发动机运转）的情况下才有可能进入故障自诊断系统，在车速超过 2.75km/h 时不能进入故障自诊断系统，因此在进行故障自诊断时四个车轮必须均处于静止状态；

⑪ 在进行 ABS、ASR 故障检测期间，汽车电气设备不要受到电磁干扰，即汽车要远离高耗电设备（如电焊机等）。

【任务实施】

1. 丰田雷克萨斯 LS400 轿车 TRC 系统故障诊断

（1）系统自检

接通点火开关，若 TRC 警告灯 3s 后熄灭，表示系统正常；若 TRC 警告灯亮 3s 后开始闪烁，表示系统存在故障。

（2）读取故障代码

① 接通点火开关，用 SST 连接端子 T_C 和 E_1，根据 TRC 警告灯的闪烁方式读取故障码，故障码用两位数字表示。

② 首先显示故障码的十位数，每次闪烁持续 0.5s，熄灭 0.5s，然后指示灯熄灭 1.5s，接着显示个位数，两故障码间指示灯熄灭 2.5s，若同时有两个或两个以上故障码，则号数最小的先显示。读取故障码的方式和 ABS 系统一致。

③ 故障码参见表 2-2，表中对各种故障码均做出了说明。

④ 校核完毕后，应关掉点火开关，脱开端子 T_C 和 E_1。

（3）清除故障码

① 在丰田诊断通信链路或检查连接器上，用 SST 连接端子 T_C 和 E_1。

② 将点火开关置于"ON"位置。

③ 将踏板连续踩下不少于 8 次，以清除故障码。在这种情况下，ABS 故障码同时也被清除。

④ 检查 TRC OFF 指示灯，应显示出正常码。

⑤ 从丰田诊断通信链路或检查连接器上拆下 SST，拔下 ECU-B 熔断器，也可删除故障码，但其他存储器内的故障码也会同时被删除。

（4）系统组成部件检修

下面以丰田雷克萨斯 LS400 轿车 TRC 系统为例进行说明。检测时应取下被检部件的线束连接器，使用阻抗大于 10kΩ/V 的万用表，测量线束连接器传感器端或继电器端指定端子

表 2-2 故障码表

故 障 码	故 障 名 称
11	TRC 主继电器电路断路
12	TRC 主继电器电路短路
13	TRC 节气门继电器电路断路
14	TRC 节气门继电器电路短路
15	TRC 液压泵电动机通电时间过长
16	压力开关电路断路
17	压力开关一直关闭
19	TRC 液压泵电动机开和关次数比正常多（蓄压器有泄漏）
21	制动主缸关断电磁阀电路断路或短路
22	蓄压器关闭电磁阀电路断路或短路
23	储油器关闭电磁阀电路断路或短路
24	辅助节气门驱动器电路断路或短路
25	辅助节气门步进电动机达不到 ECU 控制预定的位置
26	ECU 控制辅助节气门全开,但辅助节气门不动
27	停止向步进电动机供电时,辅助节气门未能到达全开的位置
28	节气门电动驱动器通信电路失灵
29	节气门电动驱动器失灵
44	TRC 工作时,NE 信号未送入 ECU
45	急速开关关断时,主节气门位置传感器信号≥1.5V
46	急速开关接通时,主节气门位置传感器信号≥4.3V 或<0.2V
47	急速开关关断时,辅助节气门位置传感器信号≥1.45V
48	急速开关接通时,辅助节气门位置传感器信号≥4.3V 或<0.2V
51	发动机控制系统有故障
52	制动液面警告灯开关接通
53	发动机和 ECT ECU 通信电路失灵
54	TRC 液压泵继电器电路断路
55	TRC 液压泵继电器电路短路
56	TRC 液压泵电动机失灵
TRC 灯常亮	ECU 故障

的电阻值或电压值并与标准值进行比较,从而判断部件的技术状况。

1）副节气门开度传感器的检测

拔下传感器插接头,用万用表测量各个端子之间的电阻,应该符合表 2-3 的标准。

表 2-3 副节气门传感器各端子间的标准电阻值

端子	副节气门状态	标准电阻值/kΩ
VC-E2	全开	4.0～9.0
VTA-E2	全开	3.3～10.0
	全关	0.2～0.6
IDL-E2	全关	0
	开	∞

2）TRC 制动执行器的检测

① 拔下 TRC 制动执行器的插接器;

② 如图 2-30 所示,用万用表测量 BSR、SRC 两端子应导通;BSM、SMC 两端子应导通;BSA、SAC 两端子也应导通。

3）TRC 泵电机的检测

① 拔下 TRC 泵电机线束插接器;

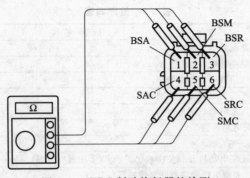

图 2-30　TRC 制动执行器的检测

② 如图 2-31（a）所示，用万用表测量 BTM、MTT 两端子之间的电阻，应为 4.5～5.5kΩ；

③ 如图 2-31（b）所示，在端子 BTM、E2 间施加 12V 电压（通电不超过 3s）进行运转试验，TRC 泵电机应运转正常。

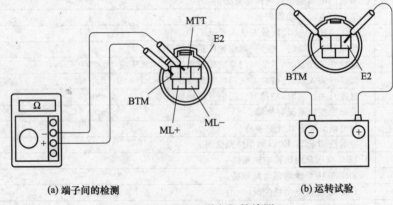

(a) 端子间的检测　　　　　　　　　(b) 运转试验

图 2-31　TRC 泵电机的检测

此外，TRC 制动主继电器、TRC 节气门继电器的检测方法同普通继电器，在此不再赘述。在进行上述检查时，应首先对线束连接器的线路导通状况做仔细查看，若有氧化、锈蚀等现象应予以清除。TRC 系统元器件损坏时，通常应予以更换。

2. 奥迪 A6 轿车 ASR 系统故障诊断

下面以奥迪 A6 轿车为例，介绍 ABS/ASR 系统检修注意事项及故障自诊断。

（1）奥迪 A6 轿车 ASR 自诊断特点

（ABS＋EDS)/ASR 控制单元 J104 具有故障自诊断能力，该系统的故障自诊断功能是针对系统中电器及电子元器件的。J104 一般可识别 19 个不同的故障源，在选装 ABS＋EDS 时可识别的故障源的数量达到 24 个，在选装 ASR 时则达到 29 个。

需要注意：只有使用故障阅读仪 V. A. G1551 的快速数据传输功能，才可能利用故障自诊断功能进行故障检测；只有在停车时并打开点火开关（或发动机运转）的情况下才能进行故障自诊断检测；在车速超过 2.75km/h 时不能进行故障自诊断检测。

在进行故障自诊断期间，ABS＋EDS 不能进行调节，仪表板上的黄色 ABS＋EDS 指示灯 K47 及红色制动指示灯亮。在装备了 ASR 系统时，ASR 指示灯 K86 也会亮。每次打开点火开关，系统便开始进行故障自检。故障自检的执行是通过点亮 ABS＋EDS 指示灯 K47 来进行提示的，在装备了 ASR 时，ASR 指示灯 K86 也附带亮起，约 2s 后指示灯熄灭。故障自检将持续到汽车行驶过程中，因为有些已存在的故障只有在行驶时才可被识别。

在自检时可听到继电器的开关声及液压单元回油泵的启动噪声，在制动踏板上也能感觉到轻微的振动。当 ASR 系统的故障被识别出来时，ABS、ABS＋EDS 或 ASR 在相应的行驶段中将自动关闭。同时，仪表板上的黄色 ABS＋EDS 指示灯 K47 及红色制动指示灯点亮。在装备了 ASR 时，ASR 指示灯 K86 也要附带点亮。

在一个故障被识别出以后，普通的汽车制动系统仍保持着正常的工作状态。然而由于 ABS＋EDS 停止工作，制动压力调节器的功能也就随之消失，因此应立即把车送到汽车修理厂进行检修。

J104 带有一个故障存储器。如果监控的传感器及元器件出现故障，故障存储器将把故障信息储存起来，可用故障阅读仪 V. A. G1551 查询故障存储器的内容。

系统自诊断功能可区别出"持续"故障和"偶发"故障，如果一个曾被作为"持续"故

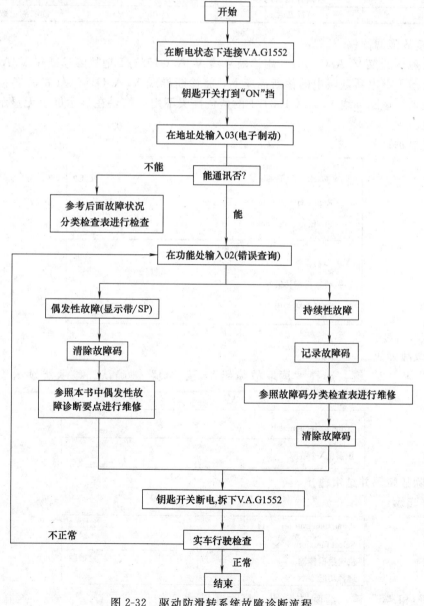

图 2-32　驱动防滑转系统故障诊断流程

障而储存的故障在接通点火开关后不再出现，那么该故障将变为一个"偶发"故障。对出现的"偶发"故障会附加上一个标记，在 V. A. G1551 显示屏的右侧出现"/SP"字样。如果通过一定次数的行驶，一个"偶发"故障不再出现，它将被自动清除。"持续"故障将一直被储存到用故障阅读仪 V. A. G1551 把故障存储器内容清除为止。该系统故障诊断流程如图2-32 所示。

（2）故障自诊断内容

故障自诊断功能不仅能进行故障查询和清除，而且还拥有"控制单元识别"、"控制单元编码"和"读取测量数据组"附加功能，见表 2-4。

表 2-4　ASR 自诊断功能表

代　码	功　能	代　码	功　能
01	查询控制单元版本	06	结束输出
02	查询存储器内容	07	控制单元编码
05	清除故障码	08	读取测量数据组

1）连接故障阅读仪

连接故障诊断仪 V. A. G1551　用诊断导线 V. A. G1551/1 把故障诊断仪 V. A. G1551 接在左侧导流槽下继电器基座中的诊断插座上，将诊断导线 V. A. G1551/1 的黑色插头插在黑色诊断插座上。诊断导线 V. A. G1551/1 的蓝色插头不用。如果在显示屏上无显示，则检查诊断插头电源。

显示屏显示：

V.A. Gself – diagno sis	HELP
1 — Rapid data tran sfer *	
2 — Flashing code oupt *	

V.A. G自诊断	帮助
1 — 快速数据传输 *	
2 — 闪烁编码输出 *	

注：＊为交替显示。

2）读取故障码

按"0"和"2"键，选择"读取故障码"，按"Q"键确认。显示器显示故障存储的数目：

X Faults recognized!
识别出X个故障

3）清除故障码并结束输出

显示屏显示：

Rapid data transfer	HELP
Select function ××	
快速数据传输	帮助
选择功能　××	

按"0"和"5"键，清除故障码，显示屏显示：

Rapid data transfer	Q
05— Erase fault memory	
快速数据传输	**确认**
05— 清除故障码	

按"Q"键确认输入，显示屏显示：

Attention!	Q
Fault memory is not interrogated	
注意！	**确认**
没有查询故障码	

故障码只能在完成查询后被清除。因此应先查询故障码，然后再清除故障码。如果在查询故障码及"清除故障码"期间，将点火开关转至"OFF"位置或车辆移动速度超过 20km/h，故障码的清除将不能完成。

显示屏显示：

Rapid data transfer	→
Fault memory is erased	
快速数据传输	**→**
故障码储存被清除	

按"→"键，显示屏显示：

Rapid data transfer	HELP
Select function × ×	
快速数据传输	**帮助**
选择功能 × ×	

按"0"和"6"键，显示屏显示：

Rapid data transfer	Q
06 — End output	
快速数据传输	**确认**
06 — 结束输出	

按"Q"键确认输入，显示屏显示：

Rapid data transfer	HELP
Output is ended	
快速数据传输	帮助
输出结束	

接下来关闭点火开关，拆下故障诊断仪 V. A. G1551 的插头连接；接通点火开关，ABS/EDS 故障警告灯 K47、ASR 故障警告灯（装备 ASR）必须亮约 2s 后熄灭。进行试行驶，车速不低于 60km/h 的行驶时间应超过 30s，此时 ABS/EDS 以及 ASR 故障警告灯和制动故障警告灯应不亮。

4）控制单元编码

如果更换了 ASR 控制单元或控制单元内存储了下述故障：

① ABS/EDS 变速器电气连接；

② CAN 总线中没有来自变速器控制单元的信号；

③ 控制单元编码错误。

那么必须按发动机和变速器型号给控制单元编码。具体操作步骤参考故障阅读仪显示屏操作提示进行。

5）读取测量数据块

测量数据块由一个带物理单位的四个测量值的显示组和两个不带物理单位测量值的显示组构成。此项测量可以显示轮速传感器的工作是否正常。具体操作步骤参考故障阅读仪显示屏操作提示进行。

6）执行元件诊断

执行元件诊断用来检查执行元件的功能。进行执行元件诊断时，应保证被检系统无电气故障，以便发现机械故障。

进行执行元件诊断时，应注意以下事项：

① 在开始进行执行元件诊断前，应先进行故障存储器查询；

② 在进行执行元件诊断时，应用千斤顶抬起车辆，以使车轮可自由旋转；

③ 为防止执行元件过载，它们只工作 60s 或 90s；

④ 在执行元件诊断过程中，ABS＋EDS 指示灯和红色制动系统指示灯一直在闪亮；

⑤ 执行元件诊断结束，ABS＋EDS 指示灯和制动系统指示灯熄灭。如果 ABS＋EDS 指示灯不熄灭，表示系统中有故障。

具体操作步骤参考故障阅读仪显示屏操作提示进行。

【知识拓展】

ASR 系统典型故障诊断案例

例 1. 奔驰 600SEL 轿车 ASR 故障灯常亮

故障现象：一辆奔驰 600SEL 轿车，仪表板上 ASR 故障灯常亮。故障刚出现时，表现为在行驶一段时间后 ASR 故障灯才会亮；关闭点火开关再重新启动，仪表板上的 ASR 故障灯又会熄灭；但再行驶一段路程，ASR 故障灯又会重新点亮。

故障诊断与排除：读取 ASR 系统故障代码，显示 ASR 电脑与 EGAS（电子节气门控制系统）电脑信号传输有问题。读取 EGAS 系统故障代码，无故障代码。因此怀疑其线路存在故障。

经仔细检查 EGAS 电脑的线路系统，没有发现任何异常现象。打开 EGAS 电脑，发现 EGAS 电脑里面有个集成块已经烧毁。更换 EGAS 电脑后试车，ASR 故障灯不再点亮，但在路试一段距离后，ASR 故障灯又点亮了。再次读取 ASR 系统的故障代码，显示怠速触点线路不良（原来 ASR 系统与 EGAS 系统信号传输不良）。

检查怠速触点线路时（奔驰车怠速触点装在加速踏板下），发现怠速触点线路有一个插头断开了，把该插头接上，试车，ASR 故障灯不再点亮，至此故障彻底排除。

例 2. 宝来 1.8 AT ASR 警告灯点亮

故障现象：在行驶中 ASR 警告灯总是点亮。

故障诊断与排除：首先试车，当快速起步或急加速时 ASR 警告灯点亮，说明加速防滑系统正在工作。但加速防滑工作结束后 ASR 警告灯仍不熄灭。查询发动机控制单元发现有故障码 1 个，显示 18056 数据总线故障。读取数据流显示组 125 "数据总线信号"，显示区 1、2、3 都显示 "1"，说明发动机控制单元与自动变速器、ABS、组合仪表控制单元的通讯正常。将故障码 18056 清除后试车没有再储存。读取数据流显示组 002 的第 2 显示区，发现发动机负荷为 28%（规定值 10%～25%）。

发动机负荷这个百分数是控制单元根据吸入空气量、节气门开度、发动机转速计算出来的，空气流量传感器有故障会影响这个百分比，这个数值不正确可能会引起 ASR 警告灯报警。

试更换空气流量传感器，再次读数据流 002 组第 2 区，发现发动机负荷变为 18%，试车发现 ASR 警告灯不再报警，故障排除。

【学习小结】

1. ASR（TRC）系统是由电子元件控制的，在工作中有一些现象是正常的。

2. ASR 系统具备故障自诊断功能，可以帮助维修人员进行故障诊断与排除。

3. 对 ASR 系统进行故障诊断和检修时，应该遵守相关安全操作规范，严格按照维修手册进行操作。

4. 奥迪 A6 轿车 ASR 系统故障可以利用故障阅读仪 V.A.G1551 进行。利用故障阅读仪 V.A.G1551 可以进行查询故障代码、编码清除故障代码、执行元件诊断、控制单元编码、读取测量数据块等多项操作。

5. 丰田雷克萨斯 LS400 轿车 TRC 系统故障可以通过人工的方法读取和清除故障代码，具体方法和步骤应该按照维修手册进行。

【自我评估】

1. 判断题

(1) 在积雪或是沙石路面上，安装有 ABS 车辆的制动距离肯定会比没有安装 ABS 车辆的距离短。 （　　）

(2) 若 ABS 系统发生故障时，ABS 故障警告灯、制动装置警告灯和 ASR/ESP 警告灯都会点亮。 （　　）

(3) 丰田雷克萨斯 LS400 轿车在接通点火开关时，若 TRC 警告灯亮 3s 后开始闪烁，表示系统存在故障。 （　　）

(4) 与 ABS 和普通制动系统一样，若在维修中拆动了液压系统元件，安装后必须对液压系统进行排气。 （　　）

2. 选择题

(1) 在人工读取丰田雷克萨斯 LS400 轿车 TRC 故障码时，若 TRC 灯常亮则表示（　　）。

A. ECU 故障　　　　　　B. TRC 液压泵电动机失灵　　　C. 节气门电动驱动器失灵

(2) 若 ASR/ESP 系统发生故障时，则（　　）不会点亮。

A. ASR/ESP 警告灯　　B. ABS 故障警告灯　　　　　　C. 制动装置警告灯

(3) 在用故障诊断仪 V. A. G1551 读取故障代码时，若显示屏的右侧出现"/SP"标识，则表明该故障是（　　）。

A. 持续故障　　　　　　B. 偶发故障　　　　　　　　　C. 不能识别的故障

(4) 丰田雷克萨斯 LS400 轿车 TRC 在进行故障自诊断时，根据 TRC 警告灯的闪烁方式读取的故障码是（　　）位数。

A. 1　　　　　　　　　B. 2　　　　　　　　　C. 3　　　　　　　D. 4

3. 问答题

(1) ASR 系统故障诊断的一般流程是什么？

(2) ASR 系统故障诊断应该注意哪些问题？

(3) 借助 V. A. G1551 可以对奥迪 A6 轿车电控系统进行哪些操作？

(4) 丰田雷克萨斯 LS400 汽车 TRC 系统如何清除故障码？

【评价标准】

1. 自我评价

(1) 通过本学习任务的学习你是否已经掌握以下问题：

① 电控防抱死制动系统控制参数及控制过程？

_____

_____。

② 电控防抱死制动系统的主要组成及功能？

_____

_____。

③ 各不同类型电控防抱死制动系统的结构与性能特点？

_____

_____。

(2) 在进行汽车电控防抱死制动系统整体结构认识中你采用了哪些仪器与设备？你是否已经掌握了这些仪器与设备的正确操作技能？

_____

_____。

(3) 实训过程完成情况。

评价：_____。

(4) 工作着装是否规范？

评价：_____。

(5) 能否积极主动参与工作现场的清洁和整理工作？

评价：_____。

(6) 在完成本学习任务的过程中，你是否主动帮助过其他同学？并和其他同学探讨制动防抱死系统的有关问题？具体问题是什么？结果是什么？_____

＿＿。

（7）通过本学习任务的学习，你认为哪些方面还有有待进一步改善？＿＿＿＿＿＿＿＿

＿＿。

签名：＿＿＿＿＿　＿＿年＿＿月＿＿日

2. 小组评价

序号	评 价 项 目	评 价 情 况
1	学习态度是否积极主动	
2	是否服从教学安排	
3	是否达到全勤	
4	着装是否符合要求	
5	是否合理规范地使用仪器和设备	
6	是否按照安全和规范的规程操作	
7	是否遵守学习、实训场地的规章制度	
8	是否积极主动地和他人合作、探讨问题	
9	是否能保持学习、实训场地整洁	
10	团结协作情况	

参与评价的同学签名：＿＿＿＿＿＿＿＿＿＿＿＿＿＿＿＿＿＿＿＿＿＿＿＿＿＿＿

＿＿＿年＿＿＿月＿＿＿日

3. 教师评价：＿＿＿＿＿＿＿＿＿＿＿＿＿＿＿＿＿＿＿＿＿＿＿＿＿＿＿＿＿＿＿＿

＿＿

＿＿＿。

学习情境 **3**

车辆稳定性控制系统维修

学习目标

1. 熟知汽车稳定性控制系统的基本组成和控制原理。
2. 能分析不同类型汽车稳定性控制系统的性能特点。
3. 能对常见汽车稳定性控制系统进行性能检测与故障诊断。

任务 稳定性控制系统整体认识与故障诊断

【任务描述】

学习汽车稳定性控制系统的基本理论，了解汽车稳定性控制系统的性能要求，掌握常见典型汽车稳定性控制系统的基本组成与控制过程，并能对该系统进行性能检测与故障诊断。

【任务分析】

通过对汽车稳定性控制系统基本控制原理的分析，熟知不同类型稳定性控制系统主要组成部件的结构及性能特点，能对典型稳定性控制系统的性能进行检测与常见故障的诊断。

【知识准备】

1. 汽车稳定性控制系统概述

当紧急制动时，ABS系统可防止车轮抱死；当车轮打滑时，ASR（TCS）系统控制发动机输出，并对车轮进行制动，可防止车轮打滑。而汽车稳定性控制系统是在车辆快速转弯或闪避突然出现的障碍物时，车辆因转向不足而向外侧滑移，或因转向过度导致车辆横越道路中心线，甚至原地自转时，利用电脑控制发动机输出，并对某一车轮或两车轮进行制动，以消除转向不足或转向过度的现象，从而提高行车动态稳定性的系统。

从20世纪80年代中叶以来，利用稳定性控制系统来改善操纵稳定性越来越受到各大汽车公司的重视，继而开发了很多汽车稳定性控制系统。虽然各大汽车制造公司叫法各不相同，结构上也略有差异，但其主要功用和原理都是一致的。

① ESP（Electronic stability program，电子稳定程序）：戴姆勒-克莱斯勒（Daimler Chrysler）集团，即奔驰（Benz）汽车，以及奥迪（Audi）汽车、大众（VW）汽车、标致（Peugeot）汽车等采用。

② DSC（Dynamic stability control，动态稳定控制）：宝马（BMW）汽车等采用。

③ DSTC（Dynamic stability and traction control，动态稳定及循迹控制）：富豪（Volvo）汽车采用。

④ VSC（Vehicle stability control，车辆稳定控制）：丰田（Toyota）汽车采用，又称车辆侧滑控制（Vehicle skid control）。

⑤ ASC（Automatic stability control，自动稳定控制）：三菱（Mitsubish）汽车采用。

⑥ PSM（Porsche stability management）：波尔舍（Porsche）汽车采用。

2. 车辆稳定性控制系统基本控制方法

车辆稳定性控制系统的基本控制方法是通过对四个车轮上的纵向力的调节以增加车辆的偏转力矩，避免转向不足或转向过度的情况产生。

纵向力的调节包括驱动力和制动力的调节，减少驱动力不仅会降低车速还会形成力矩，和对四个车轮施加制动力产生的偏转的横摆力矩效果不一样（见图3-1）。制动前内轮、后内轮和后外轮均能产生向内侧的横摆力矩，但随着制动力的加大，这三项横摆力矩中有的迅猛增加，有的很快变为负值，有的是先为负值又变大。所以必须综合利用对四个车轮的控制

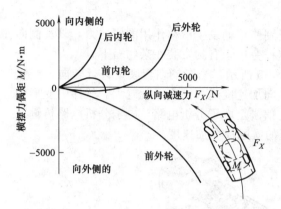

图 3-1　各车轮作用制动力所产生的横摆力矩

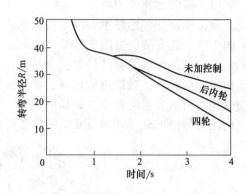

图 3-2　四个车轮控制与一个后内轮
控制的对比示意图

来优化横摆力矩，使车辆操纵性能达到最佳。图 3-2 所示为四个车轮控制与一个后内轮控制的对比。

3. 车辆稳定性控制系统的基本组成与功用

车辆稳定性控制系统是 ABS 和 ASR 系统的发展，同时也是 ABS 和 ASR 系统的集成，它们有很多部件是共同的。车辆稳定性控制系统一般包括：转向盘转角传感器、横摆角速度传感器、纵向和侧向加速器传感器、制动压力传感器、液压调节单元、压力发生器组件、预压泵、轮速传感器系统和电控单元、制动灯和制动踏板开关、ABS，ASR 和车辆稳定性控制的指示灯。如图 3-3 所示。和 ABS、ASR 相比，该系统主要增加了转向盘转角传感器、纵向和横向加速度传感器、横摆角速度传感器和制动管路压力传感器。下面介绍几个主要组成件。

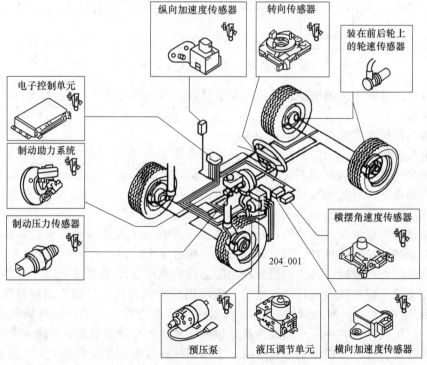

图 3-3　车辆稳定性控制系统（大众车系 ESP）

（1）横向加速度传感器

横向加速度传感器主要用于检测车辆是否受到使车辆发生滑移作用的侧向力，以及侧向力的大小。其安装位置因车而异，有的位于变速杆旁边，有的安装在杂物箱下。

横向加速度传感器结构如图 3-4 所示。如图 3-5 所示，当车辆在行驶中进行转向，产生横向加速度时，传感器内的软棒会发生变形，横向加速度越大则变形就越大。软棒的变形切割磁场，由电容监测器监控磁场的变化，并产生信号至电子分析电路，电子分析电路传输对应电压信号给 ESP ECU，ECU 依此来判断车辆的实际横向加速度。

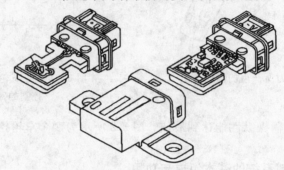

图 3-4　横向加速度传感器结构图

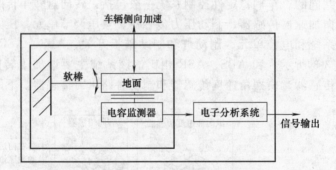

图 3-5　横向加速度传感器工作原理图

当电控单元接收不到侧向加速度传感器信号时，将无法计算出车辆的实际行驶状态，即 ESP 功能失效。

（2）横摆角速度传感器

横摆角速度传感器用于检测车辆整体是否沿车体垂直轴线发生转动，并提供转动速率。横摆角速度传感器在不同车型中安装的位置也不同，有的安装在变速杆旁，有的安装在后行李箱左上方隔墙上，有的安装在左后座椅下方。有些车型将独立安装，有些车型将横摆角速度传感器和横向加速传感器安装成一个整体。

横摆角速度传感器有两种结构：一种是基于石英技术的线性振动系统，如压电调谐叉；另一种是振动壳角速度传感器。压电调谐叉上一般有 4 个压电元件，下端用于驱动，上端用于测量。汽车转弯行驶时，科氏加速度产生的力使得叉子末端的挠度超出叉子的摆动平面，致使安装在叉子上端的压电元件产生振动，就可以测得角速度。振动壳原理是在 1980 年由 G. H. Bryan 发现的，这种传感器的基本部件是一个小的金属空心圆柱体（见图 3-6），筒上有 4 对 8 个压电元件，其中 4 个用来激振，以使圆柱体处于谐振状态，其余 4 个用来测量圆柱体节点的移动。当没有横摆动角速度时，金属圆柱体没有扭矩的作用，4 个测量片的输出为 0；当有横摆角速度时，振动波节就发生变化，4 个测量片就能检测到振动，控制单元根

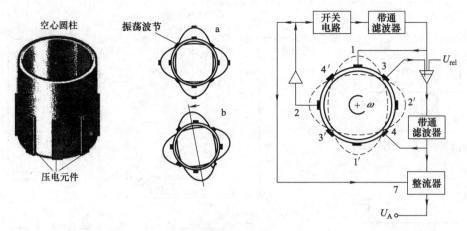

图 3-6 横摆角速度传感器

据其输出的 U_A 就可以测量横摆角速度的大小。

如果没有横摆率测量值，则电控单元无法确定车辆是否发生转向，ESP 功能失效。

（3）转向角度传感器

转向角度传感器用于检测转向盘转动的速度和角度，并判断驾驶员的想法，继而为 ESP 系统调节功能提供信号依据。测量的角度为正负 540°或 720°，对应转向盘转 3～4 圈。测量精度：1.5°，分辨速度：（1°～2000°）/s。当打开点火开关后，转向盘被转动 4.5°（相当于 1.5cm），传感器进行初始化。

在有些车型中转向角度传感器位于组合开关总成内或安装在组合开关下面，奥迪 A4 将转向角度传感器、安全气囊及时钟弹簧集成为一体。

如图 3-7 所示，转向角度传感器由一个信号盘（有缝圆盘）和两个遮光器组成。每个遮光器有一个发光二极管和光敏晶体管，两者相互对置，并固定在转向柱管上，信号盘沿圆周开有 20 条光缝，它被固定在转向盘主轴上，随主轴转动而转动。

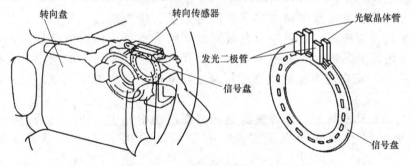

图 3-7 转向传感器结构

当汽车转弯时，转向盘会发生转动，信号盘也随之转动。从 ECU-IG 熔丝供给的电流使两个发光二极管发光（见图 3-8）。当信号盘在两个发光二极管和光敏晶体管之间通过时，从发光二极管发出的光线被交替切断和通过，光敏晶体管也就被这光线交替接通和切断。这样，晶体管 V_1 和 V_2 就按照来自光敏晶体管的信号而发出通断信号。所以，电流按照来自光敏晶体管的通断信号从悬架 ECU 的 SS_1 和 SS_2 端子流至晶体管 V_1 和 V_2。电流流过时信号为 1，电流不流过时信号为 0，合成信号如图 3-8 所示。悬架 ECU 就根据这些信号的变化来检测转弯的方向和转弯的角度。

当转向角度传感器无输出信号时，车辆无法识别实际行驶方向，即 ESP 功能失效，

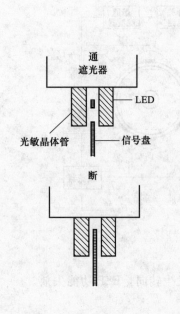

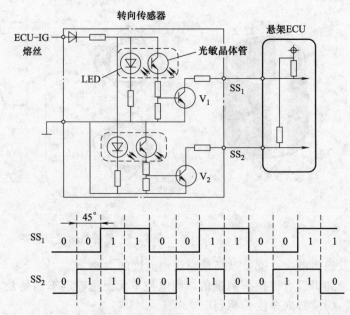

图 3-8 转向角度传感器工作原理

ESP 系统故障灯会点亮。

当转向角度传感器发生电路断电（如拔过插头）、更换转向角度传感器或者更换 ECU 以后，都需要对该传感器进行初始化设定，在奥迪车型中进行完初始化设定后还要对控制单元进行编码才能解决该问题。具体初始化设定有多种方法，常用的方法主要有两种：一种是通过 20～30km 的路试完成初始化过程，路试时要求行驶路面有一定的弯路，需进行多次转向才能完成初始化。另一种方法就是将点火开关打到"ON"位置，把转向盘从左打到右转到底，反复转 10 圈左右，也可以完成设定。

（4）制动压力传感器

制动压力传感器用来监控储液器下腔压力。下腔压力超过一定值，开关闭合，电动泵工作，如果该开关损坏，红色和黄色故障灯则均会点亮。同时制动压力传感器通知电控单元制动系统的实际压力，电控单元相应计算出作用在车轮上的制动力和整车的纵向力大小，如果 ESP 正在对不稳定状态进行调整，电控单元会将以上数值包含在侧向力计算范围之内。

在带 ESP 的制动系统中，该传感器直接装在液压单元中，用于记录制动系统中的实际制动力。为了最大限度地保证安全，有些系统采用了 2 个传感器。最大测量值为 170MPa。

目前制动压力传感器大都是电容型传感器，其结构如图 3-9 所示。图 3-10 为制动压力传感器原理简化示意图。

由图 3-10 可知，电容大小 C 由两极间间隙决定（其他因素不变），它可吸收一定量电荷。当其中一个电极被固定，另一个可在压力作用下移动。当压力作用在可移动电极上时，两极间间隙变小，电容增大。当压力降低时，电极间隙增大，电容减小。因此通过电容变化，可知制动压力的变化。

制动压力传感器的核心件是一个压电元件，元件内部电容变化（电荷变化）时，它将产生可测量的电压变化，传感器的电压变化由控制单元感知并分析。通过传感器的信号与时间段的比值得到压力斜度，该斜度即被设定为制动辅助系统的接通条件。

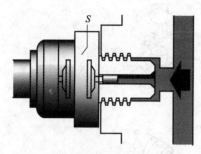

图 3-9　制动压力传感器结构

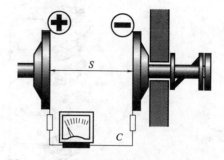

图 3-10　制动压力传感器原理简化示意图

当没有制动力压力信号时，ESP 系统将停止工作。

（5）液压控制单元

ABS、ASR 和稳定性控制系统共同使用一个液压控制单元，根据电控单元的指令，在不同的时间和条件下，发挥不同的控制作用。

ABS、ASR 和稳定性控制系统都要对车轮进行有控制的制动，其基本控制模式无非是增加压力、保持压力和减小压力三种。

【任务实施】

1. 奥迪轿车 ESP 系统整体认识与故障诊断

ESP（电子稳定程序）属于车辆的主动安全系统，也可称之为动态驾驶控制系统，它是建立在其他牵引力控制系统之上的一个非独立的系统。在车辆运行中，只要 ESP 识别出驾驶员的输入与车辆的实际运动不一致，它就马上通过有选择的制动和对发动机干预来稳定车辆，从而有针对性地弥补车辆滑移所造成的危害。

在不操纵制动踏板时，ESP 制动预压力来源于 ABS 泵或动态液压泵。

（1）ESP 基本控制原理

① 转向不足：以汽车左转弯为例，当前轮失去向心力向右移时，电脑检测到转向不足，便会立刻使制动力施加在左后轮，使车辆能顺利左转弯，状况如图 3-11（a）所示。

② 转向过度：同样，以汽车左转弯为例，当后轮失去向心力时，车辆尾部会发生回旋现象，电脑检测到转向过度时，便将制动力加在右前轮，以修正转向过度的现象，防止车辆尾部发生回旋情形，状况如图 3-11（b）所示。

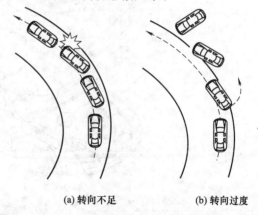

(a) 转向不足　　　　**(b) 转向过度**

图 3-11　转向不足与转向过度时车辆的状况（通用汽车公司）

③ 若汽车是在右转弯时，发生转向不足与转向过度的状况，则应将制动力分别施加在右后轮与左前轮，以改善车辆的操纵稳定性。

④ 在相同的路面状况及条件下，当前轮驱动汽车发生转向不足时，后轮驱动汽车会发生转向过度现象。

（2）ESP 系统组成

ESP 系统组成如图 3-12 所示，如图 3-13 所示为奥迪 A4 ESP 元件布置示意图。

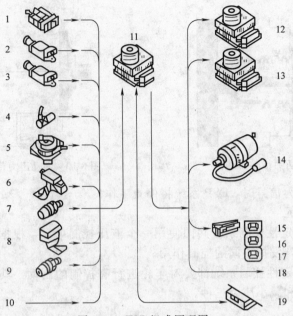

图 3-12　ESP 组成原理图

1—TCS/ESP 开关；2—制动灯开关；3—制动踏板开关；4—转速传感器；5—转向盘角度传感器；6—侧向加速度传感器；
7—制动压力传感器；8—横摆率传感器；9—制动压力传感器；10—附加信号：发动机管理、变速器管理；11—控制
单元；12—回油泵；13—进油阀/出油阀；14—动态控制液压泵；15—ABS 警告灯；16—制动系统警告灯；
17—ASR/ESP 警告灯；18—附加信号：发动机管理、变速器管理、导航管理；19—自诊断

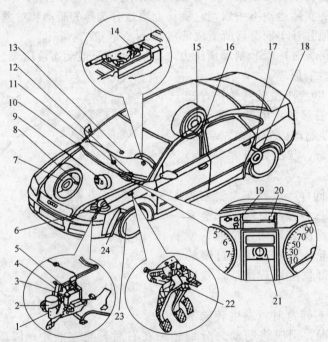

图 3-13　奥迪 A4 ESP 元件布置示意图

1—液压单元安装支架；2—电子真空泵；3—ABS 控制单元；4、6—液压单元；5—制动压力传感器；7—右前轮速传感器齿圈；
8—右前轮速传感器；9—制动液面报警触点开关；10—仪表台；11—ESP 按钮开关；12—转向盘转向角度传感器；
13—横向加速度传感器、横摆率传感器；14—驻车制动灯开关；15—右后轮速传感器齿圈；16—右后轮速传感器；
17—左后车轮转速传感器；18—左后轮速传感器齿圈；19—ASR/ESP 警告灯；20—ABS 警告灯；
21—制动系统警告灯；22—制动灯开关；23—左前轮速传感器齿圈；24—左前车轮转速传感器

在汽车运行过程中，按下 ESP 按钮开关，ESP 功能将关闭。当再次按该按钮开关时，则 ESP 功能重新被激活。在重新启动发动机后该系统也可自动激活。当 ESP 调整工作正在进行或超过一定的车速时，ESP 系统将不能被关闭。ESP 按钮开关出现故障后 ESP 系统无法关闭，组合仪表上的 ESP 警告灯有警告显示（见图 3-14）。

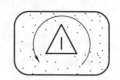

图 3-14　ESP 警告灯

（3）ESP 系统工作过程

图 3-15 所示为奥迪 ESP 电路图，图 3-16 所示为 ESP 工作过程分解图。

当 ESP 系统工作时，ESP ECU 根据转向盘角度传感器和轮速传感器判断驾驶员的想法，即判断驾驶员想往什么方向行驶，见图 3-16（a），同时 ECU 根据横摆率传感器和侧向加速传感器判断车辆的实际行驶方向，见图 3-16（b）。转向盘角度传感器、横摆角速度传感器、侧向加速度传感器、轮速传感器信号均发送到 ESP ECU，ECU 根据传感器信号数据，判断（a）和（b）两个图的结果，即判断驾驶员的想法和车辆的实际行驶的方向。

如果车辆实际行驶方向与驾驶员的想法相同（a＝b），则 ECU 不控制 ESP 系统工作；如果车辆发生侧滑或摆偏导致车辆实际行驶方向与驾驶员预想的方向不同时（a≠b），ECU 则控制 ESP 系统工作，通过调节车辆实际行驶方向以防止事故的发生。若 a＞b，则 ESP 判定车辆出现不足转向（见图 3-16Ⅰ），将制动内侧后轮使车辆进一步沿驾驶员转弯方向偏转，并对发动机和变速器管理系统施加控制，从而阻止（在一定程度内）车辆向外驶出弯道；若 a＜b，ESP 判定出现过度转向（见图 3-16Ⅱ），ESP 将制动外侧前轮，并对发动机和变速器管理系统施加控制，防止出现甩尾，并减弱过度转向趋势，稳定车辆，阻止车辆向内滑移。

（4）ESP 系统基本设定操作

在 ESP 系统中，更换了转向盘角度传感器 G85 及控制单元 J104 后，传感器的标定会丢失，需重新做初始化标定。即传感器学习转向盘正前方位置。若 G85 底部检查孔内的黄点清晰可见，则表明传感器在零点位置。更换了制动压力传感器、侧向/纵向加速度传感器，也需要做调整工作。横摆率传感器则可以自动校准。

1）转向盘角度传感器 G85 的初始化标定

初始化 1——路试　通过短距离行驶，传感器 C85 会根据轮速传感器信息重新初始化。

初始化 2——自诊断

具体步骤如下：

① 连接 V. A. G1551 或 V. A. S5051 进入 03 地址；

② 登录 11，输入 40168（做多项调整时，只需登录 1 次）；

③ 启动车辆，在平坦路面上试车，以不超过 20km/h 的车速行驶；

④ 如果转向盘在正中位置（若不在正中位置，进行调整），停车即可，不要再调整转向盘，不要关闭点火开关；

⑤ 检查 08 功能下 004 通道第一显示区为 0 度；

⑥ 分别输入 04、06 并确认 ABS 警告灯闪亮；

⑦ 06 退出，ABS 和 ESP 警告灯亮约 2s；

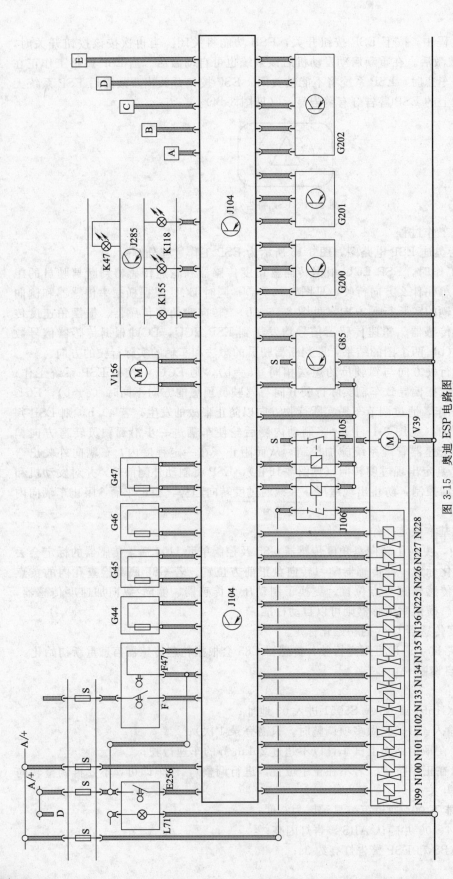

图 3-15 奥迪 ESP 电路图

A/+—正极连接；N99—右前 ABS 进油阀；N100—右前 ABS 出油阀；D—点火开关；E256—ASR/ESP 按钮；N101—左前 ABS 进油阀；F—制动灯开关；N102—左前 ABS 出油阀；F47—制动踏板开关；N133—右后 ABS 进油阀；G44—右后轮速传感器；G45—右前轮速传感器；N134—左后 ABS 进油阀；G46—左后轮速传感器；N136—左后 ABS 出油阀；N135—右后 ABS 出油阀；G47—左前轮速传感器；N225—动态调节-控制阀 1；G85—转向盘角度传感器；N226—动态调节-控制阀 2；G200—侧向加速度传感器；N227—动态调节-高压阀 1；G201—制动压力传感器；N228—动态调节-高压阀 2；G202—横摆率传感器；S—熔丝；J104—ESP 电控单元；V39—ABS 回油泵；J105—1g1 油泵（ABS）继电器；V156—动态调节液压泵；J106—电磁阀；J285—组合仪表显示控制单元；B—导航系统；J104—转矩控制；K118—制动系统警告灯；A—连接驻车制动动警告灯；K155—ASR/ESP 警告灯；B—导航系统；K47—ABS 警告灯；C—转矩控制（自动变速器）；D—变速器控制（自动变速器）；E—自诊断

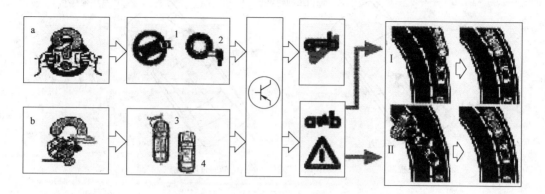

图 3-16　ESP 工作原理分解示意图
1—转向盘角度传感器；2—轮速传感器；3—横摆率传感器；4—侧向加速度传感器

⑧ 结束。

2）ESP 系统路试

每次在 ESP 系统的电气元件拆下或更换后，必须进行路试对系统功能是否正常做一次全面检查，以排除潜在隐患。如果仪表没有故障显示，可以不做这个操作。

具体步骤如下：

① 选择基本设定（04），显示组号 03 来激活测试。ABS 与 ASR/ESP 灯点亮，故障 01486（系统进行动态测试）存储在故障存储器中；

② 断开 VAS5051；

③ 启动发动机；

④ 用力踏下制动踏板（压力大约为 35MPa）直到 ASR/ESP 警告灯 K86 熄灭；

⑤ 退出（标定完成）；

⑥ 进行时间大约 5s，横摆率至少在 10°/s，车速在 15～20km/h，转弯半径在 10～12m 曲线的路面进行路试。此时，ABS、EDS、ASR、ESP 都不工作。

路试完成后，ABS 与 ASR/ESP 灯熄灭，测试通过，系统正常。如果 ABS 与 ASR/ESP 灯没有熄灭，读取故障存储的，并排除故障。如果路试中止，ABS 与 ASR/ESP 灯依然点亮。

2. 丰田轿车 VSC 系统整体认识与故障诊断

为避开突如其来的情况，在驾驶员进行紧急制动或急转弯时，很容易引起车辆偏离行驶路线，丰田 VSC 系统能自动控制车辆侧滑，保证车辆的行驶稳定性。

（1）VSC 基本控制方法

当 VSC 系统确定车辆出现转向不足或转向过度时，应立刻减少节气门开度，以降低发动机输出，并在前轮或后轮施加制动压力，以确保车辆转弯的操纵稳定性。下面以丰田雷克萨斯 LS400 右转弯时为例说明。

① 转向不足时：除了控制发动机输出外，还应在两后轮加上制动压力，使车头产生向内的控制转矩，如图 3-17（a）所示。

② 转向过度时：除了控制发动机输出外，还应在左前轮加上制动压力，使车头产生向外的控制转矩，如图 3-17（b）所示。必要时，甚至后轮也会加上制动压力。

（2）丰田 VSC 系统的组成

VSC 系统元件组成示意图如图 3-18 所示。

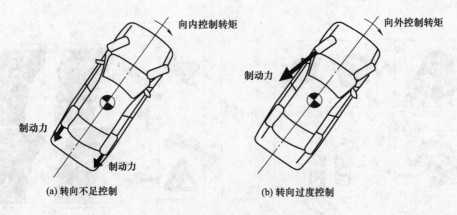

图 3-17　VSC 系统的控制

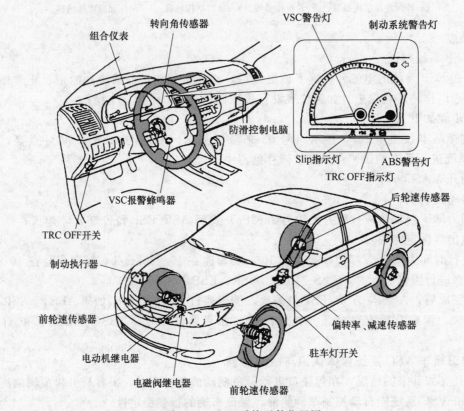

图 3-18　VSC 系统元件位置图

　　偏转率传感器的作用与横摆角速度传感器的作用相同，主要是检测作用在车辆上的转矩，识别车辆围绕垂直于地面轴线方向的旋转运动。在有些四轮驱动车型中VSC 系统中的减速度传感器（G 传感器）和偏转率传感器集成在一起成为一个传感器整体。

　　与 TRC 系统相比，VSC 系统的大部分元件与 TRC 系统可共用。就传感器部分而言，增加了用于检测汽车状态的偏转率传感器和 G 传感器（减速度传感器）。ECU 部分增大了运算能力，至于执行器部分，则改进了施加到前轮的液压通道，而信息部分则增加了 VSC蜂鸣器。TRC 系统和 VSC 系统的元件比较见表 3-1。因为 VSC 系统的元件重量轻、体积小，如果汽车上已装有 TRC 系统，极易加装成 VSC 系统。

表 3-1 TRC 系统与 VSC 系统的元件比较

序号	类别	TRC 系统元件	VSC 系统元件	备 注
1	执行器	TRC 液压控制装置	VSC 液压控制装置①	TRC 液压控制装置的油路有部分改动
2		节气门执行器	节气门执行器	与 TRC 系统的执行器相同
3	传感器		偏移率传感器②	VSC 专用:用 4WS 的偏移率传感器稍有不同
4			G 传感器②	VSC 专用:与 ABS 的 G 传感器稍有不同
5			转向角度传感器②	VSC 专用:与悬架减振控制的转向角度传感器稍有不同
6			制动液压传感器②	VSC 专用:从液力助力器压力传感器中来
7		轮速传感器	轮速传感器	
8		节气门开度传感器	节气门开度传感器	
9	ECU	TRC ECU	TRC ECU①	比 TRC ECU 版本功能上的提升
10	信息		VSC 蜂鸣器②	VSC 专用
		侧滑指示灯	侧滑指示灯	

① 与 TRC 系统相比有部分改进。
② VSC 专用。

（3）VSC 工作过程

VSC 系统的工作是依靠制动执行器内的液压泵来控制油液的流动，防止前轮或后轮打滑；同时具有预压功能，通过蓄压器电磁阀工作，使油液从制动主缸泵到蓄压器，如图3-19所示。

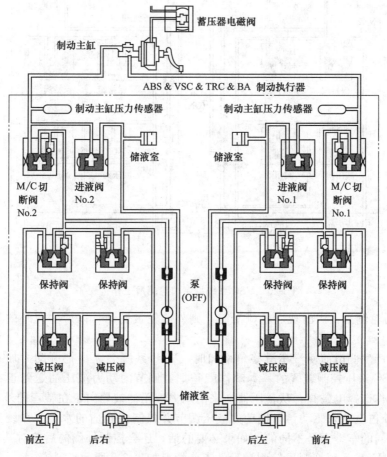

图 3-19 VSC 系统工作过程

学习情境 3 车辆稳定性控制系统维修

① 抑制前轮侧滑：要抑制前轮的侧滑，应首先制动内侧后轮，以得到向内转的运动，然后对 4 个车轮进行制动，使车速降到某一水平来平衡旋转运动，使转向在转弯力的范围内进行。当因前轮产生侧滑而出现"漂出"现象时，VSC 系统把制动力施加到两个后轮上。VSC 液压控制装置的基本动作是把经调节的动力液压送到两个后轮轮缸。

通过操作选择电磁阀，从蓄压器送来的动力液压油被导向到两个后轮，控制电磁阀由通/断占空比来驱动，以便把动力液压调控到合适的水平。系统工作时施加制动的车轮在不同的车型上是不同的，如图 3-20 所示，对右前和左前轮施加一定的制动力，并给内侧后轮施加一定的制动力。VSC 系统抑制前轮侧滑元件工作情况如表 3-2 所示。

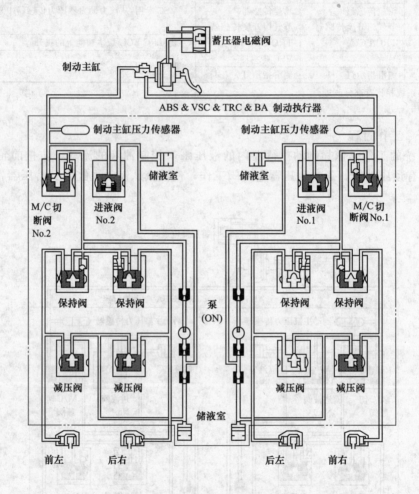

图 3-20　VSC 系统抑制前轮侧滑工作过程

② 抑制后轮侧滑：当出现后轮侧滑时，则外前轮被制动，以产生向外的运动，确保汽车的稳定性。

当因后轮产生侧滑而使汽车滑移角增加时，VSC 系统会立即把制动力加到正在转弯的外前轮上。VSC 液压控制装置的基本动作就是把经调节的动力液压油送到正在转弯的外前轮上。通过操作选择电磁阀，从蓄压器送来的动力液压油被导向正在转弯的外前轮上。控制电磁阀由通/断占空比来驱动，以把动力液压调节并控制到合适的水平。系统工作时施加制动的车轮在不同的车型上是不同的。如果必要的话，还会控制外侧的后轮对其进行制动，如图 3-21 所示。VSC 系统抑制后轮侧滑元件工作情况如表 3-3 所示。

表 3-2　VSC 系统抑制前轮侧滑元件工作情况

项目			VSV 不动作	VSV 动作					
				增压模式	保持模式	减压模式			
转换电磁阀	1	M/C 切断阀	OFF	ON	ON	ON	向右转弯,转向不足		
		通道	开	关	关	关			
	2	进液阀	OFF	ON	ON	ON			
		通道	关	开	开	开			
	3	进液阀	OFF	ON	ON	ON			
		通道	关	开	开	开			
	4	M/C 切断阀	OFF	ON	ON	ON			
		通道	开	关	关	关			
控制电磁阀前轮	5	保持阀	OFF	OFF	ON	ON			
		通道	开	开	关	关			
	8	保持阀	OFF	OFF	ON	ON	轮缸液压	左	有
		通道	开	开	关	关		右	有
	9	减压阀	OFF	OFF	OFF	ON			
		通道	关	关	关	开			
	12	减压阀	OFF	OFF	OFF	ON			
		通道	关	关	关	开			
控制电磁阀后轮	6	保持阀	OFF	OFF	ON	ON			
		通道	开	开	关	关			
	7	保持阀	OFF	ON	ON	ON	轮缸液压	左	有
		通道	开	关	关	关		右	有
	10	减压阀	OFF	OFF	OFF	ON			
		通道	关	关	关	开			
	11	减压阀	OFF	OFF	OFF	OFF			
		通道	关	关	关	关			

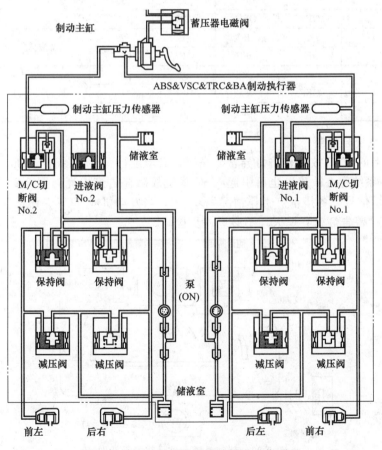

图 3-21　VSC 系统抑制后轮侧滑工作过程

表 3-3 VSC 系统抑制后轮侧滑元件工作情况

项目			VSV 不动作	VSV 动作					
				增压模式	保持模式	减压模式			
转换电磁阀	1	M/C 切断阀	OFF	ON	ON	ON	向右转弯,转向过度		
		通道	开	关	关	关			
	2	进液阀	OFF	ON	ON	ON			
		通道	关	开	开	开			
	3	进液阀	OFF	ON	ON	ON			
		通道	关	开	开	开			
	4	M/C 切断阀	OFF	ON	ON	ON			
		通道	开	关	关	关			
控制电磁阀前轮	5	保持阀	OFF	OFF	ON	ON			
		通道	开	开	关	关			
	8	保持阀	OFF	ON	ON	ON	轮缸液压	左	有
		通道	开	关	关	关		右	无
	9	减压阀	OFF	OFF	OFF	ON			
		通道	关	关	关	开			
	12	减压阀	OFF	OFF	OFF	OFF			
		通道	关	关	关	关			
控制电磁阀后轮	6	保持阀	OFF	ON	ON	ON			
		通道	开	关	关	关			
	7	保持阀	OFF	OFF	ON	ON	轮缸液压	左	有
		通道	开	开	关	关		右	无
	10	减压阀	OFF	OFF	OFF	OFF			
		通道	关	关	关	关			
	11	减压阀	OFF	OFF	OFF	ON			
		通道	关	关	关	开			

（4）VSC 系统自诊断

当仪表板上的 VSC 故障警告灯异常点亮时，必须进行 VSC 系统自诊断。如果发动机控制系统或 TCS 系统存在故障，也可引起 VSC 系统故障警告灯点亮，图 3-22 列出了与 VSC 系统有关的警示信号，各指示灯工作情况见表 3-4。当发动机或 TCS 系统故障排除并清除故障码以后，VSC 警告灯就会熄灭，不必进一步检修。

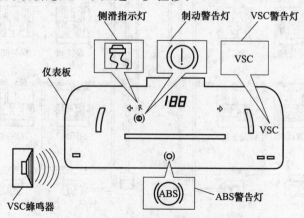

图 3-22 驾驶员警示信号装置示意图

表 3-4　指示灯工作条件

指示灯类型	工 作 条 件
制动系统警告灯	当制动液位过低时或者施加手制动时,制动系统警告指示灯点亮
ABS 警告灯	当 ABS 系统出现故障时,ABS 警告灯提醒驾驶员,应快速维修,并且 ABS 系统不工作,系统恢复常规制动
VSC 警告灯	当 VSC 系统或者 TRC 系统出现故障时,为了提醒驾驶员,VSC 警告灯就会点亮,VSC 和 TRC 系统均不工作
侧滑指示灯	当 VSC 或 TRC 系统工作时,为提醒驾驶员,侧滑指示灯会闪烁
TRC OFF 指示灯	当按下 TRC OFF 开关,TRC 工作被中断时,TRC OFF 指示灯就会点亮

　　VSC 系统的自诊断可以采用专用仪器,也可以用手工方法。由于采用同一个控制单元,VSC 系统的自我诊断为 ABS 自我诊断系统的一部分,使用故障诊断仪通过车上的 DLC3 诊断座,即 OBD-Ⅱ诊断座,就可以读出系统存在的故障码,或者使用跨接线跨接 DLC3 诊断座(OBD-Ⅱ诊断座)的 TC 和 CG 端子,观察 ABS 和 VSC 警告灯的闪烁情况,读出故障码(两位数)。

　　同时,VSC 系统具备传感器信号检查功能,使用故障诊断仪通过 DLC3 诊断座选择操作步骤即可进行测试,或者通过跨接 DLC3 诊断座的 TS 和 CG 端子,观察 ABS 和 VSC 警告灯的闪烁模式。偏转率传感器和减速度传感器零点调校方法详见表 3-5。

表 3-5　偏转率传感器和减速度传感器零点调校方法

步　骤	零点调校方法
清除偏转率和减速度传感器零点	①将变速杆移至"P"位置; ②将点火开关移至"ON"位置; ③用跨接线在 8s 内,反复断开和连接 DLC3 诊断座的 TS 和 CG 端子 4 次,检查 VSC 警告灯是否点亮,指示存储的零点被删除; ④将点火开关移至"OFF"位置
设定偏转率和减速度传感器零点	①断开 DLC3 诊断座的 TS 和 CG 端子间的连接; ②车辆处于停止位置,变速杆在"P"位置; ③将点火开关移至"ON"位置后,检查 VSC 警告灯是否点亮 15s; ④确认 VSC 警告灯维持 2s 熄灭后,将点火开关移至"OFF"位置
偏转率和减速度传感器零点校准	①用跨接线连接 DLC3 诊断座的 TS 和 CG 端子; ②变速杆在"P"位置,车辆停止; ③将点火开关移至"ON"位置后,VSC 警告灯应点 4s,然后以 0.13s 的间隔快速闪烁; ④确认 VSC 警告灯闪烁 2s 后将点火开关移至"OFF"位置; ⑤拆去跨接线以断开 DLC3 诊断座的 TS 和 CG 端子的连接

　　提示:在断开电池桩头,或者拔下过偏转率传感器和减速传感器插头,或者更换过偏转率传感器和减速传感器后,需要对偏转率传感器和减速度传感器进行零点调校,才能正常工作。

【知识拓展】

辅助制动控制系统

　　辅助制动控制系统主要是指辅助制动系统(BAS)、上坡起步辅助控制系统(HAC)和下坡辅助控制系统(DAC)三大系统。

1. 辅助制动系统（BAS）

BAS 即 Brake Assist System，为制动辅助系统的英文简称。该系统需建立在 ABS 系统上才能工作，很多元件和 ABS 系统共用。

（1）BAS 系统作用

在紧急制动时，该系统迅速将制动压力增高至 ABS 工作状态，以使车辆尽快减速。

当一位驾驶者在经验不足或在受到惊吓的情况下进行紧急制动时，可能会没办法很确定的踩下制动踏板（即使是踩得够快），而导致只能产生轻微的制动力，由于踩踏板的力持续减弱，导致制动力更不足。制动辅助系统会根据踏板被踩下的速度来增加制动力，如图3-23所示。制动辅助系统作用之后，如果驾驶者松开踏板，制动辅助系统就会减少辅助制动以消除行驶不良的感觉，如图 3-24 所示。

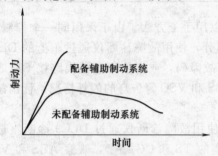

图 3-23　制动辅助系统初始阶段示意图

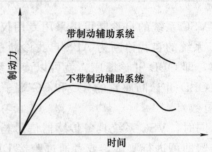

图 3-24　制动辅助系统的作用

（2）BAS 系统工作条件

BAS 系统在以下的激发条件下将被识别为紧急制动情况，并激发制动辅助系统的动作。

① 制动信号灯的开关信号，表明制动被踩下；

② 转速传感器的信号，表明车辆的行驶速度；

③ 制动压力传感器的信号，表明驾驶员以怎样的速度和力量踩下制动踏板。

踩下制动踏板的速度和力量通过制动主缸建压斜度（压力曲线的斜率）测得，即控制单元通过液压单元中的制动压力传感器获得当前制动主缸中的制动力在一个特定时间段中的变化情况。建压斜度（见图3-25）决定制动辅助系统是否启动。

制动辅助系统的启动阈值为一个设定值，它取决于车辆的行驶速度，如果踏板压力在一个时间段内超过了这个设定值，制动辅助系统便开始制动。如果压力变化值低于这个阈值，制动辅助系统便终止工作。这就意味着，如果踏板压力在一个短时间 t_1 内超过了这个设定值，接通条件便被满足，制动辅助系统功能便被启动。如果要经过一个较长的时间 t_2 后才达到同样的踏板压力，即曲线较平缓，便不满足接通条件，制动辅助系统功能仍保持在关闭状态。

在以下情况下，BAS 系统不会工作：①制动踏板未被踩下或被缓慢踩下；②压力变化值在阈值之下；③车辆行驶速度过低；④驾驶员以足够力量踩下制动踏板。

（3）BAS 系统组成与控制电路

博世（BOSCH）公司开发的液压式制动辅助系统，是由 ABS/ESP 液压系统的回液泵产生压力的，液压式制动辅助系统便是由此而得名，这种形式也称为主动建压。这种结构的优点在于它不需要在系统中另外增加部件。在大众公司，这种液压式制动辅助系统被装备在Polo 的 2002 年款，Passat 的 2001 年款和 D 级车上。戴维斯（TEVES）公司的机械式制动辅助系统是通过制动助力器中的机械部件来实现建压和识别紧急情况的。机械式制动辅助系统被装备在 Golf 和 Bora 的最新车型上。这两类系统都是利用现有的系统部件来实现制动辅

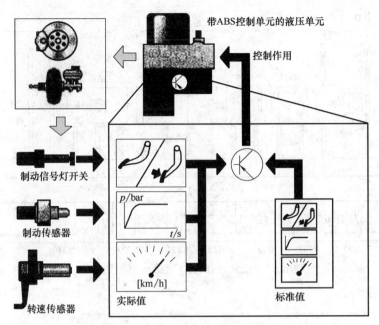

带ABS控制单元的液压单元

控制作用

制动信号灯开关

制动传感器

转速传感器

p/bar

t/s

[km/h]

实际值

标准值

图 3-25　BAS 系统电控系统工作示意图

助系统的功能，因此，目前制动辅助系统的功能必须结合 ESP 的功能。

　　下面以博世公司的制动辅助系统为例介绍该系统的组成与控制电路，如图 3-26 所示为 B AS 和 ABS 系统组成示意图，控制电路如图 3-27 所示。BAS 系统核心部件集成了 ABS 控制单元和回液泵的液压单元，液压单元中的制动压力传感器、转速传感器和制动信号灯开关向制动辅助系统提供信号，令它能识别紧急情况。

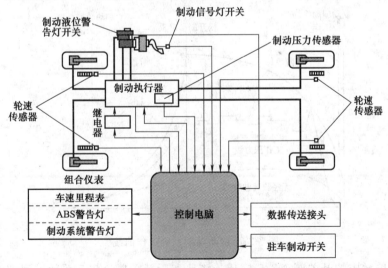

制动液位警告灯开关

制动信号灯开关

制动压力传感器

制动执行器

轮速传感器

继电器

轮速传感器

组合仪表

车速里程表

ABS警告灯

制动系统警告灯

控制电脑

数据传送接头

驻车制动开关

图 3-26　BAS 和 ABS 系统组成示意图

　　（4）BAS 系统工作过程

　　BAS 系统的工作过程可分为以下两个阶段。

　　第一阶段：制动辅助系统开始动作。当激发条件被满足时，制动辅助系统便提高制动力，通过这种主动式建压将很快达到 ABS 调节区域。当制动压力超过限定值而紧急制动时，ESP 控制单元便会启动 ABS 回油泵及相应电磁阀，制动压力将很快升高到 ABS 工作范围（图 3-28）。

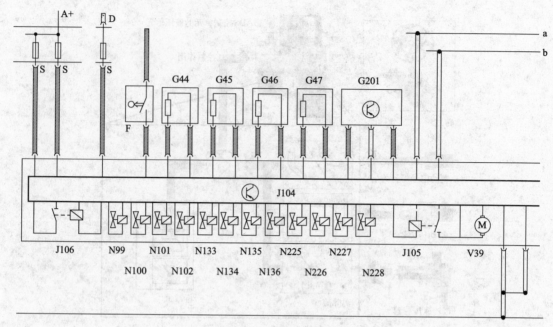

图 3-27 系统电路图

A+—蓄电池；D—点火开关；F—制动信号灯开关；G44—右后转速传感器；G45—右前转速传感器；G46—左后转速传感器；G47—左前转速传感器；G201—制动力传感器；J104—ABS控制单元；J105—ABS回液泵继电器；J106—ABS电磁阀继电器；N99—右前ABS电磁阀；N100—右前ABS排液阀；N101—左前ABS进液阀；N102—左前ABS排液阀；N133—右后ABS进液阀；N134—左后ABS排液阀；N135—右后ABS排液阀；N136—左后ABS排液阀；N225—行车动态控制系统开关阀1；N226—行车动态控制系统开关阀2；N227—行车动态控制系统高压开关阀1；N228—行车动态控制系统高压开关阀2；S—熔丝；V39—ABS回液泵；a—CAN（高位）；b—CAN（低位）

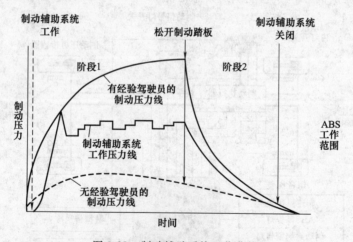

图 3-28 制动辅助系统工作曲线

由于液压单元中的开关阀 N225 打开，并且高压开关阀 N227 关闭，回液泵所建立的压力便直接被传送到制动轮缸。制动辅助系统具有尽快将制动动力提高到最大值的功能，用以防止车轮被抱死的 ABS 功能在达到抱死极限时会限制这一压力升高。这就是说：一旦 ABS 开始工作，制动力便无法再通过制动辅助系统继续升高了。

第二阶段：当 ABS 工作时，开关阀 N225 重新被关闭，而高压开关阀 N227 则被打开，回液泵的输送量将制动力保持在抱死阈值之下。如果驾驶员减小他的踏板力，则激发条件不复存在，制动辅助系统即由此判断出紧急情况已经排除，并切换到第二阶段，这时制动轮缸中的制动力将根据驾驶员的踏板压力来调节。

从第一阶段到第二阶段的过渡不是跳跃式的，而是一种令人舒适的过渡。这时，制动辅助系统会减少它在总制动力中所占的压力份额，以降低踏板力，当它的压力份额最终达到零时，便回复到了正常的制动功能。

2. 上坡起步辅助控制系统（HAC）

（1）HAC系统作用

HAC是High Hill Asist Control的英文简称，是指上坡（斜坡）起步辅助控制系统。其作用是汽车在上坡起步时，该系统能在松开制动踏板，踩下加速踏板的间隔时阻止车辆后溜，以提高车辆斜坡起步的安全性和可靠性。

（2）HAC系统工作条件

① 挡位要求在D位、4位、3位、2位或者是L位，在R位置时不工作；

② 车速要求大于0km/h；

③ 每个车轮的旋转方向和车辆所在挡位的行驶方向相反。

HAC系统工作时防滑指示灯会闪烁，蜂鸣器会鸣叫。

（3）HAC系统组成与工作原理

HAC系统组成与工作原理如图3-29所示。

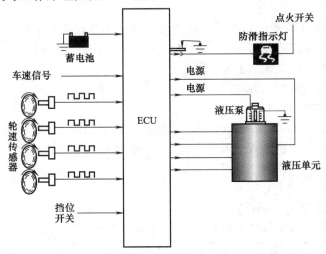

图3-29　HAC系统组成与工作原理示意图

1）车轮旋转方向检测方法

新型的轮速传感器能够检测出车轮的旋转方向，并用来判断车辆的实际行驶方向，其原理如图3-30所示。新型的轮速传感器为霍尔效应式传感器，其内部有两个磁阻，在车轮转

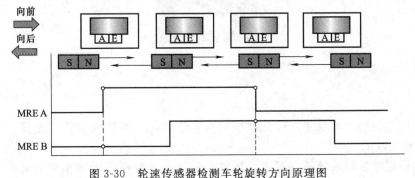

图3-30　轮速传感器检测车轮旋转方向原理图

动时产生两个轮速信号，把这两个轮速信号叠加在一起后，再发送到电脑，由于车辆在向前或者在向后行驶时，两个磁阻发出的信号是不同的，所以电脑可以根据传感器信号来判断车轮的旋转方向和车辆的实际行驶方向，如图3-31所示。

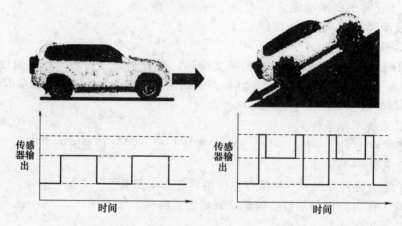

图 3-31　车辆行驶方向不同时的信号对比

2）工作原理

斜坡起步时，ECU检测出在松开制动踏板，踩下加速踏板的间隔时车辆后溜，便会即刻对相应车轮液压控制回路进行控制（控制方法与ABS控制方法同），施加制动力以阻止车辆后溜，进而提高车辆斜坡起步的安全可靠性。

3. 下坡辅助控制系统（DAC）

（1）DAC系统作用

DAC即Down Hill Asist Control，指下坡辅助控制。作用是车辆在下坡行驶时不用踩下制动踏板，不用调节加速踏板的开度，DAC系统对4个车轮的制动力自动进行调节，防止车辆下坡时车速过快，自动调节车辆的速度。

（2）DAC系统工作条件

DAC系统必须满足下列条件才会工作：

① DAC开关接通，DAC指示灯点亮（见图3-32所示）；

② 车速大于5km/h，小于25km/h；

③ 加速踏板和制动踏板均未踩下；

④ 车轮转速升高。

图 3-32　DAC指示灯

【学习小结】

1. 各大汽车制造公司稳定性控制系统叫法各不相同，结构上也略有差异，但其主要功用和原理都是一致的。

2. 车辆稳定性控制系统通过对四个车轮上的纵向力的调节增加车辆的偏转力矩，避免转向不足或转向过度的情况产生。

3. 车辆稳定性控制系统是 ABS 和 ASR 系统的发展，同时也是 ABS 和 ASR 系统的集成，有很多部件是相同的。和 ABS、ASR 相比，主要增加了转向盘转角传感器、纵向和横向加速度传感器、横摆角速度传感器和制动压力传感器。

4. ABS、ASR 和稳定性控制系统都要对车轮进行有控制的制动，它们共同使用一个液压控制单元，根据电控单元的指令，可在不同的时间和条件下，发挥不同的控制作用。

5. 在不操纵制动踏板时，ESP 制动预压力来源于 ABS 泵或动态液压泵。

6. ESP 按钮开关出现故障后 ESP 系统无法关闭，组合仪表上的 ESP 警告灯有警告显示。

7. ESP 系统中，在更换了转向盘角度传感器 G85 及控制单元 J104 后，传感器的标定会丢失，需重新做初始化标定。

8. VSC 系统中，在断开电池桩头，或者拔下过偏转率传感器和减速传感器插头，或者更换过偏转率传感器和减速传感器后，需要对偏转率传感器和减速度传感器进行零点调校，才能正常工作。

9. 当仪表板上的 VSC 故障警告灯异常点亮时，必须进行 VSC 系统自诊断。如果发动机控制系统或 TCS 系统存在故障，也可引起 VSC 系统故障警告灯点亮。

【自我评估】

1. 判断题

（1）ESP、VSC、ASC 和 PSM 等系统的主要功用和原理都是一致的。 （　　）

（2）车轮上纵向力的调节包括驱动力和制动力的调节，减少驱动力不仅会降低车速还会形成力矩，其效果和对四个车轮施加制动力产生的偏转的横摆力矩效果是一样的。 （　　）

（3）当 VSC 系统确定车辆出现转向不足或转向过度时，应立刻减少节气门开度，并在前轮或后轮施加制动压力，以确保车辆转弯的操纵稳定性。 （　　）

（4）当没有制动力压力信号时，ESP 系统将停止工作。 （　　）

（5）ABS、ASR 和稳定控制系统的基本控制模式无非是增加压力、保持压力和减少压力三种。 （　　）

（6）在不操纵制动踏板时，ESP 的制动预压力来源于 ABS 泵或动态液压泵。 （　　）

2. 选择题

（1）车辆稳定性控制系统和 ABS/ASR 系统共有的构件有（　　）。

A. 转向盘转角传感器　　　　B. 制动压力传感器　　　　C. 液压调节单元

（2）转向角度传感器测量的角度为正负（　　）。

A. 540°或 720°　　　　　　B. 270°或 360°　　　　　　C. 360°或 720°

（3）ESP ECU 根据（　　）判断驾驶员想往什么方向行驶。

A. 转向盘角度传感器和轮速传感器

B. 横摆率传感器和轮速传感器

C. 横摆率传感器和侧向加速传感器

3. 问答题

（1）车辆稳定性控制系统的基本控制方法有哪些？

（2）简述 ESP 系统的工作过程。

（3）试述 VSC 的工作过程。

（4）简述 ESP 系统中转向盘角度传感器的初始化标定方法。

（5）BAS、HAC 和 DAC 的工作条件有哪些？详述 BAS 工作过程。

【评价标准】

1. 自我评价

(1) 通过本学习任务的学习你是否已经掌握以下问题：

① 车辆稳定性控制系统的主要组成及功能？

_____

_____ 。

② 常见车辆稳定性控制系统的主要类型和结构特点？

_____

_____ 。

③ 常见车辆稳定性控制系统的工作过程？

_____

_____ 。

(2) 在进行车辆稳定性控制系统整体认识中你发现了哪些不同类型的系统？在进行故障诊断与排除中用到了哪些设备？你是否已经掌握了这些设备的正确操作技能？

_____

_____ 。

(3) 实训过程完成情况。

评价：_____ 。

(4) 工作着装是否规范？

评价：_____ 。

(5) 能否积极主动参与工作现场的清洁和整理工作？

评价：_____ 。

(6) 在完成本学习任务的过程中，你是否主动帮助过其他同学？并和其他同学探讨车辆稳定性控制系统的有关问题？具体问题是什么？结果是什么？

_____

_____ 。

(7) 通过本学习任务的学习，你认为哪些方面还有待进一步改善？

_____

_____ 。

签名：_____ ___年___月___日

2. 小组评价

序号	评价项目	评价情况
1	学习态度是否积极主动	
2	是否服从教学安排	
3	是否达到全勤	
4	着装是否符合要求	
5	是否合理规范地使用仪器和设备	
6	是否按照安全和规范的规程操作	
7	是否遵守学习、实训场地的规章制度	
8	是否积极主动地和他人合作、探讨问题	
9	是否能保持学习、实训场地整洁	
10	团结协作情况	

参与评价的同学签名：_____

_____年_____月_____日

3. 教师评价：_____

_____

_____。

汽车电控动力转向系统维修

学习目标

1. 了解现代汽车转向控制系统的基本方式。
2. 掌握转向控制系统的各种类型和其性能特点。
3. 掌握常见转向控制系统的基本组成和控制原理。
4. 能够检修转向控制系统中的主要组成部件。

任务 4.1 电控动力转向系统结构组成与故障诊断

【任务描述】

学习转向控制系统的基本理论，了解动力转向控制系统的性能要求，掌握常见典型动力转向控制系统的基本组成与控制过程，能够熟练进行电控动力转向系统的故障诊断。

【任务分析】

根据不同车系动力转向控制系统组成部件的不同，能对常见电控动力转向系统的故障进行诊断，同时能总结出在进行系统故障诊断时的注意事项。

【知识准备】

1. 转向控制系统概述

汽车的转向控制系统是保证汽车行驶安全的关键部件，是驾驶员操纵汽车的执行机构。对转向系统的基本要求如下。

① 良好的操纵性：转向必须灵活、平顺，具有很好的随动性，能够安全行驶在狭窄、连续拐弯的弯道上。

② 合适的转向力与位置感：低速或停车时，转动转向盘不能太费力，高速行驶时又不能感觉到转向盘上的力太小而有发"飘"的感觉。因此要求转动转向盘的力最好能随车速的变化而变化。同时要求驾驶员能清楚地感觉到转向盘的位置，感觉到操纵转向盘的角度与汽车行驶轨迹的对应关系，具有很好的直线行驶稳定性和高速行驶的路感。

③ 具有回正功能：在转向后，转向盘应当能自动回到直线行驶的位置，回转的速度要平稳、适当，使残留的角速度尽可能小。

④ 适当的路面反馈量：从道路表面传上来的冲击应能传达到转向盘上，增加驾驶员的路感，但不能太大，要使驾驶员的感觉是舒适的。

⑤ 工作可靠：转向系统是安全件，如果不能转向或失去控制就会发生车毁人亡的事故。因此转向系统应有故障预警功能。当计算机控制系统或助力系统发生故障时，转向系统仍然应保留人力转向功能。

⑥ 节省能源：在保证转向性能的前提下，尽可能降低转向系统的动力消耗。

⑦ 安静、噪声小：由于人们对舒适性要求的提高，对噪声的控制也越来越严，有的转向系统就是因为噪声超标而被用户拒绝的。

传统的动力转向系统所设定的固定放大倍率具有以下缺点：如果所设计的固定放大倍率的动力转向系统是为了减小汽车在停车或低速行驶状态下转动转向盘的力，则当汽车以高速行驶时，这一固定放大倍率的动力转向系统会使转动转向盘的力显得太小，不利于对高速行驶的汽车进行方向控制；反之，如果所设计的固定放大倍率的动力转向系统是为了增加汽车在高速行驶时的转向力，则当汽车停驶或低速行驶时，转动转向盘就会显得非常吃力。

电控动力转向系统在低速行驶时可使转向轻便、灵活；当汽车在中高速区域转向时，又能保证提供最优的动力放大倍率和稳定的转向手感，从而提高了高速行驶时的操纵稳定性。

电控动力转向系统根据车速、转向情况等对转向助力实施控制，使动力转向系统在不同的行驶条件下都有最佳的放大倍率；在低速时有较大的放大倍率，可以减轻转向操纵力，使转向轻便、灵活；在高速时则适当减小放大倍率，以稳定转向手感，提高高速行驶时的操纵稳定性。

（1）转向控制系统类型

电控动力转向系统（EPS）可以在低速时通过减轻转向力，以提高转向系统的操纵稳定性；在高速时则可通过适当加重转向力，以提高操纵稳定性。

电控动力转向系统根据转向动力源不同可分为液压式电控动力转向系统（Electro Hydraulic Power Steering，简称为 EHPS）和电动式电控动力转向系统（Electrical Power Steering，简称 EPS）。

液压式电控动力转向系统 EHPS 是在传统的液压动力转向系统的基础上增设了控制液体流量的电磁阀、车速传感器和电控单元等部件组成的。

电动式电控动力转向系统 EPS 是在传统的机械式转向系统的基础上，利用直流电动机作为动力源，电控单元根据转向参数和车速等信号，控制电动机转矩的大小和转动方向。电动机的转矩由电磁离合器通过减速机构减速增矩后，加在汽车的转向机构上，使之得到一个与工况相适应的转向作用力。

根据其控制方式的不同，又可分为流量控制式 EHPS、反作用力控制式 EHPS 和阀灵敏度控制式 EHPS 三种形式。

（2）助力转向控制系统发展

从 1955 年 BUICK 汽车采用液压助力转向系统以来，由于其很好地解决了转向轻便性问题，因此迅速在全世界范围内普及。传统的助力转向一般采用液压式转向，这种系统存在结构复杂，功率消耗大，容易产生泄漏，转向力不易有效控制等缺陷。从 20 世纪 80 年代以来，随着电机控制技术的飞快发展，人们一直在寻求可变助力转向系统来满足对转向系统特性的苛刻要求。目前有很多种可变助力转向系统，大致可分为电子可变量孔助力转向、旁通式助力转向、反力式助力转向、电磁式助力转向、电动液压助力转向和电动助力转向等几种形式。

随着电机控制技术的发展，电动助力转向（Electronlc Powered Steering，EPS）有取代传统转向系统的趋势。20 世纪 80 年代以来国外在汽车上大力发展电动助力转向系统，1988 年日本铃木公司开发了一种全新的电控式电动助力转向系统，1993 年本田公司将电动助力转向系统大批量装车，现在电动助力转向如雨后春笋般地迅速发展，日本的大发、三菱，美国的 Delphi 和 TRW，德国的 ZF 都相继研制出各自的 EPS。经过 20 多年的发展，EPS 技术日趋完善，并已经取得相当大的成果，且在轻微型轿车、厢式车上得到广泛应用，并且每年以 300 万台的速度发展。2000 年我国昌河汽车的北斗星厢式车开始安装电动转向器，掀开了我国汽车电动助力转向系统发展历史上新的一页。正是由于北斗星汽车在国内首装电动助力转向，也带动了国内电动助力转向系统的开发热。现在已有不少大专院校和国营、民营企业立项或独自开发该种产品，有专家预计我国每年会以 10 万～20 万台的速度发展。

电动助力转向系统很大一个特点就是所谓的"精确转向"，它能在汽车转向过程中，根据不同车速、转向盘转动的快慢，准确提供各种行驶路况下的最佳转向助力，减小由路面不平引起的对转向系统的扰动。不但可减轻低速行驶时的转向操纵力，而且可大大提高高速行驶时的操纵稳定性，并能精确实现人们预先设置的在不同车速、不同转弯角度所需要的转向助力。通过控制助力电机，可降低高速行驶时的转向助力，增大转向手力，解决高速行驶时的发飘问题，而且成本相对较低。当然，因降低发动机功率损耗而节省了燃油（不仅提高了经济性，而且减少了污染），也是电动助力转向系统的重要特点。有实验资料显示：同一辆汽车由同一个驾驶员行驶半年,在平均车速 40km/h 时,EPS 的节油率为 5.5%。此外,电动助力转向系统取消了油泵、皮带和皮带轮、液压软管、液压油等,结构更紧凑,安装调整更方便。由于是电驱动,所以在发动机熄火时也能提供助力,并且具有较好的低温工作性能。

目前电动转向系统由于受到车载电源和电机尺寸的限制,多用于轻型、微型轿车和厢式车。随着新的电动转向结构的研究开发,不仅用在微型车上,也在向大型轿车和商用客车方向发展。随着 42V 电源的电子系统进入市场,未来将逐步推广到中高级轿车和载重车上。

2. 电控动力转向系统的组成与工作原理

(1) EHPS 的基本组成与工作原理

1) 流量控制式 EHPS

图 4-1 所示为丰田雷克萨斯轿车采用的流量控制式动力转向系统。

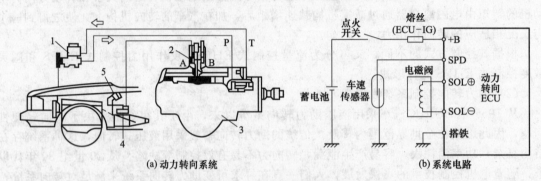

图 4-1　丰田雷克萨斯轿车流量控制式动力转向系统
1—动力转向油泵;2—电磁阀;3—动力转向控制阀;4—ECU;5—车速传感器

由上图可见,该系统主要由车速传感器、电磁阀、整体式动力转向控制阀、动力转向液压泵和电控单元等组成。

电磁阀安装在通向转向动力缸活塞两侧油室的油道之间,当电磁阀的阀针完全开启时,两油道就被电磁阀旁通。

流量控制式动力转向系统就是根据车速传感器的信号,控制电磁阀阀针的开启程度,从而控制转向动力缸活塞两侧油室的旁路液压油流量,来改变转向盘上的转向力。

车速越高,流过电磁阀电磁线圈的平均电流值就越大,电磁阀阀针的开启程度也越大,旁路液压油流量也会越大,而液压助力作用越小,从而使转动转向盘的力也随之增加。

2) 反作用力控制式 EHPS

图 4-2 所示为反作用力控制式动力转向系统的工作原理图。

由图可见,系统主要由转向控制阀、分流阀、电磁阀、转向动力缸、转向油泵、储油箱、车速传感器(图中未画出)及电控单元(ECU)等部件组成。

转向控制阀是在传统的整体转阀式动力转向控制阀的基础上增设了油压反力室而构成的。扭力杆的上端通过销子与转阀阀杆相连,下端与小齿轮轴用销子连接。

小齿轮轴的上端通过销子与控制阀阀体相连。转向时,转向盘上的转向力通过扭力杆传递给小齿轮轴。当转向力增大,扭力杆发生扭转变形时,控制阀体和转阀阀杆之间将发生相对转动,于是就改变了阀体和阀杆之间油道的通、断和工作油液的流动方向,从而实现转向助力作用。

分流阀的作用是把来自转向油泵的液压油向控制阀一侧和电磁阀一侧进行分流。

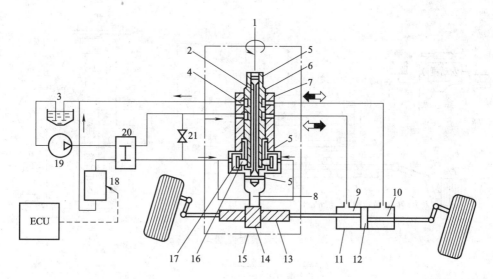

图 4-2　反作用力控制式 EHPS

1—转向盘；2—扭杆；3—蓄油器；4—通道；5—销子；6—控制阀轴；7—旋转阀；8—小齿轮轴；
9—左室；10—右室；11—动力缸；12—活塞；13—齿条；14—小齿轮；15—转向器；16—柱塞；
17—油压反力室；18—电磁阀；19—液压泵；20—分流阀；21—阻尼孔

按照车速和转向要求，改变控制阀一侧与电磁阀一侧的油压，确保电磁阀一侧具有稳定的液压油流量。固定小孔的作用是把供给转向控制阀的一部分液压油流量分配到油压反力室一侧。电磁阀的作用是根据需要，将油压反力室一侧的液压油流回储油箱。

ECU 根据车速的高低线性控制电磁阀的开口面积。当车辆停驶或速度较低时，ECU 使电磁线圈的通电电流增大，电磁阀开口面积增大，经分流阀分流的液压油，通过电磁阀重新回流到储油箱中，所以作用于柱塞的背压（油压反力室压力）降低。于是柱塞推动控制阀转阀阀杆的力（反力）较小，因此只需要较小的转向力就可使扭力杆扭转变形，使阀体与阀杆产生相对转动而实现转向助力作用。

当车辆在中、高速区域转向时，ECU 使电磁线圈的通电电流减小，电磁阀开口面积减小。所以，油压反力室的油压升高，作用于柱塞的背压增大，于是柱塞推动转阀阀杆的力增大。此时需要较大的转向力才能使阀体与阀杆之间作相对转动（相当于增加了扭力杆的扭转刚度），而实现转向助力作用。所以在中、高速行驶时可使驾驶员获得良好的转向手感和转向特性。

其优点表现在，它具有较大的选择转向力的自由度，转向刚度大，驾驶员能感受到路面情况，可以获得稳定的操作手感等。其缺点是结构复杂，且价格较高。

3）阀灵敏度控制式 EHPS

阀灵敏度控制式 EHPS 是根据车速控制电磁阀，直接改变动力转向控制阀的油压增益（阀灵敏度）来控制油压的。

这种转向系统结构简单、部件少、价格便宜，而且具有较大的选择转向力的自由度。与反力控制式转向相比，该系统的转向刚性差，但可以最大限度地提高原来的弹性刚度来加以克服，从而获得自然的转向手感和良好的转向特性。

图 4-3 所示为 89 型地平线牌轿车所采用的阀灵敏度可变控制式动力转向系统。

该系统对转向控制阀的转子阀做了局部改进，并增加了电磁阀、车速传感器和电控单元等。转子阀一般在圆周上形成 6 条或 8 条沟槽，各沟槽利用阀部外体，与泵、动力缸、电磁

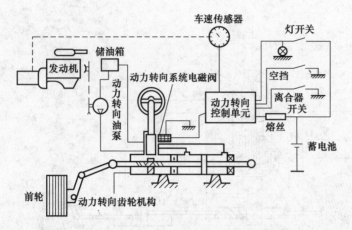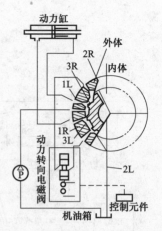

图 4-3　阀灵敏度控制式 EHPS

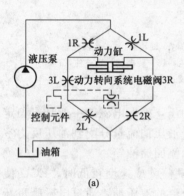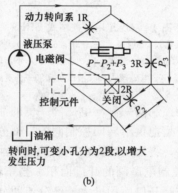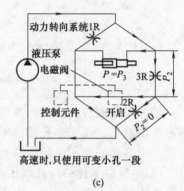

(a)　　　　　　　　　　　(b)　　　　　　　　　　　(c)

图 4-4　阀部的等效液压回路图

阀及油箱连接。

图 4-4 所示为阀部的等效液压回路图，转子阀的可变小孔分为低速专用小孔（1R、1L、2R、2L）和高速专用小孔（3R、3L）两种，在高速专用可变孔的下边设有旁通电磁阀回路，其工作过程如下：

当车辆停止时，电磁阀完全关闭。

如果此时向右转动转向盘，则高灵敏度低速专用小孔 1R 及 2R 在较小的转向扭矩作用下即可关闭，转向液压泵的高压油液经 1L 流向转向动力缸右腔室，其左腔室的油液经 3L、2L 流回储油箱。所以，此时具有轻便的转向特性。而且施加在转向盘上的转向力矩越大，可变小孔 1L、2L 的开口面积越大，节流作用就越小，转向助力作用越明显。

随着车辆行驶速度的提高，在电控单元的作用下，电磁阀的开度也会线性增加。

如果向右转动转向盘，则转向液压泵的高压油液经 1L、3R 旁通电磁阀流回储油箱。此时，转向动力缸右腔室的转向助力油压就取决于旁通电磁阀和灵敏度低的高速专用可变孔 3R 的开度。车速越高，在电控单元的控制下，电磁阀的开度越大，旁路流量也越大，转向助力作用越小；在车速不变的情况下，施加在转向盘上的转向力越小，高速专用小孔 3R 的开度越大，转向助力作用也越小；当转向力增大时，3R 的开度逐渐减小，转向助力作用也随之增大。

由此可见，阀灵敏度控制式动力转向系统可使驾驶员获得非常自然的转向手感和良好的速度转向特性。

（2）EPS的基本组成与工作原理

1）基本原理

液压式动力转向系统由于具有工作压力和工作灵敏度较高、外廓尺寸较小等特点，因而获得了广泛的应用。但这类动力转向系统的共同缺点是结构复杂、消耗功率大、容易产生泄漏、转向力不易有效控制等。

近年来随着微机在汽车上的广泛应用，出现了电动式电控动力转向系统，简称电动式EPS。电动式电控动力转向系统是一种直接依靠电动机提供辅助转矩的电动助力式转向系统。该系统仅需要控制电动机电流的方向和幅值，不需要复杂的控制机构。另外，该系统由于是利用微机控制，因此为转向特性的设置提供了较高的自由度，同时还降低了成本和重量。

电动式EPS通常由转矩传感器、车速传感器、电控单元（ECU）、电动机和电磁离合器等组成，如图4-5所示。

电动式EPS利用电动机作为助力源，根据车速和转向参数等，由ECU完成助力控制，其原理可概括如下：

当操纵转向盘时，装在转向盘轴上的转矩传感器不断地测出转向轴上的转矩信

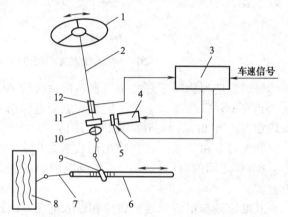

图4-5　电动式EPS的组成

1—转向盘；2—输入轴；3—ECU；4—电动机；5—电磁离合器；6—转向齿条；7—横拉杆；8—转向轮；9—输出轴；10—扭力杆；11—扭矩传感器；12—转向齿轮

号，该信号与车速信号同时输入到ECU。ECU根据这些输入信号，确定助力转矩的大小和方向，即选定电动机的电流和转向，调整转向辅助动力的大小。电动机的转矩由电磁离合器通过减速机构减速增扭后，加在汽车的转向机构上，得到一个与汽车工况相适应的转向作用力。

电动式EPS有许多液压式动力转向系统所不具备的优点：

① 将电动机、离合器、减速装置、转向杆等部件装配成一个整体，这样既无管道也无控制阀，使其结构紧凑、质量减轻，一般电动式EPS的重量比液压式EPS的重量轻25%左右。

② 没有液压式动力转向系统所必需的常运转式转向液压泵，电动机只是在需要转向时，才接通电源，所以动力消耗和燃油消耗均可降到最低。

③ 省去了油压系统，所以不需要给转向液压泵补充油，也不必担心漏油。

④ 由于直接由电动机提供助力，电动机由蓄电池供电，因此EPS能否助力与发动机是否运转无关。

⑤ 可以比较容易地按照汽车性能的需要设置、修改转向助力特性。

⑥ EPS比EHPS具有更好的低温工作性能。

根据电动机布置位置的不同，电动式EPS可以分为转向轴助力式、齿轮助力式和齿条助力式三种。

2）主要部件结构

① 转矩传感器：图4-6所示为无触点式转矩传感器的结构及工作原理图。

在输出轴的极靴上分别绕有A、B、C、D四个线圈，转向盘处于中间位置（直驶）时，

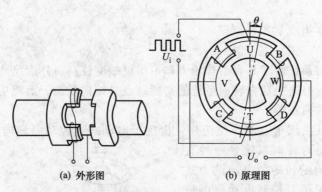

(a) 外形图　　　　(b) 原理图

图 4-6　无触点式转矩传感器的结构及工作原理图

扭力杆的纵向对称面正好处于图示输出轴极靴 AC、BD 的对称面上。

当在 U、T 两端加上连续的输入脉冲电压信号 U_i 时，由于通过每个极靴的磁通量相等，所以在 V、W 两端检测到的输出电压信号 $U_o=0$。

转向时，由于扭力杆和输出轴极靴之间发生相对扭转变形，极靴 A、D 之间的磁阻增加，B、C 之间的磁阻减少，各个极靴的磁通量发生变化，于是在 V、W 之间就出现了电位差。

其电位差与扭力杆的扭转角和输入电压 U_i 成正比。所以，通过测量 V、W 两端的电位差就可以测量出扭力杆的扭转角，于是也就知道了转向盘施加的转矩。

② 电动机：电动式 EPS 用电动机与启动用直流电动机原理上基本相同，但一般采用永久磁场。

其最大电流一般为 30A，电压为 DC 12V，额定转矩为 10N·m 左右。转向助力用直流电动机需要正反转控制，图 4-7 所示为一种比较简单适用的控制电路。

a_1、a_2 为触发信号端。当 a_1 端得到输入信号时，晶体管 VT_3 导通，VT_2 得到基极电流而导通，电流经 VT_2、电动机 M、VT_3、搭铁而构成回路，于是电动机正转。当 a_2 端得到输入信号时，电流则经 VT_1、M、VT_4、搭铁而构成回路，电动机因电流方向相反而反转。

控制住触发信号端电流的大小，就可以控制通过电动机电流的大小。

③ 电磁离合器：如图 4-8 所示为单片干式电磁离合器的工作原理图。

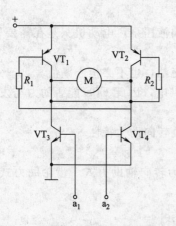

图 4-7　直流电动机正反转控制电路

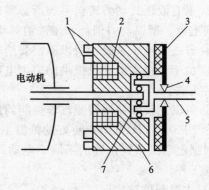

图 4-8　单片干式电磁离合器的工作原理图
1—滑环；2—线圈；3—压板；4—花键；
5—从动轴；6—主动轮；7—滚动轴承

当电流通过滑环进入电磁离合器线圈时，主动轮产生电磁吸力，带花键的压板被吸引与主动轮压紧，于是电动机的动力经过轴、主动轮、压板、花键、从动轴传递给执行机构。

电动式 EPS 一般都设定一个工作范围。如当车速达到 45km/h 时，就不需要辅助动力转向，这时电动机就停止工作。

为了不使电动机和电磁离合器的惯性影响转向系统的工作，离合器应及时分离，以切断辅助动力。另外，当电动机发生故障时，离合器会自动分离，这时仍可手动控制转向。

④ 减速机构：减速机构是电动式 EPS 不可缺少的部件。目前，实用的减速机构有多种组合方式，一般采用蜗轮蜗杆与转向轴驱动组合式，也有的采用两级行星齿轮与传动齿轮组合式。

为了抑制噪声和提高耐久性，减速机构中的齿轮有的采用特殊齿形，有的采用树脂材料制成。

在操作转向盘时，转矩传感器根据输入转向力矩的大小产生出相应的电压信号，由此电动式 EPS 系统就可以检测出操作力的大小，同时根据车速传感器产生的脉冲信号又可测出车速，再通过控制电动机的电流，从而形成适当的转向助力。

电动式 EPS 系统控制电路框图如图 4-9 所示。主转矩传感器和辅助转矩传感器的转矩信号与电动机的电流信号，通过 A/D 变换器输入到 ECU 中，而车速信号、发动机转速、蓄电池电压和启动机开关的通断状态，交流发电机的 L 端子电压则通过接口电路输入到 ECU 中。

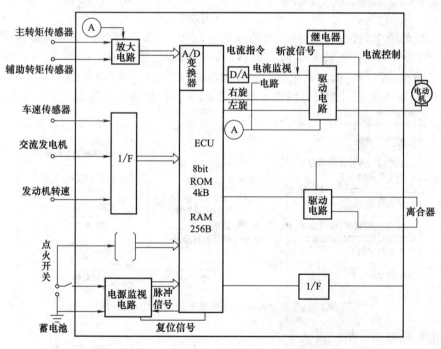

图 4-9　电动式 EPS 系统控制电路框图

转矩信号通过 A/D 变换器输入到 ECU 后，ECU 根据车速范围按照规定的转矩与电动机电流变换值，确定出电动机的电流指令值。把电流指令值输入到 D/A，变化成模拟信号，之后输入到电流控制电路中去。同时，计算机还输出电动机的旋转方向指示信号，这个信号在输入到电动机的驱动电路后，便决定了电动机的旋转方向。

电流控制电路把上述已成为模拟信号的电流指令与电动机的实际电流相比之后，产生了幅度相同的斩波信号。驱动电路在收到斩波信号与旋转方向指示信号之后，则输出指令，控制电动机的电流，使其按规定的方向旋转。当超过规定的车速时，离合器的驱动信号被切断，电动机与减速机构分离，同时电动机也停止工作。

【任务实施】

1. 奥拓（Alto）牌汽车电动式 EPS 系统整体认识

如图 4-10 所示为奥拓（Alto）牌汽车电动式 EPS 部件布置图。

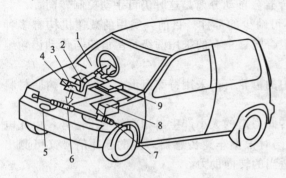

图 4-10 奥拓（Alto）牌汽车电动式 EPS 布置图

1—车速传感器；2—转矩传感器；3—减速机构；
4—电动机和离合器；5—发电机；6—转向齿轮；
7—发动机转速传感器；8—蓄电池；9—ECU

该系统由转矩传感器、车速传感器、ECU、电动机和减速机构组成。转矩传感器（滑动可变电阻型）、电动机和减速机构组成一个整体，安装在转向柱上。

电磁离合器安装在电动机的输出端旁，ECU 安装在司机座位下面。

当转向系统工作时，施加在转向盘上的转向力经输入轴、扭杆传递给输出轴，扭杆的扭曲变形使输入轴与输出轴之间发生相对扭转。与此同时滑块沿轴向移动，控制臂将滑块的轴向移动变换成电位器的旋转角度，即将转矩值变换成电压量，并输入到电控单元。

当转向盘处于中间位置时，传感器的输出电压为 2.5V；当转向盘向右旋转时，传感器的输出电压大于 2.5V；当转向盘向左旋转时，传感器的输出电压小于 2.5V。因此，ECU 根据传感器输出电压的高低，就可以判定转向盘的转动方向和转动角度。

图 4-11 所示为奥拓（Alto）牌汽车电动式 EPS 控制框图，其控制内容如下所述。

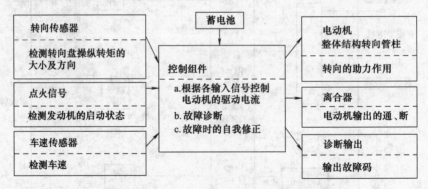

图 4-11 奥拓（Alto）牌汽车电动式 EPS 控制框图

（1）电动机电流控制

ECU 根据转向力矩和车速信号确定并控制电动机的驱动电流的方向和大小，使其在每一种车速下都可以得到最优化的转向助力转矩。

（2）速度控制

当车速高于 43~52km/h 时，在停止对电动机供电的同时，应使电动机内的电磁离合器分离，按普通转向控制方式工作，以确保行车安全。

（3）临界控制

这是为了保护系统中的电动机及控制组件而设的控制项目。在转向器偏转至最大（即临界状态）时，由于此时电动机不能转动，所以流入电动机的电流达最大值。为了避免持续的大电流通过使电动机及控制组件发热损坏，所以每当较大电流连续通过30s后，系统就会控制电流使之逐渐减小。

当临界控制状态解除后，控制系统就会再逐渐增大电流，一直到达到正常的工作电流值为止。

（4）自诊断和安全控制

该系统的电控单元具有故障自诊断功能，当电控单元检测到系统存在故障时即会显示出相应的故障码，以便采取相应的措施。

当检测出因系统的基本部件如转矩传感器、电动机、车速传感器等出现故障而导致系统处于严重故障的情况下，系统就会使电磁离合器断开，停止转向助力控制，从而确保系统安全、可靠。

2. 电控动力转向系统的故障诊断

（1）皇冠3.0轿车电控液压式动力转向系统的故障诊断

皇冠3.0轿车EPS系统的组成如图4-12所示。其中电控部分由车速传感器、动力转向ECU和装在转向机内的电磁阀组成。

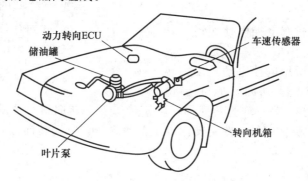

图4-12　皇冠3.0轿车EPS系统的组成

1）电控系统的检查

皇冠3.0轿车的EPS电控系统常见的故障有：低速或发动机怠速时转向沉重和高速行驶时转向过度灵敏。

在检查电控系统前，应先查看胎压、悬架和转向杆件及球形销的润滑情况；并检查前轮定位、动力转向泵油压是否正常；各导线插接器连接是否牢靠，转向机柱是否弯曲等等。

电控系统的检查步骤如下。

① 接通点火开关，查看ECU-IC熔断器是否正常。如果烧毁，并且在经重新更换后又烧毁，则表明此熔断器与ECU的端子B+间短路。若熔断器正常或经重新更换后正常，则进行下一步检查。

② 拔下ECU插接器，将电压表正表笔接插接器B+，负表笔接搭铁，电压应为10～14V（蓄电池电压）。如果无电压，表明ECU IC熔断器与ECU端子B+间有断路现象。

③ 将万用表（欧姆挡）正表笔接插接器GND端子，负表笔仍接搭铁，此时电阻值应为零。否则说明ECU的端子GND与车身搭铁之间的线路有断路或接触不良现象。

④ 支撑起一侧前轮，将电阻表的正表笔接插接器端子SPD，负表笔接端子GND。然后转动支撑起的车轮，电阻表阻值应在0～∞之间交替变化。否则说明ECU的SPD端子与车速传感器之间的线路有断路或短路现象，或车速传感器有故障。

⑤ 将万用表的正表笔接插接器的端子SOL＋，负表笔接GND端子。万用表所示的电

阻值应为∞。否则说明端子 SOL＋或 SOL－与端子 GND 间的线路有短路现象，或电磁阀有故障。

⑥ 将万用表的正表笔接插接器的端子 SOL＋，负表笔接端子 SOL－，两端应为 6.0～11Ω。否则说明这两个端子之间的线路有断路现象或电磁阀有故障。如果电阻正常，应检查 ECU。

2）电控元件的检查

① 电磁阀的检查。拔开插接器，用万用表测量电磁线圈的电阻，电阻应为 6.0～11Ω。从转向机内拆下电磁阀，将蓄电池正极接电磁线圈的端子 SOL＋，负极接端子 SOL－，如图 4-13 所示。此时电磁阀应缩回约 2mm，否则应更换电磁阀。

② EPS ECU 的检查。支撑起汽车，拆下 ECU 插接器，启动发动机，在不拔下 ECU 插接器、发动机怠速运转的情况下，用万用表测量 ECU 的端子 SOL－与 GND 之间的电压，电表测笔从背面插入。所测电压应比原来增加 0.07～0.22V；如果无电压，应更换 ECU。

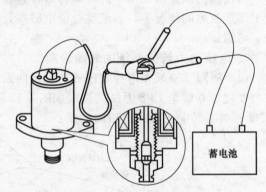

图 4-13　电磁阀的检查

（2）三菱米尼卡轿车电控电动式动力转向系统的故障诊断

三菱米尼卡轿车所用电控电动式动力转向系统的组成如图 4-14 所示。它主要由 ECU、直流电动机和离合器、车速传感器、转矩传感器和转向机总成等组成。该系统工作时，ECU 根据车速传感器信号，控制转向盘上的操纵力，驱动转向齿轮箱内的电动机，实现助力控制。

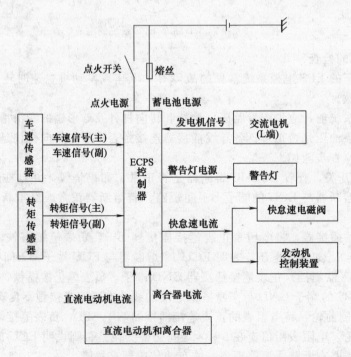

图 4-14　三菱米尼卡轿车电动式动力转向系统的组成

行车时，通过按不同车速下的转矩，可控制电动机电流，并完成电控转向与普通转向的转换。当车速高于 30km/h 时，ECU 没有离合器电流及电动机电流输出，离合器被分离，工作方式由电控电动式动力转向变为普通转向。当车速低于 27km/h 时，ECU 又输出离合器电流和电动机电流，工作方式由普通转向变为电控电动式动力转向。

当系统出现故障时，其自我修正功能开始发挥作用，断开电动机的输出电流，工作方式也恢复到普通的转向系统，同时速度表内的警告灯点亮，以通知驾驶员动力转向系统发生故障。

1）故障码的读取与清除方法

① 警告灯的检查　当点火开关处于"ON"位置时，警告灯应点亮，若在发动机启动后警告灯熄灭为正常。当打开点火开关，警告灯不亮时，应检查灯泡是否损坏，熔断器和导线是否断路。若发动机启动后警告灯仍亮，应首先考虑系统是否处于保险状态，并应通过自诊断系统进行必要的检查。

② 自诊断检查方法　三菱系列汽车诊断插座如图 4-15 所示。动力转向系统的故障诊断步骤如下：

a. 将点火开关置于"OFF"位置；

b. 将诊断插座的端子 5 与 8 之间用 LED 灯跨接起来；

c. 将点火开关置于"ON"位置；

d. 读取 LED 灯闪烁的故障码，故障码及内容如表 4-1 所示；

e. 拆开蓄电池负极 15s 以上再装回，即可清除故障码。

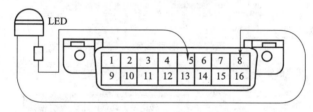

图 4-15　三菱系列汽车诊断插座

表 4-1　三菱公司米尼卡轿车电控电动式动力转向系统故障码

故障码	故障原因	故障码	故障原因
11	EPS ECU 电源供电不良	13	EPS 电磁离合器工作不良
12	车速传感器(VSS)工作不良	14	EPS ECU 出现故障

2）主要元件的检查与测试

① 转矩传感器的检测　当转向盘处于中间位置时，用万用表检测转矩传感器和电磁离合器插接器上转矩传感器端子 3 和 5 与端子 8 和 10 之间的电压，电压均为 2.5V 时良好，达到 4.7V 以上时为断路，低于 0.3V 以下时为短路。

从转向机上拔下导线插接器，用万用表再次检测插接器上的转矩传感器端子 3 和 5 与端子 8 和 10 之间的电阻，其标准值应为（2.18±0.66）kΩ。当转矩传感器异常时，应更换传感器总成。

② 电磁离合器的检测　从转向机上断开电磁离合器插接器，将蓄电池的正极接到电磁离合器的端子 1 上，负极与端子 6 相接。在接通与断开的瞬间，离合器应有吸动声。如果没有吸动声，表明离合器出现了故障，应更换。

③ 直流电动机的检测　当从转向机上断开电动机导线插接器，在两端子间加上蓄电池

电压时，电动机应有均匀的转动声，否则应更换。

④ 车速传感器的检测 当从变速器上拆下车速传感器，转动传感器转子时，应能滑顺转动。若有卡滞，应更换。用万用表测量传感器主侧端子1和2与副侧端子4和5之间的电阻值，应为（165±20)Ω。如不符合，应更换。

【知识拓展】

一汽大众速腾轿车电动式动力转向系统

一汽大众速腾轿车电动式动力转向系统组成如图 4-16 所示。部件框图如图 4-17 所示。

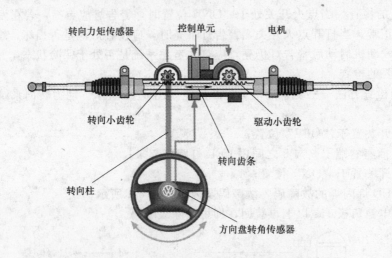

图 4-16 速腾轿车电动式动力转向系统组成

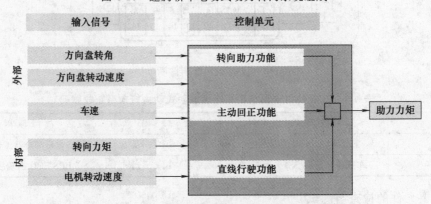

图 4-17 速腾轿车电动式动力转向系统框图

该转向系统主要功能如下。

（1）随速功能

① 当驾驶员用力旋转转向盘时助力转向系统开始工作。

② 作用在转向盘上的力引起了转向小齿轮的旋转，转向力矩传感器察觉到旋转并将计算出的转向力传给控制单元。

③ 转向盘转角传感器将正确的转向盘转动的角度传给控制单元，同时转子传感器将正确的转动速度传给控制单元。

④ 根据转向力、发动机转速、车速、转向盘转角、转向盘转速以及存储在控制单元中的特性曲线图，控制单元计算出必要的助力力矩并控制电动机开始工作。

⑤ 由电动机驱动的第二个小齿轮（驱动小齿轮）提供能量产生转向助力（电动机是通过一个蜗动齿轮驱动小齿轮，从而驱动转向齿条产生助力的）。

⑥ 助力转向力矩和施加在转向盘上的力矩的总和是最终驱动转向齿条上的有效力矩。

（2）主动回正功能

① 如果驾驶员在转弯的过程中减少了施加在转向盘上的力，旋转杆上的扭转度也相应减少。

② 转向力在减少的同时，包括转向角度和转向的速度都相应的减少，一个精确的回转速度也相应地计算出来。将其与转向角度和速度进行比较，其结果就是需要的回正力。

③ 作用在转向盘上的转向回正力是由整个运动装置设计的结果，转向回正力经常很微弱，因为反转向系统及悬挂系统的摩擦力就可以使车轮回到中心位置。

④ 控制单元根据转向力、车速、发动机转速、转向角度、转向速度和存储在控制单元中的特性曲线图评估出电动机需要的必要的回正力。

⑤ 电动机工作促使车轮回到直线向前行驶的方向，回到中心位置。

（3）直线行驶功能

直线行驶功能是主动回正功能的一个扩展，当没有力提供时，系统将产生一个助力使车轮回到中心位置。为实现该功能，又分为长时间法则和短时间法则两种不同的情况。

① 当车辆受到持续的侧向力时，如侧向风作用时。

② 驾驶员给转向盘一个力使车辆保持直线行驶状态。

③ 控制单元根据转向力、车速、发动机转速、转向角度、转向速度和存储在控制单元中的特性曲线图评估出要保持在直线行驶状态电动机需要提供的必要力。

④ 电动机工作，车辆回到直线行驶状态，驾驶员不需要再用力保持转向盘。

【学习小结】

1. 汽车的转向系统必须保证具有良好的操纵性、合适的转向力与位置感、具有回正功能、适当的路面反馈量等性能要求。

2. 电控动力转向系统根据车速、转向情况等对转向助力实施控制，使动力转向系统在不同的行驶条件下都有最佳的放大倍率。在低速时可减轻转向力，以提高转向系统的操纵稳定性；在高速时则可适当加重转向力，以提高操纵稳定性。

3. 电控动力转向系统根据转向动力源不同可分为液压式电控动力转向系统（EHPS）和电动式电控动力转向系统（EPS）。根据其控制方式的不同，液压式电控动力转向系统又可分为流量控制式 EHPS、反作用力控制式 EHPS 和阀灵敏度控制式 EHPS 三种形式。

4. 电控动力转向系统由于引入电控系统，故其最大的优点是转向助力程度可以随车速及行驶工况的变化而进行调节和控制，从而获得最佳的操纵性能和稳定性能的平衡。

5. 电控动力转向系统的故障诊断与其他的电控系统类似，按照维修手册的故障诊断流程和步骤进行操作即可，部件的检修亦相同。

【自我评估】

1. 判断题

（1）在汽车行驶时，要求转动转向盘的力尽可能小，以使转向轻便灵活。 （ ）

（2）电控动力转向系统根据车速、转向情况等对转向助力实施控制，在低速行驶时可使转向轻便、灵活；当汽车在中高速区域转向时，又能保证提供最优的动力放大倍率和稳定的转向手感。 （ ）

（3）电动式电控动力转向系统 EPS 是在传统的液压动力转向系统的基础上，增加了一套电控系统形成的。　　　　　　　　　　　　　　　　　　　　　　　　　　（　　）

（4）对转矩传感器进行检测时，可以分别进行电压检测和电阻检测。　　　　（　　）

2. 选择题

（1）皇冠 3.0 轿车装备的电控动力转向系统属于（　　　）。

A. 流量控制式 EHPS　　　　　　　　　　B. 反作用力控制式 EHPS

C. 阀灵敏度控制式 EHPS　　　　　　　　D. 电动式 EPS

（2）用来测量转向盘与转向器之间的相对转矩以作为电动助力的依据之一的部件是（　　　）。

A. 车速传感器　　　B. 电动机　　　C. 转矩传感器　　　D. 电磁离合器

（3）电动式 EPS 所用电动机一般选用（　　　）电动机。

A. 直流并激式　　　B. 直流串激式　　　C. 永磁式

3. 问答题

（1）电控动力转向系统具有哪些优点？

（2）电控动力转向系统有哪些类型？

（3）试以某一种车型为例，说明其电控动力转向系统的组成、原理和故障诊断方法。

【评价标准】

1. 自我评价

（1）通过本学习任务的学习你是否已经掌握以下问题：

① 电控动力转向系统的优点？

_____

_____。

② 电控动力转向系统的类型？

_____

_____。

③ 电控动力转向系统的工作过程？

_____

_____。

（2）在进行汽车电控动力转向系统结构分析与检修中你采用了哪些仪器与设备？你是否已经掌握了这些仪器与设备的正确操作技能？

_____

_____。

（3）实训过程完成情况。

评价：_____。

（4）工作着装是否规范？

评价：_____。

（5）能否积极主动参与工作现场的清洁和整理工作？

评价：_____。

（6）在完成本学习任务的过程中，你是否主动帮助过其他同学？并和其他同学探讨驱动防滑转系统的有关问题？具体问题是什么？结果是什么？_____

_____

_____。

（7）通过本学习任务的学习，你认为哪些方面还有有待进一步改善？_____

_____

_____。

签名：_____　___年___月___日

2. 小组评价

序号	评 价 项 目	评 价 情 况
1	学习态度是否积极主动	
2	是否服从教学安排	
3	是否达到全勤	
4	着装是否符合要求	
5	是否合理规范地使用仪器和设备	
6	是否按照安全和规范的规程操作	
7	是否遵守学习、实训场地的规章制度	
8	是否积极主动地和他人合作、探讨问题	
9	是否能保持学习、实训场地整洁	
10	团结协作情况	

参与评价的同学签名：_____

___年___月___日

3. 教师评价：_____

_____

_____。

任务 4.2　电控四轮转向系统结构组成与故障诊断

【任务描述】

了解电控四轮转向控制系统的性能要求，掌握典型电控四轮转向系统的基本组成与控制过程，能够进行电控四轮转向系统的检测与故障诊断。

【任务分析】

根据不同车辆电控四轮转向系统原理与组成部件的不同，能够按照维修手册及工艺要求，对该系统常见的故障进行诊断与排除。

【知识准备】

1. 电控四轮转向系统（4WS）概述

（1）四轮转向系统（4WS）的作用和类型

目前，有些轿车上采用了四轮转向系统。采用四轮转向系统的目的是：在汽车以低速行驶时，依靠逆向转向（前、后车轮的转角方向相反），获得较小的转向半径，以改善汽车的操纵性；在汽车以中、高速行驶时，依靠同向转向（前、后车轮的转角方向相同），减小汽车的横摆运动，使汽车可以利用高速变换行进路线，从而提高转向时的操纵稳定性。

四轮转向系统也称为 4WS（4-wheel steering）系统。根据控制方式的不同，4WS 系统可分为转向角比例控制式 4WS 系统与横摆角速度比例控制式 4WS 系统。

（2）4WS 车辆的转向特性

1）4WS 车辆低速时的转向特性

汽车在低速下转向时，可以认为车辆的前进方向和车的朝向是大体一致的，所以各车轮上几乎不产生转向力。车辆绕转向中心进行转向，如图 4-18 所示。由图 4-18（a）可以看出，2WS 车辆（前轮转向操纵）的情况是后轮不转向，所以转向中心大致在后轴的延长线上。4WS 车辆的情况是对后轮进行逆向转向操纵，转向中心就比 2WS 车的超前并在靠近车体处。在低速转向时，若前轮偏转角度相同，则 4WS 车的转向半径更小，内轮差也能减小，所以转向性更好。对小轿车而言，如果后轮逆向转

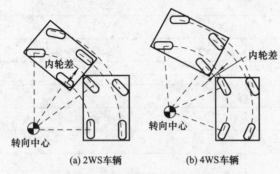

图 4-18 低速转向时的行驶轨迹

向角度为 5°，则可减少最小转弯半径约 0.5m，内轮差约 0.1m。

2）4WS 车辆中高速时的转向特性

直行汽车的转向是下列两个运动的合成，即车辆的质心点绕改变前进方向的转向中心的公转和绕质心点的自转运动。

图 4-19（a）所示为 2WS 车辆在高速转向时车辆的运动状态。前轮转向时，前轮产生侧偏角 α，并产生旋转向心力使车体开始自转。当车体出现偏向时，后轮也出现侧偏角 β，且也产生旋转向心力。4 轮分担自转和公转的力，一边平衡一边转向。但是，车速愈高，离心力就愈大。所以必须给前轮更大的侧偏角，以使它产生更大的旋转向心力。而且为了使后轮也产生与此相对应的侧偏角，应使车体有更大的自转运动。但是，车速愈高，车体的自转运动就愈不稳定，容易引起车辆的旋转或侧滑。

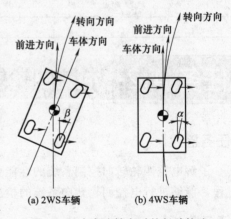

图 4-19 中高速转向时的行驶轨迹

理想的高速转向的运动状态是尽可能使车体的倾向和前进方向一致，以防多余的自转运动，使前后轮产生足够的旋转向心力。在 4WS 车辆上通过对后轮的同向转向操纵，使后轮也产生侧偏角 α，使它与前轮的旋转向心力相平衡，从而抑制自转运动。这样有可能得到车体方向与车辆前进方向相一致的稳定转向状态，如图 4-19（b）所示。

2. 转向角比例控制式 4WS 系统

转向角比例控制就是使转向幅度与转向盘转向角成比例变化，根据转向盘转向角度和车速情况控制后轮与前轮偏转角度比例，在低速区是逆向而在中高速区是同向地对后轮进行转向操纵控制。

（1）系统组成

图 4-20 所示为 4WS 转向角比例控制系统的组成图。前后的转向机构以机械方式连接。

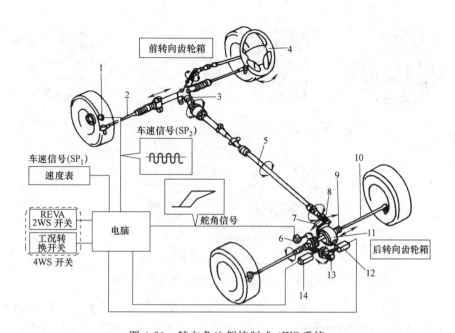

图 4-20　转向角比例控制式 4WS 系统

1—车速传感器；2—前转向横拉杆；3—输出小齿轮；4—转向盘；5—连接轴；
6—转角比传感器；7—扇形齿轮；8—输入小齿轮；9—从动杆；10—后转向横
拉杆；11—转向枢轴；12—辅助电动机；13—4WS 转换器；14—主电动机

当转动转向盘时，转向器齿条在推动前转向横拉杆左右移动使前轮偏转的同时带动输出小齿轮转动，然后通过连接轴传递到后转向控制机构带动后轮偏转。

　　1）转向枢轴

　　如图 4-21 所示，后转向齿轮箱的转向枢轴实际上是一个大的轴承。其外圈与扇形齿轮成为一体，围绕枢轴可左右转动；内圈与连杆突出的偏心轴相连接，连杆通过 4WS 转换器的电机连杆以从动杆回转中心为旋转中心作正反旋转。偏心轴在转向枢轴机构内可上下旋转约 55°。

　　通过连接轴的输入使小齿轮向左或向右旋转时，旋转力就传递到扇形齿轮，再由转向枢轴通过偏心轴使连杆向左右方向移动。连杆带动后转向横拉杆和后转向节臂实现后轮的转向。图 4-22 所示为由于枢轴与偏心轴的运动，形成后轮的同向位和逆向位的转向原理图。当偏心轴的前端与枢轴左右旋转中心重合时，即使转向枢轴左右转动，连杆也完全不动，后轮就处在中立状态。随着偏心轴前端

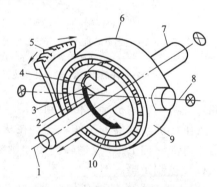

图 4-21　偏置轴与转向枢轴结构

1—从动杆回转中心；2—偏置轴运
动轨迹；3—偏置轴；4—连接座；
5—扇形齿轮；6—转向枢轴；7—从
动杆；8—转向枢轴左右回转中心；
9—外套；10—内套

位置与枢轴的旋转中心上下方向的偏离，枢轴左右转动时的连杆的移动量就变大。偏心轴与后轮转向之间的动态关系是偏心轴前端位置在转向枢轴的上侧时为逆向位，而下侧时为同向位。

　　2）4WS 转换器

　　图 4-23 所示为 4WS 转换器的结构。4WS 转换器的作用是通过驱动从动杆转动，实现

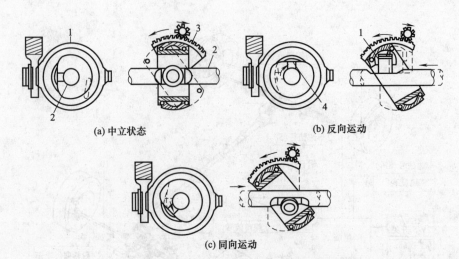

(a) 中立状态　　　　　　　(b) 反向运动

(c) 同向运动

图 4-22　偏置轴与转向枢轴的工作原理
1—转向枢轴；2—从动杆；3—扇形齿轮；4—偏置轴

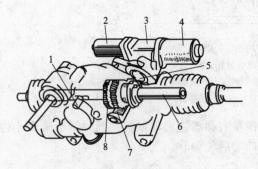

图 4-23　4WS 转换器的结构
1—偏置轴；2—辅助电动机；3—4WS 转换器；
4—主电动机；5—4WS 转换器输出轴；6—从
动杆；7—蜗轮-蜗杆传动；8—转向比传感器

2WS 向 4WS 方式的转换和后轮转向方向与转向角比例的控制。转换器由主电动机和副电动机的驱动部分、行星齿轮的减速部分以及旋转连杆的蜗杆组成，主、副电动机的工作受 ECU 控制。通常若主电动机转动，而副电动机就处于停止状态。副电动机的输出轴与行星齿轮的中心齿轮相连，齿圈就是 4WS 转换器的输出轴。通常中心齿轮固定不动，而与主电动机相连的小齿轮旋转。因此，小齿轮围绕着中心轮进行公转和自转，以此带动 4WS 转换器的输出齿圈。

当主电动机不工作时，小齿轮就变成空转齿轮，并将副电动机旋转传递到齿圈，使连杆朝同向位方向旋转。

为了检测转换器的工作状态，在从动杆涡轮的侧面设置有滑动电阻式转向角比例检测传感器，可随时向 ECU 反馈转向角比例控制状态，以便 ECU 随时进行控制和修正。

（2）控制逻辑

ECU 通过接收转向角传感器、车速传感器等输入信号，进行以下控制：

1）2WS 选择功能

2WS 开关为"ON"且变速器为倒挡状态时，将后轮的转向操纵量设定为零。对 2WS 车倒退转向操纵已习惯的人，若对 4WS 车倒退转向操纵有失调感时，可使用此开关。

2）转向角控制

当选定 4WS 方式时，ECU 根据车速信号和转向角比例传感器信号，控制 4WS 转换器电动机工作，从而调节后轮转向角控制比例。驾驶员通过 4WS 方式转换开关，可选择常规模式（NORMAL）和运动模式（SPORT）。

车速主要由车速表的传感器提供，作为辅助信号用 ABS 车速传感器中的前轮的一个传感器输入信号。转向角传感器是检测后转向齿轮箱内的连杆的旋转角度，根据滑动阻力相应于旋转角的模拟电压输入到 ECU。

3）安全性控制系统出现异常时，在进行下列工作的同时会点亮"4WS警告灯"，以便通知驾驶员，而且ECU会记忆异常部位。

① 主电动机异常时，驱动副电动机工作，使后轮只作同向转向操作，并根据车速进行转向角比例控制。

② 车速传感器异常时，ECU取SP$_1$和SP$_2$两个车速传感器中输出车速信号高的一个为依据，控制4WS转换器主电动机只能进行同向转向的转向角控制。

③ 转向角比例传感器异常时，ECU驱动副电动机使后轮处于与前轮同向转向最大值，并终止转向角比例控制。若是副电动机异常，ECU则使主电动机进行同样的控制。

④ ECU异常时，通过副电动机驱动到相同方向最大值时为止，然后停止控制。此时，能避免出现逆向位状态。

3. 横摆角速度比例控制式4WS系统

横摆角速度比例控制是一种能根据检测出的车身横摆角速度来控制后轮转向量的控制方法。它与转向角比例控制相比，具有两方面优点：一是它可以使汽车的车身方向从转向初期开始就与其行进方向保持高度一致；二是它可以通过检测车身的横摆角速度感知车身的自转运动。因此，即使有外力作用（如横向风等）引起车身自转，它也能马上感知到，并可迅速通过对后轮的转向控制来抑制自转运动。

（1）系统组成

横摆角速度比例控制式4WS系统的组成如图4-24所示。后轮转向机构通过转换控制阀油路可以实现后轮转向。后轮转向角由两部分合成：一部分是大转角控制产生的后轮转向角（最大角度为5°），一部分是小转角控制产生的后轮转向角（最大角度为1°）。大转角控制与前轮转向连动，通过传动拉索完成机械转向；小转角控制与前轮转向无关，通过脉动电动机完成电控转向。

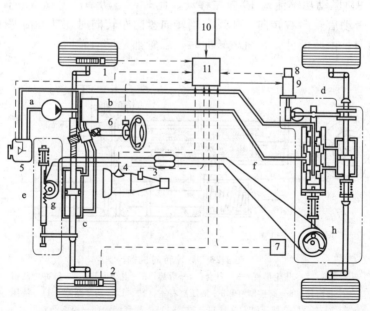

图4-24 横摆角速度比例控制式4WS系统组成图

1—RH. ABS轮速传感器；2—LR. ABS轮速传感器；3—车速传感器；4—挡位开关；5—油面高度传感器；6—转角传感器；7—横摆角速度传感器；8—电动机转角传感器；9—转向控制电动机；10—ABS与TEMS ECU；11—4WS ECU；a—液压泵；b—分流器；c—前动力转向器；d—后转向助力器；e—带轮传动组件；f—转角传动拉索；g—前带轮；h—后带轮

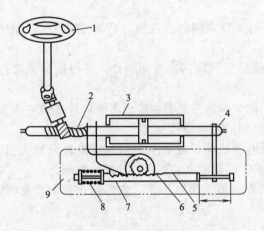

图 4-25　前轮转向机构

1—转向盘；2—齿轮-齿条副；3—转向齿轮液压
油缸；4—齿条端部；5—控制齿条；6—前带轮；
7—转角传动拉索；8—弹簧；9—带轮传动组件

1）前轮转向机构

前轮转向机构如图 4-25 所示。转向盘 1 的转动可传到齿轮-齿条副 2 上，随着齿条端部 4 的移动又使控制齿条 5 左右移动，并带动小齿轮转动。由于前带轮 6 与小齿轮做成一体，故前带轮也随小齿轮一起进行正反方向的转动。同时前带轮的转动又通过转角传动拉索 7 传递到后轮转向机构中的后带轮上。控制齿条存在一个不敏感行程，转向盘左右约 250°以内的转角正好处于此范围内。因此，在此范围内将不会产生与前轮连动的后轮转向，由于高速行驶时转向盘不可能产生这样大的转角，所以当汽车高速行驶时，后轮仅由脉动电动机控制转向。

2）后轮转向机构

后轮转向机构如图 4-26 所示。在机械转向时，转角传动拉索的行程变化被传递到后带轮 1。由于控制凸轮 16 与后带轮被制成一体，故此时控制凸轮随后带轮一同转动，拉动凸轮推杆 2 沿凸轮轮缘运动。使阀套筒 15 左右移动。当转向盘向左转动时，后带轮 1 向右转动，此时控制凸轮轮缘向半径减小的方向转动，将凸轮推杆 2 拉出，使阀套筒 15 向左边移动。当转向盘向右转动时，与上述情况相反，控制凸轮轮缘是向半径增大的方向转动，把凸轮推杆推向里面，使阀套筒向右边移动。来自液压泵的压力油油路根据阀套筒 15 与滑阀 4 的相对位置进行切换。当转向盘向左转动时，阀套筒向左方移动，把来自液压泵的压力油输进液压缸的右室 9，驱动功率活塞 10 向左移动。此时，与功率活塞做成一体的液压缸轴 11 就被推向左方，带动后轮向右转向。相反，当转向盘向左转向时，功率活塞 10 被推向右方，带动后轮向左转向。由此可见，在机械转向时，后轮都是反向转向。

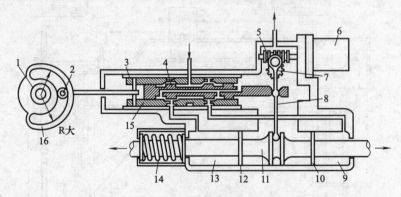

图 4-26　后轮转向机构

1—后带轮；2—凸轮推杆；3—衬套；4—滑阀；5—主动齿轮；6—脉冲电动机；
7—从动齿轮；8—阀控制杆；9—液压缸右室；10、12—功率活塞；11—液压
缸轴；13—液压缸左室；14—弹簧；15—阀套筒；16—控制凸轮

在电动转向时，阀套筒固定不动。此时，由脉冲电动机 6 通过驱动阀控制杆 8 的左右摆动控制滑阀 4 左右移动，从而引起功率活塞 10 的左右运动，其动作原理与上述机械转向时一样。由于脉冲电动机是根据 ECU 的指令进行正、反向转动的，所以它完成的后轮转向与

前轮转向无关。

（2）控制原理

1）后轮转角控制

转向盘转角在左、右约 250° 以上的反向领域内，实际上表现的是汽车在低速时的大转角与停车时的转向切换操作。而在中高速内的转向就变成了仅在电动转向范围内的后轮转向。ECU 能随时读取来自车速传感器的信号，然后计算出与车辆状态相适应的后轮目标转向角，再驱动脉动电动机，完成后轮转向操作。

① 大转角控制（机械转向） 大转角控制原理如图 4-27 所示。当前轮转角处于不敏感范围内时，阀套筒 7 与滑阀 2 的相对位置处于中间状态。因此，从液压泵来的油液就流回蓄油器中。此时液压缸左、右室仅存较低油压，液压缸轴 5 就在回位弹簧的作用下，处于中间位置。

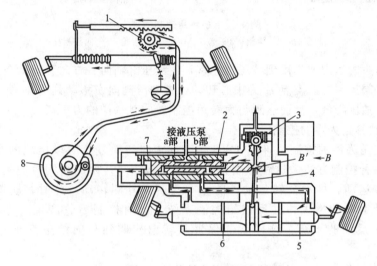

图 4-27 大转角控制原理

1—前带轮；2—滑阀；3—支点 A；4—阀控制杆；5—液压缸轴；6—功率活塞；7—阀套筒；8—控制凸轮

当前轮向左转向时，阀套筒 7 向左移动，它与滑阀 2 之间就产生了相对位移，使 a 部与 b 部的阻尼作用减小，使压力油进入到动力液压缸的右室，把功率活塞 6、液压缸轴 5 推向左侧，使后轮向右转向。由于液压缸轴 5 向左移动，脉动电动机还没有启动，故此时阀控制杆以支点 A（见图 4-28）为中心向左转动，带动滑阀移动到比 B 点更左边的 B' 点。由于这个原因，已减小的 a 部与 b 部的阻尼作用又增大，使液压缸右室内的压力下降。其结果是当液压缸轴移动到目标位置后，a 部与 b 部又会产生较大的阻尼作用，就正好达到与由车轮产生的外力相平衡的位置，从而使后轮不产生过大的转向。在外力产生变化时，液压缸轴也产生微量的移动变化，引起阀控制杆 4 对滑阀产生一个相应的反馈量，变化到与外力相平衡所需的活塞压力的阻尼作用，使其始终保持平衡。

② 小转角控制（电控转向） 小转角控制原理如图 4-28 所示。脉动电动机的旋转由一个涡轮传送给从动齿轮 4，使阀控制杆 5 摆动。当脉动电动机驱动从动齿轮左转时，阀控制杆上端支点 A 以被动齿轮的中心点 O 为转动中心向 A' 点摆动。在脉动电动机启动的瞬间，后液压缸轴还没有移动，因此阀控制杆 5 就以 C 点为中心向左方摆动，使阀控制杆上的 B 点移动到 B' 点位置，带动滑阀 2 左移。由于转角传动拉索没有动作，故此时阀套筒 1 是固定不动的，因此滑阀 2 的移动就使滑阀、阀套筒之间产生相对位移，使 a 部与 b 部的阻尼作

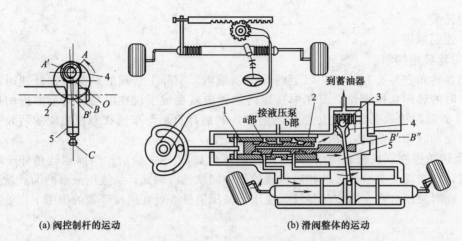

(a) 阀控制杆的运动   (b) 滑阀整体的运动

图 4-28　小转角控制原理

1—阀套筒；2—滑阀；3—支点 A；4—从动齿轮；5—阀控制杆

用减小，使液压泵的压力油作用到液压缸左室，使液压缸轴向右方向移动。在液压缸轴向右移动的过程中，阀控制杆以支点 A' 为中心转动，带动滑阀向右移动到 B''，使 a 部和 b 部的阻尼作用增大，油压降低，从而达到与大转角控制转向时一样的力平衡。

2）使汽车滑移角为零的控制

使汽车滑移角为零的控制是抑制 4WS 汽车在转向初期过渡阶段出现的车身向转向内侧转动滞后的一种控制方法。这种控制方法可在汽车转向开始的瞬间控制后轮反向转动，使车身产生自转运动，抑制公转运动，防止车身转向外侧转动。此时，横摆角速度传感器会检测出自转运动的增大，并反馈给控制系统，同时控制后轮产生一个同方向转动，取得自转与公转运动的平衡。这样就能保证从转向初期到转向结束汽车的滑移角始终为零。

3）受到横向风作用时的控制

在突然受到横向风作用，车辆将要偏向时，横摆角速度传感器会立即感知到这一偏转倾向，控制系统就会操纵后轮向消除将要发生的横摆运动的方向转动。由于后轮的转动，在车身上会产生力矩，它会减少由横向风产生的自转运动，使车身的偏差减低到最小。

4）ABS 作用的控制

在一般情况下，由于比较重视中低速域的转向响应性，因此其横摆角速度的增益会比高速域的有所降低，但在 ABS 作用时，更重视的是制动车辆的稳定性。所以，会把 ABS 开始起作用时的横摆角速度增益一直保持到制动结束。

【任务实施】

1. 本田序曲汽车电控四轮动力转向系统（4WS）整体认识

（1）系统构造与组成

本田序曲汽车上采用的电动式电控四轮转向系统如图 4-29 所示。四轮转向控制单元对输入的传感器信息进行分析处理，计算出所需的后轮转向角，并操纵后轮转向执行器电动机使后轮实现正确的转向。在此转向系统中，前轮转向器和后轮转向执行器之间没有任何机械连接装置，四轮转向控制 ECU 利用转向盘转角、车速和前轮转向角传感信息控制后轮转向角。

当车速低于 29km/h 进行转向时，后轮向相反方向偏转，在车速为零时的最大转角为

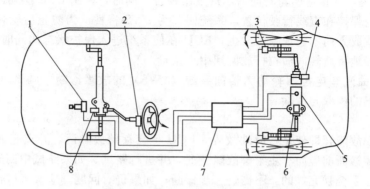

图 4-29 本田序曲汽车电动式电控四轮转向系统

1—车速传感器；2—主前轮转角传感器；3—后轮传感器；4—副后轮转
角传感器；5—后轮转向执行器；6—主后轮转角传感器；
7—四轮转向控制单元；8—副前轮转角传感器

6°，在 29km/h 时后轮转向角接近于零；当车速大于 29km/h 时，在转向盘 200°转角以内后轮的转向角与前轮一致，转向盘转角大于 200°时后轮开始向相反方向偏转。当车速提高到 29km/h，并转动转向盘 100°时，后轮将向相同方向偏转大约 1°；转向盘转动 500°时，后轮将向相反方向偏转大约 1°。

① 后轮转向执行器。后轮转向执行器的组成包括一个通过循环球螺杆机构的电动机、后轮转角传感器、回位弹簧等。执行器在结构上作为后轮转向横拉杆的一部分，两端的拉杆与后轮转向节臂相连。电动机受 ECU 控制转动时，即可通过循环球螺杆产生轴向推力，克服回位弹簧的弹力带动后轮转向。执行器内的回位弹簧在关闭点火开关或四轮转向系统失效时，使后轮推回到直线行驶位置。一个主后轮转角传感器和一个副后轮转角传感器安装在执行器的上部。本田序曲汽车后轮转向执行器的构造如图 4-30 所示。

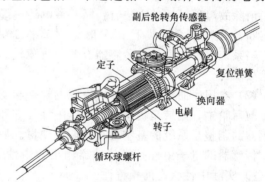

图 4-30 本田序曲汽车后轮转向执行器的构造

② 后轮转角传感器。主后轮转角传感器为霍尔式，通过检测循环球螺母上的电磁转子转动情况感知后轮偏转角度；副后轮转角副传感器的伸缩杆顶在后转向横拉杆的锥形轴表面，通过感知锥形轴的移动即可测得后轮偏转角度。

③ 前轮转角传感器。前轮转角传感器也有两个。转向盘转角传感器又称为主前轮转角传感器。它为霍尔式，装在组合开关下方的转向柱上。副前轮转角传感器安装在齿条式转向器上，结构与工作原理和副后轮转角传感器相同。

④ 车速传感器。与 ABS 系统共用的两只电磁式后轮速传感器向 ECU 提供交变电压信号，供 ECU 判定车速。注意，为了防止来自其他电线的干扰，有的传感器带有附加的外屏蔽，如果外屏蔽损坏将严重影响 ECU 的工作。同时，严禁将电子传感器的导线位置移动到靠近其他电源路附近。

（2）系统的失效保护功能

如果 4WS ECU 检测到系统出现故障，将使系统转换到失效保护状态。在这种状态下，

ECU 存入故障码，并接通四轮转向指示灯发出警告。同时，控制 ECU 会切断后轮转向执行器电源，使后轮保持在直线行驶位置，系统回归为 2WS 特性。为防止后轮转向执行器断电时回正过快而造成方向不稳现象的发生，ECU 在使系统进入保护状态的同时，给阻尼力矩，回正弹簧会缓慢地将后转向横拉杆放回到中央位置。

2. 本田序曲汽车电控四轮动力转向系统（4WS）的故障诊断

（1）故障码的读取与清除

1）路试

若系统出现故障，即使是暂时性故障，ECU 也会存储故障码，并点亮四轮转向指示灯报警。进行故障诊断前应向车主了解故障情况，并进行路试。如果路试中四轮转向指示灯没有亮，说明电子系统是完好的，不需进一步诊断；如果仍有问题，应参考维修手册进行人工检查，以发现和排除故障。

2）一般检查

举升汽车，检查 4WS 系统所有电气线路、接头和元件有无断路、松动和损坏现象。如有损坏，进行必要的修理和更换。

3）读取故障码

取下位于仪表板中部下侧的双孔检查插座，并将两电极短接；打开点火开关，但不要启动发动机；观察位于速度表右上角的 4WS 指示灯；并读取故障代码；从维修手册中查阅故障码含义及处理方法。

4）清除故障码

消除故障码可用的方法有：断开蓄电池电缆；断开四轮转向 ECU 插座；从发动机罩下的熔断器-继电器盒中拔下 43 号时钟-收音机 10A 熔断器。

当系统存有与主转角传感器有关的故障代码时，必须拔下 43 号时钟-收音机熔断器方可消除故障码。

（2）本田序曲汽车四轮转向系统的检查与调整

前后轮主、副转角传感器的电子中性检查和前轮主、副转角传感器的调整及后轮副转角传感器的调整是系统的基本检查和调整项目。后轮主转角传感器是不可调整的。

传感器的电子中性是指传感器输出的中性信号（如零转矩、零位移等）与被传感零件（装置）实际中性状态的相符性。

1）主、副转角传感器的检查

① 检查准备。如果在检查前曾断开过蓄电池、4WS ECU 插接器或 43 号时钟-收音机熔断器，应将其恢复，并启动发动机，向左、右打满转向盘至少一次。注意，如果后轮转向执行器锁销插着时，不可打开点火开关和启动发动机，以防损坏执行器和锁销，除非已确认前轮处于直线行驶位置。

② 作转向记号。将汽车停在车轮转向角检查台上，使 4 轮处于转向角测量盘的中央，并使测量盘的显示数在车轮处于直行状态时为零。

将转向盘置于直行位置，在转向盘上方贴上 500mm 长的胶带，并标出中心点和左、右各 9mm、18mm、55mm 点。然后短接 4WS 检查插座电极（插座位于仪表板中部的下方，短接前应先读取故障码），拉紧手制动，打开点火开关确认手制动灯点亮，使前轮转角传感器处于检测状态。

③ 前轮主转角传感器的电子中性检查。打开点火开关，慢慢左、右转动转向盘，直到找出使 4WS 指示灯亮 2s 以上的位置，应在中心点左、右各 9mm 处。否则，应调整前轮主转角传感器。

④ 前轮副转角传感器的电子中性检查。打开点火开关（可接步骤③直接进行），慢慢左、右转动转向盘，直到找出使4WS转向灯以0.2s间隔闪烁的位置，应在中心点左、右各55mm处。否则，应调整前轮副转角传感器。

⑤ 后轮副转角传感器的电子中性检查。松开手制动，打开点火开关以确认手制动灯熄灭，使后轮转角传感器处于检测状态；关闭点火开关；从后轮转向执行器上拆下锁销孔螺盖及密封环，然后装好中心锁销，将前轮置于直行状态，以防接通点火开关时后轮转向，损坏执行器，打开点火开关，用于扳动左后轮，使其转向右侧极限位置，再缓慢推向左转方向，当左后轮刚刚开始左转向时，4WS指示灯应开始闪烁。否则，应调整后轮副转角传感器。

⑥ 后轮主转角传感器的电子中性检查（可接步骤⑤进行）。在点火开关打开时，将左后轮转向最左方极限位置，然后慢慢向右转，在左后轮刚刚开始右转向时，4WS指示灯应点亮2s以上。否则，应检查后轮主转角传感器是否损坏。

最后，关断点火开关，拆下后轮转向执行器锁销，并装好螺盖。拆下并检查插座短接线，装好4WS执行器罩。

2）前轮主转角传感器的调整

① 将汽车置于转向角检查台上，使4轮处于转向角检查盘的中央，并左、右打满方向数次。

② 当转向盘置于总转动圈数一半的中间位置时，转向盘轮辐应处于水平位置。否则，应检查、调整转向盘和前轮主转角传感器。

③ 拆下转向盘，查看位于转向柱上的主转角传感器的黄色标记是否处于正下方位置。如果是，说明主转角传感器处于电子中性位置；如果不是，应暂时装上转向盘，将黄色标记转到正下方位置，并将转向盘拆下，重新按轮辐水平位置装好。注意，安装转向盘时转向盘上的小孔应与安全气囊电缆的销钉配合好。

3）前轮副转角传感器的调整

① 举升汽车，使4轮离地，将转向盘置于直行位置，短接好4WS检查插座，打开点火开关，安全拉紧手制动，并确认手制动灯亮起，使前轮副转角传感器处于检测状态，再关断点火开关。

② 松开前轮副转角传感器线束，并拆下罩盖，断开线束插接器。

③ 松开前轮副转角传感器锁紧的螺母，接上线束插接器，并打开点火开关。

④ 在保持前轮处于直行位置状态的情况下，略转动转向盘使4WS指示灯亮起，并保持方向盘处在这一位置不变。

⑤ 沿顺时针方向慢慢转动前轮副转角传感器至4WS指示灯熄灭，记下此时传感器相对于转向器壳体的位置；慢慢沿逆时针方向转动传感器，直到4WS指示灯开始闪烁，记下传感器相对于壳体的位置。

⑥ 将前轮副转角传感器调转到4WS指示灯熄灭和开始闪烁的中间位置，并锁紧。

⑦ 关断点火开关，并接上插座，固定好线束。

⑧ 进行一次电子中性检查。

4）后轮副转角传感器的调整

注意：后轮主转角传感器不可调整。

① 举升汽车，使4轮离地，并短接4WS检查插座。

② 松开手制动，并打开点火开关，确认手制动灯熄灭后关闭点火开关。

③ 拆下后轮转向执行器锁销孔螺盖，并装好锁销；松开后轮副转角传感器导线束，并断开插接器。

④ 松开后轮副转角传感器锁紧螺母。

⑤ 接上线束插接器，并将前轮置于直行位置，打开点火开关。

⑥ 将左后轮向左转到极限位置，然后再将其向右转，直到4WS指示灯亮（这使后轮主转角传感器处于电子中性位置）。

⑦ 按逆时针方向慢慢转动后轮副转角传感器，直到4WS指示灯熄灭时，记下传感器相对于壳体的位置。然后将后轮副转角传感器顺时针转动到4WS指示灯开始闪烁的位置，并做好记号。

⑧ 将后轮副转角传感器转动到4WS指示灯熄灭和闪烁的中间位置，并锁紧。

⑨ 关断点火开关。

⑩ 固定传感器插接器和线束；拆下锁销，装好锁销孔螺盖和执行器罩，进行一次电子中性检查。

【学习小结】

1. 采用四轮转向系统的目的是在汽车以低速行驶时，依靠逆向转向（前、后车轮的转角方向相反），获得较小的转向半径，以改善汽车的操纵性；在汽车中、高速行驶时，依靠同向转向（前、后车轮的转角方向相同），减小汽车的横摆运动，使汽车可以利用高速变换行进路线，以提高转向时的操纵稳定性。

2. 四轮转向系统也称为4WS系统。根据控制方式的不同，4WS系统可分为转向角比例控制式4WS系统与横摆角速度比例控制式4WS系统。

3. 电控动力转向系统一般都具有故障自诊断功能，以监测、诊断系统的工作情况。当系统出现故障时，ECU将其故障信息以代码形式显示出来，以便维修人员快速、准确地判断出故障类型及故障部位。

4. 转向角比例控制就是转向幅度与转向盘转向角成比例，根据转向盘转向角度和车速情况控制后轮与前轮偏转角度比例，在低速区是逆向而在中高速区是同向地对后轮进行转向操纵控制。

5. 横摆角速度比例控制是一种能根据检测出的车身横摆角速度来控制后轮转向量的控制方法。

【自我评估】

1. 判断题

（1）采用四轮转向系统的目的是：在汽车转向时获得尽可能小的转向半径，以改善汽车的操纵性。（   ）

（2）理想的高速转向的运动状态是尽可能使车体的倾向和前进方向一致，以防多余的自转运动，使前后轮产生足够的旋转向心力。（   ）

（3）若对4WS车辆倒退转向操纵有失调感时，可使用2WS开关关闭4WS功能，将后轮的转向操纵量设定为零。（   ）

（4）直行汽车的转向是下列两个运动的合成，即车辆的质心点绕改变前进方向的转向中心的公转和绕质心点的自转运动。（   ）

（5）传感器的电子中性是指传感器输出的中性信号（如零转矩、零位移等）与被传感零件（装置）实际中性状态的相符性。（   ）

2. 选择题

（1）4WS车辆高速转向时，通过对后轮实施（   ）转向控制，从而抑制自转运动，确保操纵的稳定性。

    A. 同向   B. 逆向   C. 不确定

（2）转向角比例传感器一般是（   ）。

    A. 电磁式   B. 霍尔式   C. 滑动电阻式

（3）本田序曲汽车四轮转向系统存有与主转角传感器有关的故障代码时，必须（   ）方可消除故障码。

    A. 断开蓄电池电缆   B. 断开四轮转向 ECU 插座   C. 拔下 43 号时钟—收音机熔断器

3. 问答题

（1）电控四轮转向系统有什么优点？

（2）电控四轮转向系统有哪些类型？

（3）电控四轮转向系统故障诊断的方法有哪些？

【评价标准】

1. 自我评价

（1）通过本学习任务的学习你是否已经掌握以下问题：

① 电控四轮转向系统的作用？

_____

_____。

② 电控四轮转向系统的控制方式？

_____

_____。

③ 电控四轮转向系统的组成与工作？

_____

_____。

（2）在进行汽车电控四轮转向系统的检测中你采用了哪些仪器与设备？你是否已经掌握了这些仪器与设备的正确操作技能？

_____

_____。

（3）实训过程完成情况。

评价：_____。

（4）工作着装是否规范？

评价：_____。

（5）能否积极主动参与工作现场的清洁和整理工作？

评价：_____。

（6）在完成本学习任务的过程中，你是否主动帮助过其他同学？并和其他同学探讨驱动防滑转系统的有关问题？具体问题是什么？结果是什么？_____

_____

_____。

（7）通过本学习任务的学习，你认为哪些方面还有有待进一步改善？_____

_____

_____。

签名：_____   ___年___月___日

2. 小组评价

序号	评 价 项 目	评 价 情 况
1	学习态度是否积极主动	
2	是否服从教学安排	
3	是否达到全勤	
4	着装是否符合要求	
5	是否合理规范地使用仪器和设备	
6	是否按照安全和规范的规程操作	
7	是否遵守学习、实训场地的规章制度	
8	是否积极主动地和他人合作、探讨问题	
9	是否能保持学习、实训场地整洁	
10	团结协作情况	

参与评价的同学签名：_____

_____年_____月_____日

3. 教师评价：_____

_____

_____。

学习情境 5
电控悬架系统维修

学习目标

1. 熟知电控悬架控制系统的基本组成和工作过程。
2. 能分析不同类型电控悬架控制系统的性能特点。
3. 能对悬架控制系统进行一般功能检查与调整。
4. 能对典型电控悬架系统常见故障进行诊断与排除。

任务 5.1　电控悬架控制系统的整体认识

【任务描述】

学习电控悬架控制系统的基础理论，了解电控悬架控制系统的性能要求，分析电控悬架系统主要组成部件的结构与工作过程。

【任务分析】

通过对悬架控制系统典型类型的分析，熟知不同类型电控悬架控制系统主要组成部件的结构及性能，总结出各类型悬架控制系统的结构与性能特点。

【知识准备】

1. 悬架控制系统概述

（1）悬架控制系统基本要求

汽车悬架除了能缓和冲击与吸收来自车轮振动的能量之外，还能在行驶过程中传递车轮与路面的驱动力和制动力。在汽车转向时，悬架还要承受来自车身的侧倾力，并在汽车起步与制动时抑制车身的俯仰和点头。但是，对缓冲和减振的行驶平顺性的要求与抑制侧倾、俯仰和点头等的行驶稳定性、安全性的要求，在悬架设计中往往是互相矛盾的。

例如：降低弹簧刚度，平顺性会变好，使乘坐更为舒适，但由于悬架偏软会使操纵稳定性变差；而增加弹簧刚度会提高操纵稳定性，但较硬的弹簧又使车辆对路面的不平度很敏感，使平顺性降低。因此，理想的悬架系统应在不同的使用条件下具有不同的弹簧刚度和减振器阻尼力，这样既能满足平顺性的要求又能满足操纵稳定性的要求。

（2）悬架控制系统类型与特点

目前，汽车的悬架系统通常分为传统被动式悬架系统、半主动式悬架系统和主动式悬架系统。

1）传统被动式悬架系统

在传统被动式悬架中，悬架参数（弹簧刚度和减振器减振阻尼等）是不可调节的，使得传统悬架只能保证汽车在一种特定的道路和速度条件下，达到乘坐舒适性能和操纵稳定性能最优的匹配。

2）半主动式悬架系统

半主动式悬架系统是指悬架元件中的弹簧刚度和减振器阻尼系数其中之一可以根据需要进行调节的系统。为了减少执行机构所需的功率，半主动悬架研究主要集中在调节减振器的阻尼力方面。阻尼可以根据需要进行调节的减振器也称为可调阻尼减振器或主动减振器，完成阻尼的调节仅需消耗较小功率即可。但由于半主动式悬架系统为无源控制，因此，汽车在转向、启动、制动等工况下还不能对刚度和阻尼实施有效的控制。

半主动式悬架系统又分为有级半主动式（阻尼有级可调）和无级半主动式（阻尼连续可调）两种类型。

有级半主动式悬架系统是将阻尼分为可变的二至三级，其控制装置为机械控制阀（见图5-1）。该控制阀上具有关闭、部分开启和全开三个位置，通过改变油液流通孔的截面积，相应地可以产生三种阻尼值，以适应不同的行驶条件。驾驶员可根据道路条件和车速等情况，选择不同的阻尼级。如要求舒适时，可选择较小的阻尼值，降低系统固有频率，以减小对车身的冲击；如需要高速赛车的感觉时，可选择高阻尼值，以利于安全性的提高。如图 5-2 所示为阻尼值与行驶条件的关系示意图。

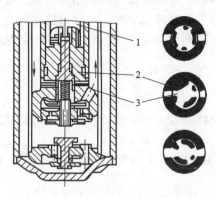

图 5-1　三级可调减振器旁路控制阀

1—调节电动机；2—阀芯；3—控制阀孔

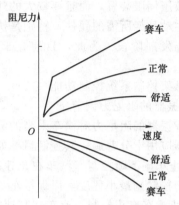

图 5-2　阻尼值与行驶条件的关系

无级半主动式悬架系统是在有级半主动式悬架系统的基础上，通过 ECU 进行控制，使减振器阻尼按照行驶状态的动力学要求作无级调节，使其在几毫秒内由最小变到最大，使车身上的振动响应始终被控制在某个范围内。如图 5-3 所示，传统被动悬架阻尼只能在一条线上变化，有级半主动悬架可在几条线上变化，而无级半主动悬架则可在整个平面内变化。

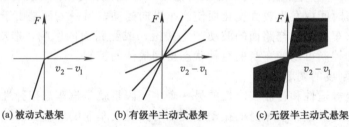

(a) 被动式悬架　　　　　(b) 有级半主动式悬架　　　　　(c) 无级半主动式悬架

图 5-3　被动与半主动悬架阻尼力的变化范围

该系统由传感器、ECU 和执行器组成，ECU 接受传感器送入的汽车起步、加速和转向等信号，计算出相应的阻尼值，发出控制信号到执行器，使阻尼值实现无级变化。半主动式悬架系统系统一般具有正常、运动和自动三种模式，可通过转换开关进行选择。只有在自动位置时，各个减振器才在 ECU 自动控制下工作，为无级半主动式悬架。

3）主动式悬架系统

主动式悬架在系统中附加了一个可控制作用力的装置，是一种带有动力源的悬架。它通常包括产生力和转矩的主动作用器（液压缸、气缸、伺服电动机、电磁铁等）、测量元件（加速度、位移和力传感器等）和反馈控制器等。根据驱动机构和介质的不同，主动式悬架系统可分为由电磁阀驱动的油气主动式悬架和由步进电动机驱动的空气主动式悬架，其主要缺点是能量消耗较大、成本较高、液压装置噪声较大。

当汽车载荷、行驶速度、路面状况等行驶条件发生变化时，主动悬架系统会根据车速、转向、制动、位移等传感器信号，经 ECU 处理后，控制电磁式或步进电机式执行器，通过改变悬架的刚度，以适应复杂的行驶工况对悬架的要求。通常把用于提高平顺性的控制称为路面感应控制，而将用于增加稳定性的控制称为车身姿态控制。同时，汽车载荷变化时，主动悬架系统能自动维持车身高度不变,汽车即使在凸凹不平的道路上行驶也可保持车身平稳。

主动悬架虽然同时改善了汽车的平顺性和操纵稳定性,为悬架的理论和实践研究带来了重大变革。但因为主动悬架的控制系统需要复杂的传感器和电控设备,执行机构不仅要选用高精度的液压伺服装置,而且要较大的外部动力来驱动,导致其成本高、结构复杂、可靠性低,只有主动悬架所需的硬件,特别是执行机构变得更为经济可靠时,才有可能使之进入决定性的市场发展阶段。为此,目前介于主动悬架与被动悬架之间的半主动悬架应用较为广泛。

(3)悬架控制系统控制功能

1)减振器的阻尼力调节

由于减振器的阻尼力对汽车乘坐的舒适性和安全性有较大的影响,所以目前可调节阻尼力的减振器应用十分普遍。其控制目标如下:

① 防止车尾下蹲控制 汽车在急速起步或加速时,在惯性力和驱动力的作用下,汽车尾部的下蹲控制到最小程度,以保持车身的稳定。

② 防止汽车点头控制 汽车在高速行驶采取紧急制动时,由于惯性力和车轮与地面之间的附着力的作用,会促使车头下沉。防止汽车点头控制可以使这种点头现象减小到最小程度。

③ 防止汽车侧倾控制 汽车在转弯时,由于离心力的作用,使汽车与车身的外侧下沉,转弯结束时,会产生车身外侧的现象,造成汽车横向摆动。防止汽车侧倾控制可以使这种现象控制到最佳状态。

④ 防止汽车纵向摇动控制 汽车的纵向摇动一方面是由于汽车在换挡过程中,驱动车轮上的驱动力在短时间内发生较大变化而使汽车纵向摇动;另一方面是由于汽车在不平整的道路上行驶时,汽车的车速与路面的波动产生共振,或受路面的影响,造成车身纵向摇动。防止汽车纵向摇动控制可以使车身的这种状态得到最佳的控制。

2)弹性元件刚度的调节

影响汽车乘坐舒适性和行驶安全性的另一个主要因素就是汽车悬架弹性元件的刚度,悬架弹性元件的刚度将直接影响车身的振动强度和对路况及车速的感应程度。目前,中、高档汽车倾向于利用可调刚度的空气弹簧或油气弹簧,通过调节这些元件的空气压力的办法来调整弹性元件的刚度。

3)车身高度调节

通过调节弹性元件的刚度和减振器的阻尼力,可使汽车四个车轮上的悬架参数具有不同组合,这样就可进行车身高度的调节,以保持汽车行使所需要的高度及汽车行使姿态的稳定。如在空气弹簧悬架系统中,当乘员人数和装载物较重使车身下沉时,通过加大空气弹簧气压的办法,就可使车身恢复到正常高度;当汽车高速行驶时为了提高汽车行驶的安全性,减少空气阻力,可适当减少空气弹簧的气压,同时减少因减振器的阻尼力使车身的高度降低等。

2. 电控悬架系统的基本组成与工作原理

(1)电控悬架系统的基本组成与功用

电控悬架系统简称 ECSS(Electronic Controlled Suspension System),又称电子调节悬架系统(EMS,Electronic Modulated Suspension System),是在普通悬架基础上的电控系统。无级半主动式悬架系统和主动式悬架系统均属于电控悬架系统,其基本控制功能包括减振器阻尼力控制功能、弹簧刚度控制功能和车高调整控制功能。

如图 5-4 所示，电控悬架系统利用传感器把汽车行驶时的路况和车身的状态进行检测，检测到的信号经输入接口电路处理后，传输给电控单元（ECU）进行处理，再通过驱动电路控制悬架系统的执行器动作，完成悬架特性参数的调整。

图 5-4　电控悬架系统的工作原理示意图

1）传感器

电控悬架系统传感器主要包括转向盘转角传感器、节气门位置传感器、车身高度传感器、加速度传感器和车速传感器等。转向盘转角传感器通过转向盘的转角信号间接地把汽车转向程度（快慢、大小）的信息送给 ECU；节气门位置传感器将加速踏板动作信号送给ECU；车速传感器将车速信号传输给 ECU，ECU 利用该信号与转向盘转角信号，可判断汽车转向时侧向力的大小，以控制车身侧倾；车身高度传感器安装于车身与车轿之间，用来测量车身与车轿的相对高度，其变化频率和幅度可反映车身的平顺性信息，同时它还用于车高的自动调节。当车轮打滑时，不能以转向角和汽车车速正确判断车身侧向力的大小，为直接测出车身横向加速度和纵向加速度，此时须采用加速度传感器。

2）电控单元（ECU）

ECU 的作用是根据各个传感器送来的信号，经计算处理后确认汽车的行驶状态和路面情况（如汽车是低速行驶还是高速行驶；是直线行驶还是处于转弯状态；是在制动还是在加速；自动变速器是否处在空挡位置等），向悬架控制机构发出指令，使车辆在行驶过程中保持良好的操纵稳定性，并且将车身的振动响应控制在允许和可行的范围内。

3）执行器

现代汽车电控悬架系统主要有由电磁阀驱动的油气悬架系统和由步进电动机驱动的空气悬架系统两种类型。工作时，各执行机构均接受 ECU 指令，通过驱动电磁阀或步进电动机转动等方式，改变气室容积大小来改变阻尼力或刚度和车身高度，使车辆在行驶过程中保持良好的操纵稳定性，并且将车身的振动响应控制在允许和可行的范围内。

（2）电控悬架系统主要部件结构与工作原理

① 转向盘转角传感器　转向盘转角传感器装于转向轴管上，可向 ECU 提供汽车转向速率、转角大小及转动方向信息，以便 ECU 确定需调节哪些车轮的悬架以及调节量。该传感器是电控悬架系统的主要控制信号，它既适用于电控主动式悬架系统，又适用于电控半主动式悬架系统。

丰田电控悬架系统（TEMS）应用的是光电式转角传感器，其安装位置和结构如图 5-5所示。在压入转向轴的圆盘中间，装有窄缝均匀排列的遮光盘（见图 5-6）。传感器的信号发生器（由发光二极管和光敏三极管组成）以 2 个为一组，从上面套装在遮光盘之上。遮光盘随转向轴转动时，两个信号发生器的输出端即可进行通（ON）、断（OFF）变换。通过计数器统计通、断变换的次数，即可检测出转向轴的转角。

另外，传感器在结构上采用两组光电耦合器（见图 5-7），根据检测到的脉冲信号的相位差来判断转向盘的转动方向。这是因为两个遮光盘在安装上使它们的"ON"、"OFF"变换的相位错开 90°，通过判断哪个遮光器首先转变为"ON"状态，即可检测出转向轴的偏

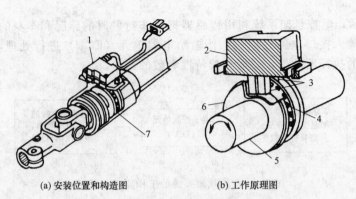

(a) 安装位置和构造图　　　　　　(b) 工作原理图

图 5-5　光电式转角传感器的安装位置和结构

1—转角传感器；2—传感器；3—光电元件；4—遮光圆盘；5—轴；6—圆盘；7—传感器圆盘

转方向。左转时，左侧遮光器总是先于右侧遮光器达到"ON"状态；而右转时，右侧遮光器总是先于左侧遮光器达到"ON"状态。

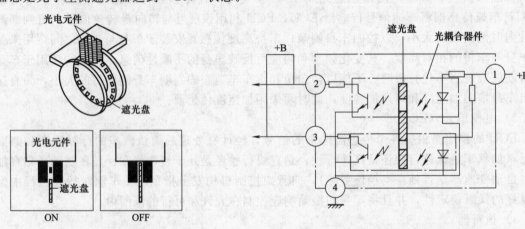

图 5-6　光电式转角传感器的工作原理　　　　　图 5-7　光电式转角传感器电路原理

② 加速度传感器　加速度传感器主要用于检测汽车在转向时，汽车因离心力的作用而产生的横向加速度，并将产生的电信号输送给 ECU，使 ECU 能判定悬架系统的阻尼力改变的大小及空气弹簧中空气压力的调节情况，以维持车身的最佳姿势。加速度传感器一般有差动变压器式加速度传感器和钢球位移式加速度传感器两种类型。

a. 差动变压器式加速度传感器　差动变压器式加速度传感器其结构如图 5-8 所示，其工作原理如图 5-9 所示。

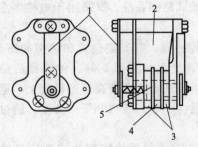

图 5-8　差动变压器式加速度传感器的结构

1—弹簧；2—封入硅油；3—检测线圈；
4—励磁线圈；5—芯杆

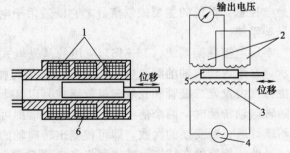

图 5-9　差动变压器式加速度传感器的工作原理

1、2—二次绕组；3、6—一次绕组；
4—电源；5—芯杆

在励磁线圈（一次绕组）通有交流电的情况下，当汽车转弯（或加、减速）行驶时，芯杆在汽车横向力（或纵向力）的作用下产生位移，随着芯杆位置的变化，检测线圈（二次绕组）的输出电压发生变化。所以，检测线圈（二次绕组）的输出电压与汽车横向力（或纵向力）一一对应，反映了汽车横向力（或纵向力）的大小。悬架系统电控装置根据此输入信号即可正确判断汽车横向力（或纵向力）的大小，从而对车身姿势进行控制。

b. 钢球位移式加速度传感器　钢球位移式加速度传感器的结构如图 5-10 所示。

根据所检测的力（横向力、纵向力或垂直力）的不同，加速度传感器的安装方向也不一样。如汽车转弯行驶时，钢球在汽车横向力的作用下产生位移，随着钢球位置的变化，磁场也发生变化，造成线圈的输出电压发生变化。所以悬架系统电控装置根据加速度传感器输入的信号即可正确判断汽车横向力的大小，从而实现对汽车车身姿势的控制。

③ 车身高度传感器　车身高度传感器的作用是把车身高度的变化（汽车悬架装置的位移量）转变为电信号，并输入 ECU。车身高度传感器一般有片簧开关式车身高度传感器、霍尔集成电路式车身高度传感器和光电式车身高度传感器三种类型，其中片簧开关式和霍尔集成电路式车身高度传感器都属于接触式车身高度传感器，在使用过程中存在因磨损而影响检测精度和灵敏度的弱点，其应用受到一定的局限，现代轿车越来越多地采用了光电式车身高度传感器。

a. 片簧开关式车身高度传感器　如图 5-11 所示，片簧开关式高度传感器采用四个片簧式开关，分别与输入回路的两个输出晶体管相连，构成四个检测区域，分别是低、正常、高、超高。

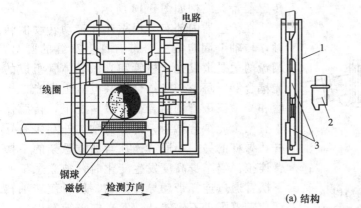

图 5-10　钢球位移式加速度传感器的结构

(a) 结构　　(b) 工作原理

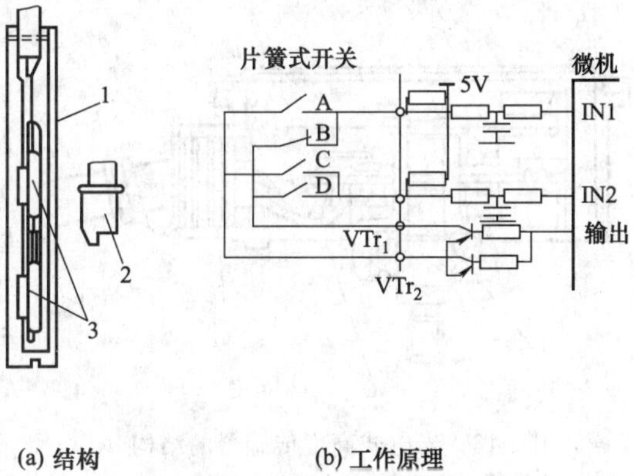

图 5-11　片簧开关式高度传感器
的结构和工作原理
1—车高传感器；2—磁体；3—片簧开关

片簧开关式高度传感器用两个端子作为输出信号与悬架 ECU 连接，两个晶体管均接受ECU "输出" 端子的控制（见图 5-11）。当车身高度调定为正常高度时，若因乘员数量的增加，而使车身高度偏离正常高度，此时片簧开关式高度传感器的另一对开关触点闭合，产生电信号输送给 ECU，ECU 随即做出车身高度偏低的判断，并输出电信号到车身高度控制执行器，促使车身高度恢复至正常高度状态。

片簧开关式车身高度传感器在福特车型上应用较多。

b. 霍尔集成电路式车身高度传感器　如图 5-12 所示，霍尔集成电路式高度传感器分别由两个霍尔集成电路、磁体等组成。其基本工作原理是：当两个磁体因车身高度的改变而产生相对位移时，将在两个霍尔集成电路上产生不同的霍尔电效应，形成相应的电信号。悬架电控系统根据这些电信号做出车身高度偏离调定高度的情况判别，从而驱动执行器做出有关调整。

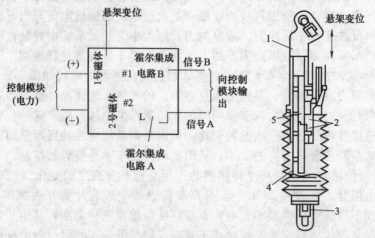

图 5-12　霍尔集成电路式高度传感器的结构和工作原理
1—传感器体；2—霍尔集成电路；3—弹簧夹；4—滑轴；5—窗孔

由于两个霍尔集成电路和两个磁体在进行安装时，它们的相对位置进行了不同的组合，所以可以对车身高度状态分三个区域进行检测。

c. 光电式车身高度传感器　光电式车身高度传感器是现代轿车上应用最多的一种高度传感器，其结构如图 5-13 所示。

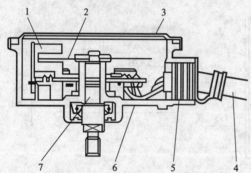

图 5-13　光电式高度传感器的结构
1—光电耦合元件；2—遮光盘；3—传感器盖；
4—信号线；5—金属油封环；6—传感器壳；
7—传感器轴

在传感器内部有一根靠连杆带动转动的转轴，转轴上固定有一个带有许多窄缝的圆盘，圆盘两边是由发光二极管和光敏晶体管组成的光耦合器。每一个光耦合器共有四组发光二极管和光敏三极管的组合。一般情况下，传感器中有两个光耦合器组。传感器轴的外端装有导杆，导杆的另一端通过连杆与独立悬架的下摆臂连接。当车身高度发生变化时，独立悬架的下摆臂通过连杆带动导杆摆动，从而使转轴转动。随着圆盘不停转动，发光二极管发出的光不断被圆盘挡住，光耦合器的光敏三极管输出端会出现"ON/OFF"转换信号，并将此"ON/OFF"转换信号通过信号线输送给悬架ECU。ECU 根据每一个光耦合器上每组发光二极管和光敏三极管"ON/OFF"转换的不同组合判断圆盘的转过角度，从而检测出悬架高度的变化情况。

表 5-1 是光耦合器组的状态与车高的对照表，表 5-2 是两个光耦合器组的不同状态与车身高度的对照表。悬架高度控制系统对车身高度进行调整时，如果只需判断出四个车身高度区域，则车身高度传感器中只需两个光耦合器组元件。如果只需判断出三个车身高度区域，即过高、正常、过低，那么只需将表 5-2 中偏高和偏低两种状态均作为"正常"状态即可。

④ 其他传感器　除转向盘转角传感器、车身高度传感器和加速度传感器以外，电控悬架系统传感器还包括车速传感器和节气门位置传感器等，这些传感器与汽车其他电控系统共用，其结构与工作原理在此不再赘述。

表 5-1　光耦合器组的状态与车高的对照表

车高	光耦合组件的状态				车高数值（无单位）	计算结果
	1	2	3	4		
高	OFF	OFF	ON	OFF	15	过高
	OFF	OFF	ON	ON	14	
	ON	OFF	ON	ON	13	
	ON	OFF	ON	OFF	12	高
	ON	OFF	OFF	OFF	11	
	ON	OFF	OFF	OFF	10	
	ON	ON	OFF	ON	9	
	ON	ON	OFF	OFF	8	普通
	ON	ON	OFF	OFF	7	
	ON	ON	ON	ON	6	
	OFF	ON	ON	ON	5	
	OFF	ON	ON	ON	4	低
	OFF	ON	ON	ON	3	
	OFF	ON	ON	ON	2	
	OFF	OFF	ON	ON	1	过低
低	OFF	OFF	OFF	OFF	0	

表 5-2　两个光耦合器组的状态与车高对照表

车高检验区域	光耦合器 A	光耦合器 B	车高检验区域	光耦合器 A	光耦合器 B
过高	OFF	ON	偏低	ON	OFF
偏高	OFF	OFF	过低	ON	ON

　　a. 车速传感器　车速传感器是汽车悬架系统常用的控制信号之一，汽车车身的侧倾程度取决于汽车的车速和转向半径的大小。通过对车速的检测，来调节电控悬架的阻尼力，可改善汽车行驶的安全性。

　　b. 节气门位置传感器　电控悬架系统利用节气门位置传感器信号来判断汽车是否在进行急加速。它与悬架电控系统其他传感器不同，其信号首先直接输入给发动机电控单元，然后再将此信号输入给悬架电控单元。

　　3. 电控悬架控制系统结构与工作原理

　　（1）电控悬架阻尼力控制系统

　　减振器阻尼力控制系统是根据汽车负荷、行驶路面条件和汽车行驶状态（加速、减速或转弯等）来控制减振器的阻尼力，使汽车在整个行驶路面范围内和各种行驶状态下，减振阻尼力在 2 级（软、硬）或 3 级（软、普通和硬）之间变换。现代汽车中大多数阻尼力控制系统允许连续变换减振器的阻尼力，并且各种传感器和执行器采用了压电组件，更进一步提高了系统的响应性。

　　1）三级可调式减振器阻尼力控制系统

　　① 三级可调式减振器　三级可调式减振器结构如图 5-14 所示，与阻尼调节杆连接的回转阀上有三个阻尼孔，执行器通过调节杆来控制阻尼孔的开闭，从而改变悬架阻尼的大小。

　　如图 5-14 所示，$A—A$，$B—B$，$C—C$ 三个截面的阻尼孔全部被回转阀封住，这时只有减振器下面的阻尼孔仍在工作，所以此时阻尼最大，减振器被调到"硬"状态。

　　当回转阀从"硬"状态位置顺时针转动 $60°$ 时，$B—B$ 截面的阻尼孔打开，$A—A$，$C—C$ 两截面的阻尼孔仍关闭。因为多了一个阻尼孔参加工作，所以减震器处于"运动"状态（也称工作状态）。

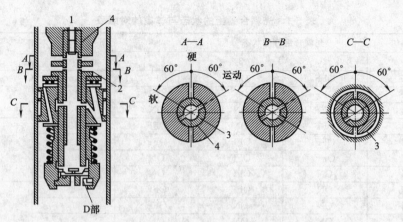

图 5-14　减振器的结构示意图

1—阻尼调节杆（回转阀控制杆）；2—阻尼孔；3—活塞杆；4—回转阀

　　当回转阀从"硬"状态位置逆时针转动 60°时，A—A，B—B，C—C 三个截面的阻尼孔全部打开，这是阻尼器的阻尼最小，阻尼器处于"软"状态。

　　② 减振器阻尼力变换执行器　三级可调式减振器阻尼力变换执行器的结构和工作状态如图 5-15 所示。执行器由直流电动机、限制减速齿轮旋转的挡块、带动挡块的电磁铁及减速齿轮等组成，安装在阻尼器的上部。执行器可以带动回转阀转动，从而转换阻尼力的大小。根据电动机与电磁铁的通电方式，可形成三种阻尼，通电方式如表 5-3 所示。

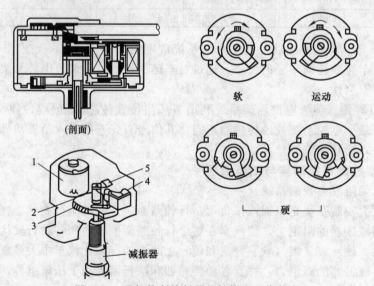

图 5-15　悬架控制执行器的结构和工作状态

1—直流电动机；2—小齿轮；3—扇形齿轮；4—挡块用电磁铁；5—挡块

表 5-3　执行器的通电方式

减振器的阻尼状态		电动机		电磁线圈
调整前	调整后	正极	负极	
	软	－	＋	断开
	中等	＋	－	断开
软	硬	＋	－	接通
中等	硬	－	＋	接通

2）压电阻式减振器阻尼控制系统

上面介绍的减振器阻尼控制系统是根据车辆行驶状态信息（如车速信号、加速器信号及转向信号等），进行减振器阻尼控制的系统。为了提高车辆在粗糙或不平路面行驶时的乘坐舒适性，丰田汽车公司成功研制出压电阻式电控悬架系统。该系统具有检测并分辨行车路面条件的能力，具有较高的阻尼选择响应能力。

压电阻式减振器的结构如图 5-16 所示，它主要由压电传感器、压电执行器和阻尼力变换阀三部分组成。压电传感器和压电执行器所用的压电组件是一个压电陶瓷组件，其主要成分是铅、锆和钛。

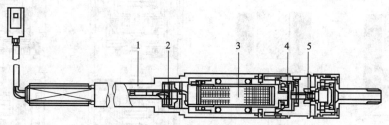

图 5-16 压电阻 TEMS 减振器的结构
1—活塞杆；2—压电传感器；3—压电执行器；4—液压偶合装置；5—阻尼力变换阀

压电组件的工作原理如图 5-17 所示，当在压电组件上施加外力时，压电组件产生的电压称为压电正效应；当给压电组件施加电压时，压电组件产生的位移称为压电负效应。压电阻式减振器工作时，当颠簸路面引起的冲击力作用在减振器支柱杆上时，由于压电正效应作用，在压电传感器上大约 $2\mu s$ 的短时间内就可产生压电信号，电控装置接收到此信号后，立即对压电执行器施加电压，压电执行器在压电负效应的作用下而产生位移，此位移被活塞和推杆放大后，使阻尼力变换阀动作。

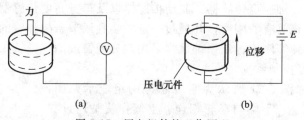

图 5-17 压电组件的工作原理

① 压电传感器 压电传感器以压电组件的压电正效应为基础，由 5 个厚度为 0.5mm 的压电组件叠加而成，安装于减振器的活塞杆上，压电传感器根据路面冲击力大小产生相应的电压。当活塞杆上受到轴向力时，压电传感器在大约 $2\mu s$ 的短时间内就可以产生电压信号，电控装置接收到此信号后，立即对压电执行器施加电压。

② 压电执行器 压电执行器的结构如图 5-18 所示，它也安装在减振器的活塞杆上，由直径为 12mm，厚度为 0.5mm 的 88 个压电组件叠加而成。当对压电执行器施加一高电压（500V）时，在压电负效应的作用下，压电执行器约在 5ms 的时间内伸张约 $50\mu m$，大约在 15ms 内就可以对所要求的减振器阻尼力作出选择，因此这种压电阻电子悬架控制系统具有很高的响

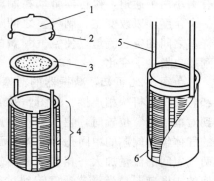

图 5-18 压电执行器的结构
1—电极板；2—凸缘；3—压电组件；
4—多层体；5—铅线；6—绝缘管

应能力。

③ 液压耦合装置 液压耦合装置装于压电执行器和阻尼力变换阀之间，用于满足柱塞 2mm 行程的要求，其工作过程如图 5-19 所示。

④ 阻尼力变换阀 当对压电执行器施加一高电压时，压电执行器伸张，通过液压耦合装置的移动将柱塞推出，柱塞下移的结果是将阻尼力变换阀的旁通阀打开，使减振器的阻尼力减小（减振器处于"软"工况），此时减振器内油液的流动情况如图 5-20（a）所示；当旁通阀关闭时减振器处于"硬"工况，此时减振器内油液的流动情况如图 5-20（b）所示。

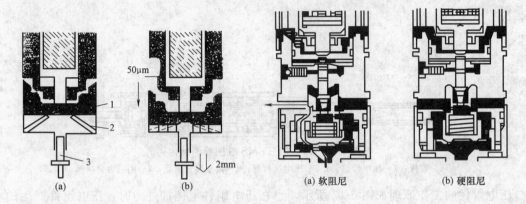

图 5-19　液压耦合装置变换阀工作过程	图 5-20　阻尼力变换阀工作过程
1—活塞；2—碟形弹簧；3—柱塞	

（2）电控悬架刚度控制系统

汽车悬架刚度的控制原理与减振器阻尼力控制原理基本相同。电控装置通过对来自车速传感器、转角传感器、加速度传感器、制动传感器以及车身高度传感器等信号进行处理，计算出当前悬架弹簧应该具有的刚度，并通过一定的装置调节悬架弹簧的有效压缩容积，从而改变悬架弹簧刚度。弹簧刚度控制系统通常采用空气弹簧或油气弹簧来实现。

1）空气弹簧刚度控制系统

① 空气弹簧 如图 5-21 所示为空气悬架的组成示意图，悬架的上端与车身相连，下端与车轮相连。空气弹簧是通过在一个密封的容器内充入压缩气体，利用气体的可压缩性实现其弹簧作用。空气弹簧由主气室和副气室组成，主、副气室之间有大小两个通道，执行器带动控制阀中心杆转动，使阀芯转过一个角度，以改变主、副气室之间通道的大小，即改变主、副气室之间的空气流量，使空气弹簧的有效容积改变，进而悬架刚度也发生了变化。

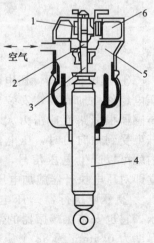

图 5-21　空气悬架的组成
1—控制阀；2—中心杆；
3—减振器活塞杆；
4—变阻尼减振器；
5—主气室；6—副气室

由图 5-21 可知，减振器的活塞通过中心杆（阻尼调节杆）和悬架执行机构相连接。如图 5-22 所示，当空气阀芯的开口转到对准"低"位置时，主、副气室通路的大孔被打开。主气室的气体经过阀芯的中间孔、阀体侧面通道与副气室的气体相通，两气室间的流量加大，相当于参与工作的气体容积增加，使悬架的刚度减弱。当阀芯开口转到对准图示"中"的位置时，气体通路的小孔被打开，主、副气室间的流量变小，悬架刚度增加。当阀体开口转到对准图示"高"位置时，主、副气室间的

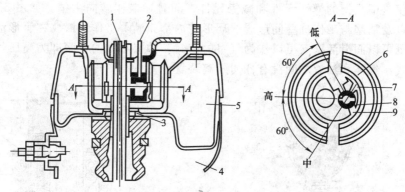

图 5-22　悬架刚度的调节原理

1—阻尼调节杆；2—气阀控制杆；3—主、副气室通路；4—主气室；

5—副气室；6—气阀体；7—气体通路小孔；8—阀芯；9—气体通路大孔

通路被切断，只有主气室单独承担缓冲任务，悬架刚度进一步提高。

② 空气悬架刚度控制执行器　空气悬架刚度控制执行器安装在空气弹簧和减振器的上方，它用于同时驱动减振器的阻尼调节杆和气压缸的气阀控制杆，从而同时改变减振器的阻尼力和悬架弹簧刚度。

如图 5-23 所示，步进电机带动小齿轮驱动扇形齿轮转动，与扇形齿轮同轴的阻尼调节杆带动回转阀转动，使阻尼孔开闭的数量变化，从而调节减振器的阻尼。在调节阻尼的同时，齿轮系带动与气室阀芯相连接的刚度调节杆转动，随着气室阀芯角度的改变，悬架的刚度也得以调节。

当电磁线圈不通电时，挡块处于扇形齿轮的滑槽内，扇形齿轮可以转动；电磁线圈通电时，挡块被拉紧，齿

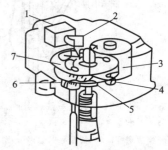

图 5-23　悬架控制执行器的结构

1—电磁线圈；2—挡块；3—直流电机；

4—小齿轮；5—转阀驱动小齿轮；

6—连通阀驱动小齿轮；

7—扇形齿轮

轮系统处于锁止状态，各转阀均不能转动，使悬架的参数保持在相对稳定的状态下。

2）油气弹簧刚度控制系统

以油气悬架系统用油作为介质压缩空气室中的空气，从而实现刚度特性的变化，而采用管路中的小孔节流实现阻尼特性，使汽车具有良好的响应性与较大的控制力，有较好的行驶舒适性。但油气弹簧高度尺寸较大，消耗能量大，质量大，较难布置，密封环节多，易漏气。

油气弹簧刚度控制系统系统主要由液压控制阀和一个油气弹簧构成，液压控制阀实际上由电控液压比例阀和机械式压力伺服滑阀组成，油气弹簧则是一个具有弹性元件（气体弹簧）和阻尼元件的特殊液压缸。

① 油气弹簧　油气弹簧一般以惰性气体氮为弹性介质，用油液作为传力介质，由气体弹簧和相当于减振器的液压缸组成。根据油气弹簧气室数量与作用类型不同可分为单气室油气弹簧、双气室油气弹簧和两级压力式油气弹簧三种类型。

a. 单气室油气弹簧。单气室油气弹簧可分为油气分隔式和油气不分隔式两种类型。

单气室油气分隔式油气弹簧可防止油液乳化，且便于充气，其结构如图 5-24 所示，上半球室、下半球室和橡胶油气隔膜构成了油气分隔式弹簧，工作缸、活塞和阻尼阀等构成了减振器。

单气室油气不分隔式油气弹簧工作缸固定在车架上，管形活塞的下端与转向节相连。该

油气弹簧不仅是前悬架的弹性元件和减振元件，而且还兼作转向主销。如图 5-25 所示，管形活塞内腔以及活塞与工作缸壁间形成的环形腔内都充满着工作油液。在管形活塞头的上面有一油层，既可以润滑活塞又可以作为气室的密封。油层上方的空间即为高压气室，其中充满了高压氮气，气体和油液之间没有任何隔离装置。

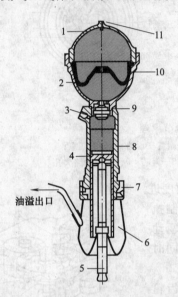

图 5-24　单气室油气分隔式油气弹簧
1—上半球室；2—下半球室；3—注油口；4—活塞；
5—悬架活塞杆；6—活塞导向套；7—密封装置；8—工作缸；
9—阻尼阀；10—橡胶油气隔膜；11—充气螺栓

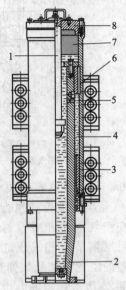

图 5-25　单气室油气不分隔式油气弹簧
1—伸张行程限位器；2—管形活塞；3—工作缸；
4—环形腔；5—常开孔；6—单向球阀；
7—高压气室；8—工作缸盖

　　b. 双气室油气弹簧。如图 5-26 所示，双气室油气弹簧比单气室油气弹簧多一个作用力方向相反的反压气室和一个浮动活塞。

　　当弹簧处于压缩行程时，主气室中的活塞上移，使主气室内的气压增高，弹簧的刚度增大。此时，浮动活塞下面的油液，在反压气室的气体压力的作用下经通道流入主气室的活塞下面，补充活塞上移后空出的容积，而使反压气室内的气压下降。当弹簧处于伸张行程时，主活塞下移，主气室内的气压降低，主活塞下面的油液受挤压，经通道流回浮动活塞的下面，推动活塞上移，而使反压气室内的气压增高，从而提高了伸张行程的弹簧刚度。这种油气弹簧消除了在伸张行程中活塞与缸体底部发生撞击的可能性。

　　c. 两级压力式油气弹簧。两级压力式油气弹簧的特点是在工作活塞的上方设有两个并列的气室，但两个气室的工作压力不同。主气室内的气压与单气室油气弹簧的气压相近，而补

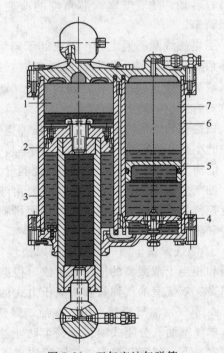

图 5-26　双气室油气弹簧
1—主气室；2—主活塞；3—主工作缸；4—阻尼阀座；
5—浮动活塞；6—副工作缸；7—反压气室

偿气室内的气压则较高，从而具有了变刚度特性。

② 油气悬架刚度控制执行器　电控油气悬架系统在工作时，可根据 ECU 的指令信号调节磁化线圈的电流大小，改变电控液压比例阀的位置，从而使悬架液压缸获得与电流成比例的油压。

图 5-27 所示为一典型电控油气悬架系统刚度控制执行器电磁阀的工作示意图。该系统在各轴上引入了一个中间气体（氮气）弹簧，增加了悬架可压缩气体体积的 50%，降低了悬架刚度，改善了汽车行驶舒适性。不通电时，电磁阀在回位弹簧作用下保持在关闭位置，此时，中间气体弹簧与前、后轴上其他两个弹簧隔绝，悬架处于硬阻尼模式；当 ECU 向电磁阀通电时，回位弹簧被压缩，电磁阀处于打开位置，此时，中间气体弹簧与前、后轴上其他两个弹簧相通，悬架处于软阻尼模式。ECU 用一晶体管实时检测电磁阀线圈电阻（约 5Ω），当检测到错误的阻值时，会停止对电磁阀通电，则系统自动使悬架处于硬阻尼模式。

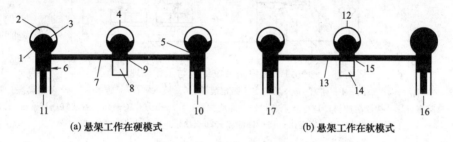

(a) 悬架工作在硬模式　　　　　(b) 悬架工作在软模式

图 5-27　电磁阀工作原理

1—油室；2—气室；3—膜片；4、12—中间气体弹簧；5、7、13—节流孔；6—液压缸；
8—电磁阀（关闭状态）；9—柱塞（伸张状态）；10、11、16、17—路面冲击力；
12—电磁阀（打开状态）；14、15—路面冲击力

（3）电控悬架车身高度控制系统

车身高度控制系统的种类主要有油压式、气压式和电气式三种类型。目前主要为油压式和气压式，其中承载力大且容易得到较低弹簧刚度的无金属弹簧式为主流，电气式目前尚未实用化。

1）油压式车身高度控制系统

油压式车身高度控制系统有油缸式车身高度控制系统和油气弹簧式车身高度控制系统两种类型。

① 油缸式车高控制系统　如图 5-28 所示，该系统由装于各车轮的油缸、电机驱动式油泵、储油箱、回油阀、压力开关等组成，除油缸外其他装置为一个整体。

当汽车乘员人数或装载质量增加而使车身降低时，油泵开始正转，将储油箱中的油液压入各轮油缸使车身升高，当所在车轮部分车身高度达到规定高度时，油压迅速升高，此时在压力开关作用下使油泵停止运转。当汽车乘员人数或装载质量减少而使车身升高时，油泵反转，油泵输出油液经回油阀、节流孔流回储油箱，此时由于节流孔的节流作用使油泵输出压力升高，高压将回油阀打开，使各轮举升油缸中的油液经回油阀流回储油箱，达到降低车身高度的目的。

油缸式车高控制系统不用高度传感器，结构简单，但载重时无法补正车身的后端下垂。该系统主要以改善汽车坏路行驶性能为主。

② 油气弹簧式车高控制系统　如图 5-29 所示为轿车早期采用的油气弹簧式车高控制系统，该系统油气弹簧采用单气室油气分隔式油气弹簧，车身主要由设在各车轮部分的液压缸

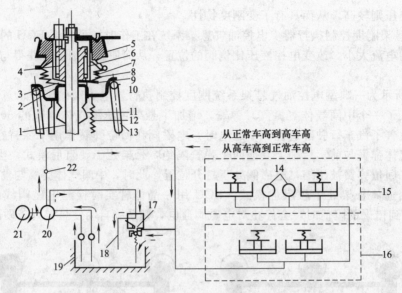

图 5-28 油缸式车高控制系统组成与工作原理示意图

1—活塞杆；2—轴承；3—垫圈；4—柱塞；5—悬架支柱固定装置；6—液压缸；7—防尘套；8—防尘套座；9—油封；
10—橡胶座；11—橡胶缓冲块；12—防尘套；13—螺旋弹簧；14—压力开关；15—后油缸；16—前油缸；
17—回油阀；18—节流孔；19—储油箱；20—油泵；21—电机；22—单向阀

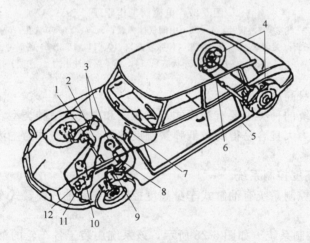

图 5-29 油气弹簧式车身高度控制系统

1—油泵；2—前转向稳定杆；3—前悬架；4—后悬架；5—后轮车高调节器；6—后转向稳定杆；7—压力分配阀；
8—液压缸；9—前轮车高调节器；10—储油箱；11—储压器；12—压力分配阀

支承，在液压缸上部装有储压器，在其内密封的压缩氮气可起到弹簧的作用。

系统所需的高压油液由发动机驱动的油泵提供，并通过液压管路提供给各液压缸，各液压缸油压由设在前后轮的车高调节器进行调节，车高调节器检测汽车前、后端车架与车轴之间的距离，并据此向各轮液压缸分配油液或将各轮液压缸油液排入储油箱，以使液压缸伸长或缩短，从而改变汽车的行驶高度。该系统为机械式，并非电控。

2）气压式车身高度控制系统

气压式车高控制系统的动力源为压缩空气，由电动机驱动空气压缩机总成提供。如图5-30所示，压缩机工作时，压缩空气经空气干燥器干燥后进入空气弹簧，以调节汽车车身高度。同时空气干燥器中装有一个排气电磁阀，使空气弹簧中始终保持一定的剩余压力。ECU通过控制压缩机的运转和排气电磁阀的开闭，控制汽车的高度。根据气体排放方式，气压式车高控制系统可分为外排气式和内排气式两种类型。外排气式是指系统将空气弹簧中的多余空气经干燥器排入大气。同时，可将干燥罐中的水汽带走，以维持系统中空气的干燥性，如丰田公司的雷克萨斯LS400轿车。内排气式是指将空气弹簧中的多余空气排向储气筒的低压腔而不排入大气。因此，内排气式车高控制系统又称为封闭式悬架系统。

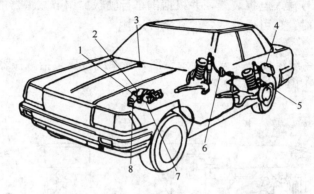

图 5-30　气压式车身高度控制系统
1—继电器；2—电机；3—指示灯；4—电控装置；5—减振器；
6—高度传感器；7—空气压缩机；8—空气干燥器

如图5-31所示为雷克萨斯LS400轿车车高控制系统示意图。当出现以下情况时，车身高度控制系统将对车身高度进行调节：

① 汽车处在停车状态下，为增强汽车外观的可观赏性，系统将自动使车身高度降低；

② 汽车在发动机启动后，为保证汽车行驶的安全性，系统将自动使车身高度升高；

③ 当汽车乘员数量和载货质量改变时，系统将对局部车身高度进行调整，以防止车身发生倾斜，从而保证车身高度的协调性。

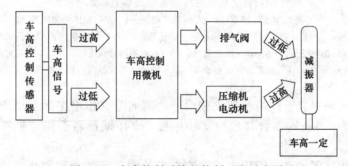

图 5-31　车高控制系统的控制过程示意图

当汽车车身高度下降时，高度传感器立即向电控装置传送车高信号，电控单元根据高度传感器的输入信号，判定车身高度低于规定标准，此时立即向压缩机继电器发出控制信号，使压缩机继电器闭合而启动空气压缩机，空气压缩机排出的压缩空气通过空气干燥器向空气弹簧气室充气，使汽车后端高度增加，当车身高度上升到标准值时，电控单元就再次向压缩机继电器发出控制信号，使压缩机继电器打开而空气压缩机停止工作，从而保证汽车高度维持在一定值。

当汽车车身高度增加时，电控单元立即向排气电磁阀发出控制信号，使排气电磁阀打开，空气弹簧气室中的空气通过空气干燥器排入大气，使汽车后端高度降低，当车身高度降低到标准值时，电控单元就再次向排气电磁阀发出控制信号，使排气电磁阀关闭而中止空气的排出，从而保证汽车高度维持在一定值。

【任务实施】

1. 奔驰公司自适应阻尼电控系统（ADS）整体认识

奔驰公司自适应阻尼电控系统（ADS）通过自动调节减振器阻尼力以适应路面变化，它将5个传感器的信号输入电控装置，并根据汽车行驶状况调节减振器的阻尼特性（四段），使汽车进行避障行驶时，也可保持良好的乘坐舒适性。

（1）结构特点

图5-32为ADS系统组成及车上布置示意图，该系统主要包括减振器、传感器、电控单元（ECU）、阻尼阀和串联式油泵等。

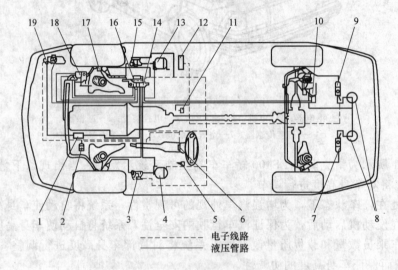

电子线路

液压管路

图5-32　自适应阻尼控制系统及车上布置示意图

1—串联式油泵；2—车身加速度传感器；3—左前侧阻尼阀；4—左前侧压力储压器；5—ADS指示灯；
6—转角传感器；7—左后侧阻尼阀；8—后侧压力储压器；9—右后侧阻尼阀；10—后轴水平控制阀；
11—ADS模式选择开关；12—ADS电控装置；13—右前侧压力储压器；14、15—右前侧阻尼阀；
16—阀体；17—悬架加速度传感器；18—前轴水平控制阀；19—油平面开关

① 减振器　减振器装于汽车悬架支柱中，油液的阻尼作用实际上是产生在一个独立电磁阀内，电磁阀用一根高压油管与悬架支柱连接，专用减振器不能与早期车型上的减振器互换。

② 传感器　传感器主要包括用来检测汽车车轮和车身的垂直加速度、车速、转向盘转角和汽车负荷等信息的传感器，经电控单元接收并分析处理传感器输入信号，确定出汽车在一定行驶条件下所需的最佳减振器阻尼力，然后向电磁阀发出控制信号以调节减振器的阻尼力。

③ ECU　ECU的电压来自过电压保护继电器，ECU与车载诊断装置装在一起，可避免因电源中断而导致储存器内存储的系统故障信息的丢失。

④ 阻尼阀　阻尼阀安于悬架支柱和蓄压器之间，并通过液压油管分别与悬架支柱和蓄压器连接在一起，用于根据控制指令来调节减振器的阻尼力（见图5-33）。它包括两个电磁阀和两个阻尼活塞，两个电磁阀具有相同的流量，但两个阻尼活塞的节流孔大小不同，通

过转换电磁阀为"ON"或"OFF"，使油液流经不同硬度的弹簧盘和不同大小的信道，弹簧盘越硬，减振器的阻尼力越大。

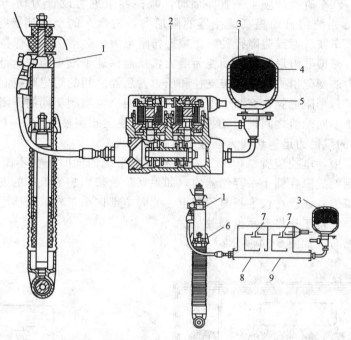

图 5-33　悬架支柱、阻尼阀及压力蓄压器
1—悬架支柱；2—阻尼阀；3—蓄压器；4—氮气腔；5—油腔；
6—活塞；7—电磁阀；8、9—阻尼活塞

如果 ADS 系统不工作，电磁阀则不通电流，且在弹簧作用下保持关闭状态，使油液流经两个阻尼活塞，此时减振器阻尼力为最大。

⑤ 串联式油泵　ADS 油泵与动力转向油泵组合在一起，形成一个串联式油泵。其中径向活塞泵向车身高度控制系统和 ADS 系统供油，叶片泵向动力转向系统供油。串联式油泵固定在发动机上并由皮带驱动，两个油泵用一根轴驱动。径向活塞泵的偏心轴与叶片泵的驱动轴通过一销钉连接。超负荷时销钉被切断，从而保证了动力转向叶片泵继续工作。

⑥ 其他构件　除以上构件外，ADS 系统还包括储油罐、蓄压器和支柱油封等其他构件。储油罐位于发动机室的右前方，用于检查油平面高度。当储油罐油平面不足时，ADS 电控装置可通过储油罐上的开关来判断，并显示在 ADS 指示灯上。

蓄压器为前后悬架的承载件之一，由膜片分成上下两腔，上腔为高压氮气腔，下腔为高压油腔。蓄压器内的油压随着悬架的压缩或伸张而变化，通过膜片使上腔内的氮气压力也会随悬架的压缩或伸张而变化。因此，通过增加或减少悬架支柱中的油液量，使悬架支柱伸长或压缩，便可实现车身高度的调整。由于前悬架支柱同时还具有车轮导向作用，所以支柱油封会承受较高负荷，使从高压油封泄漏的油液通过一根小回油管道流回油箱。

注意：ADS 系统与车高控制系统虽然共享一些零件，但两者是相互独立的。

（2）ADS 系统控制过程

ADS 系统有四种控制模式：硬（FIRM）、正常（NORMAL）、软（SOFT）和舒适（COMFORT）。

工作时，打开点火开关，仪表板上的 ADS 指示灯亮，发动机启动后指示灯将熄灭。如果系统出现电路故障，发动机运转时 ADS 指示灯就亮，同时会自动关闭 ADS 系统，并将减振器阻尼力设置为最大。驾驶员可通过控制开关来选择系统运行模式，在运动（SPORT）运行模式时，仪表板上一红色指示灯点亮。

正常情况下，汽车直线行驶于平直路面时，减振器阻尼力设置为软（SOFT）；当遇到不平路面时，ADS系统将自动提高减振器的阻尼力，使汽车的上下颠簸程度减小到最低；当传感器检测到汽车在转弯或避障行驶时，减振器阻尼力也会增加，以保持车身的平稳；当系统出现故障时，减振器阻尼力将自动变为最大，从而保证了汽车的安全行驶。

减振器阻尼力的变化由一位于悬架支柱和压力蓄压器之间的阻尼阀控制，阻尼阀又由电控装置进行控制。每个阻尼阀含有两个电磁阀，根据两个电磁阀不同的开闭组合，使减振器阻尼力可以在四个不同的值之间进行切换。当汽车行驶状态突然变化时（如汽车避障行驶时），可使减振器的阻尼力迅速切换为最理想的阻尼力状态。

系统运行过程中，电控装置（ECU）在控制整个系统的同时还会不断检查系统各项功能，然后将检查到的故障存储于一存储器内，如果系统故障影响了汽车的安全行驶，系统将自动关闭并把故障信息显示在仪表板显示器上，此时全部四个车轮减振器阻尼力都转换为最大。此时系统的非正常工作将显示给驾驶员。

系统液压管路布置如图5-34所示。

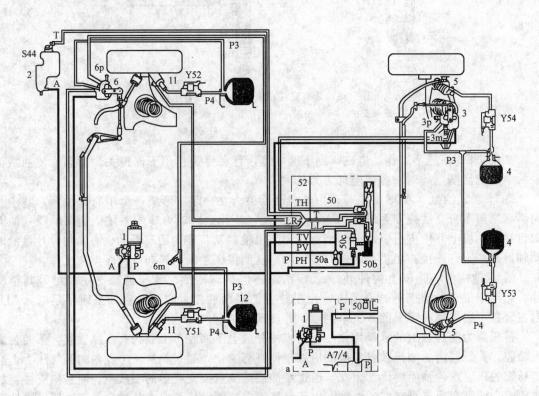

图5-34 系统液压管路布置示意图

2. 丰田雷克萨斯LS400轿车的电控悬架系统整体认识

雷克萨斯LS400的电控悬架系统（EMSA）可以根据行驶条件自动控制弹簧刚度、减振器阻尼力及车身高度，以抑制加速时后坐、制动时点头、转向时侧倾等汽车行驶状态的变化，明显改善了乘坐舒适性和操纵稳定性。该系统阻尼调节采用三级可调式减振器阻尼控制系统，刚度调节采用空气弹簧控制系统，车身高度调节采用气压式车高控制系统。

（1）结构特点

丰田雷克萨斯 LS400 EMSA 元件组成及在车上的位置如图 5-35 所示，其中传感器包括车身高度传感器、转向传感器、车速传感器、节气门位置传感器等，执行器包括高度控制阀、排气阀、悬架控制执行器。

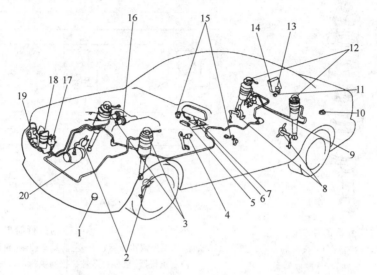

图 5-35　雷克萨斯 LS400 的电控悬架系统元件在车上的位置
1—1 号高度控制继电器；2—前车身高度传感器；3—前悬架控制执行器；4—制动灯开关；
5—转向传感器；6—高度控制开关；7—LRC 开关；8—后车身高度传感器；
9—2 号高度控制阀和溢流阀；10—高度控制 ON/OFF 开关；11—高度控制连接器；
12—后悬架控制执行器；13—2 号高度控制继电器；14—悬架 ECU；15—门控灯开关；
16—主节气门位置传感器；17—1 号高度控制阀；18—高度控制压缩机；
19—干燥器和排气阀；20—IC 调节器

① 车身高度传感器　该系统采用的是光电式车身高度传感器，为便于检测整车高度和因道路不平而引起的悬架位移量，在每个悬架上都装有一只车身高度传感器，用于连续监测车身与悬架下臂之间的距离。

② 悬架控制执行器　悬架控制执行器安装在空气弹簧的上部，ECU 将控制信号送至悬架控制执行器，同时驱动减振器的阻尼调节杆和空气弹簧的气阀控制杆，从而改变减振器的阻尼力和悬架弹簧刚度。

空气弹簧的结构如图 5-36 所示，悬架控制执行器电路如图 5-37 所示。

③ 车身高度控制系统　如图 5-38 所示为 EMSA 系统车身高度控制系统组成示意图，该系统由压缩机、干燥器、排气阀、高度控制继电器、高度控制阀、空气弹簧、车身高度传感器及悬架 ECU 等组成。

空气压缩机一般采取单缸活塞式结构，压缩气体进入干燥器后被送往高度控制电磁阀。1 号和 2 号高度控制阀分别装于前、后悬架（见图 5-39），其作用是根据悬架 ECU 的控制信号，控制空气悬架的充气和排气。1 号高度控制阀用于前悬架，此阀中有两个电磁阀，分别控制左右空气弹簧。2 号高度控制阀用于后悬架，它也是由两个电磁阀组成，它与 1 号控制阀不同的是，它们不是单独控制，而是同时动作。在 2 号高度控制阀中还装有一个安全阀，用于防止管路中压力过高。

④ 操作选择开关　该悬架系统有三个操作选择开关：高度控制 ON/OFF 开关、高度控制开关和 LRC（模式控制）开关。

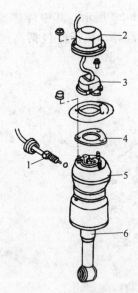

图 5-36　空气弹簧的结构

1—空气管；2—执行器盖；3—执行器；

4—悬架支座；5—气室；6—减振器

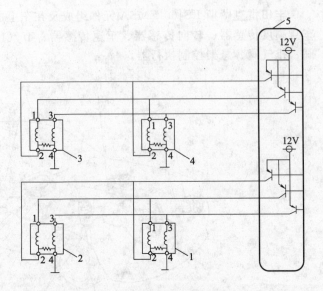

图 5-37　悬架控制执行器电路

1—右前悬架控制执行器；2—左前悬架控制执行器；3—左后悬架
控制执行器；4—右后悬架控制执行器；5—悬架 ECU

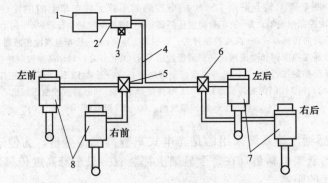

图 5-38　车身高度控制系统示意图

1—压缩机；2—干燥器；3—排气阀；4—空气管；5—1 号高度控制阀；

6—2 号高度控制阀；7、8—空气弹簧

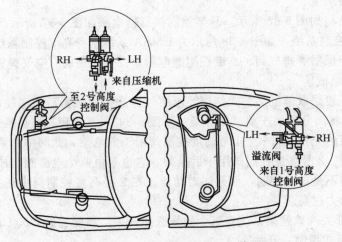

图 5-39　前、后高度控制阀的安装位置

高度控制 ON/OFF 开关安装在汽车尾部后备箱的左边。当高度控制 ON/OFF 开关处于"ON"位置时，系统可按选择方式进行车身高度自动控制；当该开关处于 OFF 位置时，系统不执行车身高度控制。

高度控制开关和 LRC（模式控制）开关安装在驾驶室内变速操纵杆的旁边。

高度控制开关用于控制车身高度，当高度控制开关处于"HIGH（高）"位置时，系统对车身高度进行"高值自动控制"；当高度控制开关处于"NORM"位置时，车身高度则进入"常规值自动控制"状态。

LRC（模式控制）开关用于选择控制悬架的刚度、阻尼力参数。当 LRC（模式控制）开关处于"SPORT"位置时，系统进入"高速行驶自动控制"状态；当 LRC（模式控制）开关处于"NORM"位置时，系统对悬架刚度、阻尼力进行"常规值自动控制"。此时，悬架 ECU 根据车速传感器等信号，使悬架的刚度、阻尼力自动地处于"软"、"中"或"硬"3 种状态。

⑤ ECU　图 5-40 所示为悬架系统 ECU 连接器。表 5-4 为悬架 ECU 端子连接元件。

表 5-4　悬架 ECU 端子连接元件

序号	符号	连接元件	序号	符号	连接元件
1	SLFR	1 号高度控制阀（右）	33	—	
2	SLRR	2 号高度控制阀（右）	34	CLE	高度控制连接器
3	RCMP	1 号高度控制继电器	35		
4	SHRL	左后车身高度传感器	36		
5	SHRR	右后车身高度传感器	37	—	
6	SHFL	左前车身高度传感器	38	RM−	空压机电动机
7	SHFR	右前车身高度传感器	39	+B	电源
8	NSW	高度控制 ON/OFF 开关	40	IGB	高度控制电源
9	—		41	BAT	备用电源
10	TSW	LRC 开关	42		
11	STR	停车灯开关	43	SHLOAD	车身高度传感器
12	SLFL	1 号高度控制阀（左）	44	SHCLK	车身高度传感器
13	SLRL	2 号高度控制阀（左）	45	MRLY	2 号高度控制继电器
14	—		46	VH	高度控制 HI 指示灯
15	—		47	VN	高度控制 NORM 指示灯
16			48	—	
17			49	FS+	前悬架控制执行器
18			50	FS−	前悬架控制执行器
19			51	FCH	前悬架控制执行器
20	DOOR	门灯开关	52	IG	点火开关
21	HSW	高度控制开关	53	GND	ECU 接地
22	SLEX	排气阀	54	−RC	1 号高度控制继电器
23	L₁	发动机和 ECT ECU	55	SHG	车身高度传感器
24	L₃	发动机和 ECT ECU	56	—	
25	T_C	TDCL 检查连接器	57		
26	T_S	检查连接器	58		
27	SPD	车速传感器	59	VS	LRC 指示灯
28	SS₂	转向传感器	60		
29	SS₁	转向传感器	61	—	
30	RM+	空压机电动机	62	RS+	后悬架控制执行器
31	L₂	发动机和 ECT ECU	63	RS−	后悬架控制执行器
32	REG	IG 调节器	64	RCH	后悬架控制执行器

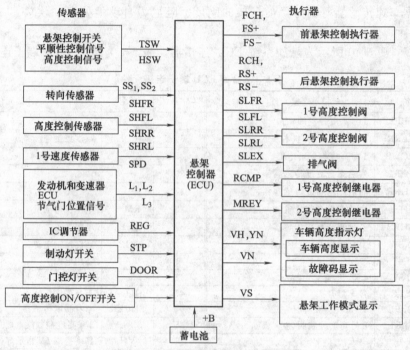

| 51 | 50 | 49 | 48 | 47 | 46 | 45 | 44 | 43 | 42 | 41 | 40 | 39 | 30 | 29 | 28 | 27 | 26 | 25 | 24 | 23 | 11 | 10 | 9 | 8 | 7 | 6 | 5 | 4 | 3 | 2 | 1 |
| 64 | 63 | 62 | 61 | 60 | 59 | 58 | 57 | 56 | 55 | 54 | 53 | 52 | 38 | 37 | 36 | 35 | 34 | 33 | 32 | 31 | 22 | 21 | 20 | 19 | 18 | 17 | 16 | 15 | 14 | 13 | 12 |

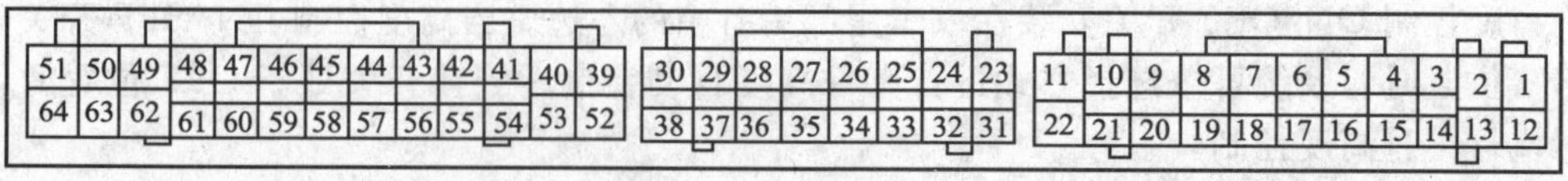

图 5-40　LS400 电控悬架系统 ECU 连接器

ECU 具有故障自诊断功能的同时也具有失效保护功能，悬架的失效保护功能使其在系统出现故障时暂停对悬架的控制。

（2）EMSA 系统控制过程

EMSA 系统控制过程示意图如图 5-41 所示，它有两套控制系统：一是控制弹簧刚度和减振器的阻尼力；二是控制汽车车身高度。

图 5-41　悬架系统控制过程示意图

① 弹簧刚度和减振器的阻尼力控制　弹簧刚度和阻尼力的控制及功能如表 5-5。

表 5-5　弹簧刚度和阻尼力的控制及功能

行驶情况	控制状态	功　能
倾斜路面	弹簧变硬	抑制侧倾、改善操纵性
凹面不平路面	弹簧变硬或阻尼力中等	改善汽车行驶时的乘坐舒适性
不平坦路面	弹簧变硬或阻尼力中等	抑制汽车上下跳动
制动时	弹簧变硬	抑制汽车制动前倾
加速时	弹簧变硬	抑制汽车加速后蹲
高速时	弹簧变硬或阻尼力中等	改善汽车高速行驶时的稳定性和操纵性

弹簧刚度和减振器阻尼力控制系统能根据轿车行驶状况，自动调节弹簧刚度（软或硬）和减振器的阻尼力（软、中等或硬），从而选择一最佳的空气弹簧的刚度和减振器阻尼特性的组合，抑制车身姿势变化，如转弯时的侧倾、制动时的点头和加速时的后坐等，获得良好的乘坐舒适性和操纵稳定性。

② 车身高度控制过程　该系统为外排气式高度调节系统，车身高度的调节通过1号和2号高度控制阀以及用以充入或释放主气室内压缩空气的排气阀实现。

如图5-42所示，当点火开关接通时，ECU使2号高度控制继电器线圈通电，此时2号高度控制继电器触点闭合，使前、后、左、右4个高度传感器接通蓄电池电源。

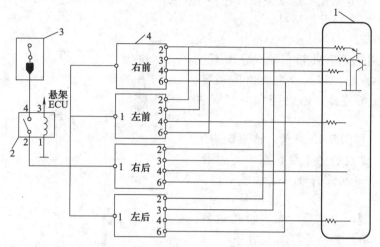

图5-42　车身高度传感器与ECU之间的连接电路图
1—悬架ECU；2—2号高度控制继电器；3—ECU-B熔丝；4—高度控制传感器

当车身高度需要上升时，从ECU的RCMP端子送出一个信号，使1号高度控制继电器接通，此时1号高度控制继电器触点闭合（见图5-43），压缩机控制电路接通产生压缩空气。ECU使高度控制电磁阀线圈通电后，电磁线圈将高度控制阀打开，并将压缩空气引向空气弹簧，从而使车身高度上升。当车身高度需要下降时，ECU不仅使高度控制阀电磁线圈通电，而且还使排气阀电磁线圈通电，这时排气阀电磁线圈使排气阀打开（见图5-44），将空气弹簧中的压缩空气排到大气中。

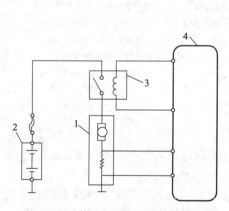

图5-43　空气压缩机控制电路图
1—压缩机电动机；2—蓄电池；3—1号高度
控制继电器；4—悬架ECU

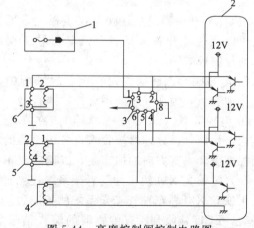

图5-44　高度控制阀控制电路图
1—AIR SUS熔丝；2—悬架ECU；3—1号高度控制继电器；
4—排气阀；5—2号高度控制阀；6—1号高度控制阀

1号高度控制阀用于前悬架控制，它有两个电磁阀分别控制左右两个空气弹簧。2号高度控制阀用于后悬架控制，它与1号高度控制阀一样，也采用两个电磁阀。为了防止空气管路中产生不正常的压力，2号高度控制阀中采用了一个溢流阀。

3. 雪铁龙 XM 轿车油气电控悬架系统整体认识

雪铁龙 XM 轿车油气悬架系统能提供两种弹簧刚度（运动和舒适）和两种悬架阻尼力（软和硬）。与最初使用的油气悬架系统的最大区别是在各轴上引入了第三个氮气弹簧，即中间氮气弹簧。当前、后电磁阀打开时，中间弹簧将被引入前、后轴液压回路，因为各电磁阀另外还打开了一个节流孔，这就使油液在各轴上所有三个氮气弹簧之间流动，从而降低了悬架刚度，改善了汽车行驶舒适性。

（1）结构特点

图 5-45 为雪铁龙 XM 轿车油气悬架系统的组成和布置示意图。该系统主要由传感器、油气弹簧、刚度调节器、电磁阀和电控装置（ECU）等组成。

① 传感器 如图 5-45 所示，该系统有五个基本的反映行驶过程中车身状态的传感器。其中包括控制开关位置信号（运动或舒适），转向盘的位置和转速信号，车速信号，加速踏板移动信号，制动力信号，车身位移信号，车门开关和行李箱开关信号等输入信号。

转向盘转角传感器和车身位移传感器都是光电式传感器。车身位移传感器可反映车身的平顺性信息，同时还用于车身高度的自动调节。车速传感器是一个简单的霍尔效应检测器，ECU 利用此信号和转向盘转角信号，可计算出车身所需的侧倾刚度。汽车制动力可通过安装在制动管路中的压力开关间接测得，这是紧急制动时系统抑制"点头"的重要依据。

SPORT 开关固定在驾驶室仪表板上，驾驶员可以通过此开关选择适合汽车行驶工况的悬架控制模式。

② 电磁阀 电磁阀固定在前、后轴的中间气体弹簧上，为油气悬架系统控制执行器。

③ 电控装置（ECU） ECU 固定在发动机室内，用两个微处理器接收来自各传感器的输入信号，并计算出汽车车身的纵向加速度、横向加速度和垂直方向的加速度，以确定汽车在现行行驶条件下最佳的悬架工作模式。

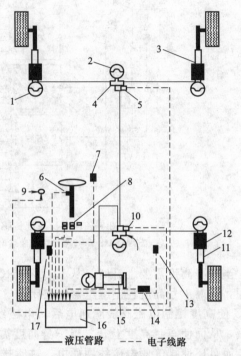

图 5-45 雪铁龙轿车主动式油气悬架系统

1—空气弹簧；2—中间弹簧；3—后悬架；4—后悬架刚度调节器；5—后电磁阀；6—转向盘转角传感器；7—控制开关；8—制动和加速踏板传感器；9—指示灯；10—前电磁阀；11—前悬架；12—前悬架刚度调节器；13—制动压力传感器；14—车速传感器；15—油泵；16—ECU；17—车身位移传感器

—— 液压管路 - - - 电子线路

（2）雪铁龙 XM 轿车油气悬架系统控制过程

雪铁龙 XM 轿车油气悬架系统的控制过程如图 5-46 所示。当汽车在好路面上低速正常行驶时，ECU 接收到所有传感器的输入信号后，便向电磁阀 6 发出指令，使其向右移动，从而接通压力油道，此时辅助油气阀 3 的阀芯向左移动，中间油气室 2 与主油气室连通，使总的气室容积增加，气压减小，从而使悬挂刚度减小，悬架系统工作在"软"模式，见图 5-46（a）。中间油气室 2 又称刚度调节器。

当汽车处于高速、转向、启动和制动工况状态时，电磁阀 7 的线圈中无指令电流通过，在弹簧作用下，阀芯左移，关闭压力油道，原来用于推动辅助油气阀 8 的压力油通过电磁

7 的左边油道泄放，辅助油气阀 8 的阀芯右移，关闭刚度调节器 9，气室总容积减小，刚度增大，悬架系统工作在"硬"模式见图 5-46（b）。

4. 三菱主动电控悬架系统（A-ECS）整体认识

三菱主动电控悬架能系统地控制汽车的车身高度、行驶姿势和悬架系统的阻尼力，能够动态控制悬架特性，使汽车具有较高的操纵稳定性和乘坐舒适性。

（1）结构特点

三菱主动电控悬架系统（A-ECS）的主要组成及布置如图 5-47 所示，该系统主要由空气弹簧、普通螺旋弹簧、电控单元（ECU）、传感器、阻尼力转换执行器、电磁阀、空气压缩机、储气筒和继电器等组成。

① 传感器　系统主要利用 5 个传感器来检测汽车的行驶状态。转角传感器和车高传感器一般采用光电式非接触传感器，转角传感器用于检测汽车的转向操作，高度传感器用于检测汽车的行驶高度；节气门位置传感器用于检测汽车的加速度；压力传感器用于检测空气弹簧中的空气压力；G 传感器安装于汽车前端，用于检测汽车转弯时的横向加速度。

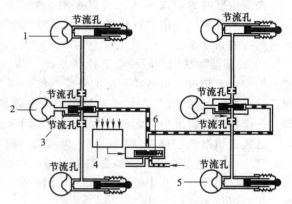

(a) 悬架工作在软模式

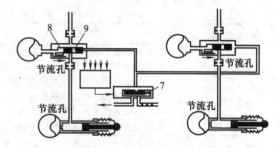

(b) 悬架工作在硬模式

图 5-46　主动式油气悬架系统的工作原理
1—前油气室；2—中间油气室；3、8—辅助油气阀；4—电控单元（ECU）；5—前油气室；6、7—电磁阀；9—刚度调节器

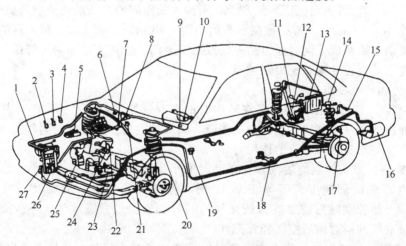

图 5-47　三菱主动电控悬架系统
1—前储气筒；2—回油液压泵继电器；3—空气压缩机继电器；4—电磁阀；5—ECS 电源继电器；6—加速度计开关；7—节气门位置传感器；8—制动灯开关；9—车速传感器；10—转角传感器；11—右后车门开关；12—后电磁阀总成；13—ECU；14—阻尼力转换执行器；15—左后车门开关；16—后储气筒；17—后高度传感器；18—左前车门开关；19—ECS 开关；20—阻尼力转换执行器（步进电动机型）；21—加速度计位置；22—空气压缩机总成；23—G 传感器；24—前高度传感器；25—系统禁止开关；26—空气干燥器；27—流量控制电磁阀总成

根据传感器的输入信号，ECU 控制 9 个电磁阀的开闭，以控制空气弹簧中的空气压力，使汽车水平并保持合适的行驶高度，甚至当汽车转向或制动时，仍可以实现汽车水平并保持合适的行驶高度。

② 减振器阻尼力和行驶姿态控制系统　步进电机型执行器安装在减振器顶端，在电控装置的控制下步进电机转动相应的角度，使减振器的阻尼力可以从很硬到很软的四种设置之间进行转换。同时，ECU 通过控制前后轮电磁阀总成，能使空气弹簧内部气压发生变化，产生一作用力与阻尼力一起进行行驶姿态的调节。

通常，该系统有自动（AUTO）和运动（SPORT）两种工作模式。选择自动工作模式时，ECU 可以任意选择一种减振器阻尼力，以实现最佳行驶操纵性；选择自动工作模式时，减振器阻尼力只允许在中等和硬之间进行转换，此时更偏重于汽车的行驶操纵性。各模式控制方式特点见表 5-6。

表 5-6　各种控制方式特性一览表

控制方式	自动（AUTO）	运行（SPORT）
侧倾控制	根据转角速度和汽车横向加速度,控制内侧车轮和外侧车轮空气弹簧的空气压力,实现车身侧倾控制。外侧空气弹簧压力增加,内侧空气弹簧压力减小,在自动控制模式时的车身侧倾刚度大于在运行控制模式时的车身侧倾刚度	
点头控制	根据汽车制动时的车身纵向加速度,通过向前空气弹簧充气的同时使后空气弹簧放气,使汽车制动时仍能保持车身处于水平状态	
后蹲控制	提供与点头控制相反的控制过程	
车身摇动控制	根据减振器的伸张和压缩（车身高度变化）进行控制,悬架伸张时对空气弹簧充气,悬架压缩时使空气弹簧放气	

③ 车身高度控制系统　车身高度控制系统基本组成与丰田 LS400 EMSA 系统的车身高度控制系统组成差不多，驾驶员可通过汽车高度开关来选择自动（AUTO）、高（HIGH）或超高（EXTRA　HIGH）模式。

但在 A-ECS 系统中，空气弹簧排出的空气不排入大气，而是排入稍加压的低压腔（当空气流速达到音速时，空气流量一定，与下游压力无关，所以，把空气排入大气或排入低压腔流量都一样）。其次若把空气压缩到高压，则排入低压腔的方式消耗的能量更少。

④ 电控装置（ECU）　ECU 控制示意图如图 5-48 所示，它由 8 位微处理器、输入接口电路和输出驱动电路组成，同时还包括一失效保护电路，也用于诊断装置的接口。

（2）三菱主动电控悬架系统控制过程

1）阻尼力和行驶姿态控制

① 侧倾控制。侧倾控制能使汽车在转向时的车身侧倾现象减小到最小，并根据转向角速度、横向加速度和汽车车速控制车身的侧倾，向外侧空气弹簧充气的同时使内侧空气弹簧放气，从而产生与车身侧倾相反的作用力。

② 点头控制。点头控制能使汽车在制动时的车身侧倾现象减小到最小。当制动踏板开关打开并且汽车纵向加速度大于等于 0.2g 时，控制点头现象，悬架阻尼特性切换为硬（HARD）。刚开始控制时向前空气弹簧充气的同时使后空气弹簧放气，等恢复至原状态时使前空气弹簧放气的同时向后空气弹簧充气。

③ 后蹲控制。后蹲控制使汽车在启动时的后蹲现象减小到最小。根据节气门的开/闭速度和汽车车速控制汽车后蹲现象，开始时使前空气弹簧放气的同时向后空气弹簧充气，等恢复至原状态时向前空气弹簧充气的同时使后空气弹簧放气。

④ 车身摇动控制。车身摇动控制可使汽车行驶于不平路面时车身摇动现象减小到最小。通过高度传感器检测悬架位移和振动频率来控制车身的摇动，悬架伸张时对空气弹簧充气，

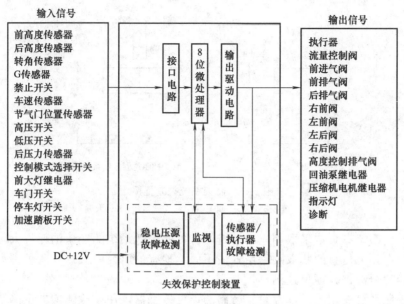

图 5-48 ECU 控制示意图

悬架压缩时使空气弹簧放气。

⑤ A/T 变速器换挡时的点头控制。根据加速踏板开关信号，制动踏板开关信号和车速变化信号及汽车车速信号对变速器换挡时的点头现象进行控制，通过 A/T 变速器操纵杆将悬架阻尼特性切换为硬（HARD）。

⑥ 根据行驶车速对阻尼力选择的控制。通过车速传感器检测汽车是否处于高速行驶状态，对悬架阻尼力进行控制。

2）汽车高度控制

A-ECS 汽车高度控制过程与丰田 EMSA 相似，在此不再赘述。

【知识拓展】

主动控制悬架系统最新控制理论与方法

主动控制悬架系统最新控制理论与方法：天棚阻尼器控制理论、最优控制、H-控制等现代控制方法和预见控制方法。

1. 天棚阻尼器控制

一个弹簧加减振器的被动悬架系统的模型如图 5-49（a）所示。而天棚阻尼器控制则设想将系统中的阻尼器移到车体与某"固定的天棚"之间，如图 5-49（b）所示，要求由执行器产生一个与车体的上下振动绝对速度成比例的控制力来衰减车体的振动。

2. 最优控制、H-控制等现代控制方法

这些控制方法通过建立系统的状态方程式提出控制目标及加权系数，然后应用控制理论求解出所设目标下的最优控制方案，与天棚阻尼器控制方式相比，现代控制方法侧重考虑系统中更多变量的影响，因而控制效果更好，而且，现代控制方法的应用，主要是在系统的控制软件方面做一些改善，并不增加系统的复杂性。

3. 预见控制方法

当遇到较大或突变的干扰时，由于系统的能量供应峰值和组件响应速度的限制，很可能无法输出所需的控制力而达不到希望的控制效果。而预见控制方法可提前检测到前方道路的

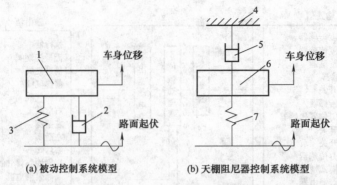

(a) 被动控制系统模型   (b) 天棚阻尼器控制系统模型

图 5-49　悬架系统控制框图

1、6—车身；2、5—减振器；3、7—弹簧；4—天棚

状况和变化，使系统有余地采取相应的措施，有可能降低系统的能量消耗且大幅度改善系统控制性能。根据预见信息的获取及利用方法不同，现有的研究中大致有两种预见控制系统。

（1）对四轮全部进行预见控制

此预见控制系统在车的前部设置有特制的预见传感器，用以检测前方道路情况，并将这些信息传至电控单元，电控单元再对这些信息进行计算并发出控制指令，以控制每个车轮悬架的执行机构。在理论上，此系统可取得最理想的控制效果，但需要设置特殊的传感器，目前尚未普遍应用。

（2）利用前轮信息对汽车后轮进行预见控制

在此控制方式中，两个前轮采用的仅为反馈控制方式，根据从前轮各传感器所获得的路面信息，作为预见信息而送至电控单元，电控单元再对汽车后轮实施有效控制。控制器对汽车后轮进行控制时，不仅考虑当时后轮传感器得到的各种信息，而且还考虑当时的车速和前后轮间距及前轮各传感器所获得的信息，因此，在后轮的控制机构上，实行的是反馈加向前反馈的双作用控制，从而提高了后轮的羊排效果，同时可减小整个车体的摆动。

【学习小结】

1．电控悬架系统简称 ECSS（Electronic Controlled Suspension System），又称电子调节悬架系统（EMS，Electronic Modulated Suspension System），是普通悬架基础上的电控系统。

2．电控悬架传感器主要有车身加速度传感器、车身高度传感器、车速传感器、转向盘转角传感器、制动灯开关、车门传感器、节气门位置传感器、模式选择开关等。执行机构一般由电磁阀、步进电动机及气泵电动机等组成。

3．悬架阻尼的改变一般是通过控制步进电动机驱动可调阻尼减振器中的有关部件而改变阻尼孔的大小。

4．悬架刚度的改变一般是通过空气弹簧或油气弹簧来实现的。

5．气压式车高控制系统的动力源为压缩空气，由电动机驱动空气压缩机总成提供。压缩机工作时，压缩空气经空气干燥器干燥后进入空气弹簧，以调节汽车车身高度。同时空气干燥器中装有一排气电磁阀，使空气弹簧中保持一定的剩余空气压力。ECU 通过控制压缩机的运转和排气电磁阀的开闭，进而控制汽车的高度。

6．自适应阻尼电控系统（ADS）用于自动调节减振器阻尼力以适应路面变化，它将 5 个传感器的信号输入电控装置，并根据汽车行驶状况调节减振器的阻尼特性（四段），当汽车进行避障行驶时，也可保持良好的乘坐舒适性。

7. 雷克萨斯 LS400 的电控悬架系统（EMSA）可以根据行驶条件自动控制弹簧刚度、减振器阻尼力及车身高度，以抑制加速时后坐、制动时点头、转向时侧倾等汽车行驶状态的变化，明显改善了乘坐舒适性和操纵稳定性。

8. 雪铁龙 XM 轿车油气悬架系统能提供两种弹簧刚度（运动和舒适）和两种悬架阻尼力（软和硬）。

9. 三菱主动电控悬架系统（A-ECS）能系统地控制汽车的车身高度、行驶姿势和悬架系统的阻尼力，能够动态控制悬架特性，使汽车具有较高的操纵稳定性和乘坐舒适性。

【自我评估】

1. 判断题

（1）电控悬架系统（ECSS）又称电子调节悬架系统（EMS）。　　　　　（　　）

（2）在现代汽车悬架设计中，对行驶平顺性和稳定性的要求，往往是互相矛盾的。

（　　）

（3）在汽车行驶过程中，半主动式悬架系统能对阻尼实施有效的控制。　（　　）

（4）光电式车身高度传感器的检测精度没有霍尔集成电路式车身高度传感器高。（　　）

（5）EMSA 悬架系统中，弹簧刚度和减振器的阻尼力控制与车身高度控制属于独立的两套系统。　　　　　　　　　　　　　　　　　　　　　　　　　　　　　（　　）

（6）ADS 悬架系统不能对刚度与车身高度进行控制。　　　　　　　　（　　）

（7）A-ECS 悬架系统能系统地控制汽车的车身高度、行驶姿势和悬架系统的阻尼力，能够动态控制悬架特性，使汽车具有较高的操纵稳定性和乘坐舒适性。　　　　（　　）

（8）油气悬架系统具有良好的响应性与较大的控制力，但消耗能量大，质量重，较难布置。　　　　　　　　　　　　　　　　　　　　　　　　　　　　　　　（　　）

2. 选择题

（1）封闭式悬架系统通常是指（　　　）。

A. 空气悬架刚度控制系统　　　B. 内排气式悬架刚度控制系统

C. 外排气式悬架刚度控制系统

（2）下面属于主动悬架系统的是（　　　）悬架系统。

A. ADS　　　　　　　　　B. A-ECS　　　　　　　　C. EMSA

（3）下列传感器中，不将信号直接输入给悬架电控单元的是（　　　）。

滑移率为（　　　）时，汽车制动性能最佳。

A. 节气门位置传感器　　　B. 转向盘转角传感器　　　C. 车身高度传感器

3. 问答题

（1）主动式电控悬架系统的主要输入参数是什么？有哪些主要控制内容？

（2）试说明半主动式、主动式悬架系统的区别。

（3）简述油气悬架刚度控制系统的工作原理。

（4）简述自适应阻尼电控系统（ADS）组成与工作过程。

（5）简述三菱主动电控悬架系统（A-ECS）车身高度调节过程。

【评价标准】

1. 自我评价

（1）通过本学习任务的学习你是否已经掌握以下问题：

① 典型电控悬架系统的主要组成及功能？

_____
_____。

② 常见电控悬架系统的主要控制内容有哪些？

_____
_____。

③ 典型主动悬架系统的工作过程？

_____
_____。

（2）在进行悬架系统整体结构认识中你发现了哪些不同类型的系统？你是否已经掌握了正确分辨 EMS 系统类型的技能？

_____
_____。

（3）实训过程完成情况。

评价：_____。

（4）工作着装是否规范？

评价：_____。

（5）能否积极主动参与工作现场的清洁和整理工作？

评价：_____。

（6）在完成本学习任务的过程中，你是否主动帮助过其他同学？并和其他同学探讨电控悬架系统的有关问题？具体问题是什么？结果是什么？_____

_____
_____。

（7）通过本学习任务的学习，你认为哪些方面还有待进一步改善？_____

_____
_____。

_____签名：_____年___月___日

2. 小组评价

序号	评价项目	评价情况
1	学习态度是否积极主动	
2	是否服从教学安排	
3	是否达到全勤	
4	着装是否符合要求	
5	是否合理规范地使用仪器和设备	
6	是否按照安全和规范的规程操作	
7	是否遵守学习、实训场地的规章制度	
8	是否积极主动地和他人合作、探讨问题	
9	是否能保持学习、实训场地整洁	
10	团结协作情况	

参与评价的同学签名：_____

_____年___月___日

3. 教师评价：_____

_____
_____。

【任务描述】

学习典型电控悬架系统的一般性检查与调整内容和故障自诊断方法，并能诊断与排除常见汽车电控悬架系统的故障。

【任务分析】

通过对典型电控悬架系统的故障自诊断的学习，能对常见故障进行诊断与排除。

【知识准备】

电控悬架系统根据其控制功能和结构形式不同，其故障自诊断与性能检测内容与方法均有所不同。现以丰田雷克萨斯 LS400 轿车电控悬架系统故障诊断为例进行说明。

1. 丰田雷克萨斯 LS400 轿车电控悬架系统一般性检查与调整

（1）车身高度调整功能的检查与调整

1）车身升高功能检查

① 检查轮胎气压是否正常（前后分别为 2.3kg/cm² 和 2.5kg/cm²）；

② 检查汽车高度（下横臂安装螺栓中心到地面的距离）；

③ 如图 5-50 所示，将高度控制开关由"NORM"转换到"HIGH"，车身高度应升高 10～30mm，所需时间为 20～40s。如不符合要求，则应对车身高度调节系统进行检查。

2）车身降低功能检查

① 在车身处于高的状态，高度控制开关在"HIGH"位置下，启动发动机；

② 将高度控制开关由"HIGH"位置转换到"NORM"位置，从开始排气到完成高度调整所需时间为 20～40s，汽车车身高度变化量为 10～30mm。

（2）溢流阀功能检查

溢流阀功能检查时，需迫使压缩机工作，检查溢流阀能否动作，方法如下。

① 将点火开关置于"ON"位置，将高度控制连接器的 1、7 端子短接，如图 5-51 所示，使压缩机工作。

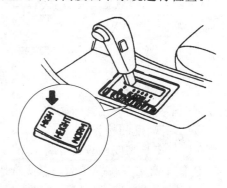

图 5-50　高度控制开关

② 压缩机工作一会儿后，检查溢流阀是否放气，如图 5-52 所示；如果不放气说明溢流阀堵塞、压缩机有故障或有漏气的部位。

③ 检查结束后，将点火开关置于"OFF"位置，清除故障码。如果检查溢流阀时不能放气，则应检查管路中有无漏气；压缩机工作是否正常；溢流阀是否堵塞或有其他不良现象等。这些故障都将引起悬架气室压力不正常，从而造成悬架刚度和车身高度调整不正常。

（3）漏气检查

空气软管和软管接头是否漏气，直接影响到悬架调节功能是否正常。检查是否漏气时，

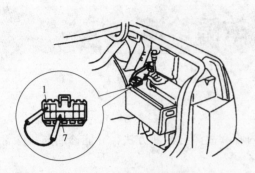

图 5-51 短接高度控制连接器的 1、7 端子

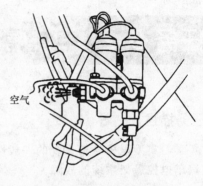

空气

图 5-52 检查溢流阀

先启动发动机,将高度控制开关置于"HIGH"位置,使车身升高。待车身升高后,再关闭点火开关,在管子的接头处涂抹肥皂水(见图 5-53),检查有无漏气现象。

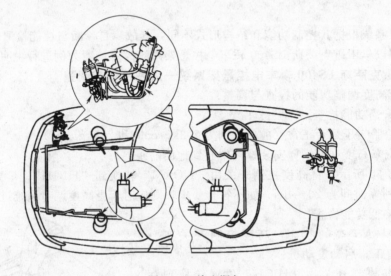

图 5-53 检查漏气

(4) 车身高度的检查与调整

1) 车身高度的检查

在进行车身高度检查时,将 LRC 开关拨到"NORM"位置后,按以下步骤进行检查。

① 使车身上下跳振几次,以使悬架处于稳定状态。

② 向前和向后推动汽车,以使车轮处于稳定状态。

③ 将变速器操纵杆置于 N 挡。

④ 松开停车制动器,并安放好车轮挡块。

⑤ 启动发动机。

⑥ 将车身高度控制开关拨到高(HIGH)位置,在车身升高后,等待 60s,再将车身高度控制开关拨到常规(NORM)位置,使车身下降,待车身下降后再过 50s,重复上述操作,进行两次车身高度变化操作的目的是使悬架各部分稳定下来。

⑦ 测量车身的高度。车前端高度是指地面至下悬架臂安装螺栓中心(见图 5-54)的距离,车后端高度是指地面至 2 号下悬架臂安装螺栓中心(见图 5-55)的距离。正常的车身高度值如表 5-7 所示。

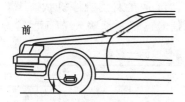
图 5-54 车身前端高度测量

图 5-55 车身后端高度测量

表 5-7　正常车身高度值

部位	车前端	车后端	左右误差	前后误差
高度/mm	228±10	210±10	<10	17.5±1.5

如果车身高度不符合规定，应通过转动车身高度传感器连接杆进行高度调整。

2）车身高度的调整

① 拧松车身高度传感器连接杆上的两个锁紧螺母，如图 5-56 所示。

② 转动车身高度传感器连接杆，以调节其长度，连接杆每转一圈，车身高度变化大约为 4mm。

③ 检查车身高度传感器连接杆的尺寸，如图 5-57 所示，不应小于极限尺寸，前端和后端极限尺寸均为 13mm。

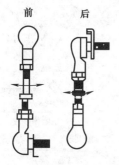
图 5-56　车身高度传感器连接杆的调节

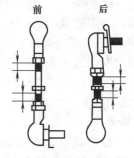
图 5-57　车身高度传感器连接杆尺寸检查

④ 暂时拧紧锁紧螺母，复查车身高度。

⑤ 车身高度调整完后，拧紧锁紧螺母，拧紧力矩为 4.4N·m。

注意：在进行汽车高度检查与调整时，悬架系统高度控制开关必须处于"NORM"位置，车必须处于水平地面。在拧紧车身高度传感器连接杆锁紧螺母时，应确保球节与托架平行。同时对车身高度调整后，应检查车轮定位。

2. 故障自诊断功能

丰田雷克萨斯 LS400 电控悬架系统故障自诊断功能包括检测系统输入信号、检测指示灯和故障代码三部分内容。

（1）检测系统输入信号

LS400 轿车 EMS 系统检测输入信号的目的是为了检查来自转向传感器和停车灯开关的信号是否正常地输入 ECU。在信号检查之前，先闭合点火开关，将发动机室内的检查连接器端子 T_s 与 E_1 短接。如果将端子 T_s 与 E_1 连接后，储存在存储器中的诊断代码输出，就应进行维修；如果存储器中没有诊断代码输出，则要进行输入信号检查。

输入信号检测项目如表 5-8 所示。观察发动机处于不同的状态下 NORM 指示灯的闪烁方式，正常情况是在发动机停机状态下，高度控制 NORM 指示灯会以 0.25s 的间隔闪亮，并一直持续闪亮到发动机运转时为止。然后，按表 5-8 中规定的操作 2 进行操作，观察发动机处于不同的状态下 NORM 指示灯的闪烁方式，正常情况是在发动机停机状态下，高度控制 NORM 指示灯常亮。若满足要求，表明被检查系统信号已正常地输入 ECU。

表 5-8　LS400 轿车 EMS 系统输入信号检测一览表

检查项目	操作 1	发动机状态		操作 2	发动机状态	
		停机	运转		停机	运转
转向传感器	转向向前	闪烁	常亮	转向角 45°以上	闪烁	常亮
停车灯开关	OFF(制动踏板不踩下)	闪烁	常亮	ON(制动踏板踩下)	闪烁	常亮
门控灯开关	OFF(所有车门关闭)	闪烁	常亮	ON(所有车门开启)	闪烁	常亮
节气门位置传感器	不踩加速踏板	闪烁	常亮	加速踏板全部踩下	闪烁	常亮
1 号传感器	车速低于 20km/h	闪烁	常亮	车速 20km/h 以上	闪烁	常亮
高度控制开关	NORM 位置	闪烁	常亮	HIGH 位置	闪烁	常亮
悬架控制开关	NORM 位置	闪烁	常亮	SPORT 位置	闪烁	常亮
高度控制 ON/OFF 开关	ON 位置	闪烁	常亮	OFF 位置	闪烁	常亮

在进行上述各项检查时，减振力和弹簧刚度控制停止，并且减振力和弹簧刚度均固定在"坚硬"状态，汽车高度控制仍旧正常进行。

（2）检测指示灯

当点火开关置于"ON"位置时，仪表板上的 LRC 指示灯（SPORT 指示灯）和 HEIGHT 指示灯（NORM 和 HI 指示灯）应点亮 2s，指示灯的位置如图 5-58 所示。当把位于自动变速器（有的位于仪表板）上的悬挂控制开关拨到"SPORT"侧时，悬挂控制指示灯仍旧亮着。同样，当高度控制开关拨到"NORM"或"HI"侧时，相应的高度控制指示灯 NORM 或 HI 也点亮。

当高度控制 NORM 指示灯以每 1s 间隔闪亮时，这表明 ECU 存储器中存有故障代码。悬挂控制系统存在故障，应做进一步的检修。在指示灯检查过程中，如果出现表 5-9 中所示的故障，应进行相应电路的检查并进行故障排除。

（3）故障代码显示

1）读取故障码

接通点火开关，跨接 TDCL 或检查连接器的 T_C 与 E_1 端子（见图 5-59），从 NORM 指示灯的闪烁读取故障码，NORM 指示灯的位置如图 5-60 所示。

如果高度控制 ON/OFF 开关置于"OFF"位置，会输出代码 71，这是正常的。

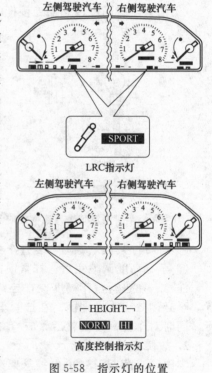

图 5-58　指示灯的位置

表 5-9　根据故障指示灯状态判断系统故障

故障现象	检查电路
在点火开关接通后，SPORT、HI 和 NORM 指示灯不亮	汽车高度控制电源电路
	指示灯电路
闭合点火开关后，SPORT、HI 和 NORM 指示灯亮 2s，然后全部熄灭	悬架控制执行器电源电路
有些指示灯 SPORT、HI 和 NORM 或 HEIGHT、照明灯不亮	指示灯电路或 HEIGHT 照明灯电路
即使悬架系统开关拨到 NORM 侧，SPORT 指示灯仍旧亮着	悬架控制开关电路
仍旧亮着的汽车高度指示灯与高度控制开关所选定的汽车高度不一致	高度控制开关电路

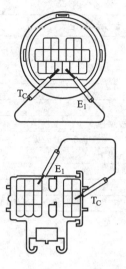

图 5-59 跨接 TDCL 或检查连接器
的 T_C 与 E_1 端子

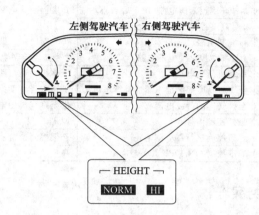

图 5-60 NORM 指示灯的位置

2）清除故障码

方法 1：将点火开关置于"OFF"位置后，拆下 1 号接线盒中的 ECU-B 熔丝 10s 以上，如图 5-61 所示。

方法 2：将点火开关置于"OFF"位置后，将高度控制连接器的端子 9 与端子 8 连接，同时使检查连接器的端子 T_S 与 E_1 连接，保持这一状态 10s 以上（见图 5-62），然后闭合点火开关，并断开以上各端子。

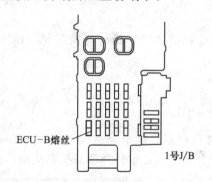

图 5-61 拆下 1 号接线盒中的 ECU-B 熔丝

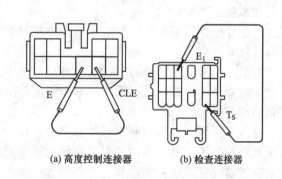

图 5-62 跨接高度控制连接器的端子 9 与端子 8

3）故障码表（见表 5-10）

表 5-10 雷克萨斯 LS400 电控悬架系统故障码内容

代码	故 障 内 容	诊 断 结 论
11	右前高度传感器电路	高度传感器电路开路或短路
12	左前高度传感器电路	
13	右后高度传感器电路	
14	左后高度传感器电路	
21	前悬架控制执行器电路	悬架控制执行器电路开路或短路
22	后悬架控制执行器电路	

代码	故障内容	诊断结论
31	1号高度控制阀电路	高度控制阀电路开路或短路
33	2号高度控制阀电路(用于后悬架)	
34	2号高度控制阀电路(用于左悬架)	
35	排气阀电路	排气阀电路开路或短路
41	1号高度控制继电器电路	1号高度控制继电器电路开路或短路
42	压缩机马达电路	压缩机马达短路;压缩机马达被锁住
51	至1号高度控制继电器的持续电流	供至1号高度控制继电器的电流约通电8.5min以上
52	至排气阀的持续电流	供至排气阀的电流约通电6min以上
61	悬架控制信号	ECU失灵
71	悬架控制执行器电源电路	悬架控制执行器电源电路开路;AIR SUS熔丝烧断
72	高度控制ON/OFF开关电路	高度控制ON/OFF开关在"OFF"位置;高度控制ON/OFF开关电路开路

【任务实施】

1. 丰田雷克萨斯LS400轿车电控悬架系统故障诊断

故障自诊断系统通过故障码的形式指出悬架电控系统故障的部位,这给故障的检修带来了极大的方便。但是,有时候即使无故障码显示,可电控悬架却有故障症状,这时就要根据故障的症状和电控悬架的电路原理进行故障分析,找出可能的故障原因,进而能准确而又迅速地排除故障。雷克萨斯LS400悬架系统电路如图5-63所示。

电控悬架系统常见的故障是悬架刚度和阻尼力控制失灵和高度控制失灵。

(1) 悬架刚度和阻尼系数控制失灵

1) LRC指示灯显示状态不变

故障现象:不管如何操作悬架刚度和阻尼系数控制开关(LRC),LRC指示灯显示状态保持原状态不变。

故障原因:悬架刚度和阻尼系数控制开关(LRC)电路有故障;悬架电控单元(ECU)有故障。

2) 悬架刚度和阻尼系数控制失效

故障现象:汽车在行驶时,悬架刚度和阻尼系数不随着行驶状况、路况、汽车姿态的变化而调节。

故障原因:悬架控制执行器电路有故障,悬架控制执行器电源电路故障,T_C与T_S端子电路有故障,悬架刚度和阻尼系数控制开关(LRC)电路故障,空气弹簧减振器故障,悬架电控单元(ECU)有故障。

悬架刚度和阻尼系数控制失效故障现象与故障原因详见表5-11。

表5-11 悬架刚度和阻尼系数控制失效故障现象与故障原因一览表

故障类型	故障现象	故障原因
只有防侧倾控制失效	汽车在急转弯行驶时有侧倾现象,其他方面正常	转向传感器电路故障,悬架电控单元(ECU)有故障
只有防后蹲控制失效	汽车在急加速行驶时车身后部有下沉(后倾)现象	节气门位置信号电路故障,悬架电控单元(ECU)有故障
只有防点头控制失效	汽车在紧急制动时车身前部有下沉(前倾)现象,其他均正常	停车灯开关电路故障,车速传感器电路故障,悬架电控单元(ECU)有故障
只有高速控制失效	汽车在高速行驶时明显感到悬架比较软,操纵稳定性较差	车速传感器电路故障,悬架电控单元(ECU)有故障

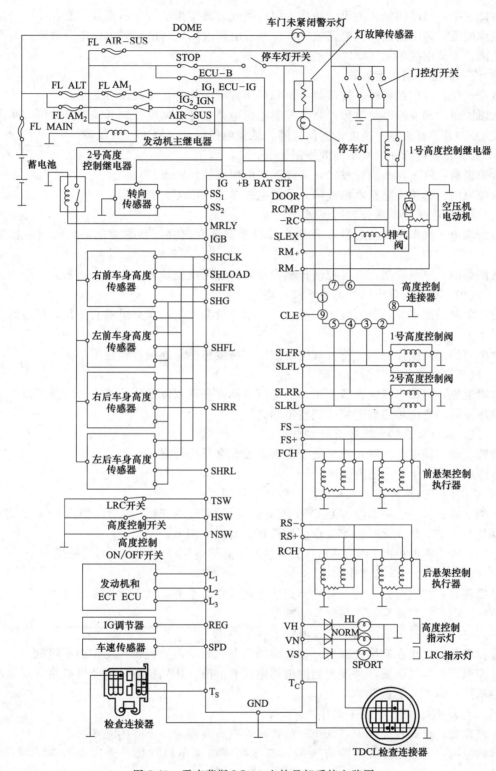

图 5-63　雷克萨斯 LS400 电控悬架系统电路图

（2）高度控制失效

1）高度控制指示灯的显示不随高度控制开关操作而变化

故障现象：高度控制开关无论转换为何种模式，高度指示灯显示模式不变。

故障原因：高度控制开关电路故障，调节器电路故障，高度控制电源电路故障，高度传感器故障，悬架电控单元（ECU）有故障。

2）汽车高度控制功能失效

故障现象：汽车在行驶、驻车及乘员和行李重量变化时，车高没有变化。

故障原因：调节器电路故障，高度控制电源电路故障，高度控制开关电路故障，高度控制开关 ON/OFF 有故障，高度传感器故障，悬架电控单元（ECU）有故障。

3）只有在高速行驶时汽车高度控制失效

故障现象：汽车在高速行驶时，高度不降低而维持原状态。

故障原因：车速传感器电路故障，悬架电控单元（ECU）有故障。

4）汽车高度变化不符合控制逻辑

故障现象：汽车在行驶、驻车及乘员和行李重量变化时，车高变化不大或产生相反的变化。

故障原因：空气泄漏，高度控制传感器故障，悬架电控单元（ECU）有故障。

5）汽车有高度调节作用，但是车高不均匀

故障现象：汽车在行驶、驻车、乘员和行李重量变化时，车高虽然有变化，但是前后左右高低不一。

故障原因：高度控制阀、排气阀电路故障，高度传感器连接杆调整不当。

6）汽车高度调节值与标准不符

故障现象：汽车有高度调节作用，但是汽车高度升高或降低值不符合规定高度。

故障原因：高度传感器连接杆调整不当。

7）汽车高度要么特别高要么特别低

故障现象：调整车高时，汽车处于非常高或非常低的位置。

故障原因：高度传感器有故障。

8）已关闭了高度控制，汽车高度控制仍起作用

故障现象：虽然已将高度控制 ON/OFF 开关拨到了"OFF"位置，但汽车在行驶、驻车及乘员和行李重量变化时，车高依然按控制逻辑进行调节。

故障原因：高度控制 ON/OFF 开关有故障，悬架电控单元（ECU）有故障。

9）汽车驻车时汽车高度非常低

故障现象：在汽车驻车时，有片刻或一至两天左右车身高度下降太多的现象。

故障原因：空气泄漏，空气弹簧减振器故障。

10）空气压缩机的驱动电动机长时间运转不停机

故障现象：汽车在高度升高后，很长时间压缩机驱动电动机仍在工作而不停机。

故障原因：空气泄漏，高度控制继电器电路有故障，压缩机驱动电动机电路有故障，悬架电控单元（ECU）有故障。

11）点火开关 OFF 控制不起作用

故障现象：点火开关处于"OFF"位置时，汽车高度并不下降为驻车状态。

故障原因：门控制开关电路有故障，高度控制电源电路故障，悬架电控单元（ECU）有故障。

12）车门打开后，点火开关 OFF 控制不解除

故障现象：只要将汽车某一扇门打开，点火开关 OFF 控制仍有作用并没解除。

故障原因：门控制开关电路有故障，悬架电控单元（ECU）有故障。

注意：许多故障现象都有可能是悬架控制系统电控单元的问题，但实际上电控单元的故障发生率是很低的。因此，在检查故障时，应首先检查悬架控制系统电控单元以外的可能故障部位，待确定这些部位均正常而故障现象仍不能消除时，再考虑检查或更换电控单元。

2. 三菱轿车电控悬架系统故障诊断

有些三菱轿车配备了电控悬架系统（如：发动机型号为 E3000，车身型号为 17E15AFY 的三菱轿车），当该系统发生故障后，应首先检查该系统的电路连接及各插接器及空气悬架气嘴是否破裂漏气等，然后再按下列数据测量电控悬架 ECU 各插头连接的对地电阻和电压。

三菱轿车电控悬架系统的仪表显示如图 5-64 所示，ECU 的插接头如图 5-65 所示。测量时拔掉 ECU 的插头接线，测量插头各端子对搭铁的电阻与电压。测量电阻时应把点火开关处于"OFF"位置，测电压时应使点火开关处于"ON"位置。若使用数字式万用表测量，测电阻时应用 20k 挡；测电压时应用直流 20V 挡。测量时黑表笔均接搭铁，用红表笔接各端子。测试数据见表 5-12（表中＋B 为电源电压）。若实测数据与表中数据相差不多，则说明此端子线路或者元件有故障。

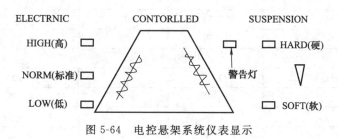

图 5-64　电控悬架系统仪表显示

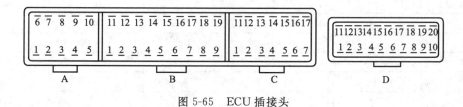

图 5-65　ECU 插接头

表 5-12　测试数据一览表

A 插座端子表					
端子	电阻/kΩ	电压/V	端子	电阻/kΩ	电压/V
1	∞	0.05	2	∞	0.05
3	0.01	0	4	0.01	0
5	∞	＋B	6	∞	0.05
7	∞	0.05	8	∞	0.02
9	0	0	10	∞	＋B
B 插座端子表					
端子	电阻/kΩ	电压/V	端子	电阻/kΩ	电压/V
1	0.01	0	2	0.01	0
3	0.08	0	4	0.01	0
5	∞	0	6	∞	＋B
7	0.01	0	8	∞	3.71

B插座端子表

端子	电阻/kΩ	电压/V	端子	电阻/kΩ	电压/V
9	0.01	0	10	—	—
11	0.01	0	12	0.01	0
13	0.08	0	14	0.01	0
15	∞	4.09	16	∞	3.75
17	∞	+B	18		
19	0	0			

C插座端子表

端子	电阻/kΩ	电压/V	端子	电阻/kΩ	电压/V
1	0.67	0.54	2	6.48	2.25
3	∞	+B	4	∞	11.71
5	∞	11.71	6	∞	11.71
7	∞	+B	11	∞	2.1
12	0	0	13	∞	+B
14	∞	11.71	15	∞	11.71
16	∞	11.71	17	∞	+B

D插座端子表

端子	电阻/kΩ	电压/V	端子	电阻/kΩ	电压/V
1	∞	11.75	2	0	0
3	∞	0.32	4	∞	+B
5	∞	11.9	6	∞	0.41
7	∞	0.8	8	∞	0.8
9	∞	3.38	10	∞	0.94
11	∞	0.04	12	∞	0.02
13	0	0	14	∞	0.02
15	∞	11.68	16	∞	0.9
17	∞	1.06	18	∞	0.9
19	0	0	20	∞	0.1

【学习小结】

1. 丰田雷克萨斯 LS400 电控悬架系统检查包括车身高度调整的检查、溢流阀功能检查和漏气检查三方面检查内容。

2. 在进行汽车高度检查与调整时，悬架系统高度控制开关必须处于 "NORM" 位置，车必须处于水平地面。在拧紧车身高度传感器连接杆锁紧螺母时，应确保球节与托架平行。同时车身高度调整后，应检查车轮定位。

3. 电控悬架系统故障自诊断功能包括检测系统输入信号、检测指示灯和故障代码三部分内容。

4. 在检测电控悬架系统输入信号时，减振力和弹簧刚度控制停止，并且减振力和弹簧刚度均固定在 "坚硬" 状态，汽车高度控制仍旧正常进行。

5. 电控悬架系统常见的故障是悬架刚度和阻尼力控制失灵和高度控制失灵。

【自我评估】

1. 判断题

(1) 丰田雷克萨斯 LS400 电控悬架系统故障自诊断功能包括检测系统输入信号、检测指示灯和故障代码三部分内容。　　　　　　　　　　　　　　　　（　　）

(2) 点火开关处于"OFF"位置时，汽车高度并不下降为驻车状态。　　（　　）

(3) 车速传感器电路故障可能导致汽车防下蹲控制失效。　　　　　　（　　）

(4) 只要制动系统红色制动警告灯指示灯点亮，就说明 ABS 系统出现故障。　（　　）

(5) 检查空气悬架电控系统溢流阀功能时，必须先让压缩机工作后，才能检查溢流阀能否动作。　　　　　　　　　　　　　　　　　　　　　　　　　　　　　（　　）

(6) 许多故障现象都有可能是悬架控制系统电控单元的问题，但实际上电控单元的故障率是很低的。　　　　　　　　　　　　　　　　　　　　　　　　　　　　（　　）

2. 选择题

(1) 造成空气悬架刚度调节系统不正常的故障原因可能是（　　　）。

A. 压缩机工作不正常　　　　　B. LRC 指示灯失灵　　　　　C. 转向传感器电路故障

(2) 如果车身高度不符合规定，则应通过调节（　　）进行高度调整。

A. 车身高度传感器连接杆　　　B. 车身高度传感器　　　　　C. LRC

(3) 在进行高度调整时，汽车车身高度变化量为（　　　）。

A. 10～30mm　　　　　　　　B. 20～40mm　　　　　　　C. 15～30mm

3. 问答题

(1) 简述丰田雷克萨斯 LS400 电控悬架系统常见项目的检查与调整。

(2) 试分析悬架刚度和阻尼力控制失灵的故障原因。

(3) 简述车身高度的调整过程。

【评价标准】

1. 自我评价

(1) 通过本学习任务的学习你是否已经掌握以下问题：

① 丰田雷克萨斯 LS400 电控悬架系统的一般功能检查与调整内容？

_____

_____。

② 常见电控悬架系统的主要故障有哪些？

_____

_____。

③ 电控悬架自诊断系统的控制内容？

_____

_____。

(2) 在进行电控悬架系统故障诊断中用到了哪些设备？你是否已经掌握了这些设备的正确操作技能？

_____

_____。

(3) 实训过程完成情况。

评价：_____。

（4）工作着装是否规范？

评价：_____。

（5）能否积极主动参与工作现场的清洁和整理工作？

评价：_____。

（6）在完成本学习任务的过程中，你是否主动帮助过其他同学？并和其他同学探讨电控悬架系统故障诊断与排除的有关问题？具体问题是什么？结果是什么？_____

_____。

（7）通过本学习任务的学习，你认为哪些方面还有待进一步改善？_____

_____。

签名：_____　　_____年___月___日

2. 小组评价

序号	评价项目	评价情况
1	学习态度是否积极主动	
2	是否服从教学安排	
3	是否达到全勤	
4	着装是否符合要求	
5	是否合理规范地使用仪器和设备	
6	是否按照安全和规范的规程操作	
7	是否遵守学习、实训场地的规章制度	
8	是否积极主动地和他人合作、探讨问题	
9	是否能保持学习、实训场地整洁	
10	团结协作情况	

参与评价的同学签名：_____

_____年___月___日

3. 教师评价：_____

_____。

学习情境 **6**

汽车巡航控制系统维修

学习目标

1. 熟悉汽车巡航控制系统的基本组成和工作过程。
2. 能分析汽车巡航控制系统的性能特点。
3. 能检修巡航控制系统各主要组成构件。
4. 能对巡航控制系统常见故障进行诊断与排除。

任务 6.1 汽车巡航控制系统的整体认识

【任务描述】

学习汽车巡航控制系统的基础理论，了解汽车巡航控制系统的性能要求，分析汽车巡航控制系统主要组成部件的结构与工作过程。

【任务分析】

通过对汽车巡航控制系统典型结构的分析，熟悉巡航控制系统主要组成部件的结构及性能，总结出巡航控制系统的结构与性能特点。

【知识准备】

1. 汽车巡航控制系统（CCS）概述

(1) 汽车巡航控制系统基本要求

汽车巡航控制系统（Cruise Control System），其缩写为 CCS，是指汽车在运行中不踩加速踏板便可按照驾驶员的要求，自动地保持一定的行车速度，减轻驾驶操作劳动强度，提高汽车舒适性的自动行驶装置。根据其特点又称为"恒速控制系统"、"车速控制系统"等。

目前，不少车辆特别是高级轿车已把巡航控制系统作为附属设备或选配设备。例如日本的皇冠（CROWN）、雷克萨斯（LEXUS）、佳美（CAMRY），美国的别克（BUICK）、凯迪拉克（CADILLAC），德国的奔驰（BENZ）、宝马（BMW）等车均装有巡航控制系统。

1) 汽车巡航控制系统的作用

汽车装备巡航控制系统的主要目的是减轻驾驶员的工作负担，提高汽车行驶的舒适性。巡航控制系统还可以使汽车燃料的供给与发动机功率之间处于最佳配合状态，这样既节省了燃料又减少了有害气体的排放。在良好路面或高速公路上启动巡航控制系统后，驾驶员可不踩加速踏板，只需操纵方向盘就可以轻松驾驶。

2) 汽车巡航控制系统的性能要求

在减轻驾驶员操作强度的同时，为保证车辆行驶安全，对巡航控制系统有以下要求。

① 在发动机功率允许的范围内，可以自动调节发动机的输出动力，适应路面状况以及其他阻力的变化，以恒速方式进行行驶。

② 在一些特殊工况下，一旦出现人为干预，例如踩踏制动踏板、踩踏离合器踏板、变速器挂入空挡、拉紧驻车制动等现象，巡航控制系统应确保驾驶员操作优先，迅速解除巡航控制工作状态。

③ 在车辆速度超出人为设定的范围及其他情况下，巡航控制系统也能停止工作，确保车辆行驶的安全。

(2) 汽车巡航控制系统类型与特点

按照控制方式的不同，汽车上使用的巡航控制系统可分为机电式巡航控制系统和电子巡航控制系统两种，目前使用的主要是电子巡航控制系统。

1) 机电式巡航控制系统

一般的机电式巡航控制系统由驾驶员控制开关、真空和电动伺服装置、制动开关、离合器开关（对于手动变速器）、速度表驱动软轴和节气门钢绳等组成。大多数机电式巡航控制系统在汽车行驶速度超过48km/h时才起作用。

机电式巡航控制系统通过一个真空马达使机械联动装置带动节气门工作。通过控制开关，设定好所需的速度，踩下制动踏板时使控制系统不工作，松开制动踏板时使系统恢复所设定的速度。

伺服装置从驾驶员控制开关和制动开关得到电流，从速度表驱动软轴得到汽车速度信号，从真空控制阀得到发动机真空负压。伺服装置内的电磁铁，带有一可移动的铁芯。铁芯根据汽车速度移动，并与真空控制阀相连。该阀调节伺服装置内的真空度，从而影响节气门控制阀的位置，使节气门位置随汽车速度的变化而变化，以保持汽车在设定的速度上。

伺服装置内还有一个电磁阀。当电磁阀关闭时，伺服装置不通大气，并能适当地动作。当电磁阀打开时，伺服装置不能保持真空，驾驶员能完全控制节气门位置。驾驶员控制开关通常装在转向信号开关手柄上，但有的汽车的控制开关装在转向盘中间。制动开关与普通的制动灯开关一起装在制动踏板上。对于手动变速器汽车，离合器开关装到离合器踏板上，当踩下离合器踏板时，系统被断开。

当驾驶员按下速度设定按钮后，汽车处在所设定的速度，此时接通了到电磁阀线圈的电路，关闭电磁阀，使伺服装置保持真空。当放开速度设定按钮后，此时接通两个电路：一个电路给电磁铁线圈供电，使速度锁在设定的位置；另一个电路是电磁阀电流的另一通路，电流必须流经制动器开关或离合器开关，才能到达电磁阀线圈。

2）电子巡航控制系统

日本丰田公司PREVIA汽车巡航控制系统采用电子控制巡航系统，该系统由巡航控制开关、车速传感器、制动开关、巡航控制ECU和执行器等部分组成，系统元件位置与电路如图6-1和图6-2所示。

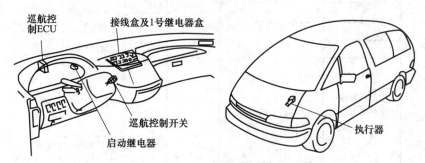

图6-1　丰田PREVIA汽车巡航控制系统元件位置

电子巡航控制系统与机电式控制系统不同之处在于，它是用电子控制系统来设定和维持所选择的速度。电子控制系统的精确性较高，与机电式控制系统相比有下列优点。

① 一般在行驶速度达到40km/h时，系统开始工作。

② 速度控制模块采用数字方法测量速度，将汽车固定在开关设定的速度上，并将系统动作时汽车的精确速度储存起来。

③ 系统每秒钟能调节节气门8次，使汽车速度维持在2km/h的波动范围内。

④ 在汽车动力允许的情况下，在汽车爬坡时，能维持恒定的速度，因为控制模块时刻在测量速度的变化率，并作出微小的调整。这就比直接测出机电式系统所产生的速度变化来作出较大的修正具有更大的控制力。

⑤ 电子控制系统能提供精确的控制，通过敲击设定开关，能使系统以3km/h的稳定增量变化。

⑥ 使用"恢复"功能可以获得更加稳定的加速度，而不必考虑速度上的误差。电子控

制系统具有机电式系统所没有的安全性，当预定的减速度发生时，即使没有踩制动踏板，通过迅速减速停车功能也将使系统关闭。

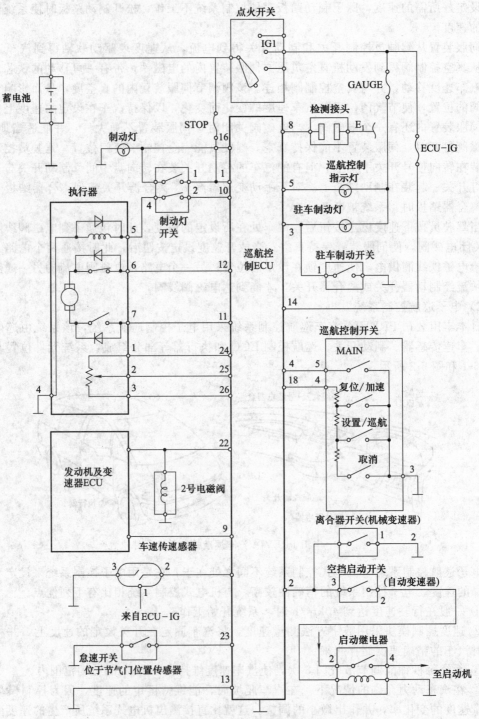

图 6-2　丰田 PREVIA 汽车巡航控制系统电路图

2. 汽车巡航控制系统主要部件的结构与工作原理

（1）传感器的结构与工作原理

1）巡航控制开关

巡航控制开关即驾驶员指令开关，也称主控制开关。它一般是杆式开关，安装在转向柱上驾驶员容易接近的地方。大多数巡航控制开关有 3 个挡位：即设置/巡航（SET/COAST）、取消（CANCEL）和复位/加速（RES/ACC）挡，如图 6-3 所示。当指令开关处于不同挡位时，电流由巡航控制 ECU 流出，经过不同阻值的电阻后搭铁，从而给 ECU 提供不同的电压信号，ECU 根据接受的电压信号即可判定被操作的开关位置。

当开关处于"设置/巡航"挡位时，只要按下按钮开关不动，车辆就不断加速。当达到要求的车速时，松开按钮，巡航控制系统就使车辆按松开按钮时的车速保持定速行驶。

当转换到"取消"挡时，恒速行驶即停止。

"复位/加速"挡位用于制动或换挡断开电路后，可使车辆重新按调定速度行驶。

图 6-4 是丰田雷克萨斯（LEXUS）巡航控制系统的主控开关的操作手柄的外形图。

2）车速传感器

车速传感器将产生的车速信号送入电子控制器，作为实际车速反馈信号，以便实现定速行驶功能。车速传感器通常和车速表驱动装置相连，如果车速表是电子式的，车速传感器给出的信号可直接用作巡航控制 ECU 的反馈信号，而不必为巡航系统另设速度传感器。

专门用于巡航控制系统的车速传感器一般安装在变速器输出轴上，这是因为实际车速与变速器输出轴转速成正比。车速传感器有磁感应式、霍尔式、光电式等多种结构型式，但简单常用的是磁感应式，其结构如图 6-5 所示。

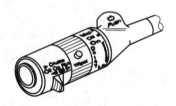

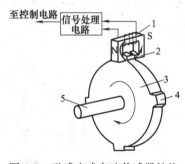

图 6-3　主控开关的
操作手柄

图 6-4　丰田雷克萨斯巡航控制
开关操作手柄的外形

图 6-5　磁感应式车速传感器结构
1—传感线圈；2—磁铁；3—钢盘；
4—凸齿；5—变速器输出轴

（2）执行器的结构与工作原理

执行器亦称伺服器，其作用是接受巡航控制 ECU 的控制指令信号，以电动或气动方式操纵节气门，以改变节气门开度，使车辆作加速、减速及定速行驶。

1）电动式执行器

雷克萨斯 LS400 轿车巡航控制系统的执行器安装在发动机右侧，安装高度与节气门体接近，执行器与节气门之间用钢索连接。主要由电动机、安全电磁离合器、电位计、控制臂和齿轮机构等组成，如图 6-6 所示。

电动机采用直流永磁式电机，通过改变电机中电流方向即可改变节气门转动方向。电机转动时可带动执行元件控制臂转动，控制臂通过控制拉索改变节气门开度。为限定控制臂转动角度，电机电路装有限位开关。在电机与控制臂间装有安全电磁离合器，当进行巡航控制时，离合器接合，此时电机旋转可使节气门开度改变。若在巡航控制行驶阶段执行器或车速传感器发生故障时，离合器将会分离。

在电动式执行器中还装有位置传感器，它是一个由滑变电阻构成的电位计，用于检测执

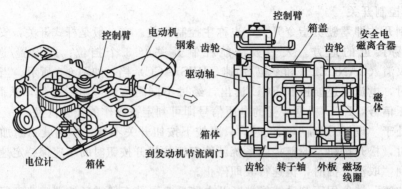

图 6-6　雷克萨斯 LS400 轿车巡航控制系统的电动式执行器

行器控制臂的转动位置，并将信号输入巡航控制 ECU 中。

　　电动执行器还可采用步进电机，因为它能将控制装置输出的数字信号转变为一定量的角位移。每输入一个脉冲数，电机就带动节气门转过一个小角度，这就保证了节气门开闭动作的平顺与准确。步进电机转过的角度即为节气门转过的角度，该角度与输入的脉冲数成正比。节气门的转动方向即电机的转向，由分配脉冲数的相序而定。

　　2）气动式执行器

　　真空气动式执行器如图 6-7 所示，密封圆筒内装有膜片、弹簧、两个空气电磁阀和一个真空电磁阀。真空阀和空气阀的搭铁线分别接到巡航控制 ECU 的端子上，若在 ECU 内部搭铁时，电磁阀即起作用。另外，有一真空管接头，用一条橡皮管将其接到进气歧管。在膜片一端的中间装有拉动节气门的拉索。

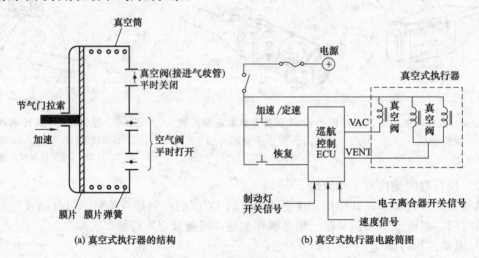

(a) 真空式执行器的结构　　　　　　　(b) 真空式执行器电路简图

图 6-7　真空气动式执行器

　　显然，该执行器是利用发动机进气歧管的真空度吸引膜片，通过节气门拉索，使节气门开度增大，并可保持固定不动位置。如果空气阀打开，则由于膜片弹簧的弹力，会将节气门拉索放松，使节气门开度减小。

　　在巡航控制系统未工作时，真空阀保持关闭，空气阀打开，真空筒与大气相通。当欲使汽车加速时，真空阀和两空气阀的电磁线圈电路均通过 ECU 内部搭铁构成回路。真空阀打开，与进气歧管相通，而两空气阀则关闭，真空筒内真空度增大，吸动膜片，克服弹簧力，通过拉索使节气门开度增大，车辆加速行驶。若加速到一定车速时，真空阀与空气阀同时关闭，此时真空筒内的真空度不变,车辆保持定速行驶。若欲减速时,空气阀电磁线圈断电,又恢复为打开状态。此时空气进入真空筒,弹簧把膜片压回原位,使节气门开度减小,车辆便减速。

(3) ECU 的结构与工作原理

1) ECU 的结构

电子控制器是控制系统的中枢,其作用是接受车速传感器、巡航控制开关、制动开关等作用信号,经计算、记忆、放大及信号转换等方式处理后,输出控制信号,驱动执行器动作。

早期的电子巡航控制系统,其电子控制器大多采用模拟电子技术,随着数字电子技术的发展,特别是大规模集成电路及微机的广泛应用,进入 20 世纪 80 年代以后,美国、日本等国的电子巡航控制系统已全部采用数字式微机控制系统。美国摩托罗拉公司采用微处理器的巡航控制系统,其电路方框图如图 6-8 所示。

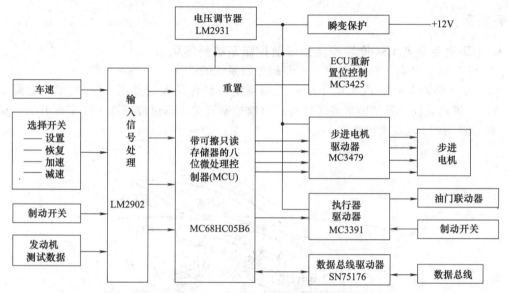

图 6-8 采用数字式微处理控制器的巡航控制系统方框图

这种系统的控制原理与模拟电路相同,所不同的是所有输入指令均以数字形式直接存储和处理。带可擦除只读存储器的八位微处理控制器 (MCU) 根据指令车速、实际车速以及其他输入信号,按照给定程序完成所有的数据处理之后,产生一输出信号驱动步进电机,从而改变节气门的开度,每种车型最佳的速度和减速度由设计者编程确定。从安全上考虑将制动开关与节气门执行器直接相连,这样当踩下制动踏板以及断开 MCU 巡航控制程序的同时,将执行器的动力源断开,从而使节气门完全关闭。

与模拟系统比较,数字系统的突出优点是:系统的信号以数字量表示,受工作温度和湿度变化的影响较小。因此数字控制具有更高的稳定性。

2) ECU 的控制原理

汽车电子巡航控制系统通常采用闭环控制方式。图 6-9 是一种典型的闭环巡航控制系统方框图。由图可知,电子控制器有两个输入信号:一个是驾驶员设定的指令车速信号;另一个是实际车速反馈信号。当测出的实际车速高于或低于驾驶员设定的车速时,电子控制器会将这两种信号进行比较,由简单减速法得出两信号之差,即误差信号。再经放大、处理后成为节气门控制信号,之后送至节气门执行器,驱动节气门执行器动作,调节节气门开度,以修正两输入车速信号的误差,从而使实际车速很快恢复到驾驶员设定的车速,并保持恒定。

此外,为确保安全,在手动变速车辆的离合器踏板上装有一个开关,当踩下踏板时,能

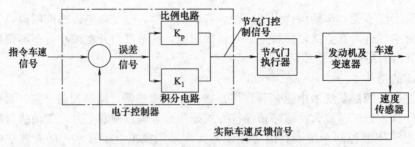

图 6-9　电子巡航控制系统原理方框图

切断控制系统的电源，以防止换挡时发动机超速运转。因为在踩下离合器踏板换挡时，车速会降低，如果没有此开关，巡航控制系统就会指令发动机提高转速。

【任务实施】

1. 丰田雷克萨斯 LS400 轿车电子巡航控制系统整体认识

（1）丰田雷克萨斯 LS400 汽车电子巡航控制系统的结构

丰田雷克萨斯 LS400 汽车电子巡航控制系统各部件的布置如图 6-10 所示，电路如图 6-11所示。该巡航控制系统的主要部件有：巡航控制开关、车速传感器、停车灯开关、巡航控制（CCS）ECU 以及执行器等。

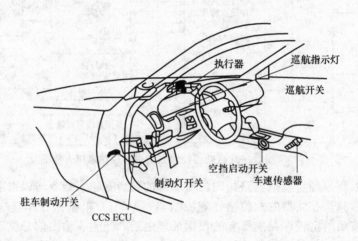

图 6-10　丰田雷克萨斯 LS400 汽车电子巡航控制系统各部件的布置

1）巡航控制开关

巡航控制开关包括主开关（MAIN）和三个转换挡位，即设置/巡航（SET/COAST）、复位/加速（RES/ACC）及取消（CANCEL）挡。欲使巡航控制装置工作，须按下主开关使其接通，系统即进入预备状态，仪表板的 CRUISE MAIN 指示灯发亮；若再按一次主开关，则系统完全关掉。巡航控制开关的电路如图 6-12 所示。

2）车速传感器

车速传感器转子轴由变速器输出轴齿轮驱动。转子轴每转一转，车速传感器便输出 20个脉冲信号送给组合仪表，经组合仪表转换为 4 个脉冲信号后送至巡航控制 ECU，巡航控制 ECU 据此信号频率计算出汽车行驶速度。其车速传感器位置如图 6-13 所示。

3）巡航控制 ECU

巡航控制 ECU 一般有 22 个接线端子，其端子代号及名称，如表 6-1 所示。

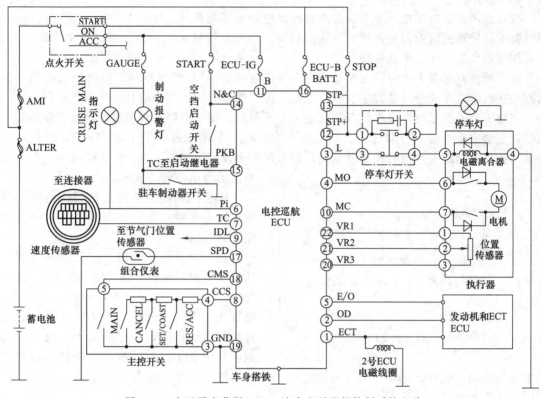

图 6-11　丰田雷克萨斯 LS400 汽车电子巡航控制系统电路

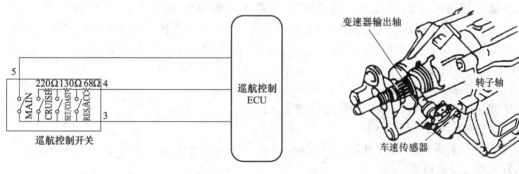

图 6-12　巡航控制开关电路

图 6-13　车速传感器安装位置

表 6-1　巡航控制 ECU 端子代号与名称

代号	端子名称	代号	端子名称
ECT	发动机和 ECT ECU	STP+	停车灯开关
OD	发动机和 ECT ECU	STP-	停车灯开关
L	安全电磁离合器	N&C	空挡启动开关
MO	电动机	PKB	驻车制动开关
E/G	发动机和 ECT ECU	BATT	备用电源
Pi	CRUISE MAIN 指示灯	SPD	转速传感器
TC	诊断插座（TDCL）	CMS	主开关
CCS	巡航控制开关	GND	接地
IDL	节气门位置传感器	VR3	执行器位置传感器
MC	电动机	VR2	执行器位置传感器
B	电源	VR1	执行器位置传感器

4）执行器

执行器由直流电动机、安全电磁离合器和位置传感器组成。电动机中的电流方向改变，即可使电机带动控制臂向加速侧或减速侧转动。当控制臂转到"全开"或"全关"位置时，电机即被限位开关切断电路停转。

在巡航控制装置工作时，安全电磁离合器接收到 ECU 的输出信号而接合，若在巡航控制期间执行器或车速传感器发生故障，电机与控制臂之间的连接将脱开。

当踩下制动踏板时，停车灯开关接通。与此同时，安全电磁离合器电源由机械联动开关切断，于是安全电磁离合器分离。当汽车下坡行驶，车速超过设定车速 15km/h 时，ECU 会发出指令，切断安全电磁离合器电路；若车速降至设定车速以上 10km/h 以内时，则设定车速的巡航控制功能恢复。

位置传感器的作用是检测控制臂的转动位置，并将此信号送入 ECU，其电路如图 6-14 所示。

在点火开关接通时，拨动控制臂使其从减速侧向加速侧转动，测量其 ECU 端子"VR$_2$"与"VR$_3$"之间的电压，"全关"位置为 1.1V，"全开"位置为 4.2V。若脱开执行器连接器，执行器端子 1 与 3 间的电阻约为 2kΩ。此时拨动控制臂从减速侧向加速侧转动，执行器端子 2 与 3 间的电阻，在"全关"位置时约为 530Ω，在"全开"位置时约为 1.8kΩ。

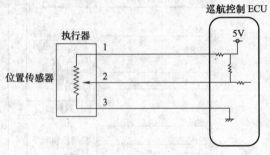

图 6-14　执行器位置传感器电路

5）停车灯开关

当踩下制动踏板时，其蓄电池电压通过停车灯熔断丝和停车灯开关加到 ECU 端子"STP－"上，ECU 即取消巡航控制。由于设置了失效保护功能，即使停车灯信号电路发生故障，"消除"功能仍然正常。消除的条件：一是端子"STP－"为蓄电池电压；二是端子"STP＋"的电压为零。

（2）巡航控制系统的基本工作过程

要使巡航控制装置工作，首先应接通点火开关。

1）接通主开关（MAIN）

接通主开关后，电流流向为：ECU 的"CMS"端子→控制开关端子 5→MAIN 开关→控制开关端子 3→搭铁。

其结果是使 ECU 处于准备状态，且 CRUISE MAIN 指示灯点亮。

2）接通控制开关

控制开关具有设置/巡航、恢复加速、取消功能。当开关转至不同挡位时，电流流向为：ECU 的"CCS"端子→控制开关端子 4→控制开关（SET/COAST 或 RES/ACC 或 CANCEL）→控制开关端子 3→搭铁。

此时 ECU 根据控制开关设置的挡位，并开始控制操作。当将控制开关按向 SET/COAST 方向，并将其释放后，ECU 根据"设置"挡位开始实施控制。

3）车速控制过程

控制开关设定好车速后，安全电磁离合器电路接通，电流流向为：ECU 端子"L"→停车开关端子 2→开关端子 4→执行器端子 5→安全电磁离合器→执行器端子 4→搭铁。

同时，执行器的位置传感器电路接通，电流流向为：ECU 端子"VR1"→执行器端子→位置传感器→执行器端子3→ECU端子"VR3"。此时，位置传感器会将执行器端控制臂位置以一个电压信号从执行器端子2送到ECU端子"VR2"。

当实际车速下降到低于设置车速时，执行器电机电路接通，电流流向为：ECU端子"MO"→执行器端子6→电动机→执行器端子7→ECU端子"MC"。此时电机转动，使执行器控制臂沿节气门打开方向转动，以提高其车速，当控制臂转过某一角度后，ECU即从端子"VR2"接受到信号并切断从端子"MO"输出的信号。

当实际车速高于设定车速时，电流由ECU端子"MC"流出，使电机沿相反方向转动，以降低车速。

4）人工取消巡航控制功能

① 控制开关：控制开关置于取消（CANCEL）挡位。

② 驻车制动开关：当拉紧制动杠杆时，驻车制动开关接通，并向ECU端子"PKB"发送一个取消信号。

③ 空挡启动开关：当换挡杆位于"N"或"P"位置时，空挡启动开关打开并向ECU端子"N&C"发送一个取消信号。

④ 制动灯开关：当踩下制动踏板时，制动灯开关闭合，安全电磁离合器被释放，经制动灯开关向ECU端子"STP-"发送一个取消信号（蓄电池电压）。

当ECU检测到上述任一信号时，便切断向执行器发出的指令信号，并取消巡航控制功能。

2. 广州本田雅阁轿车定速巡航系统的整体认识

（1）广州本田雅阁轿车定速巡航系统的组成

广州本田雅阁轿车定速巡航系统，利用机械和电子装置使汽车在驾驶员设定的速度下行驶，可减轻驾驶员在高速公路上驾车的疲劳感。定速巡航系统主要由定速巡航控制模块、定速巡航指示灯、主开关、设置/复位开关、定速巡航控制动作器等组成。主开关用于接通定速巡航控制模块电源，设置/复位开关用来设置车速。巡航控制模块接收巡航主开关和控制开关（位于方向盘上）发出的指令信号，及制动开关、车速传感器、自动变速器挡位开关的信号，向定速巡航控制动作器输出控制信号，动作器按照控制信号调节节气门开度，以使发动机的输出功率与设定的车速相匹配。

（2）广州本田雅阁轿车定速巡航系统的电路原理（见图6-15）

（3）广州本田雅阁轿车定速巡航系统的工作过程

1）定速巡航系统不工作时

巡航主开关未按下（断开）时，节气门开度由驾驶员控制。

2）设定巡航车速

① 按压位于转向柱旁边的仪表板上的巡航控制主开关，开关上的指示灯随之点亮；

② 将车速提高到40km/h以上；

③ 按压方向盘上的"SET"（设定）按钮，位于仪表板上的巡航控制指示灯点亮，表明该装置已经启动，巡航控制系统就会按照设定的转速恒速行驶。

汽车上、下坡行驶时，控制装置不能维持设定的速度。下坡车速加快时，可以踩制动踏板降低到希望的车速，但在此同时也取消了巡航控制功能。若要继续采用设定的车速，按压"RESUME"（恢复）按钮，仪表板上的巡航控制指示灯又会点亮，巡航控制系统将按照前面设定的转速继续恒速行驶。

3）提高设定的巡航车速

提高设定的巡航车速时，有以下三种方式：

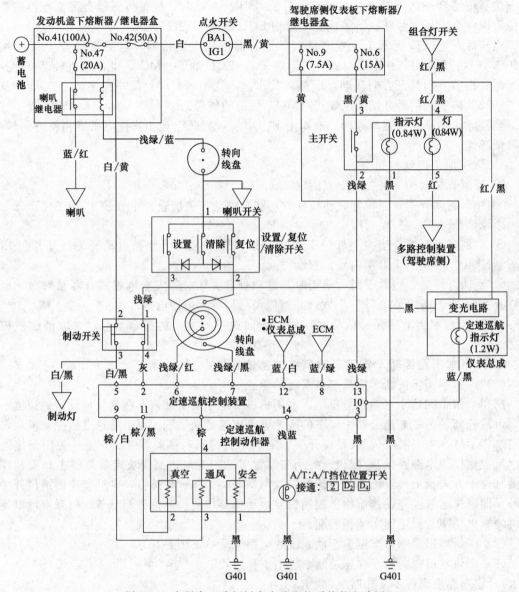

图 6-15　广州本田雅阁轿车定速巡航系统的电路原理

① 按压 "ACCEL"（加速）按钮，可不踩加速踏板而直接发出一个加速信号给控制装置，待达到希望的速度后即可松开按钮；

② 踏下加速踏板，加速至希望的车速后，按压 "SET"（设定）按钮；

③ 要稍微加大速度时，反复按压 "ACCEL"（加速）按钮，每按一次，车速可加快1.6km/h。

在使用巡航控制功能时，仍然可使用加速踏板加速超车，超车后把脚从加速踏板上移开，车辆将回到设定的巡航速度。

4）降低设定的巡航车速

降低设定的巡航车速时，有以下三种方式：

① 持续按压 "DECEL"（减速）按钮，车速将会下降，当达到所希望的速度时，即可松开按钮；

② 用脚轻轻地踏下制动踏板，仪表板上的巡航控制指示灯将会熄灭。当车辆减速到希望的车速时，按压"SET"按钮，车辆将继续以所希望的车速行驶；

③ 要稍微降低速度时，反复按压"DECEL"按钮，每按一次，车速降低1.6km/h。

5) 取消巡航控制功能。

取消巡航控制功能的方法有以下四种：

① 踩下制动踏板；

② 按压方向盘上的"CANCEL"（取消）按钮；

③ 按压巡航控制主开关；

④ 变速操纵杆置于"N"位。

按压"CANCEL"按钮或踩下制动踏板时，仪表板上的巡航控制指示灯将熄灭，车速开始减慢。驾驶员可以照常规办法使用加速踏板。定速巡航控制装置仍然记忆有前一次设定的控制车速，若要重新回到此控制车速，应先加速到40km/h以上，然后按压"RESUME"按钮，直至巡航控制指示灯点亮为止，车辆将加速到和前一次相同的受控车速。

按压巡航控制主开关即完全关闭了该装置，并取消了存储器记忆的上一次设定的巡航速度。

【知识拓展】

汽车自适应巡航控制系统

自适应巡航控制系统ACC（Adaptive Cruise Control）是一种汽车安全性辅助驾驶系统，它将汽车自动巡航控制系统CCS（Cruise Control System）和车辆前向撞击报警系统FCWS（Forward Collision Warning System）结合起来，既有自动巡航功能，又有防止前向撞击功能。

驾驶员可通过设置在仪表盘上的人机交互界面（MMI）启动或清除自适应巡航控制系统ACC。启动ACC系统时，要设定主车在巡航状态下的车速和与目标车辆间的安全距离，否则ACC系统将自动设置为默认值，但所设定的安全距离不可小于设定车速下交通法规所规定的安全距离。ACC系统共有4种典型的操作，如图6-16所示。

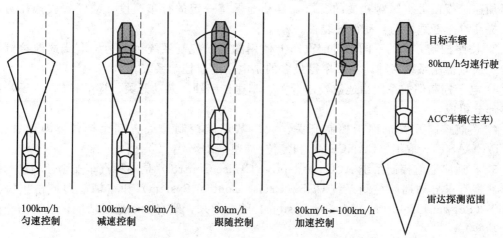

| 100km/h 匀速控制 | 100km/h→80km/h 减速控制 | 80km/h 跟随控制 | 80km/h→100km/h 加速控制 |

目标车辆
80km/h匀速行驶

ACC车辆(主车)

雷达探测范围

图6-16 ACC的典型操作

（1）当主车前方无行驶车辆时，主车将处于普通的巡航行驶状态，ACC系统将按照设定的行驶车速对车辆进行匀速控制。

（2）当主车前方有目标车辆，且目标车辆的行驶速度小于主车的行驶速度时，ACC系统将控制主车进行减速，以确保两车间的距离为所设定的安全距离。

（3）当ACC系统将主车减速至理想的目标值之后再采用跟随控制，将会与目标车辆以相同的速度行驶。

（4）当前方的目标车辆发生移线，或主车移线行驶使得主车前方又无行驶车辆时，ACC系统将对主车进行加速控制，使主车恢复至设定的行驶速度。在恢复行驶速度后，ACC系统又转入对主车的匀速控制。当驾驶员参与车辆驾驶操作后，ACC系统将自动退出对车辆的控制。

ACC系统的基本组成如图6-17所示，雷达用以探测主车前方的目标车辆，并向ACC ECU提供主车与目标车辆间的相对速度、相对距离、相对方位角度等信息。ACC ECU根据驾驶员所设定的安全车距及巡航行驶速度，结合雷达传送来的信息确定主车的行驶状态。当两车间的距离小于设定的安全距离时，ACC ECU便会计算实际车距和安全车距之比及相对速度的大小，选择减速方式；同时通过报警器向驾驶员发出警报，提醒驾驶员采取相应的措施。

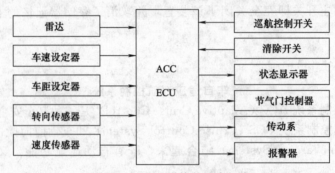

图6-17　ACC系统的基本组成

【学习小结】

1. 汽车巡航控制系统（Cruise Control System），其缩写为CCS，是一种汽车在运行中不踩加速踏板便可按照驾驶员的要求，自动地保持一定的行车速度，减轻驾驶操作劳动强度，提高汽车舒适性的自动行驶装置。

2. 按照控制方式的不同，目前汽车上使用的巡航控制系统可分为机电式巡航控制系统和电子巡航控制系统两种，其中用得最多的是电子巡航控制系统。

3. 电子控制巡航系统由巡航控制开关、车速传感器、制动开关、巡航控制ECU和执行器等部分组成。

4. 巡航控制开关也称主控制开关。大多数巡航控制开关有3个挡位：即设置/巡航（SET/COAST）、取消（CANCEL）和复位/加速（RES/ACC）挡。

5. 自适应巡航控制系统ACC（Adaptive Cruise Control）是一种汽车安全性辅助驾驶系统，它将汽车自动巡航控制系统CCS（Cruise Control System）和车辆前向撞击报警系统FCWS（Forward Collision Warning System）结合起来，既有自动巡航功能，又有防止前向撞击功能。

【自我评估】

1. 判断题

（1）电子控制巡航系统通过一个真空马达使机械联动装置带动节气门。　　　　　　（　　）

（2）"复位/加速"挡位用于因制动或换挡断开电路后，使车辆重新按调定速度行驶。

（　　）

（3）巡航系统工作时，拉紧驻车制动，将会取消巡航控制功能。（　　）

（4）巡航系统工作时，将换挡杆置于"N"或"P"位，将会取消巡航控制功能。

（　　）

2. 选择题

（1）电子巡航控制系统一般在汽车行驶速度达到（　　）km/h 时系统开始工作。

A. 40　　　　　　　　　B. 60　　　　　　　　　C. 80

（2）巡航控制开关置于（　　）时，巡航控制功能将会取消。

A. SET/CRUISE　　　B. CANCEL　　　　　　C. RES/ACC

3. 问答题

（1）雷克萨斯（LEXUS）400 轿车巡航控制开关包括那几个挡位？这几个挡位分别有什么作用？

（2）雷克萨斯（LEXUS）400 轿车巡航控制系统执行器由哪几部分组成？分别起什么作用？

（3）人工取消巡航控制的方式有哪几种？

【评价标准】

1. 自我评价

（1）通过本学习任务的学习你是否已经掌握以下问题：

① 巡航控制系统的功能？

_____。

② 巡航控制系统各部件的结构及作用？

_____。

③ 雷克萨斯（LEXUS）400 轿车巡航控制系统的工作过程？

_____

_____。

（2）在进行雷克萨斯（LEXUS）400 轿车巡航控制系统整体结构认识中，你认识了哪些主要部件？你是否已经掌握了这些部件的结构和作用？

_____

_____。

（3）实训过程完成情况。

评价：_____。

（4）工作着装是否规范？

评价：_____。

（5）能否积极主动参与工作现场的清洁和整理工作？

评价：_____。

（6）在完成本学习任务的过程中，你是否主动帮助过其他同学？是否和其他同学探讨过巡航控制系统的有关问题？具体问题是什么？结果是什么？_____

_____。

（7）通过本学习任务的学习，你认为哪些方面还有待进一步改善？_____

_____

_____。

签名：_____　　_____年_____月_____日

2. 小组评价

序号	评 价 项 目	评 价 情 况
1	学习态度是否积极主动	
2	是否服从教学安排	
3	是否达到全勤	
4	着装是否符合要求	
5	是否合理规范地使用仪器和设备	
6	是否按照安全和规范的规程操作	
7	是否遵守学习、实训场地的规章制度	
8	是否积极主动地和他人合作、探讨问题	
9	是否能保持学习、实训场地整洁	
10	团结协作情况	

参与评价的同学签名：_____

_____年_____月_____日

3. 教师评价：_____

_____

_____。

任务 6.2　汽车巡航控制系统故障诊断

【任务描述】

学习汽车巡航控制系统的主要组成部件的检测方法，并能诊断与排除常见汽车巡航控制系统的故障。

【任务分析】

通过对典型汽车巡航控制系统的使用和故障诊断的学习，能运用故障检测方法，对常见故障进行诊断与排除。

【知识准备】

1. 汽车巡航控制系统的正确使用

（1）汽车巡航控制系统工作的前提条件

汽车进入巡航控制的前提条件是：变速器处于前进挡，行驶速度大于 40km/h，并且巡航主开关接通。若车速低于 40km/h，或者实际车速下降到比设定车速低 16km/h 以上时，巡航控制自动解除；当车速达到 200km/h 时，则 CCS 自动限制加速，即使操作加速开关，车速也不能加速到 200km/h 以上，因为 CCS 控制单元具有限制车速下限和车速上限的功能，对于 40～200km/h 范围之外的车速不予确认。

（2）汽车巡航控制系统的使用

1）巡航车速的设定

汽车巡航车速设定的方法是：按下巡航主开关，踩下加速踏板使汽车加速，当达到所需要的车速（40～200km/h）时，将操纵手柄往下压，使"设定/巡航"（SET/COAST）开关接通，然后放松，放松开关时的车速就被 ECU 记忆为设定车速，巡航系统开始工作，驾驶人可以不踩加速踏板，巡航系统会自动控制节气门的开度，使汽车按照设定的车速恒速行驶。

2）在汽车巡航控制系统工作时改变车速

① 设定至较高的车速　当汽车巡航行驶时，如果需要提高设定的车速，可以采取以下方法。

a. 使用操纵杆　朝转向盘方向提起巡航操纵杆，即接通"恢复/加速"（RES/ACC）开关，握住它不动，汽车将逐渐加速，当达到所需要的车速时，松开操纵杆。

b. 使用加速踏板　如果需要汽车临时加速，只需踩下加速踏板，当汽车加速到需要的车速时，放松加速踏板，汽车就按这一车速匀速行驶。

② 设定至较低的车速　当汽车以巡航控制模式行驶时，如果要使设定的车速降低，可以将操纵杆向下压，接通 SET/COAST（设定/巡航）开关，保持不动，汽车将逐渐减速，直至达到所需要的车速时松开操纵杆，汽车将按新的较低的车速等速行驶。

③ 点动升速和点动降速　在汽车巡航行驶过程中，如果需要对设定的车速进行微调，只要点动（接通开关后立即放松，接通时间不超过 0.6s）一次"恢复/加速"（RES/ACC）开关，设定的车速就提高 1.6km/h；点动一次"设定/巡航"（SET/COAST）开关，设定的车速就降低 1.6km/h。

3）巡航控制的解除

采取以下任何一种动作，巡航 ECU 都将控制执行器使巡航系统关闭。

① 接通"取消"（CANCEL）开关。

② 踩下制动踏板。注意：必须随时保持制动指示灯及其控制线路良好，若制动灯控制电路不通或者指示灯灯泡烧坏，则在踩制动踏板时不能关闭巡航系统。

③ 拉起驻车制动器手柄。

④ 对于装配手动变速器（M/T）的汽车，当踩下离合器踏板时，离合器开关接通，将取消巡航控制信号传送至巡航控制 ECU。

⑤ 对于装配自动变速器（A/T）的汽车，可以将选挡杆置于"N"位置。

⑥ 关闭巡航控制主开关（MAIN），电源指示灯（CRUISE-MAIN）将熄灭，使巡航系统处于关闭状态。

此外，有的车型在同时按下"恢复/加速"（RES/ACC）开关和"设定/巡航"（SET/COAST）开关后，也可以解除巡航控制。

4）巡航控制的恢复

通过上述解除方法的操作，使巡航控制暂时关闭后，只要车速没有降到 40km/h 以下，接着接通"恢复/加速"（RES/ACC）开关，然后放松，就可以恢复巡航控制。而以下 3 种情况属于正式关闭巡航系统，若要恢复巡航控制，必须重新进行设定。

① 使用解除方法⑥关闭了巡航系统；

② 车速降至 40km/h 以下；

③ 实际车速降至比设定的车速低 16km/h 以上。

5）巡航控制系统使用注意事项

除按上述方法正确使用巡航控制系统外，在使用中还应注意：

① 为了防止巡航控制系统误工作，在不使用巡航控制系统时，切记使巡航控制系统总开关处于关闭状态。

② 为了让汽车得到最佳的控制状态，如果在交通拥堵的场合，或在雨、冰、雪等湿滑路面上行驶时，不要使用巡航控制系统。

③ 汽车在陡坡上行驶时，若使用巡航控制系统，将会导致发动机转速变化范围过大，所以此时不宜使用巡航控制系统。

④ 汽车在巡航行驶时，对于装备手动变速器的汽车，不可在不踏离合器踏板的情况下将变速杆移至空挡位置，以防造成发动机转速骤然升高。

⑤ 在使用巡航控制系统时，要注意观察仪表板上的"CRUISE"指示灯，如果该指示灯闪烁，表明巡航控制系统出现了故障，此时应停止使用巡航控制系统，待排除故障后再重新使用。

2. 汽车巡航控制系统故障诊断

（1）汽车巡航控制系统故障诊断注意事项

巡航控制系统的故障诊断和其他电控系统故障诊断方法一样，首先应利用巡航控制系统自诊断功能读取故障码，然后对照车型故障代码表，判断故障位置，进行检修、确诊、排除故障。

如自诊断系统显示正常码，而巡航控制系统故障确实存在，可查阅该车型的故障检修表，按表中所列可能存在故障的部件的先后顺序，进行检查、确诊、排除故障。

（2）汽车巡航控制系统故障自诊断

当巡航控制系统出现故障时，可根据巡航主指示灯（CRUISE MAIN）的闪烁情况读取故障码。下面以雷克萨斯（LEXUS）巡航控制系统为例，介绍巡航控制系统故障的自诊断步骤。

1）检查巡航系统状态的显示

① 将点火开关转动到"ON"位置。

② 当巡航控制开关（按下操作手柄上的按钮）接通时，指示灯应亮；开关断开时指示灯应灭。若指示灯本身工作不正常，应及时检修。

③ 当巡航控制系统出现故障时，电控单元除自动中断巡航控制外，指示灯会闪烁 5 次，指示灯通电的时间约为 0.5s，断电间隔时间约 1.5s。电控单元会将故障代码自动存储，并可调出。

2）巡航控制系统故障代码的输出

① 接通点火开关。

② 利用专用跨接线短接故障诊断插头 TDCL 中的端子 T_C 和 E_1，如图 6-18 所示。

③ 根据巡航主指示灯的闪烁情况读取故障代码。

④ 系统故障代码的数据及故障类型见表 6-2。

⑤ 完成检查后，脱开 T_C 和 E_1，关闭点火开关。

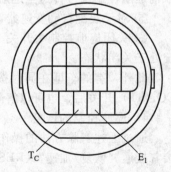

T_C E_1

图 6-18 诊断插头

表 6-2 故障代码表

故障代码	故障类型	故障代码	故障类型
—	正常	29	实际车速低于设定车速 16km/h 以上
11	驱动电动机或安全电磁离合器电路不正常	31	主控开关电路不正常
12	安全电磁离合器电路不正常	32	主控开关电路不正常
13	驱动电动机或位置传感器不正常	34	主控开关电路不正常
21	车速传感器不正常		

3）系统故障代码的清除

① 完成修理后，可通过关闭点火开关，拆下继电器盒 DOME 熔断器 10s 或更长的时间，清除被保留的系统故障代码。

② 接上熔断器，应显示正常的代码。

（3）汽车巡航控制系统故障诊断方法与基本程序

① 利用故障自诊断系统，读取故障码。

② 根据读取的故障码，对照故障码表，检查故障。

③ 若在故障码检查时显示正常码，但仍然出现（重现）故障，则应结合该车型电子巡航控制系统诊断检修表，检测相应的部件及电路，并进行故障排除。

【任务实施】

1. 丰田雷克萨斯 LS400 轿车电子巡航控制系统的故障检修

（1）传感器和主控开关的检修

1）车速传感器电路的检修

当故障代码显示为"21"时，表明车速传感器信号电路有故障。包括车速传感器、组合仪表板、仪表板到车速传感器之间、仪表板到电控单元之间的配线，以及电控单元等出现了问题。

车速传感器电路的检查流程为：

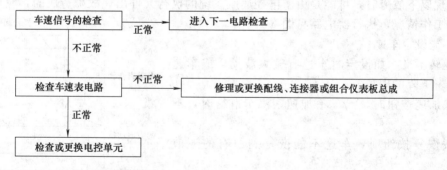

车速传感器电路的检查方法是：

① 车速信号的检查。在车速高于 40km/h 时，打开巡航控制系统，巡航控制指示灯闪烁；在车速低于 40km/h 时，打开巡航控制系统，巡航控制指示灯保持一直亮，符合以上两个条件的，车速信号为正常，否则为有故障。

② 检查配线和仪表板连接是否可靠。

2）主控开关电路的检查

若巡航控制系统的故障代码显示为"31"，对主控开关来说是 RES/ACC 开关的信号一直输给电控单元；若故障代码显示为"32"，一般是主控开关内部短路；当故障代码显示为"34"时，一般是由于 SET/COAST 和 RES/ACC 开关的信号同时输入造成的。原因是巡航控制开关及主控开关与电控单元的配线、连接器和电控单元有故障。

主控开关电路的检查流程为：

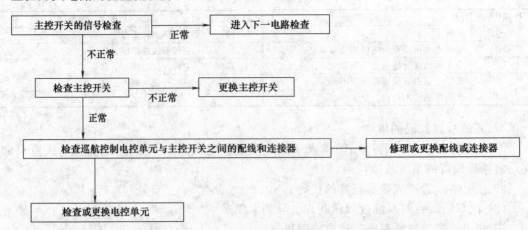

主控开关电路的检查方法是：用万用表的电阻挡检查连接器的端子3和4之间的电阻值，判断各个开关的好坏。拆下转向盘中心衬垫，脱开主控开关的连接器；测量当主控开关接通时端子3和4之间的电阻。开关正常时各个电阻值如表6-3所示。

表6-3　主控开关正常时的电阻

开关位置	电阻值/Ω	备　　注
各开关均关断	无穷大	各个开关分别接通时，测量端子3和4之间的电阻值，当电阻值为表内数据时，开关为好的，否则开关电路有问题。
RES/ACC 通	约70	
SET/COAST 通	约200	
CANCEL 通	约400	

（2）执行器的结构与检修

1）检修条件

当出现以下故障时，可能是由于电控巡航系统的执行元件出现故障造成的，应重点检查执行器的工作情况，执行器电路见图6-19。

① 不能设定车速。

② 运转不良，如设定时车速有较大波动，或车速出现上升、下降的现象。

③ 按加速按钮时，汽车不加速；汽车滑行时，不减速。

④ 按恢复按钮时，车速不能恢复到原有的巡航车速。

2）检修

① 安全电磁离合器的检修

a. 检查离合器线圈的直流电阻。如图6-19所示，端子4与端子5之间的电阻应为38Ω。

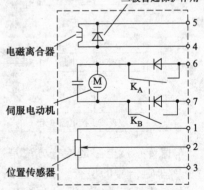

图6-19　雷克萨斯LS400轿车电控巡航系统执行器电路图

b. 不通电时，扳动离合器杆应能转动。当端子5接通电源正极，端子4搭铁时，离合器杆应锁止，此时不能人为扳动离合器杆，如图6-20所示。

② 执行器电动机的检修　使安全电磁离合器通电，按图6-21给电动机通电，离合器杆应在图6-20所示的A、B两极限之间运动。

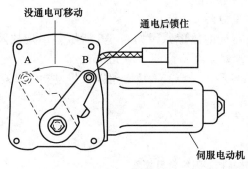

图 6-20 安全电磁离合器的检测

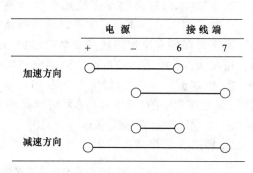

图 6-21 电动机通电挡位图

③ 控制臂位置传感器的检修　不通电时，检测端子 1 与端子 3 之间的电阻应为 2kΩ，如图 6-19 所示；当手慢移离合器操纵杆从 B→A 时，如图 6-20 所示，图 6-19 中端子 2 与端子 3 之间的电阻值应由 0.5kΩ 平滑地增加到 1.8kΩ。

（3）雷克萨斯汽车巡航控制系统常见故障诊断与排除

对于雷克萨斯汽车巡航控制系统的常见故障，可按表 6-4 所示的雷克萨斯轿车巡航控制系统故障诊断检修表所对应的顺序来诊断和排除故障。

表 6-4　雷克萨斯轿车巡航控制系统故障诊断检修表

怀疑部位　故障现象	电动机电路	车速传感器电路	控制开关电路	驻车灯开关	急速开关电路	ECT信息交换电路	EFI信息交换电路	驻车制动开关电路	N位启动开关电路	电源电路	备用电源电路	主开关电路	诊断电路	执行器控制拉索	巡航控制ECU
不能设置(SET)或设置后马上自动消除(CANCEL)(代码正常)	8	3	4	5	—	—	—	7	6	1	—	2	—	9	10
汽车的实际速度向上或向下偏离	4	2	—	—	5	3	6	—	—	—	—	—	—	1	7
在上坡路段行驶时在3位和超速挡"O/D"位之间换挡频繁	—	—	—	—	—	1	—	—	—	—	—	—	—	—	2
制动踏板踩下,巡航控制也不取消	3	—	—	2	—	—	—	—	—	—	—	—	—	1	4
即使驻车制动拉杆已拉下,巡航控制也不取消	3	—	—	—	—	—	—	2	—	—	—	—	—	1	4
即使变速器已换至"N"位,巡航控制也不取消	3	—	—	—	—	—	—	—	2	—	—	—	—	1	4
控制开关不工作	3	—	2	—	—	—	—	—	—	—	—	—	—	1	4
在 40km/h 或以下可SET,或在40km/h 或以下不执行CANCEL	3	2	—	—	—	—	—	—	—	—	—	—	—	1	4
加速或恢复模式响应差	3	—	—	—	—	2	—	—	—	—	—	—	—	1	4
即使不是在上坡路段,"O/D"位也不能恢复	—	—	—	—	—	1	—	—	—	—	—	—	—	—	2
故障码存储被抹掉	—	—	—	—	—	—	—	—	—	—	1	—	—	—	2
故障码不输出	—	—	—	—	—	—	—	—	—	—	—	—	1	—	2
CRUISE MAIN 指示灯一直亮或不亮	组合仪表故障,应检修														

注：1，2，…指检查的先后顺序。

2. 广州本田雅阁轿车定速巡航控制系统的故障诊断

（1）广州本田雅阁轿车定速巡航控制系统的常见故障

本田雅阁轿车定速巡航控制系统常见的故障及可能的故障原因如表6-5所示。出现故障时，可按表6-5中指出的可能故障部位及顺序进行检修。在检修前，应先检查：

① 仪表板下熔断器/继电器盒中的9号（7.5A）和6号（15A）熔丝以及发动机盖下熔断器/继电器盒中的47号（20A）熔丝是否正常；

② 电喇叭声音是否正常；

③ 转速表工作是否正常。

表6-5 广州本田雅阁轿车定速巡航控制系统常见故障

故障现象	可能的故障部位与检修顺序
不能设定车速	①主开关；②设置/复位开关；③制动开关；④自动变速器挡位开关；⑤定速巡航控制装置
能设定车速，但指示灯不亮	①仪表变光电路；②定速巡航控制装置
实际车速明显高于或低于设定的车速	①车速传感器；②动作器和拉索翘曲；③定速巡航控制装置
车速设定后，即使在水平的路面上行驶也不能维持恒速	①车速传感器；②动作器和拉索翘曲；③定速巡航控制装置
设定车速时过量调节或调节不足	①动作器和拉索翘曲；②车速传感器；③定速巡航控制装置
按下设置或复位按钮时，车辆没有相应地减速或加速	①设置/复位开关；②定速巡航控制装置
自动变速器操纵手柄置于"N"挡位时，不能解除设定车速	①自动变速器挡位开关；②定速巡航控制装置
踩下制动踏板时，不能解除设定的车速	①制动开关；②定速巡航控制装置
主开关在"OFF"位置时，不能解除设定的车速	①主开关；②定速巡航控制装置
按下复位按钮时（主开关在"ON"位，但设定车速暂时解除），不能恢复原先设定的车速	①设置/复位开关；②定速巡航控制装置

（2）广州本田雅阁轿车定速巡航系统主要部件的检修

1）定速巡航系统控制单元的检测

① 拆下驾驶席侧仪表板下盖板，断开控制单元上14芯插头，控制单元位置如图6-22所示。

② 检查14芯插头与其插座是否接触良好。

③ 检查插座各端子有无弯折、松动或锈蚀现象。若行车中无法实现定速巡航行驶，则应按表6-6所示对其控制单元各端子进行检测，控制单元端子布置如图6-23所示。

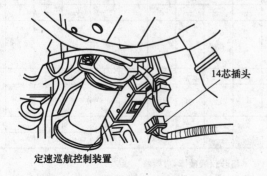

图6-22 定速巡航控制单元的位置

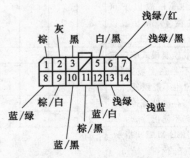

图6-23 控制单元端子布置

表 6-6 定速巡航控制装置输入、输出端子的检测

端子号	导线颜色	检测条件与检测参数	正常检测结果	异常结果的产生原因
9	棕/白	检测与地之间的电阻	80~120Ω	动作器电磁阀故障;接地不良(G401);导线断路
1	棕	检测与地之间的电阻	40~60Ω	
11	棕/黑	检测与地之间的电阻	70~110Ω	
2	灰	接通点火开关和主开关,并踏下制动踏板,然后松开,测量对地电压	踏下制动踏板时为0V;松开时为蓄电池电压	制动开关故障;导线断路
3	黑	检测对地的通路情况	导通	接地不良(G401);导线断路
5	白/黑	踏下制动踏板,然后松开,测量对地电压	踏下制动踏板时为蓄电池电压;松开时为0V	47号(20A)熔丝熔断;制动开关故障;导线断路
6	浅绿/红	按下设置按钮,检查对地电压	蓄电池电压	47号(20A)熔丝熔断;喇叭继电器故障;设置/复位开关故障;转向线盘故障;导线断路
7	浅绿/黑	按下复位按钮,检查对地电压	蓄电池电压	
10	蓝/黑	接通点火开关,10号端子接地,检查定速巡航指示灯是否亮	定速巡航指示灯亮	灯泡灯丝烧断;9号(7.5A)熔丝熔断;仪表总成变光电路故障;导线断路
12	蓝/白	接通点火开关和主开关,升起车辆前部,缓慢转动一只车轮,检测与黑导线之间的电压	0~5V或更高,并重复出现	车速传感器故障;导线断路
13	浅绿	接通点火开关和主开关,检测对地电压	蓄电池电压	6号(15A)熔丝熔断;主开关故障;导线断路
14	浅蓝	A/T操纵手柄在2、D3或D4挡位,检查与地之间的通路情况	导通,在其他挡位则不导通	A/T挡位开关故障;接地不良(G401);导线断路
8	蓝/绿	启动发动机,接通主开关,在定速巡航控制状态下,车辆行驶速度超过40km/h时,检查对地电压	5V	定速巡航控制装置故障

2）巡航主开关的检测

如图6-24所示,从仪表板上拆下主开关5芯插头,检测开关侧端子间的导通情况,正确结果如下:

① 主开关接通时,1、2、3端子之间导通,4、5端子之间导通;

② 主开关断开时,1、2端子之间导通,4、5端子之间导通。

如果各端子之间的导通情况不正常,则须更换主开关。

3）设置/复位/清除开关的检测

① 设置/复位/清除开关端子的检修

a. 断开蓄电池负极电缆,再断开正极电缆,并至少等待3min。

b. 断开驾驶座位侧和副驾驶座位侧的气囊插头。

c. 拆下仪表板下盖和膝垫。

d. 从转向盘下螺旋导线线盘上断开组合开关线束的4

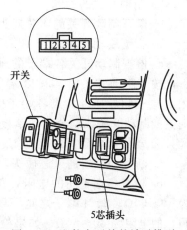

图6-24 巡航主开关的端子排列

芯插头，如图 6-25 所示。

e. 测量插头各端子间的导通情况：正常情况下，按下"设置"按钮时，2、3 端子之间导通；按下"复位"按钮时，2、4 端子之间导通；按下"取消"按钮时，2、3、4 端子之间导通。如果导通情况正常，则说明开关无故障；如果导通情况不正常，则进行下一步检修。

② 设置/复位/清除开关线束的检查

a. 拆下转向柱盖，断开组合开关线束的 22 芯插头。

b. 检查各端子间的导通情况，如图 6-26 所示。如果不导通，则更换组合开关线束；如果导通，则作下一步检修。

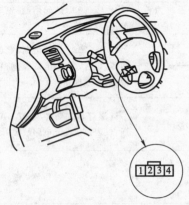

图 6-25　设置/复位/清除开关的位置及端子排列

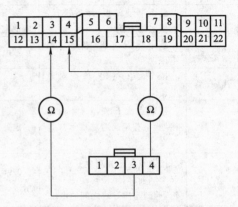

图 6-26　设置/复位/清除开关线束导通情况的检查

③ 检测设置/复位/清除开关端子的导通情况

a. 先小心撬动开关和开关盖之间的缝隙，拆下该开关，如图 6-27 所示。

b. 检查各端子间的通路情况，正常情况下，按下"设置"按钮时，1、3 端子间导通；按下"复位"按钮时，1、2 端子间通路；按下"取消"按钮时，1、2、3 端子间导通。若与此相符，则更换转向盘下螺旋导线线盘；若不符，则更换"设置/复位/清除"开关。

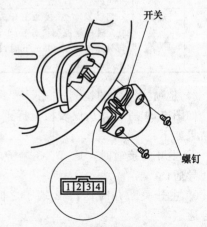

图 6-27　设置/复位/清除开关的拆卸

4）制动开关与动作器电磁阀的检测

① 制动开关的检测

a. 断开制动开关的 4 芯插头，如图 6-28 所示。

b. 拆下制动开关。

c. 检查制动开关各端子的通路情况，正常情况下，按下制动开关时，2、3 端子间导通；松开时，1、4 端子间导通。如果各端子间导通情况不正常，则更换制动开关或调节制动踏板的高度。

② 动作器电磁阀的检测

a. 断开动作器的 4 芯插头，如图 6-29 所示。

b. 检查各端子间的电阻，正常情况下（20℃），3、4 端子之间（通风电磁阀）的电阻为 40～60Ω；2、4 端子之间（真空电磁阀）的电阻为 30～50Ω；1、4 端子之间（安全电磁阀）的电阻为 40～60Ω。如果检测电阻值不正常，则更换电磁阀总成。

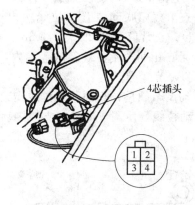

图 6-28　制动开关端子的排列　　　　图 6-29　动作器电磁阀端子的布置

5）动作器的检修及性能检测

① 断开动作器杆上的动作器拉线和 4 芯插头。

② 将 4 号端子接蓄电池正极，1、2、3 号端子接地。

③ 将真空泵与真空软管相连接，并将动作器抽成真空，检查动作器杆是否被完全吸入，如图 6-30 所示。如果不能被完全吸入或根本不能被吸动，则须检查真空管路是否漏气或电磁阀是否有故障。

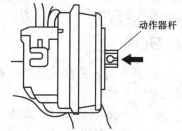

④ 保持在加压和抽真空状态，并用手抽拉动作器杆，正常情况下应不能拉动，若能拉动，则说明动作器已损坏。

⑤ 断开 3 号端子接地，看动作器杆是否返回原位，若不能复位，而通风管道及滤清器又没有堵塞，则说明电磁阀总成有故障，须更换。

⑥ 重复第②～⑤步，但断开的是 1 号端子的接地，看动作器杆是否返回原位，若不能复位，而通风管道及滤清器又没有堵塞，则说明电磁阀总成有故障，须更换。

图 6-30　动作器是否完全吸入检查

⑦ 更换电磁阀总成时，务必在各电磁阀上使用新的"O"形圈。

⑧ 将 4 芯插头各端子的电源及接地均断开，并断开动作器的通风软管，然后将真空泵连接到动作器的通风软管口，并将其抽真空，看动作器杆是否完全被吸入，若不能，说明真空阀在打开位置被卡住，须更换动作器。

6）动作器拉线的更换与调整

① 动作器拉线的更换，具体的方法和步骤是：

a. 断开动作器的 4 芯插头；

b. 卸下动作器的紧固螺栓，并拆下动作器及支架；

c. 拔下真空管，拧下 3 个螺母；

d. 用螺钉旋具松开动作器上的卡子，从动作器上拆下拉线；

e. 松开紧固螺母，将动作器拉线从节气门联动处断开并取下；

f. 安装时按与拆卸相反的顺序进行，连接好动作器拉线后，调节节气门联动装置的自由间隙。

② 动作器拉线的调整，具体的方法和步骤是：

a. 检查动作器拉线是否平顺，在工作中动作器拉线应无弯折卡滞现象；

b. 启动发动机，在自动变速器操纵手柄处于"N"或"P"挡位下，使发动机保持在

3000r/min 下稳定运转，直到散热器风扇开始工作，然后使发动机怠速运转；

c. 检查节气门联动装置的拉线输出端从全闭位置到发动机转速开始升高时的移动量（自由间隙），正常值为 3.25～3.75mm，如图 6-31 所示；

d. 如果自由间隙不在规定的范围内，则移动拉线直到发动机转速开始上升，然后拧紧锁紧螺母和调节螺母；

e. 转动调节螺母，直到其与拉线支架相距 3.25～3.75mm，如图 6-32 所示；

f. 拉动拉线，使调节螺母与支架接触，然后拧紧锁紧螺母。

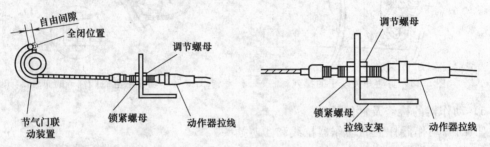

图 6-31 动作器拉线的自由间隙   图 6-32 动作器拉线的调整

当维修或检测巡航控制系统时，将会靠近气囊和防抱死制动系统进行工作，为防止造成人身伤害或其他系统部件损坏而增加维修费用，应参照维修手册说明对这些系统进行解除或者卸压。

【学习小结】

1. 汽车进入巡航控制的前提条件是：变速器处于前进挡，行驶速度大于 40km/h，并且巡航主开关接通。

2. 汽车巡航行驶时，如果需要提高设定的车速，可以采取以下方法：

(1) 使用操纵杆；

(2) 使用加速踏板。

3. 汽车巡航控制系统故障诊断基本程序如下：

(1) 利用故障自诊断系统，读取故障码；

(2) 根据读取的故障码，对照故障码表，检查故障；

(3) 若在故障码检查时显示正常码，但之后仍然出现（重现）故障，则应结合该车型电子巡航控制系统诊断检修表，检测相应的部件及电路，并进行故障排除。

4. 若汽车巡航控制系统出现故障，重点应检查以下部件：车速传感器、巡航控制开关、直流电动机、安全电磁离合器、位置传感器。

【自我评估】

1. 判断题

(1) 巡航控制系统工作时，如果需要汽车临时加速，只需踩下加速踏板，当汽车加速到需要的车速，放松加速踏板，汽车就按这一车速匀速行驶。   （   ）

(2) 如果巡航控制系统无故障，在车速低于 40km/h 时，打开巡航控制系统，巡航控制指示灯会一直亮。   （   ）

(3) 读取巡航控制系统故障码时，应首先接通点火开关。   （   ）

2. 选择题

(1) 使用巡航控制系统时，如果仪表板上的（   ）指示灯闪烁，则表明巡航控制系统出现了故障。

    A. CRUISE MAIN   B. ABS   C. SRS

    (2) 安全电磁离合器的直流电阻，通常是（   ）Ω 左右。

    A. 38   B. 200   C. 400

    3. 问答题

    (1) 如何设定巡航车速？如何恢复巡航控制？

    (2) 如何利用雷克萨斯（LEXUS）400 轿车巡航控制系统的故障自诊断功能读取故障码？

    (3) 如何检查巡航控制系统主控开关电路是否正常？

【评价标准】

    1. 自我评价

    (1) 通过本学习任务的学习你是否已经掌握以下问题：

    ① 巡航车速的设定方法？

_____

_____。

    ② 巡航控制系统主要部件的故障检测步骤？

_____

_____。

    ③ 雷克萨斯（LEXUS）400 轿车巡航控制系统常见故障的诊断程序？

_____

_____。

    (2) 在进行雷克萨斯（LEXUS）400 轿车巡航控制系统故障的诊断中，你使用了哪些仪器？这些仪器分别用于哪些部件的检测？

_____

_____。

    (3) 实训过程完成情况。

    评价：_____。

    (4) 工作着装是否规范？

    评价：_____。

    (5) 能否积极主动参与工作现场的清洁和整理工作？

    评价：_____。

    (6) 在完成本学习任务的过程中，你是否主动帮助过其他同学？是否和其他同学探讨巡航控制系统故障诊断的有关问题？具体问题是什么？结果是什么？_____

_____

_____。

    (7) 通过本学习任务的学习，你认为哪些方面还有待进一步改善？_____

_____

_____。

                签名：_____   _____年_____月_____日

2. 小组评价

序号	评 价 项 目	评 价 情 况
1	学习态度是否积极主动	
2	是否服从教学安排	
3	是否达到全勤	
4	着装是否符合要求	
5	是否合理规范地使用仪器和设备	
6	是否按照安全和规范的规程操作	
7	是否遵守学习、实训场地的规章制度	
8	是否积极主动地和他人合作、探讨问题	
9	是否能保持学习、实训场地整洁	
10	团结协作情况	

参与评价的同学签名：_____

_____年_____月_____日

3. 教师评价：_____

_____

_____。

学习情境 7
汽车安全气囊系统维修

学习目标

1. 熟悉汽车安全气囊系统的基本组成和工作过程。
2. 能分析不同类型汽车安全气囊系统的性能特点。
3. 能检修安全气囊系统主要组成部件。
4. 能对典型安全气囊系统常见故障进行诊断与排除。

任务 7.1 汽车安全气囊系统的整体认识

【任务描述】

学习汽车安全气囊系统的基础理论，了解汽车安全气囊系统的性能要求，分析汽车安全气囊系统主要组成部件的结构与工作过程。

【任务分析】

通过对典型汽车安全气囊系统的分析，熟知不同类型安全气囊系统主要组成部件的结构及性能，总结出各类型安全气囊系统的结构与性能特点。

【知识准备】

1. 安全气囊系统（SRS）概述

（1）安全气囊系统基本要求

安全气囊系统又称为辅助防护系统（Supplemental Restraint System），其英文缩写为SRS。安全气囊系统对驾驶员或乘员的头部颈部安全起着明显的保护作用，特别是在汽车正面碰撞和侧前方碰撞时，其保护作用尤为明显，而座椅安全带对人体胸部以上的保护作用则十分有限。安全气囊主要是针对驾驶员或乘员上体，特别是头部和颈部在发生撞车事故时的安全而设计的。

汽车安全气囊的基本思想是：在发生一次碰撞后、二次碰撞前，迅速在驾驶员或乘员和汽车内部结构之间打开一个充满气体的袋子，让驾驶员或乘员扑在气囊上。通过气囊的排气节流阻尼吸收驾驶员或乘员的动能，使猛烈的二次碰撞得以缓冲，以达到保护驾驶员或乘员的目的。

安全气囊是在汽车发生碰撞时才工作的安全装置，所以它的可靠性就显得尤为重要。也就是说，汽车在发生碰撞时，在不同车速条件下，都要确保安全气囊可靠地工作。但是汽车在紧急制动或在高低不平的路面上行驶时，也会产生较大的减速度和激烈的振动，这时却要保证安全气囊不工作。此外，由于现代汽车安全气囊大多是电控式的安全气囊，这就要求安全气囊系统在汽车发生碰撞、电源出现故障的短时间（20ms）内，应能够正常工作。因此，一般情况下，安全气囊系统采用双电源，在电源断电的情况下，安全气囊控制系统电路中的备用电源可引爆安全气囊。在技术上，对安全气囊的要求主要有以下几个方面。

① 可靠性高：在汽车未发生碰撞事故的情况下，安全气囊的使用年限为 7～15 年。在碰撞事故中，安全气囊被引爆后，安全气囊系统要全套更换。

② 安全可靠：安全气囊系统要能正确区分制动减速度和碰撞减速度。

③ 灵敏度高：当汽车发生碰撞时，安全气囊系统要在驾驶员或乘员与转向盘、仪表板或风挡玻璃碰撞前，正确快速打开气囊，并能正确泄气，起到缓冲作用。

④ 有防误爆功能：安全气囊系统一般采用二级门限控制，减速度的控制门限要合理。若控制门限过低，在轻微碰撞时，安全气囊就会引爆；若过高，则发生碰撞时，会导致安全气囊打开过晚，或者打不开。

⑤ 有自动诊断功能：安全气囊系统能及时发现故障，并以警示灯的形式报告驾驶员。

（2）汽车安全气囊系统类型与特点

汽车安全气囊系统可以按照控制方式、安装位置、发气剂、点火类型等的不同进行分类。

1）按控制方式

按控制方式不同，可分为机械式与电子式，传统的机械式安全气囊在维修方面与我们今天普遍使用的电子式安全气囊有许多不同之处。

① 机械式安全气囊系统　机械式安全气囊系统不需使用电源，没有电子电路和电路配线，全部零件组装在转向盘装饰盖板下面。检测碰撞动作和引爆点火剂都是利用机械装置来完成的。最早采用机械式安全气囊系统的是日本丰田汽车公司。机械式安全气囊系统主要由气体发生器、气袋、安全气囊传感器等构成，安装在转向盘内。气体发生器是对来自安全气囊传感器的信号由火销进行点火，产生氮气，并由产生气体的压力瞬时使安全气囊爆发张开。图 7-1 所示为我国锦恒公司生产的 SRS-40 型机械式安全气囊。

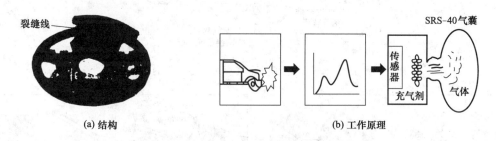

图 7-1　SRS-40 型机械式安全气囊系统

机械式安全气囊的优点：a. 结构简单，无电气故障；b. 价格低于电子式安全气囊；c. 对驾驶员或乘员的保护性能与电子式安全气囊相同。

② 电子式安全气囊系统　电子式安全气囊系统是利用传感器检测碰撞信号并将其送往 SRS ECU，ECU 根据传感器信号并利用内部预先设置的程序不断进行数学计算和逻辑判断的装置。当判断结果为发生碰撞时，ECU 立即发出点火指令引爆点火剂，点火剂引爆时产生大量热量使充气剂受热分解，并产生大量氮气以向 SRS 气囊充气。目前，汽车采用的安全气囊系统普遍都是电子式安全气囊系统，所以本任务主要针对电子式安全气囊系统进行讲述。

2）按安装位置

安全气囊按其安装位置不同可分为驾驶员安全气囊、副驾驶员安全气囊、乘客侧面安全气囊、头部安全气囊、膝部安全气囊等。

3）按发气剂

安全气囊按其使用的发气剂不同可分为叠氮化钠型和液态氮型，但前者应用较多。

4）按碰撞传感器位置

按碰撞传感器位置的不同，安全气囊分为分离式和整体式两种。

分离式安全气囊的各碰撞传感器不与控制电脑、气囊装在一起，如图 7-2 所示为夏利 2000 型轿车分离式电子安全气囊系统各部件在车上的布置情况。

整体式安全气囊的各碰撞传感器则是与控制电脑、气囊等合装在一起。

（3）工作过程

安全气囊的整个过程（由充气、保护、泄气组成）在不到 1s 内完成，如图 7-3 所示。

2. 汽车安全气囊系统主要部件的结构与工作原理

电子式安全气囊系统主要由碰撞传感器、安全气囊 ECU、SRS 指示灯、气囊组件等组

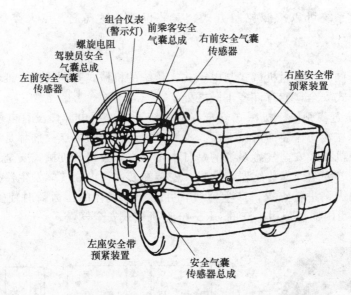

图 7-2 分离式电子安全气囊系统各部件的布置

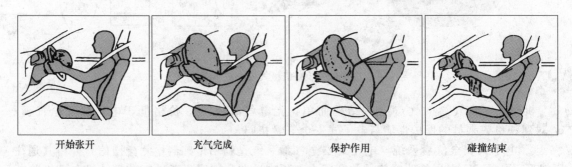

| 开始张开 | 充气完成 | 保护作用 | 碰撞结束 |

图 7-3 安全气囊的工作过程

成。通常充气装置和气囊制作成一体。在相应法规中有规定：装有安全气囊的车型在其相应位置上要有相应图文标识，安全气囊通常标识为 AIRBIG 或 SRS。

（1）碰撞传感器的结构与工作原理

碰撞传感器又称为撞击传感器。电控式安全气囊系统采用的碰撞传感器按功用可分为碰撞传感器和安全传感器（防护传感器）两大类。碰撞传感器的作用是检测车辆发生碰撞时的减速度或惯性力，并将信号送到安全气囊系统的专用安全电控单元。碰撞传感器又分为车前传感器和中央传感器两类。安全传感器的作用是防止前碰撞传感器短路而造成气囊误张开，其信号是供电控单元确定是否发生碰撞。在安全气囊系统中，只有当安全传感器与任意一碰撞传感器同时接通时，气囊回路才能接通，气囊才可能充气。

1）机械式碰撞传感器

机械式传感器基本上可以简化为由弹簧、质量块构成，当它承受一定时间及一定强度的加速度时，质量块由于惯性作用，触发机械开关，从而引爆气囊。机械式碰撞传感器可分为四类。

① 滚球式碰撞传感器 滚球式碰撞传感器主要由滚球、磁铁、导缸、触点和壳体组成，如图 7-4 所示。两个触点固定不动，并分别与传感器的引线端子连接。磁铁为永久磁铁。铁质滚球用来感测惯性力或减速度的大小，可在导缸内移动或滚动。壳体上印制有箭头标记，安装时必须按使用说明书规定的方向进行安装。

滚球式碰撞传感器的工作原理如图7-5所示。当传感器处于静止状态时，在永久磁铁的磁力作用下，导缸内的滚球被吸向磁铁，两个触点未被连通，如图7-5（a）所示。

当汽车遭受碰撞，使滚球的惯性力大于永久磁铁的吸力时，惯性力与磁力的合力就会使滚球沿着导缸向左运动，将两个触点接通，如图7-5（b）所示，从而接通安全气囊的搭铁回路。

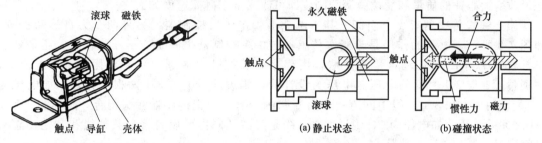

图7-4 滚球式碰撞传感器结构　　　　　图7-5 滚球式碰撞传感器工作原理

② 滚柱式碰撞传感器　滚柱式碰撞传感器由滚柱、曲面板、弹簧接点等组成，曲面板和弹簧接点各接一根引线。平时滚柱在静止位置，为"OFF"状态；当碰撞时，滚柱越过曲面板，使曲面板与弹簧接点电路接通，为"ON"状态，如图7-6所示。

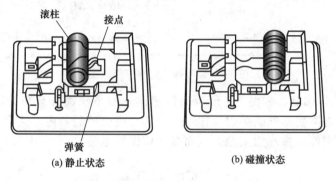

图7-6　滚柱式碰撞传感器的工作过程

③ 偏心锤式碰撞传感器　偏心锤式碰撞传感器又称为偏心转子式碰撞传感器，用于丰田汽车安全气囊系统和马自达汽车安全气囊系统。其传感器结构如图7-7所示，主要由偏心锤、偏心锤臂、转动触点臂、转动触点、固定触点、复位弹簧、挡块和壳体等组成。转子总成由偏心锤、转动触点臂及转动触点组成，并安装在传感器轴上。

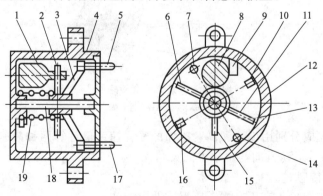

图7-7　偏心锤式碰撞传感器的结构

1、8—偏心锤；2、15—偏心锤臂；3、11—转动触点臂；4、12—壳体；5、7、14、17—固定触点引线端子；
6、13—转动触点；9—挡块；10、16—固定触点；18—传感器轴；19—复位弹簧

从结构上可以看出偏心锤由汽车碰撞产生的作用力 F（偏心锤质量和汽车碰撞时的减速度）克服复位弹簧的弹力而转动，带动转子转动一定的角度后，使动、静触点接合，产生碰撞信号，传给 ECU。偏心锤转动的角度大小决定于作用力 F 和复位弹簧刚度的大小。因此，传感器的动、静触点接合的条件与偏心锤的质量、汽车减速度和复位弹簧的刚度有关，也就是说改变偏心锤的质量和复位弹簧的刚度即可改变汽车碰撞速度的大小。

偏心锤式传感器有 4 个引脚，其中两个引脚接中央控制器，另外两个为自诊断引脚，如图 7-8 所示。电阻的作用是诊断本传感器与中央控制器之间是处于开路状态，还是处于正常状态。当 ECU 启动自检程序后，用程序开关把外电源通过一个电阻接入 4-1 线上，并测量 4-1 与 3-1 之间的电压。电压为设计值，则说明 4-1 与 3-1 两根线完好，如电压为 0，则说明 4-1 和 3-1 两线中间有一个是断路的。再人为把传感器触头闭合，同样测 4-1 与 3-1 之间的电压，如电压为 0，则说明 3-1 线是好的。同样可以自诊断其他线和其他传感器是否完好。

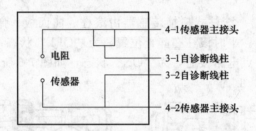

图 7-8　偏心锤式传感器接线图

④ 水银式安全传感器　如图 7-9 所示的传感器是一个水银常开开关。该传感器用来防止系统在非碰撞状态下引起气囊的误动作，一般装在中央控制器内。当发生碰撞时，该传感器会产生足够大的惯性力将水银上抛，从而接通传爆管电路。

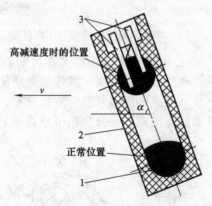

图 7-9　水银式安全传感器
1—水银；2—壳体；3—触点

在设计时，首先应分别用低速和高速碰撞的临界速度值计算两种减速度，然后再计算出传感器的安装角度 α（运动方向与水平方向夹角）。

2）电子式碰撞传感式

电子式碰撞传感器主要有压电式、压阻式及电容式。

压电式碰撞传感器是利用压电效应制成的传感器。当汽车遭受碰撞时，传感器内的压电晶体在碰撞产生的压力作用下，输出电压就会变化。

压阻式碰撞传感器由在硅梁上制成的硅片电阻构成桥路，当硅梁变形时，桥路中电阻会发生变化而引起输出电压变化。

电容式碰撞传感器由硅栅组成的电容极板组成，当硅栅变形时，由于电容变化会引起输出电压变化。

安全电控单元根据电压信号强弱便可判断碰撞的烈度。如果电压信号超过设定值，安全电控单元就会立即向点火器发出点火指令，引爆点火剂使气体发生器给气囊充气，安全气囊张开，达到保护驾驶员和乘员的目的。

(2) 安全气囊组件的结构与工作原理

安全气囊组件由充气元器件和气囊组成。

1) 驾驶员正面安全气囊组件

驾驶员正面安全气囊组件位于转向盘中心处，主要由气囊、气囊装饰盖、气体发生器和装在气体发生器内部的点火器组成。

① 气囊　气囊按布置位置可分为驾驶员侧气囊、乘员侧气囊、后排气囊、侧面气囊等；按大小分为保护整个上身的大型气囊和主要保护面部的小型护面气囊。护面气囊成本较低，但一定要和座椅安全带配合使用才有保护作用。现在的气囊采用较多的是用涂层织物制成的安全气囊，主要通过改变其气道的尺寸来控制其缓冲性大小，且大多以防裂性能好的聚酯胶织物制成，里面涂有聚氯丁乙烯。

安全气囊应具备如表7-1所示的性能。要求气囊有良好的耐热性。在规定的温度变化范围其尺寸大小保持稳定。在汽车发生碰撞后，气囊膨胀的延迟期不超过10ms。如果使气囊以爆炸速度直接张开，则有可能撞击到驾驶员，使之受到伤害。为此，气囊的后部和侧面带有缝隙或排气口，从而实现气囊可控的张开。理想的情况是，气囊应在汽车发生碰撞之后，驾驶员或乘员开始前扑之前瞬时张开，此时，驾驶员或乘员头部移动距离须小于15cm。接着驾驶员或乘员扑向气囊，而气囊也立即冷却和泄漏，在气囊收缩的同时吸收冲击能量，保护驾驶员和乘员免受伤害。

表7-1　对气囊的性能要求

特性	要求
抗拉伸性	连接处和孔眼处大于2.5kN
最大延展性	22%～32%
抗热能力	难以燃烧，耐100℃高温
抗冷能力	在−30℃下可折叠和弯曲
抗老化能力	在100℃环境温度和最大拉力下可存放7天，在40℃和92%的相对湿度下存放6天不得有任何变化
抗弯折强度	对带涂层织物而言，为10万次弯折
更换期	15年

② 气囊饰盖　装饰盖又称为衬垫，是气囊组件中的一个重要的组成部分，由聚氨酯制成。在制造过程中使用了很薄的水基发泡剂，所以质量特别轻。平时它作为转向盘的上表面，把气囊与外界隔离开，既起到了维护作用，也起到了装饰作用。气囊张开时，它在气囊爆发力的作用下可快速及时断开，并且对安全气囊的张开过程毫无阻碍。

③ 气体发生器　气体发生器的作用是当点火器引燃点火剂时，产生气体并向气囊充气，使气囊张开。如图7-10所示为捷达轿车安全气囊系统用气体发生器，气体发生器中含有片状的叠氮化钠（NaN_3）固体喷气燃料。

控制单元中的传感器激发电子桥式触发器，同时充气装置使喷气燃料熔化。在此过程中，用于充入安全气囊但对车内人员无害的氮气被产生出来了。氮气流过金属过滤器并且被清洁和冷却。与此同时带有腐蚀性的硝酸钾、磷、硫等化合物粉末也产生出来，所以在气囊引爆后，为防止被副产物烧伤及高热烧伤，处理时应戴好防护手套及防护镜，最好由受过专业培训的人员进行操作。

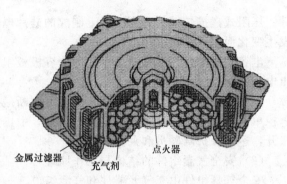

图 7-10　气体发生器

④ 点火器　点火器封装在一个用铝箔密封的带孔的圆筒中，其结构如图 7-11 所示，它接到安全气囊电脑的输出电流后将气体发生剂点燃。点火器是安全气囊的一部分，它安装在充气装置中，可以接收安全气囊电脑的低电流信号，加热并点燃充气装置中的叠氮化钠。

由于点火器负责启动并导致气囊膨胀这个反应过程，所以必须采取一定的预防措施确保电流信号通过这个电路。一个标准的点火器里面安装着一个大约 2Ω 的电阻（每个点火器的接点电阻为 0.08Ω）。在传感器动作时，相应来自电源的低电流信号使点火系统触发。点火器由传爆管总成和尼龙壳体组成，传爆管由电热头、药托、药筒等组成。连接器中设有短接条，当连接器摘下或未完全接合时，短接条将引线短接，防止因静电、感应电造成气囊误打开。点火器的作用过程是这样的：点火器引线端加电，电流通过电热头，电热头加热，引燃引药，其生成的压力和热量冲破药筒将充气器的点火系统点燃。

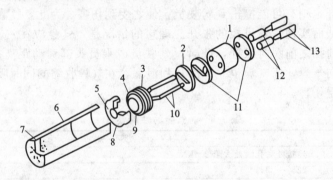

图 7-11　点火器

1—磁头；2—放静电盘；3—电热头；4—电热丝；5—引药；6—药筒；7—底药；
8—药托；9—玻璃封；10—电极；11—隔板；12—连接器；13—引线

2）前乘员正面安全气囊组件

前乘员正面安全气囊组件安装在杂物箱与仪表台之间，其组成、工作原理与驾驶员正面安全气囊基本相同，仅结构不同。前乘员正面安全气囊组件用专用螺栓安装在气囊组件支架上，其体积约为驾驶员正面安全气囊体积的 3 倍。

（3）ECU 的结构与工作原理

1）SRS ECU（中央控制器）的结构组成

SRS ECU 由 CPU、RAM、ROM、接口、驱动器等电子电路组成，如图 7-12 所示，多数是由单片机加上其他电路所组成的。一般做成两块印刷电路板，外壳用金属制作，一方面可加强机械强度，另一方面是为了屏蔽外界的电磁波干扰。它通过外面的插接件，把传感器等输入信号及点火器、报警器等输出信号和中央控制器连接起来。

中央控制器中还包含诊断电路，诊断电路并不控制气囊的动作，它仅负责监视气囊装置的故障并接通气囊指示灯。它有一个微处理器，其作用是对监视的电路进行自检并显示气囊系统存在的故障。诊断电路每次开机都要对气囊系统进行一系列测试，监控气囊系统是否处于整备状态。这些测试不会造成气囊的误触发，也不会妨碍气囊的正常触发。如在测试中发现了故障，中央控制器会记下相应的故障代码，同时点亮指示灯。测试一般分为：

① 启动诊断测试　开机时进行测试包括：ROM 测试；RAM 测试；A/D 转换器测试；电子加速度计功能测试；储能测试。

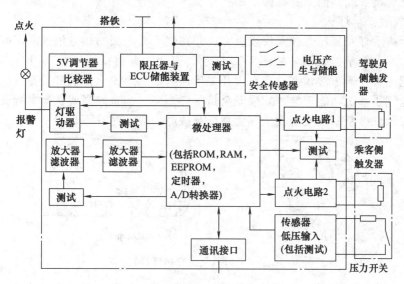

图 7-12　SRS ECU 的结构框图

② 连续诊断测试　诊断电路在工作中还要对一些重要参数进行连续监测，以判断系统是否发生故障。连续监测的内容有：点火输入电压是否正常；点火器是否对地或对电池正极短路；驾驶员侧点火器阻值是否超差；乘员侧点火器的阻值是否超差；乘员侧充气器低压开关电路是否正常；碰撞传感器有无故障。

诊断电路有备用电源，即使蓄电池及其线路在传感器闭合前损坏，也能使气囊打开。每接通点火线路 0.5s 后气囊指示灯点亮，若在 6～8s 后熄灭，表明气囊系统无故障。

2）安全气囊系统的工作原理

汽车安全气囊系统并非在所有碰撞情况下都能起作用，而是在减速度必须达到一定程度时才能起作用。如图 7-13 所示为电控式 SRS 控制原理，当汽车发生碰撞后，即产生碰撞信号，即机械碰撞引起汽车急停，减速度较大，导致车上的物体具有较大的惯性力，惯性力驱

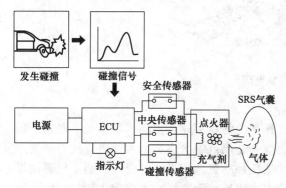

图 7-13　电控式 SRS 控制原理

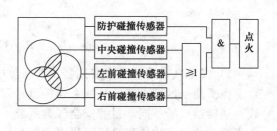

图 7-14　SRS 气囊引爆逻辑

动前碰撞传感器、中央碰撞传感器（一般在 SRS 的 ECU 中）和防护传感器接通，使上述传感器输出相应的电压信号。SRS 控制单元执行相应的程序使点火器通电，点火。引药受热爆炸使发气剂分解，发气剂释放大量氮气冲入气囊，气囊冲开气囊总成盖板迎向驾驶员。在 SRS 电源和控制单元正常的情况下，防护传感器和中央传感器同时接通，或防护传感器和前碰撞传感器同时接通，均可使点火器接通并引燃气囊，其控制逻辑如图 7-14 所示（"≥1"为逻辑或门，"&"为逻辑与门）。

(4) 安全气囊系统其他主要部件

1) 安全气囊指示灯

安全气囊指示灯安装在驾驶室仪表板上，并在仪表板表面的相应位置制作有图形或"安全"、"AIRBAG"等字样表示，如图 7-15 所示。安全气囊的指示灯的功用是：指示安全气囊的系统功能是否处于正常状态。当点火开关接通后，如果安全指示灯发亮或闪亮后自动熄灭，表示安全气囊系统功能正常。如果安全指示灯不亮、一直发亮或在汽车行驶途中突然发亮或闪亮，表示自诊断系统发现安全气囊系统有故障，应及时排除。

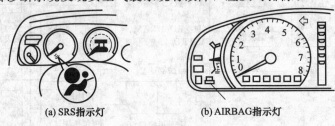

(a) SRS指示灯　　　　　　　(b) AIRBAG指示灯

图 7-15　SRS 气囊指示灯位置

2) 螺旋电缆

螺旋电缆是连接车身与方向盘的电器接线。螺旋电缆由转子、壳体、电缆和补偿凸轮等组成，如图 7-16 所示。转子与补偿凸轮之间有连接凸缘和凹槽，方向盘转动时，两者互相触动，形成一个整体一起随方向盘转动。电缆很薄很宽，呈螺旋状盘在壳体内。电缆的一端固定在壳体上，另一端固定在转子上。当方向盘向左或向右转动时，电缆在其裕量内转动而不会被拖曳。

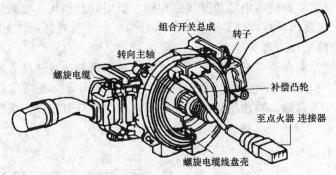

图 7-16　螺旋电缆

3) 安全气囊系统线束连接器及其保险机构

为了便于区别电器系统线束连接器，安全气囊系统的线束连接器与汽车其他电器系统的线束连接器有所不同。目前安全气囊系统采用的线束连接器绝大多数都为黄色连接器。安全气囊系统的线束连接器采用了导电性能和耐久性能良好的镀金端子，并设计有防止气囊误爆机构、端子双重锁定机构、连接器双重锁定机构和电路连接诊断机构等保险机构，用以保证气囊系统可靠工作。

从安全电控单元至安全气囊点火器之间的连接，均采用了防止气囊误爆的短路片机构，短路片机构采用铜质弹簧片，弹簧片称为短路弹簧片。防止误爆机构的工作原理是当连接器插头拔下或插头与插座未完全结合时，短路片自动将靠近安全气囊点火器一侧插头或插座的两个引线端子短接（如图 7-17 所示）以防止静电或误通电将电热丝电路接通而造成气囊误张开。

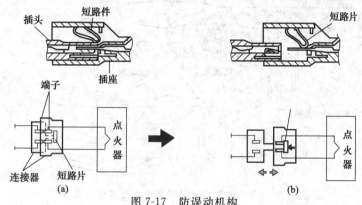

图 7-17　防误动机构

4）备用电源

安全气囊系统有两个电源：一个是汽车电源（蓄电池和交流发电机）；另一个是备用电源（BACK-UP POWER）。备用电源又称为后备电源或紧急备用电源。

备用电源电路由电源控制电路和若干个电容器组成。在单安全气囊系统的控制组件中，设有一个电脑备用电源和一个点火备用电源。在双安全气囊系统的控制模块中，设有一个电脑备用电源和两个点火备用电源，即两条点火电路各设一个备用电源。点火开关接通 10s 之后，如果汽车电源电压高于 SRS 电脑的最低工作电压，那么电脑备用电源和点火备用电源即可完成储能任务。

备用电源的功用是：当汽车电源与 SRS 电脑之间的电路被切断后，在一定时间（一般为 6s）内，可维持安全气囊系统供电，保证安全气囊系统的正常功能。当汽车发生碰撞而导致蓄电池和交流发电机与 SRS 电脑之间的电路被切断时，电脑备用电源能在 6s 之内向电脑供给电能，保证电脑测出碰撞、发出点火指令等正常功能；点火备用电源能在 6s 之内向点火器供给足够的点火能量引爆点火剂，使充气剂受热分解给气囊充气。时间超过 6s 之后，备用电源供电能力降低，电脑备用电源不能保证电脑测出碰撞和发出点火指令；点火备用电源不能供给最小点火能量，SRS 气囊不能充气膨开。

【任务实施】

1. 威驰 VIOS 轿车安全气囊系统整体认识

（1）威驰轿车安全气囊系统的组成

威驰轿车安全气囊系统由前安全气囊传感器（左侧）、前安全气囊传感器（右侧）、前排乘客安全气囊总成、中央安全气囊传感器总成、座椅安全带收紧器（左侧）、座椅安全带收紧器（右侧）、螺旋电缆、SRS 警告灯等部件组成。威驰轿车安全气囊系统具备故障自诊断功能，当系统发生故障时，中央安全气囊传感器总成将记录相应的故障代码，并点亮组合仪表上的 SRS 警告灯。

（2）威驰轿车安全气囊系统的布置

威驰轿车安全气囊系统各部件在车上的布置如图 7-18 所示。前安全气囊传感器（左侧）、前安全气囊传感器（右侧）安装在汽车车身的前端，用于检测车辆发生碰撞时受到冲击力的大小。螺旋电缆安装在转向柱上，用于驾驶员安全气囊总成点火器的控制线路连接。

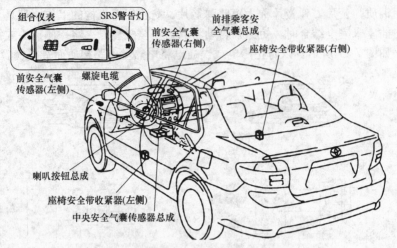

图 7-18　威驰轿车安全气囊系统主要部件的布置

（3）威驰轿车安全气囊系统的控制电路

威驰轿车安全气囊系统的控制电路如图 7-19 所示。

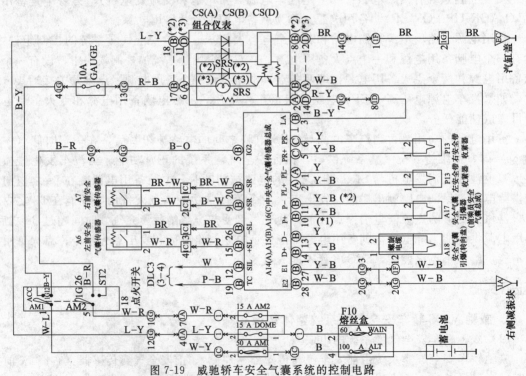

图 7-19　威驰轿车安全气囊系统的控制电路

*1—W/前乘客气囊；*2—DLX Grade 组合仪表用；*3—非 DLX Grade 组合仪表用

2. 奥迪 A6 轿车安全气囊系统的整体认识

（1）奥迪 A6 SRS 部件的布置

奥迪 A6 SRS 部件的布置如图 7-20 所示。奥迪 A6 轿车安全气囊系统主要由驾驶员侧气囊、乘客侧气囊、气囊报警灯、螺旋电缆连接器、SRS 控制单元、气囊报警灯等部件组成。

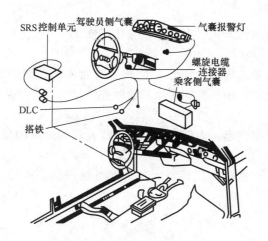

图 7-20　奥迪 A6 SRS 部件的布置

（2）奥迪 A6 轿车安全气囊系统电路

奥迪 A6 的安全气囊系统电路图如图 7-21 所示，由以下几部分组成：

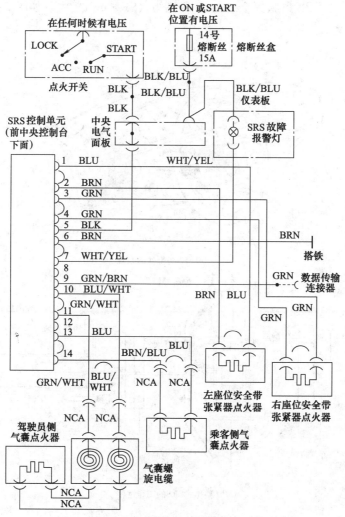

图 7-21　奥迪 A6 安全气囊电路图

1）电源电路

气囊传感器总成由点火开关供电，通过壳体搭铁。

2）诊断电路

当安全气囊系统出现故障时，SRS 控制单元将对应的故障以代码的形式储存起来。在维修人员读取故障代码时，由诊断连接器和诊断连线输出储存的故障记忆。

3）报警灯电路

报警灯由蓄电池直接供电，由气囊传感器总成控制报警灯的亮与灭。

4）控制输出电路

气囊控制单元控制驾驶员侧气囊点火器、乘员侧气囊点火器给气体发生器点火并引爆气囊。

【知识拓展】

整体式安全气囊系统

1. 传感器整体式 SRS 的组成

传感器整体式的安全气囊，其碰撞传感器包括主传感器（Main sensor）和安全传感器（Safety sensor），与 SRS 电脑等合装在 SRS 机构（SRS unit）内，如图 7-22 所示。

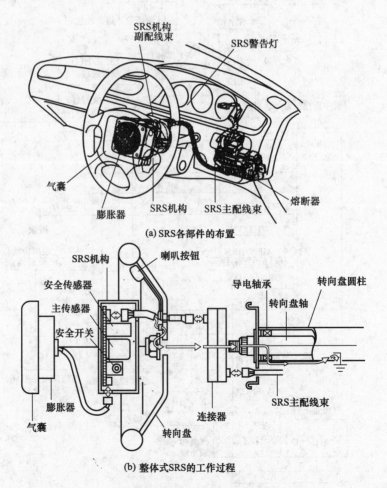

(a) SRS 各部件的布置

(b) 整体式SRS的工作过程

图 7-22　传感器整体式 SRS 组成及工作示意图

2. 传感器整体式安全气囊结构特点

（1）SRS 机构内的结构

SRS 机构内的主传感器、安全传感器及安全开关如图 7-23 所示。

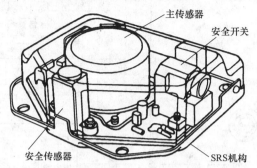

图 7-23　SRS 机构内的结构

（2）SRS 电脑

SRS 电脑的组成如图 7-24 所示，在主电路中，主传感器必须与安全传感器均处于"ON"位置时，气囊才会起作用，其电路如图 7-25 所示。

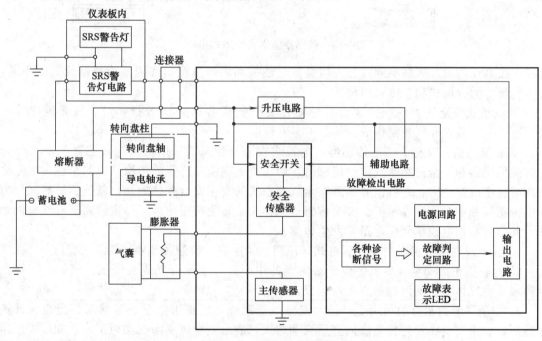

图 7-24　SRS 电脑的组成

【学习小结】

1. 安全气囊系统又称为辅助防护系统（Supplemental Restraint System），其英文缩写为 SRS。汽车安全气囊的基本作用是：在发生一次碰撞后、二次碰撞前，迅速在乘员和汽车内部结构之间打开一个充满气体的袋子，让乘员扑在气囊上。通过气囊的排气节流阻尼吸收乘员的动能，使猛烈的二次碰撞得以缓冲，以达到保护乘员的目的。

2. 汽车安全气囊系统按控制方式不同，可分为机械式与电子式；按其安装位置不同可分为驾驶员安全气囊、副驾驶员安全气囊、乘客侧面安全气囊、头部安全气囊、膝部安全气

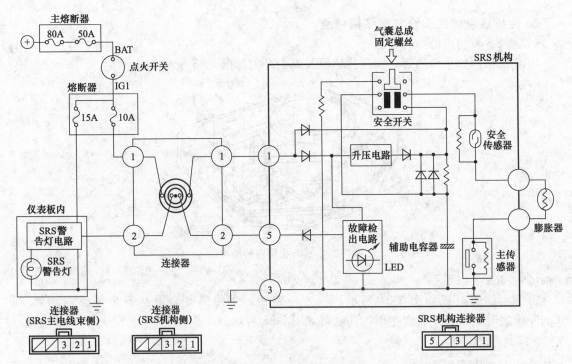

图 7-25　传感器整体式 SRS 的电路

囊等；按其使用的发气剂不同可分为以叠氮化钠型和液态氮型；按碰撞传感器位置的不同，安全气囊分为分离式和整体式两种。

3. 电子式安全气囊系统主要由传感器、安全气囊 ECU、SRS 指示灯、气囊组件等组成。通常充气装置和气囊制作成一体。

4. 碰撞传感器又称为撞击传感器。电控式安全气囊系统采用的碰撞传感器按功用可分为碰撞传感器和安全传感器（防护传感器）两大类。碰撞传感器的作用是检测车辆发生碰撞时的减速度或惯性力，并将信号送到安全气囊系统的专用安全电控单元。碰撞传感器又分为车前传感器和中央传感器两类。安全传感器的作用是防止前碰撞传感器短路而造成气囊误张开，其信号是供电控单元确定是否发生碰撞。

5. 电子式碰撞传感器主要有压电式、压阻式及电容式碰撞传感器。

6. 驾驶员正面安全气囊组件位于转向盘的中心处，主要由气囊装饰盖、气囊、气体发生器和装在气体发生器内部的点火器组成。

7. 安全气囊指示灯的功用是：指示安全气囊系统功能是否处于正常状态。当点火开关接通后，如果安全指示灯发亮或闪亮后自动熄灭，表示安全气囊系统功能正常。如果安全指示灯不亮、一直发亮或在汽车行驶途中突然发亮或闪亮，表示自诊断系统发现安全气囊系统有故障，应及时排除。

8. 螺旋电缆是连接车身与方向盘的电器接线。螺旋电缆由转子、壳体、电缆和补偿凸轮等组成。

9. 安全气囊系统有两个电源：一个是汽车电源（蓄电池和交流发电机）；另一个是备用电源（BACK-UP POWER）。备用电源又称为后备电源或紧急备用电源。

10. 威驰轿车安全气囊系统由前安全气囊传感器（左侧）、前安全气囊传感器（右侧）、前排乘客安全气囊总成，中央安全气囊传感器总成、座椅安全带收紧器（左侧）、座椅安全带收紧器（右侧）、螺旋电缆、SRS 警告灯等部件组成。

【自我评估】

1. 判断题

(1) 分离式安全气囊是指各碰撞传感器不与控制电脑、气囊装在一起。　　　　（　　）

(2) 碰撞传感器的作用是检测车辆发生碰撞时的减速度或惯性力，并将信号送到安全气囊系统的专用安全电控单元。　　　　　　　　　　　　　　　　　　　　（　　）

(3) 当点火开关接通后，如果安全指示灯发亮或闪亮后自动熄灭，表示自诊断系统发现安全气囊系统有故障，应及时排除。　　　　　　　　　　　　　　　　　　（　　）

2. 选择题

(1) 安全气囊系统又称为辅助防护系统，通过缓冲（　　　），以达到保护乘员的目的。

A. 一次碰撞　　　　B. 二次碰撞　　　　C. 一次碰撞和二次碰撞

(2) 一个标准的点火器里面安装着一个大约（　　　）Ω 的电阻。

A. 2　　　　　　　B. 20　　　　　　　C. 200

3. 问答题

(1) 汽车安全气囊系统有哪些类型？各有什么特点？

(2) 安全气囊系统有哪两个电源？分别起什么作用？

(3) 电子式安全气囊系统使用的碰撞传感器有些类型？各自结构特点如何？

【评价标准】

1. 自我评价

(1) 通过本学习任务的学习你是否已经掌握以下问题：

① 安全气囊系统的工作原理？

_____

_____。

② 安全气囊系统的结构组成？

_____

_____。

③ 安全气囊系统各主要部件的结构、功能如何？

_____

_____。

(2) 丰田威驰安全气囊系统主要由哪些部件组成？这些部件分别起什么作用？

_____

_____。

(3) 实训过程完成情况。

评价：_____。

(4) 工作着装是否规范？

评价：_____。

(5) 能否积极主动参与工作现场的清洁和整理工作？

评价：_____。

(6) 在完成本学习任务的过程中，你是否主动帮助过其他同学？并和其他同学探讨制动防抱死系统的有关问题？具体问题是什么？结果是什么？

_____

_____。

(7) 通过本学习任务的学习，你认为哪些方面还有待进一步改善？

_____

_____。

签名：_____ ___年___月___日

2. 小组评价

序号	评价项目	评价情况
1	学习态度是否积极主动	
2	是否服从教学安排	
3	是否达到全勤	
4	着装是否符合要求	
5	是否合理规范地使用仪器和设备	
6	是否按照安全和规范的规程操作	
7	是否遵守学习、实训场地的规章制度	
8	是否积极主动地和他人合作、探讨问题	
9	是否能保持学习、实训场地整洁	
10	团结协作情况	

参与评价的同学签名：_____

___年___月___日

3. 教师评价：_____

_____

_____。

任务 7.2 汽车安全气囊系统故障诊断

【任务描述】

学习安全气囊系统的主要组成构件的检测方法，并能诊断与排除常见汽车安全气囊系统的故障。

【任务分析】

通过对典型汽车安全气囊系统的故障诊断，能灵活运用故障检测方法，对常见故障进行诊断与排除。

【知识准备】

1. 汽车安全气囊系统的正确使用

安全气囊在使用中，应注意以下的问题：

① 安全气囊只是辅助安全系统，必须与安全带配合使用。

② 安全气囊在设计上只能充气一次，一次性使用，用后必须更换。

③ 发生碰撞时，即使前乘员座没有乘员，前座乘员气囊也会同时张开。

④ 在气囊充气时会产生巨大的声响，而且在所释放出的氮气中会伴有少许烟雾，这些气体和烟雾是无害的（这不表示有起火现象），但乘员要尽快清洗残留物，以免引起皮肤过敏。

⑤ 气囊张开后，气囊单元的组件（方向盘中央部分、仪表板）可能会烫热几分钟，但气囊本身并不会发烫。

⑥ 当碰撞的程度足以让气囊充气时，可能会因车身变形而使挡风玻璃破裂。而在备有乘员气囊的车辆上，挡风玻璃也可能因吸收部分充气力量而破裂。

⑦ 为防止发生意外事故，将安全气囊当作废物处理前，应将其用电引爆。应在关上车门后，从车外引爆气囊。

⑧ 安全气囊组件要采用原厂包装，用货仓装运，不得与其他危险品一起运输。

⑨ 不要使安全气囊系统的部件受到85℃以上的高温。

2. 汽车安全气囊系统故障诊断

(1) 汽车安全气囊系统故障诊断注意事项

1) 维修前（包括拆卸、安装、检查或更换部件）应注意的问题

① 气囊系统的故障现象难以确认，所以，在进行故障分析排除时，故障代码就成为最重要的信息来源。一定要先读取故障代码，然后再脱开蓄电池。

② 维修工作必须在点火开关拧至"LOCK"位置，负极（一）电缆从蓄电池脱开90s之后开始。

中央气囊传感器总成安装有后备电源，所以，如果维修工作在负极电缆从蓄电池脱开后90s之内进行，气囊可能会张开。

③ 方向盘气囊总成不能受到震动或接近磁铁。

④ 修理中，如果传感器很可能要受到震动时，就应在修理前拆卸气囊传感器。

⑤ 即使在仅受到轻微碰撞，气囊并未张开的情况下，也应该对方向盘气囊总成、前座乘员气囊总成和前气囊传感器进行检查。

⑥ 切勿使用其他车辆上的气囊系统系统的部件。更换部件一定要用新件。

⑦ 不要将前气囊传感器、中央气囊传感器总成、方向盘气囊总成、前座乘员气囊总成直接接触热空气或火焰。

⑧ 如使用电焊，首先要脱开气囊和座椅安全带收紧器的连接器（黄色，两个插脚），然后开始工作。

⑨ 如果前气囊传感器、中央气囊传感器总成、方向盘气囊总成、前座乘员气囊总成跌落过，或者外壳、支架或连接器有裂痕、凹痕或其他缺陷，重装时必须使用新件。

⑩ 在故障排除过程中，使用高阻抗（至少为$10k\Omega/V$）的万用表检查电路。

2) 各组件检修时的注意事项

① 方向盘衬垫（带安全气囊）

a. 拆卸方向盘衬垫或处理新的方向盘衬垫时，应将衬垫正面朝上放置。另外，不要将方向盘衬垫存放在另一个衬垫上面。将方向盘衬垫的金属面朝上存放时，如果方向盘衬垫因为某种原因充气，可能导致严重事故的发生。

b. 切勿测量安全气囊传爆管的电阻（这可能使气囊张开）。

c. 不要给方向盘衬垫涂润滑脂，或用任何种类的洗涤剂对其清洗。

d. 将方向盘衬垫存放在环境温度低于93℃，湿度不高并且远离电场干扰的地方。

e. 使用电焊作业时，要在操作前先将位于转向柱下面，靠近组合开关连接器处的安全气囊连接器（黄色，两个引脚）脱开。

f. 处置车辆或单独处置方向盘衬垫时，要在处置之前先用专用工具使气囊张开。该操作应在远离电场干扰的地方进行。

② 前座乘员气囊总成

a. 存放拆下的或新的前座乘员气囊总成时，必须使气囊面朝上。如果使气囊面朝下存放，一旦气囊充气就会造成严重事故。

b. 千万不能测量传爆管的电阻（这样做可能会引起气囊张开）。

c. 不要给前座乘员气囊总成涂润滑脂，不要用洗涤剂清洗气囊门。

d. 将气囊总成存放在环境温度低于93℃、湿度不高并且远离电场干扰的地方。

e. 使用电焊作业时，要在操作前先将装在杂物箱左边的杂物箱装饰板上的气囊连接器（黄色，两个引脚）脱开。

f. 在处置车辆或单独处置气囊总成时，要在处置之前先用专用工具使气囊张开。

③ 电器配线和连接器

a. SRS配线是与车身配线总成和地板配线总成组合在一起的。SRS配线的导线置于黄色的波纹管内。整个系统的所有连接器也是标准黄色。如果电器配线脱开了或连接器由于事故等原因而破损了，要予以修理或更换。

b. 用于SRS的配线如果有损坏，要更换整个配线总成。如与前气囊传感器连接的连接器需要单独修理（配线没有损坏），要使用为此专门设计的修理导线。

④ 螺旋电缆

方向盘必须正确地安装在转向柱上，要使螺旋电缆处在中间位置。否则，电缆易被拉断，并可能发生其他故障。

(2) 汽车安全气囊系统故障自诊断

1) 故障自诊断原理

安全气囊系统的电控单元具有故障自诊断功能，诊断电路时如检查出碰撞传感器或微处理器（EEPROM除外）有故障，就会禁止气囊打开，以尽量减少误张开的危险；但在其他的故障条件下，中央控制器仍会容许气囊在需要时打开，对故障不予理会，不过这会省去一些测试，以减少气囊误爆的可能性。中央控制器在设计上保证单点故障（不管是中央控制器内还是中央控制器外的故障）均不会引起气囊的误爆。

中央控制器查出某一故障后，就将相应的故障代码存入存储器中。中央控制器收到由串行接口传来的清除指令后，便清除所有的故障记忆，并关掉指示灯，使故障显示历程计数器复零。但如果中央控制器内部存有故障代码，或者碰撞记录，中央控制器将不执行清除指令。安全气囊中央控制器记录的系统故障可分为两类：现行故障，指现在正在发生的故障；历史故障，指上次清零之后测出的已消失的故障。现行故障消失后如经250次连续的点火循环未再测出，相应的故障代码即从中央控制器中清除，在其他情况下，故障代码都要存在存储器中直至接到清除命令为止。所谓点火循环是指工作电压连续加到中央控制器上达5min以上然后撤除达5s以上所构成的循环。

2) 故障自诊断

安全气囊系统出现故障时，可利用系统的故障自诊断功能，根据SRS故障灯的闪烁次数，来读取故障码。下面以威驰轿车安全气囊系统为例讲述安全气囊系统的故障自诊断过程。

威驰轿车安全气囊系统具备自诊断功能，当系统发生故障时，中央安全气囊传感器总成将记录相应的故障代码并点亮组合仪表上的 SRS 警告灯。正常情况下，接通点火开关后，组合仪表上的 SRS 警告灯应点亮约 6s 后熄灭。如果接通点火开关后 SRS 警告灯常亮或闪烁，说明安全气囊传感器总成已经检测到故障代码；如果超过 6s 后，即使断开点火开关，SRS 警告灯仍亮，则有可能是 SRS 警告灯电路短路。该系统故障代码的读取可以用故障检测仪也可以用人工方法进行。

① 当前故障代码的人工读取方法

a. 接通点火开关，等待约 60s；

b. 用跨接线（SST09843-18040）连接诊断连接器 DLC3 上的 TC 端子和 CG 端子，如图 7-26 所示；

c. 根据组合仪表上 SRS 警告灯的闪烁规律，如图 7-27 所示，读取故障码。

② 历史故障代码的人工读取方法

a. 用跨接线连接诊断连接器 TC 端子和 CG 端子；

b. 接通点火开关，等待约 60s；

c. 根据组合仪表上 SRS 警告灯的闪烁规律，如图 7-26 所示，读取故障码。

3）故障代码的清除方法

① 不使用跨接线　断开点火开关即可清除故障代码。注意：因故障代码不同，有时断开点火开关可能不会清除故障代码，在这种情况下，应按下述方法清除故障代码。

② 使用跨接线

a. 用跨接线连接诊断连接器 DLC3 上的 TC 和 CG 端子；

b. 在故障代码出现后的 10s 内断开诊断连接器 DLC3 上的 TC 和 CG 端子，检查 SRS 警告灯是否在 3s 内点亮；

c. SRS 警告灯点亮后，在 2~4s 内重新连接诊断连接器 DLC3 上的 TC 和 CG 端子和 12 端子；

d. 重新连接诊断连接器 DLC3 上的 TC 和 CG 端子后，在 SRS 警告灯熄灭 2~4s 内断开 CT 和 GC 端子；

e. 在重新断开诊断连接器 DLC3 的 TC 和 CG 端子后，在 SRS 警告灯亮起 2~4s 内，重新连接 CT 和 GC 端子。此时，SRS 警告灯在点亮 3s，熄灭 1s 后输出正常代码。

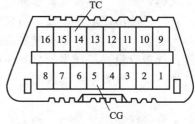

图 7-26　诊断连接器 DLC3

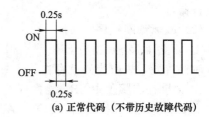

(a) 正常代码（不带历史故障代码）

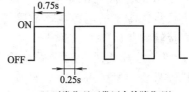

(b) 正常代码（带历史故障代码）

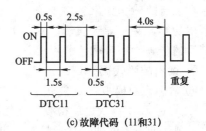

(c) 故障代码（11 和 31）

图 7-27　SRS 警告灯闪烁故障代码的方法

3. 汽车安全气囊系统故障诊断方法与基本程序

下面主要以大众车系为例论述安全气囊系统的故障诊断方法与基本程序。V. A. G1551 是大众专用解码器，可以对大众系列车上所有的控制系统进行检测。

（1）检测条件

①所有熔丝正常；②蓄电池电压不低于 9V 电压；③接上诊断插口；④打开点火开关。

（2）仪器使用步骤

①选择快速数据传递；②输入地址码15（进入安全气囊系统）；③输入地址码02（查询故障记忆）；④按故障记忆提示修复相应部位；⑤清除故障记忆；⑥重新启动安全气囊系统，验证故障是否消除。

安全气囊系统由传感器、充气装置（传爆管）、中央气囊传感器总成以及把这些元件连接起来的配线和连接器等组成。而传感器、充气装置和中央气囊传感器等元件均不能被分解修理，所以，安全气囊系统的故障诊断主要是电器方面的故障诊断。由于安全气囊系统平时不使用，一旦使用之后便报废。所以安全气囊不像汽车上的其他系统那样，在使用过程中出现故障会表现出来。因为没有异常现象的出现，安全气囊系统的故障就难于发现。为此，安全气囊系统本身设置了详尽的自我诊断系统，若系统出现故障，即可通过故障警告灯反映出来。这样，安全气囊系统的故障警告灯和故障代码就成了最重要的故障信息来源和故障诊断依据。

由于安全气囊系统是一个独立系统，与汽车上的其他系统都没有关系，所以，若系统中存在故障，我们只需按照故障代码所指示的内容进行诊断，找出故障是出在元件还是在导线或连接器。

（3）故障诊断程序

① 警告灯检查　检查 SRS 警告灯。如果警告灯在点火钥匙开关转到"ACC"或"ON"位置时保持亮，故障代码就存进了中央气囊传感器总成，这样可转到步骤③。

② 如果在步骤①中 SRS 警告灯不亮，或将点火开关置于"LOCK"位置时警告灯也亮，则说明 SRS 警告灯电路存在故障，要进行故障警告灯电路的故障诊断。

③ 读出诊断代码，并记录　如果输出的是正常代码，则电源电路可能已经发生了故障，这时进行步骤⑧中的电源电压故障排除。如果输出代码00000，则跳过步骤④、步骤⑤和步骤⑥直接转到步骤⑦。

④ 清除故障代码　对于需要输入特殊信号才能清除故障代码的车型，步骤③中输出的故障代码只表明发生过此故障代码所指的故障，但却没有指明这一故障是现行故障还是过去发生过而现在不存在的故障。所以有必要通过清除故障代码并再次进行故障代码检查来确定是否存在现行故障。如果忽略了这一步骤而直接按步骤③所输出的故障代码进行故障排除，则会事倍功半，甚至导致误诊。对于关上点火开关即可清除故障代码的车型，可略去这一步骤及其后的步骤⑤和步骤⑩。

⑤ 读出故障代码并记录。

⑥ 故障现象模拟　重复进行点火开关从"ON"到"OFF"的操作（"ON"等待20s；"OFF"等待20s）5次之后检查诊断代码，如果输出任何故障代码，则说明故障代码所代表的故障是现行的，并随即转到步骤⑦；如果输出的是正常代码，则用步骤⑥中的方法模拟故障。

注意：蓄电池重新连接2s之后才能将点火开关转到"ACC"或"ON"位置。如果在点火开关转到"ACC"或"ON"位置时连接蓄电池，或在接上蓄电池之后2s之内再将点火开关转到"ACC"或"ON"位置，诊断系统有可能工作不正常。

⑦ 根据故障代码，判断故障位置　根据所查出的故障代码，排除故障。故障代码表如表7-2所示。

⑧ 电路检查。

⑨ 修理　转到步骤⑧中相应的电路检查。

按照电路检查中给出的顺序查出故障是在传感器、执行器还是在配线和连接器，以便修理或更换元件。要切记必须将点火开关转到"LOCK"位置和脱开蓄电池负极（－）端子电缆90s之后才能开始操作。

表 7-2　故障代码表

故障代码	故　障	可能的故障原因	排　除　步　骤
00000	无故障	如修理后出现"00000"，自诊断结束	
00532	供电电压信号过大	交流发电机损坏	检查发电机调节器
	供电电压信号过小	安全气囊控制单元 J234 导线和插头连接处；蓄电池亏电或损坏	①检查控制单元导线和插头；②给蓄电池充电火更换蓄电池
00588	驾驶员安全气囊点火器 N95 电阻值过大、过小、对正极短路、搭铁短路	导线或插头损坏；驾驶员安全气囊点火器 N95 损坏；带滑环的回位环 F138 损坏	①更换损坏的导线或插头；②更换驾驶员安全气囊点火器 N95；③更换带滑环的回位环；④读取测量数据流
00589	乘员安全气囊点火器 N131 电阻值过大、过小、对正极短路、搭铁短路	导线或插头损坏；驾驶员安全气囊点火器 N131 损坏	①更换损坏的导线或插头；②更换乘员安全气囊点火器 N131；③读取测量数据流
	乘员侧面安全气囊点火器 N200 电阻值过大、过小、对正极短路、搭铁短路	导线或插头损坏；驾驶员侧面安全气囊点火器 N131 损坏	①更换损坏的导线或插头；②更换乘员侧面安全气囊点火器 N200；③读取测量数据流
00595	存储了撞车数据		①更换控制单元；②更换安全气囊和所有损坏部件
01217	驾驶员侧面安全气囊 N199 电阻值过大、过小、对正极短路、搭铁短路	导线或插头损坏；驾驶员侧面安全气囊点火器 N199 损坏	①更换损坏的导线或插头；②更换驾驶员侧面安全气囊点火器 N199；③读取测量数据流
01221 01222	乘员侧安全气囊碰撞传感器 G180 正极短路、损坏	导线或插头损坏；碰撞传感器损坏；控制单元损坏	①更换损坏的导线或插头；②更换损坏的部件
65535	控制单元损坏	由于外部干扰，J234 接地或正极连接不好导致电气故障；控制单元损坏	①检查控制单元导线和插头；②更换控制单元

⑩ 清除故障代码　把所有故障代码所表示的故障修理完毕后，清除故障代码。

⑪ 警告灯检查　重复进行点火开关从"ON"到"OFF"位置的操作（"ON"等待 20s；"OFF"等待 20s）5 次之后，检查诊断代码。如果显示有故障代码，就回到步骤⑦并排除故障代码所表示的故障。

⑫ 验证试验　再次检查警告灯并确认所有的故障均已修复。如果警告灯有故障显示，再从步骤③开始重复操作。

【任务实施】

1. 丰田威驰 VIOS 轿车安全气囊故障诊断

安全气囊系统由传感器、充气装置（传爆管）、中央气囊传感器总成以及把这些元件连接起来的配线和连接器等组成。而传感器、充气装置和中央气囊传感器等元件均不能被分解修理，所以，安全气囊系统的故障诊断主要是电器方面的故障诊断。

（1）气囊传感器总成及开关电路的检修

1）中央气囊传感器总成故障

中央气囊传感器总成电路由气囊传感器、安全带传感器、驱动电路、诊断电路和点火控制等部分组成，它接受来自气囊传感器的信号，判断是否激活 SRS 并检测诊断系统故障。当检测到中央气囊传感器总成故障时，故障代码 B1100/31 被存储。

2）右前、左前气囊传感器电路故障

右前气囊传感器电路由中央气囊传感器总成和右前气囊传感器组成；左前气囊传感器电路由中央气囊传感器总成和左前气囊传感器组成。当检测到右前或左前气囊传感器故障时，故障代码 B1156/B1157/15 或 B1158/B1159/16 被存储。在这种情况下，应对右前和左前气囊传感器、中央气囊传感器总成、仪表板线束和发动机主线束进行检查。

3）电源电压降低

SRS 系统在中央气囊传感器总成内装备了一个升压电路，以防电源电压降低。当蓄电池电压降低时，升压电路提高电压，以保证 SRS 系统正常供电，如图 7-28 所示。对于这个电路，故障诊断的显示不同于其他电路，当 SRS 警告灯点亮且显示正常代码，表明电源电压降低。这个电路的故障不存储在中央气囊传感器总成的存储器中，并且在电源恢复正常后，SRS 警告灯自动熄灭。

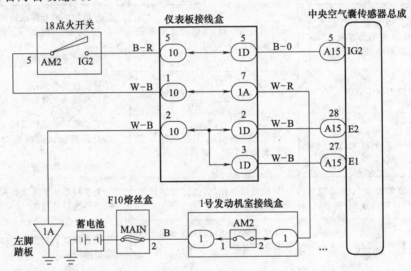

图 7-28　升压电路

4）SRS 警告灯电路故障

SRS 警告灯安装在组合仪表上，其电路见图 7-29。当 SRS 系统正常时，点火开关从"LOCK"位置转至"ON"位置，SRS 警告灯点亮大约 6s 后自动熄灭，如果 SRS 系统有故障，SRS 警告灯常亮，以通知驾驶员系统不正常。当连接 DLC3 的 TC 和 CG 端子时，通过 SRS 警告灯的闪烁显示故障代码。

5）TC 端子故障

通过连接 DLC3 的 TC 和 CG 端子，设置故障代码的输出模式，中央气囊传感器总成的故障代码通过 SRS 警告灯的闪烁显示出来。正常情况下，TC 和 CG 端子之间的电阻应低于 1Ω，TC 端子与搭铁之间的电压应在 4～14V。断开蓄电池负极导线，至少等待 90s 后，测量 TC 和 CG 端子之间的电阻应大于 1Ω。

（2）执行器电路的结构与检修

1）D 引爆器电路故障

D 引爆器电路由中央气囊传感器总成、螺旋电缆分总成和方向盘衬垫总成组成，当起爆条件满足时气囊张开。当检测到 D 引爆器电路短路、断路、与搭铁或电路正极（B+）短路

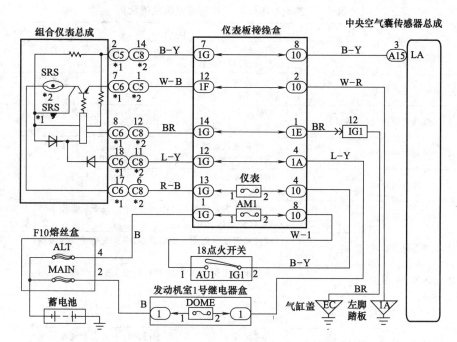

图 7-29　SRS警告灯电路

*1—DLX级；*2—除 DLX 级

时，故障代码 B0100/13、B0101/14、B0102/11 或 B0103/12 会分别被存储。出现这种故障，应对喇叭按钮总成、螺旋电缆分总成、中央气囊传感器总成和仪表板线束进行检查。

2）P 引爆器电路故障

P 引爆器电路由中央气囊传感器总成、前排乘客气囊总成组成，当起爆条件满足时气囊张开。当检测到 P 引爆器电路短路、断路、与搭铁或电路正极（B+）短路，系统会分别设置 B0105/53、B0106/54、B010751 或 B0108/52 故障代码。若出现以上故障，应对以下部位进行检查：①前排乘客气囊；②中央气囊传感器总成；③仪表板线束。

3）P/T 引爆器电路故障

右侧 P/T 引爆器电路由中央气囊传感器总成和右侧座椅安全带收紧器组成，当 SRS 的工作条件满足时，SRS 系统起作用。如果检测到 P/T 引爆器电路（右侧）短路、断路、与搭铁或电路正极（B+）短路；P/T 引爆器电路（左侧）短路、断路、与搭铁或电路正极（B+）短路，系统将分别设置故障代码 B0130/63、B0131/64、B0132/61、B0133/62、B0135/73、B0136/74、B0137/71 和 B0138/72。若出现上述故障，主要是由以下几种原因引起的：①右侧座椅安全带张紧器（右侧 P/T 引爆器）故障；②中央气囊传感器总成故障；③地板线束故障。

（3）威驰轿车安全气囊系统常见故障

威驰轿车安全气囊系统常见故障代码及对应故障位置如表 7-3 所示。

2. 奥迪 A6 轿车安全气囊系统的故障诊断

（1）气囊（AIR BAG）报警灯

将点火开关转至"ON"位置，AIR BAG 报警灯会点亮约 4s 后熄灭。如果报警灯点亮后一直亮，表明 SRS 有故障；如果报警灯不亮，检查灯泡，若灯泡正常，则对 SRS 进行故障诊断。

（2）故障诊断前的注意事项

表 7-3　威驰轿车安全气囊系统常见故障代码

故障代码	检测项目	故障区域	SRS 警告灯状态
B0100/13	D 引爆器电路短路	喇叭按钮总成(引爆器);螺旋电缆;中央安全气囊传感器总成;仪表板线束	亮
B0101/14	D 引爆器电路断路	喇叭按钮总成(引爆器);螺旋电缆;中央安全气囊传感器总成;仪表板线束	亮
B0102/11	D 引爆器电路短路(到搭铁)	喇叭按钮总成(引爆器);螺旋电缆;中央安全气囊传感器总成;仪表板线束	亮
B0103/12	D 引爆器电路短路(到 B+)	引爆器电路短路(到 B+);喇叭按钮总成(引爆器);螺旋电缆;中央安全气囊传感器总成;仪表板线束	亮
B0105/53*	P 引爆器电路短路	前排乘客安全气囊总成引爆器;中央安全气囊传感器总成;仪表板线束	亮
B0105/54*	P 引爆器电路断路	前排乘客安全气囊总成引爆器;中央安全气囊传感器总成;仪表板线束	亮
B0107/51*	P 引爆器电路短路(到搭铁)	前排乘客安全气囊总成引爆器;中央安全气囊传感器总成;仪表板线束	亮
B0108/52*	P 引爆器电路短路(到 B+)	前排乘客安全气囊总成引爆器;中央安全气囊传感器总成;仪表板线束	亮
B0130/63	P/T 引爆器电路(右侧)短路	右侧座椅安全带收紧器(引爆器);中央安全气囊传感器总成;地板线束	闪烁
B0131/64	P/T 引爆器电路(右侧)短路	右侧座椅安全带收紧器(引爆器);中央安全气囊传感器总成;仪表板线束	闪烁
B0132/61	P/T 引爆器电路(右侧)短路(到搭铁)	右侧座椅安全带收紧器(引爆器);中央安全气囊传感器总成;仪表板线束	闪烁
B0133/62	P/T 引爆器电路(右侧)短路(到 B+)	右侧座椅安全带收紧器(引爆器);中央安全气囊传感器总成;仪表板线束	闪烁
B0135/73	P/T 引爆器电路(左侧)短路	左侧座椅安全带收紧器(引爆器);中央安全气囊传感器总成;地板线束	闪烁
B0136/74	P/T 引爆器电路(左侧)断路	左侧座椅安全带收紧器(引爆器);中央安全气囊传感器总成;地板线束	闪烁
B0137/71	P/T 引爆器电路(左侧)短路(到搭铁)	左侧座椅安全带收紧器(引爆器);中央安全气囊传感器总成;地板线束	闪烁
B0138/72	P/T 引爆器电路(左侧)短路(到 B+)	左侧座椅安全带收紧器(引爆器);中央安全气囊传感器总成;地板线束	闪烁
B1100/31	中央安全气囊传感器总成故障	中央安全气囊传感器总成	亮
正常	系统正常	—	灭
	电源电压降低	蓄电池;中央安全气囊传感器总成	亮

注：* 为带前排乘客安全气囊总成。

①使车辆电气系统在正常电压范围内工作,蓄电池电压应大于 11.5V;

②将变速器置于空挡,拉起驻车制动器,启动发动机让它怠速运转,以确保所有的故障均能被存储。

(3) 大众专用诊断测试仪 (V. A. G1551 或 V. A. G1552) 的连接

奥迪 A6 轿车 SRS 系统具有强大的自诊断能力,内容包括:读取故障代码、清除故障代码、查询控制电脑编号、给控制单元编码、读取测量数据流等功能。奥迪 A6 的 OBDⅡ诊断接口在方向盘下驾驶员右腿上方,接上诊断测试仪(如 V. A. G1551 或 V. A. G1552)就可以通过它的自诊断系统诊断出故障的大致原因,再通过查阅具体的资料,就可以确定正确的维修方法。

诊断测试仪 V. A. G1552 与 V. A. G1551 相比,其使用范围基本一致,除了不能将显示结果打印出来外,其他功能基本相同。

将诊断测试仪 V. A. G1551 或 V. A. G1552 通过专用电缆线（V. A. G1551/3）接到诊断插座，大众专用诊断测试仪的连接步骤如下：

① 将黑色诊断连接器（搭铁/电源）接至黑色数据传输连接器 DLC，白色诊断连接器接至（故障码输出）白色 DLC，蓝色诊断连接器不用；

② 将诊断电缆接至诊断测试仪。

（4）故障码的读取

① 打开点火开关；

② 选择快速数据传递；

③ 输入地址码 15（进入安全气囊系统）；

④ 输入地址码 02（查询故障记忆）；

⑤ 按故障记忆提示修复相应部位；

⑥ 清除故障记忆；

⑦ 重新启动，验证故障是否消除：再次启动发动机，检查 SRS 警告灯，并确认所有的故障均已修复。如果 SRS 警告灯有故障显示，按上面操作步骤重新读取故障码。

奥迪 A6 安全气囊系统常见故障代码如表 7-4 所示。

表 7-4　奥迪 A6 安全气囊系统常见故障代码

故障代码	测量值组	故障部件	症状	可能原因	检修方法
00532	—	—	气囊不能展开	发动机或电压调节器有故障；蓄电池有故障；配线短路	①检查发电机或电压调节器；②给蓄电池充电或更换蓄电池；③检查配线
00588	0111	驾驶员侧气囊点火器高电阻	驾驶员侧气囊点火器不能点火	点火器脱开；螺旋电缆有故障；驾驶员侧气囊点火器有故障；SRS 控制单元有故障	①检查并插回点火器；②检查螺旋电缆；③更换驾驶员侧气囊点火器组件；④更换 SRS 控制单元
	1011	驾驶员侧气囊点火器低电阻		电路断路；螺旋电缆有故障；驾驶员侧气囊点火器有故障；SRS 控制单元有故障	①检查并检修电路；②检查螺旋电缆；③更换驾驶员侧气囊点火器组件；④更换 SRS 控制单元
00589	0111	乘客侧气囊点火器高电阻	乘客侧气囊 1 号点火器不能点火	点火器脱开；乘客侧气囊点火器有故障；SRS 控制单元有故障	①重新连接点火器；②更换乘客侧气囊点火器；③更换 SRS 控制单元
	1011	乘客侧气囊低电阻		电路断路；乘客侧气囊点火器有故障；SRS 控制单元有故障	①检查并检修电路；②更换乘客侧气囊点火器；③更换 SRS 控制单元
00590	—	乘客侧气囊点火器高电阻	乘客侧气囊 2 号点火器不能点火	点火器脱开；乘客侧气囊点火器有故障；SRS 控制单元有故障	①重新连接点火器；②更换乘客侧气囊点火器；③更换 SRS 控制单元
	—	乘客侧气囊点火器低电阻		电路断路；乘客侧气囊点火器有故障；SRS 控制单元有故障	①检查并检修电路；②更换乘客侧气囊点火器；③更换 SRS 控制单元
00594	1110	驾驶员或乘客侧气囊与电源电路短路	气囊的点火器不能点火	气囊电路配线损坏；SRS 控制单元有故障	①查出并检修被损坏配线；②更换 SRS 控制单元
	1101	驾驶员或乘客侧气囊对搭铁短路		气囊电路配线损坏；螺旋电缆有故障；SRS 控制单元有故障；气囊组件有故障	①查出并检修被损坏配线；②检查螺旋电缆；③更换 SRS 控制单元；④更换气囊组件

续表

故障代码	测量值组	故障部件	症状	可能原因	检修方法
00595	—	存储了碰撞数据	—	车辆碰撞,安全气囊展开	①更换 SRS 控制单元、螺旋电缆和气囊组件; ②检查其他的 SRS 部件是否损坏,如损坏,更换
01025	—	气囊报警灯故障	气囊报警灯一直亮或不亮	气囊报警灯灯泡故障;配线脱开或损坏;仪表板有故障;SRS 控制单元有故障	①更换 SRS 报警灯灯泡; ②检查气囊报警灯电路配线; ③检修仪表板; ④更换 SRS 控制单元
65535	—	SRS 控制单元	气囊不能展开	SRS 控制单元有故障	更换 SRS 控制单元

【知识拓展】

安全气囊系统的处置

当装有 SRS 系统的车辆报废安全气囊总成时,应始终按照下述操作程序,将安全气囊膨开。如果安全气囊的膨开出现异常,应与维修服务机构取得联系,千万不要丢弃没有膨开的气囊总成。

处理废旧汽车时安全气囊系统可以在车内引爆,处理废弃的安全气囊系统时需要在车外引爆。由于引爆的声响很大,所以要尽量避开居民区,并提醒周围的人多加注意。引爆时会有烟尘产生,因此要选一个通风的场所,并避开有烟尘传感器的地方。

(1) 车内引爆

如图 7-30 所示,将车移到一个宽阔的场所,打开所有车窗和车门,摘下蓄电池负极和正极电缆,然后将蓄电池搬出车外,注意摘下蓄电池电缆后至少等 30s 后再进行下一步工作。

拆下后控制台总成,摘开安全气囊控制块连接器,在气囊点火器端各接一条 10m 长的电线。让在场人员退出 10m 之外,将电线触及 12V 蓄电池的正、负极,此时应能听到气囊爆炸的声音。等 10min 后,待气囊冷却,烟尘散尽,人再过去。

(2) 车外引爆

按保养手册的说明将气囊拆下取出,如图 7-30 所示,将气囊饰盖面朝上放在一块空旷的平地上,在气囊点火器端各接一条 10m 长的电线,让在场人员退出 10m 之外,将电线触及 12V 蓄电池的正、负极,此时应能听到气囊爆炸的声音。等 10min 后,待气囊冷却,烟尘散尽,人再过去。

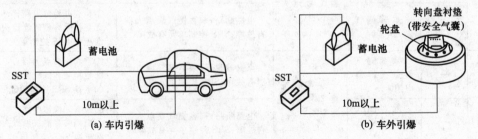

图 7-30　安全气囊系统的处置

【学习小结】

1. 安全气囊只是辅助安全系统,必须与安全带配合使用。

2. 安全气囊在设计上只能充气一次,一次性使用,用后必须更换。

3. 切勿测量安全气囊传爆管的电阻（这可能使气囊张开）。

4. 安全气囊系统的电控单元具有故障自诊断功能。可利用故障字诊断功能读取故障代码，根据故障代码判断故障的位置，再进行排除。

【自我评估】

1. 判断题

(1) 当发生碰撞时，即使前乘员座没有乘员，前座乘员气囊也会同时张开。　（　　）

(2) 进行安全气囊系统故障分析排除时，故障代码就成为最重要的信息来源。一定要先读取故障代码，然后再脱开蓄电池。　（　　）

(3) 安全气囊系统维修时，必须在点火开关拧至"LOCK"位置，负极（－）电缆从蓄电池脱开 90s 之后开始。　（　　）

2. 问答题

(1) 安全气囊系统在使用中应注意哪些问题？

(2) 如何利用威驰轿车安全气囊系统的故障自诊断功能来读取故障代码？

(3) 如何利用安全气囊故障灯来判断安全气囊系统是否有故障？

【评价标准】

1. 自我评价

(1) 通过本学习任务的学习你是否已经掌握以下问题：

① 安全气囊系统使用时的注意事项？

_____

_____。

② 安全气囊系统故障诊断时的注意事项？

_____

_____。

(2) 丰田威驰安全气囊系统故障代码的读取、清除方法？

_____

_____。

(3) 实训过程完成情况。

评价：_____

(4) 工作着装是否规范？

评价：_____。

(5) 能否积极主动参与工作现场的清洁和整理工作？

评价：_____。

(6) 在完成本学习任务的过程中，你是否主动帮助过其他同学？是否和其他同学探讨安全气囊系统检修的有关问题？具体问题是什么？结果是什么？

_____

_____。

(7) 通过本学习任务的学习，你认为哪些方面还有待进一步改善？

_____

_____。

签名：_____　____年____月____日

2. 小组评价

序号	评 价 项 目	评 价 情 况
1	学习态度是否积极主动	
2	是否服从教学安排	
3	是否达到全勤	
4	着装是否符合要求	
5	是否合理规范地使用仪器和设备	
6	是否按照安全和规范的规程操作	
7	是否遵守学习、实训场地的规章制度	
8	是否积极主动地和他人合作、探讨问题	
9	是否能保持学习、实训场地整洁	
10	团结协作情况	

参与评价的同学签名：_____

_____年_____月_____日

3. 教师评价：_____

_____

_____。

参 考 文 献

[1] 李建秋，赵六奇，韩晓东等. 汽车电子学教程［M］. 北京：清华大学出版社，2006.

[2] 邹长庚，赵琳. 现代汽车电子控制系统构造原理与故障诊断（下）［M］. 第3版. 北京：北京理工大学出版社，2006.

[3] 姚国平，杨建，舒华等. 21世纪汽车电工［M］. 北京：北京理工大学出版社，2000.

[4] 黄虎，夏令伟. 现代汽车维修［M］. 上海：上海交通大学出版社，2002.

[5] 李伟. 汽车电控系统维修检测技术图解教程［M］. 北京：机械工业出版社，2008.

[6] 谢剑. 汽车底盘电控技术［M］. 长沙：国防科技大学出版社，2009.

[7] 黄靖雄，赖瑞海. 现代汽车新配置实务［M］. 北京：人民交通出版社，2005.

[8] 王洪龄，刘震希. 汽车电控系统原理与检测技术［M］. 山东：山东科学技术出版社，2007.

[9] 杨庆彪. 汽车电控制动系统原理与维修精华［M］. 北京：机械工业出版社，2006.

[10] 廖发良. 汽车典型电控系统的结构与维修［M］. 北京：电子工业出版社，2005.

[11] 陈清旺. 机动车维修电器维修人员岗位技能训练［M］. 北京：机械工业出版社，2007.

[12] 李雷主编. 汽车底盘电控系统检修（含自动变速器）［M］. 北京：人民邮电出版社，2009.5.

[13] 李春明主编. 汽车底盘电控技术［M］. 北京：机械工业出版社，2007.7.

[14] 韩建国主编. 汽车电控系统检测与维修实训［M］. 北京：机械工业出版社，2008.5.

欢迎订阅化工版"全国高职高专教学改革规划教材"

本套教材涉及汽车专业、电气专业、机械专业。汽车专业的具体书目已在本书的前言和封底有具体的介绍，机械专业和电气专业的具体书目如下。

机械专业
- 机械图样识读与测绘
- 机械图样识读与测绘（化工专业适用）
- 工程力学
- 机械制造基础
- 机械设计基础
- 电气控制技术（非电类专业适用）
- 液压气动技术及应用
- 机械制造工艺与装备
- 机电设备故障诊断与维修
- 数控加工手工编程
- 数控加工自动编程
- 数控机床维护与故障诊断
- 冷冲压模具设计
- 塑料成型模具设计
- 金属压铸模具设计
- 模具制造技术
- 模具试模与维修
- 电工电子技术（非电类专业适用）

电气专业
- 自动生产线安装、调试与维护
- 电机控制与维修
- 电子技术
- 电机与电气控制
- 变频器应用与维修
- 西门子 S7-200 PLC 与工业网络应用技术
- 单片机系统设计与调试
- 工厂供配电技术
- 自动检测仪表使用与维护
- 集散控制系统应用
- 液压气动技术与应用（非机械专业适用）

化学工业出版社出版机械、电气、化学、化工、环境、安全、生物、医药、材料工程、腐蚀和表面技术等专业图书。如要出版新著，请与编辑联系。如要以上图书的内容简介和详细目录，或要更多的图书信息，请登录 www.cip.com.cn。

地址：北京市东城区青年湖南街 13 号　化学工业出版社　邮编：100011
编辑：010-64519273